할로 저택의 비극

The Hollow

애거서 크리스티 추리 문학 51

할로 저택의 비극

김교향 옮김

해문

■ 옮긴이 김교향

서울대학교 사범대학 물리학과 졸업.
당곡고등학교 교사.

할로 저택의 비극

초판 발행일	1988년 03월 20일
중판 발행일	2010년 01월 20일
지은이	애거서 크리스티
옮긴이	김 교 향
펴낸이	이 경 선
펴낸곳	해문출판사
주 소	서울시 서초구 서초동 1328-11 도씨에빛 2차 1420호
TEL/FAX	325-4721 / 325-4725
출판등록	1978년 1월 28일 (제3-82호)
가격	6,000원
ISBN	978-89-382-0251-2 04840
	978-89-382-0200-0(세트)

※ 잘못된 책은 바꾸어 드립니다.

‘래리’와 ‘데이내’ 부부에게.

살인 장면으로 그들의 수영장을 사용한 것에 대해 사과드리며.

차　례

차   례

제1장

금요일 아침 6시 13분에 루시 앙카텔은 크고 파란 눈을 반짝 떴다. 여느 때와 마찬가지로 그녀는 즉시 잠에서 완전히 깨어 앞으로 닥칠 일들에 대해 이 것저것 생각하기 시작했다. 지난밤 할로 저택에 도착한 그녀의 젊은 친척인 하드캐슬에게 생각이 미치자, 그녀와 의논하기 위해 레이디 앙카텔은 재빨리 침대 밖으로 빠져나왔다. 그러고는 여전히 우아한 어깨 위에 실내복을 걸치고 복도를 따라 미지가 자는 방으로 걸어갔다. 레이디 앙카텔은 짐작할 수 없을 정도로 머릿속의 생각이 빨리 진행되는 여자였기 때문에, 늘 그렇듯이 오늘도 그 풍부한 상상력으로 미지의 대답까지도 미리 생각해 가면서 마음속으로 미 지와 대화를 나누기 시작하고 있었다.

레이디 앙카텔이 미지가 자고 있는 방문을 열었을 때 머릿속에서 그 대화 는 한참 신바람 나게 진행되고 있는 중이었다.

"애, 주말에 조금 시끄러운 일들이 생길 것이라는 사실을 알아두어야 해."

"으으음―, 뭐라고요?"

미지는 깊고도 만족스러웠던 잠에서 불현듯 깨어나면서 중얼거렸다.

레이디 앙카텔이 창문으로 가서 겉창을 열고 날렵한 동작으로 블라인드를 잡아당기자 9월 새벽의 어스레한 빛이 방 안으로 스며 들어왔다.

"새 좀 봐. 참 멋져." 창밖을 내다보던 그녀가 기쁨의 탄성을 질렀다.

"뭐라고요?"

"그래, 어쨌든 날씨 때문에 일이 어려워질 것 같지는 않구나. 날씨가 아주 화창하겠어. 그래, 맞아. 성격이 제각각인 사람들이 한꺼번에 실내에 갇혀 있 어야만 한다면 일은 훨씬 어렵게 될 거라는 내 생각에 너도 동감일 거야. 내 가 둔해 빠진 저다를 관대하게 봐주지 못한다면 아마도 라운드 게임(편을 짜지 않고 각자 하는 차례가 빙빙 돌아가는 게임)은 작년과 똑같이 엉망이 되어 버릴 거야. 나중에 내가 너무 경솔했었다고 헨리에게 얘기했지. 우린 그녀를 초대해야 해. 그건 그녀를 빼놓고 존만 초대한다는 것이 실례가 되기 때문이기도 하지만, 그보다는 그렇게 하지 않으면 일이 더욱 어렵게 꼬여 버리게 되기 때문이지. 게다가, 그녀는 성격이 너무 까다롭단 말이야. 저다같이 까다로운 사람이 때때로 그렇게 멍청해질 수 있다니 참 이상해. 그런 것을 보상의 법칙이라고 말한다면 말도 안 되는 소리야."

"지금 무슨 말을 하는 거예요, 루시?"

"주말에 대해서란다, 미지. 내일 사람들이 여기 모일 거야. 난 밤새도록 그 일에 대해 생각하고 걱정하느라고 잠 한숨 못 잤단다. 하지만, 미지, 너와 의논할 수 있게 되어 참 다행이야. 넌 실리적이고 똑똑해서 항상 모든 일을 현명하게 처리하잖아."

"루시, 지금 몇 시인 줄이나 아세요?" 미지는 퉁명스럽게 말했다.

"정확히 모르겠구나."

"지금 6시 15분이란 말씀이에요."

"아, 그래." 레이디 앙카텔은 미안한 기색도 없이 아무렇지도 않게 말했다.

미지는 화난 눈으로 그녀를 쳐다보았다. 얼마나 신경질 나는 일인가! 루시는 정말 지겨운 여자야! 사람들이 그녀에 대해 어떻게 참아내는지 알 수 없다고 미지는 생각했다. 그러나 미지는 이미 그 대답을 잘 알고 있었다. 미지가 그녀를 쳐다보자 레이디 앙카텔은 미소를 지었다. 그 순간 그녀는 루시가 평생 동안 지녀왔으며, 또 60살이 넘은 지금까지도 변함없이 그녀에게 스며 있는 그 독특한 매력을 다시금 느꼈다. 그 매력 때문에 외국 정부의 수뇌들과 미공군 장교들, 정부 관리들, 또한 많은 사람들이 그녀가 주는 불편함과 성가심과 곤혹스러움을 참아낼 수 있는 것이다. 그녀의 행동 속에 스며 있는 어린애 같이 천진난만한 쾌활함과 기쁨은 사람들이 그녀에 대해 비난을 할 수 없게 만드는 그녀만의 매력이었다.

루시는 그 파란 눈을 크게 뜨고 가냘픈 두 손을 앞으로 내밀며 중얼거렸다.

"미안하구나, 정말로."

그러자 즉시 미지에게서 분노가 사라져 버렸다.

"미지, 정말 미안해. 진작 얘기해 주었더라면 좋았을 것을."

"지금 얘기했잖아요. 그렇지만 이미 늦었어요. 잠이 다 달아나 버린 걸요."

"너 볼 면목이 없구나. 하지만 날 도와주겠지?"

"주말에 관한 일요? 왜, 뭐가 잘못되었나요?"

레이디 앙카텔은 침대 가장자리에 걸터앉았다. 그 모습이 다른 사람이 그렇게 앉는 것과는 아주 다르다고 미지는 생각했다. 그것은 마치 조그만 요정이 나타나 잠시 앉아 있는 것 같았다.

레이디 앙카텔은 흰 손을 들어 애잔한 모습으로 흔들었다.

"모두 재미없는 사람들이 올 거야. 내 말은, 함께 있으면 서로 어울리기 힘든 사람들이란 뜻이야. 그들 하나하나가 재미없는 사람이란 것은 아니고, 사실 그들을 한 사람씩 떼어놓고 보면 모두 매력적인 사람들이지."

"누가 오는데요?" 미지가 검은 머리칼을 반듯한 이마 뒤로 쓸어 넘기며 물었다. 그녀의 팔은 까무잡잡하고 탄력 있어 보였다. 미지는 요정처럼 조그맣고 깜찍하거나 가냘파 보이는 타입은 아니었다.

"존과 저다가 올 거야. 그것만으로는 좋아. 문제는 존이 너무 활발하고 지나치게 매력적이라는 거야. 둔해 빠진 저다에게는 우리 모두 친절히 대해 주어야 해. 아주아주 친절하게 말이야."

미지는 분명치 않은 거부감이 생기는 것을 느끼면서 말했다.

"글쎄요. 저다가 그렇게 얼뜬 사람은 아니에요."

"아냐, 미지, 난 그녀에게 연민을 느껴. 그 눈 좀 봐. 우리 얘기를 한마디도 못 알아듣는 것 같은 표정이잖아."

"그렇지 않아요. 아주머니가 말하는 걸 모르는 바는 아니지만 그녀 탓이라고만 할 수도 없어요. 아주머니는 생각이 너무 앞질러 나가는데, 그 생각을 그대로 즉시 얘기하니까 이야기가 자연스럽게 이어지지 않고 그대로 뛰어넘어가 버리잖아요. 이야기를 연결시켜 주는 고리들을 모두 생략한 채로 말이에요."

"마치 원숭이처럼 뛰어 간단 말이지?" 레이디 앙카텔이 건성으로 말했다.

"크리스토 부부 외에 또 누가 오나요? 내 생각으로는 헨리에타가 올 것 같은데요."

레이디 앙카텔의 얼굴이 밝아졌다.

"맞아. 난 그녀가 힘이 되어줄 것이라고 믿는단다. 헨리에타는 항상 그래 왔어. 너도 알다시피 그녀는 정말로 상냥해. 겉으로만 친절한 척하는 게 아니라 진심으로 친절히 대해 준단다. 그녀는 어수룩한 저다를 많이 도와줄 거야. 작년에 헨리에타는 아주 대단했었지. 그때 아마 우린 리머릭 가락(옛날 아일랜드에서 유행한 5행의 속요(俗謠))이나 단어 만들기 같은 게임을 했을 거야. 게임을 모두 끝내고 그것들을 읽고 있는데 보니까 그 아둔한 저다는 아직 시작도 못하고 있질 않겠어. 그녀는 그 게임이 어떤 것인지조차도 모르는 게 분명했어. 참으로 기막힌 일이었었지, 미지?"

"도대체 그들이 뭣 때문에 여기에 와서 앙카텔 가문의 사람들과 함께 지내는지 모르겠어요. 정신노동도 해야 되고, 라운드 게임은 물론 루시 아주머니만의 독특한 대화 스타일에도 익숙해져야 하는데……."

"그래, 네 말이 맞아. 우린 다른 사람들에게 약간 힘든 존재임이 틀림없어. 특히 저다에게 우린 항상 지긋지긋한 존재지. 그래서, 나는 종종 그녀가 화를 내며 가버릴지도 모른다고 생각했단다. 어쨌든 그날 저다는 너무 당황해서 어쩔 줄을 몰라 했지만 의외로 잘 참고 지내더구나. 오히려 존이 참을성 없이 안절부절못했었지. 나는 그 순간을 어떻게 무사히 넘기고 지나가야 할지조차 생각할 수가 없었단다. 헨리에타가 구세주같이 느껴진 게 바로 그 순간이었어. 헨리에타가 자연스럽게 저다가 입고 있던 스웨터로 화제를 돌렸거든. 그녀는, '누르죽죽한 스웨터를 입는다는 건 딱 질색이에요. 그렇다고 사람들이 북적대는 가게에서 세일하는 옷을 사 입기도 싫고요.'라고 저다에게 말을 걸었지. 그러자 그녀의 표정이 즉시 밝아지는 거야. 아마 그녀는 그 스웨터를 직접짜서 입은 모양이야. 헨리에타는 그녀에게 스웨터의 종이본을 달라고 부탁했는데, 그때 저다의 표정이 얼마나 행복하고 자랑스러워 보였는지 몰라. 헨리에타에 대해서 하고 싶은 얘기가 그거란다. 그녀는 그런 식으로 사람의 마음을 어루만져 주는 데 도사야. 그게 바로 재치라는 거겠지."

"그녀가 애썼군요." 미지가 느린 어조로 말했다.

"그럼, 그녀는 어떻게 말해야 하는지를 알고 있지."

"그렇지만 말이에요……, 그건 말로만 그친 게 아니에요. 루시, 헨리에타가 실제로 스웨터를 떴다는 것을 알고 계세요?"

"어머나! 그래서 그 스웨터를 입었니?"

레이디 앙카텔의 얼굴이 걱정스러워졌다.

"그럼요. 헨리에타는 일을 철저하게 하잖아요."

"그 입은 모습이 보기 흉했지?"

"천만에요. 그것을 입은 헨리에타는 아주 예뻤어요."

"물론 그렇겠지. 그게 바로 헨리에타와 저다의 차이점이야. 헨리에타는 무슨 일이든지 잘해 내고, 또 그것이 늘 옳다는 것으로 끝이 나지. 다시 말해, 그녀는 자기의 직업에서와 마찬가지로 다른 모든 일에 대해서도 현명하게 대처한단 말이야. 미지, 나는 헨리에타가 있으면 이번 주말을 무사히 보내게 될 거라고 믿어. 그녀는 저다에게 친절히 대해 줄 것이고, 헨리를 즐겁게 해주며, 또한 존의 기분을 맞춰 줄 거야. 뿐만 아니라 데이비드에겐 큰 힘이 되어 줄 거라고 믿어."

"데이비드 앙카텔?"

"맞아. 바로 그 애야. 그 애는 지금 옥스퍼드 아니면 케임브리지 대학에 다니고 있단다. 사춘기에 든 또래의 사내애들은 다루기가 참 힘든 법이지. 특히 그 애들이 보통 애들보다 훨씬 똑똑한 경우에는 더해. 데이비드는 나이에 비해 아주 지적으로 뛰어난 아이야. 아이들은 그 나이에 맞게 지적인 발달이 이루어져야 좋을 것 같아. 그 애들이 이맛살을 잔뜩 찌푸리고 손톱을 물어뜯을 때에는 그들이 우리 눈에 온통 결점투성이로 보이지만, 때로는 어른스러울 때도 있어서 우리를 놀라게 만들지. 그리고 어떤 때에는 한마디도 하지 않고 입을 꾹 다물고 있다가 자기들 기분이 내키면 지붕이 내려앉을 정도로 시끄럽게 떠드는 거야. 아까도 내가 말했지만, 헨리에타는 그런 아이들도 잘 다루리라 믿어. 왜냐하면 그녀는 눈치가 아주 빨라서 그 애들의 관심을 끄는 이야기가 무엇인지 알고 있거든. 게다가 그녀는 석고나 금속으로 동물이나 사람의 두상을 조각하는 게 아니라, 우리가 봐서는 이해할 수 없는 그런 것들을 조각한단 말이야. 아이들은 보통 그러한 조각가를 존경하기 마련이지. 나는 작년에 뉴 아티스트 화랑에서 전시회를 가진 헨리에타의 작품을 봤는데, 그것은 마치 너무 정교하여 쓸모없는 발판 사다리 같았어. 제목이 붙어 있었는데, '위로 향하는 마음'이라고 했던 것 같았어. 데이비드 같은 아이에게는 그런 것이 마음에 들겠지―난 그걸 보고 너무 바보 같다고 생각했는데 말이야."

"어머, 루시 아주머니!"

"그러나 헨리에타 작품 중에서 어떤 것은 아주 아름답다고 나도 생각한단다. 한 예로 '흐느끼는 물푸레나무'라는 작품을 들 수 있지."

"헨리에타는 정말 예술에 천재적인 소질이 있나 봐요. 게다가, 그녀는 아름답고 모든 일에 완벽하죠." 미지가 말했다.

레이디 앙카텔은 자리에서 일어나 다시 창문 쪽으로 갔다. 그녀는 무의식적으로 블라인드 끈을 만지작거렸다.

"왜 도토리일까?" 레이디 앙카텔이 중얼거렸다.

"도토리?"

"블라인드 끈에 매달린 것 말이야. 마치 문에 달아 놓은 파인애플 같아. 내 말은 왜 항상 도토리만 블라인드 끈에 매달려 있느냐는 거지. 전나무 열매나 배나무 열매일 수도 있을 텐데. 거기엔 분명히 어떤 이유가 있을 거야. 너도 알겠지만, 글자 맞추기 퀴즈에서는 그것을 항상 돼지용 도토리라고 부른단다. 왜 항상 그 도토리를 블라인드 끈에 매다는지 참 이상해."

"루시 아주머니, 지금 그런 것을 생각할 때가 아니잖아요. 우린 지금 주말에 대해 얘기하던 중이었어요. 난 왜 아주머니가 그렇게 신경을 쓰는지 잘 모르겠어요. 작년처럼 라운드 게임이 엉망진창이 되지 않도록 하려면 저다가 알아들을 수 있도록 차근차근히 얘기하면 되잖아요. 그리고 순하고 똑똑한 데이비드는 헨리에타에게 맡기면 모든 게 잘 될 거고 그러면 어려울 게 없잖아요?"

"그래도 또 하나가 남아 있단다. 에드워드가 올 거거든."

"어머, 에드워드가." 미지는 그 이름을 되뇌며 잠시 생각에 잠겼다.

이윽고 그녀는 나지막한 목소리로 물었다.

"아주머니는 왜 이번 주말에 에드워드를 초대했어요?"

"내가 초대한 게 아냐, 미지. 일이 그렇게 되어 버렸어. 자기가 그냥 오겠다고 한 거지. 에드워드가 보낸 전보를 받았단다. 자기가 여기에 와도 좋겠냐고 쓰여 있더구나. 넌 에드워드가 어떤 사람인지 잘 알고 있을 거야. 얼마나 감수성이 예민한 사람이니! 내가 그에게 오지 말라고 한다면 아마 그는 평생 여기에 발을 들여놓지 않을 거야. 암, 에드워드는 그러고도 충분히 남을 사람이지."

미지는 천천히 고개를 끄덕였다.

그래, 에드워드는 바로 그런 사람이라고 그녀도 생각했다. 에드워드의 다정하고 온화한 얼굴이 눈앞에 떠올랐다. 그 얼굴은 품위 있고 수줍어 보였다. 또한, 루시가 지닌 그 신비한 분위기가 그의 얼굴에도 약간 스며 있었다.

"사랑스런 에드워드!"

루시가 미지의 마음을 읽기라도 한 것처럼 중얼거렸다. 그리고 나서 그녀는 성급하게 말을 계속했다.

"헨리에타가 에드워드와 결혼한다면 얼마나 좋을까! 난 헨리에타가 그를 정말로 좋아하고 있다는 것을 알아. 헨리에타와 에드워드 두 사람만 여기서 우리와 함께 주말을 보낸다면 얼마나 좋을까! 존 크리스토는 빼놓고 말이야. 에드워드는 존 때문에 극심한 피해를 입은 사람이야. 존은 너무나 많은 것을 갖고 있는 반면에, 에드워드는 그렇지가 못하다는 내 말 알아듣겠니?"

미지는 다시 한 번 고개를 끄덕였다.

"싫지만 이번 주말에 크리스토 부부를 못 오게 할 수는 없어. 벌써 오래전에 약속을 해놓았기 때문이야. 미지, 모든 일이 힘들 것 같아. 생각해 봐. 데이비드는 인상을 잔뜩 쓴 채 자기의 손톱을 물어뜯을 것이고, 난 저다에게 신경 쓰느라 쩔쩔맬지도 몰라. 존은 너무 적극적이고 활발해서, 아마 모든 사람들을 압도하겠지. 그런데, 에드워드는 너무 내성적이라……."

"재료만 보고는 어떤 푸딩이 될지 모르잖아요." 미지가 중얼거렸다.

루시가 미지를 보며 미소를 지었다. 그녀가 생각에 잠겨 말했다.

"때로는……, 문제가 저절로 간단하게 풀리기도 하지. 이번 일요일 점심식사에 내가 탐정 한 사람을 초대했어. 아마도 우린 기분 전환이 될 거야."

"탐정?"

"달걀처럼 생겼지." 레이디 앙카텔이 말했다.

"헨리가 바그다드에서 식민지 고등판무관으로 있을 때 알게 된 사람인데, 그 사람은 어떤 사건을 해결하기 위해 거기에 왔었대. 우리는 여러 관리들과 함께 식사할 기회가 있었는데, 거기에서 그 사람을 처음 만났어. 내 기억으로는 그 사람이 흰색 면 양복을 차려입고 단춧구멍에 핑크색 꽃을 꽂았던 것 같아. 그뿐만 아니라 그는 윤이 반짝반짝 나는 검은색 에나멜 구두도 신고 있었던 것 같아. 나는 누가 누구를 죽였다는 그런 이야기에 대해서는 관심이 없었기 때문에 그때 무슨 이야기를 나눴는지는 기억이 잘 안 나. 일단 사람이 죽으면 그걸로 끝인데 왜 그 일에 대해 야단법석을 떠는지 참 우스워……."

"루시, 하지만 아주머니는 많은 범죄들을 알고 있는 그 사람을 여기에 내려오라고 초대했잖아요?"

"오! 아니야, 미지, 우리 집에서 가까운 곳에 요즈음 새로 지은 별장이 두 채 있단다. 지금 그 사람은 그중 한 곳에서 지내고 있지. 그런데, 그 별장들은 보기에도 참 우스워. 머리가 부딪칠 정도로 낮은 대들보, 완벽한 배관 공사, 자연 그대로의 정원이 딸린 시골집이라고 할 수 있지. 그런데, 런던 사람들은 그런 시골집 같은 별장을 좋아한단 말이야. 또다른 별장에는 여배우가 산다고 들었어. 그들은 우리처럼 항상 별장에서만 살지는 않는단다. 그렇지만……."

레이디 앙카텔은 다시 창문에서 미지가 누워 있는 침대 쪽으로 걸어왔다.

"그들이 별장에서 지내는 것을 아주 즐거워한다는 것만은 분명한 사실이야. 미지, 나를 도와줘서 너무나 고맙구나."

"난 별로 도움이 되지 못한 것 같은데요."

"아냐, 무슨 말을!"

레이디 앙카텔은 진심으로 미지에게 고마움을 느끼는 것 같았다.

"자, 아침식사는 걱정하지 말고, 너 자고 싶은 만큼 푹 자도록 해. 그리고 일어나면 너 하고 싶은 대로 마음대로 하렴."

"마음대로?" 미지는 의외인 것 같았다.

"당연하—아하!" 미지가 웃음을 터뜨렸다.

"알겠어요, 루시 아주머니. 어쩜 내 마음을 그렇게 잘 꿰뚫어 보죠? 아마도 이곳에 있는 동안은 내 마음대로 하면서 지낼 거예요."

레이디 앙카텔은 미소를 띠고서 미지의 방에서 나왔다. 그녀는 복도를 따라 걸어가다가 욕실 문이 열려 있는 것을 보았다. 그 욕실 안에는 물주전자와 가스난로가 놓여 있었다. 그것을 본 순간 레이디 앙카텔은 갑자기 한 가지 생각이 떠올랐다. 사람들이 차를 좋아한다는 것을 그녀는 알고 있었다. 미지가 깊이 잠들기 전에 차 한 잔을 끓여 그녀에게 갖다 줘야겠다고 레이디 앙카텔은 생각했다. 그래서, 그녀는 가스난로에 물주전자를 올려놓았다. 그러고 나서 그녀는 계속 복도를 따라 자기 남편의 방문 앞에 이르러 그 문손잡이를 돌렸다.

그렇지만, 문은 굳게 잠겨 있었다. 유능한 행정관리인 헨리 앙카텔 경은 자기의 아내인 루시의 성격을 너무나 잘 알고 있었다. 그는 아내를 매우 사랑했지만, 그 아내가 자기의 아침잠을 깨우는 것만은 질색이었던 것이다. 레이디 앙카텔은 자기 방으로 돌아왔다. 그녀는 지금 당장 헨리와 이야기를 나누고 싶었지만 나중에 해도 늦지 않을 거라고 생각했다.

레이디 앙카텔은 열린 창문 옆에 서서 잠시 밖을 내다보다가 하품을 했다. 그녀는 침대로 올라가서 베개를 베고 누워 곧 어린애처럼 잠이 들었다. 욕실에서는 주전자의 물이 끓고 또 끓고 있었다.

"집사님, 주전자가 또 못 쓰게 되어 버렸어요." 하녀인 시몬스가 말했다.

할로 저택의 집사인 거전이 희끗희끗한 머리를 설레설레 내저었다. 그는 시몬스에게서 새까맣게 타버린 주전자를 받아들고 식기실로 걸어갔다. 그러고는 찬장의 아래 칸에 넣어둔 여섯 개의 주전자 가운데서 하나를 꺼냈다.

"이걸 받아요, 시몬스 양. 마님께서는 결코 이런 사실을 모르실 게요."

"마님은 자주 주전자를 태워서 못 쓰게 만드시나요?"

거전은 한숨을 내쉬고 나서 말했다.

"그분은 대단히 상냥하고 친절하시지만 너무 잘 잊어버리셔서 탈이야. 그러나 이 집에서는—." 그가 단호하게 말을 이었다.

"마님께서 당황하거나 걱정하지 않으시도록 그에 대한 만반의 준비가 되어 있어야 해요."

제2장

　헨리에타 세이버네이크는 조그만 점토 덩어리를 둥글게 말아 얼굴의 섬세한 부분을 만들고 있었다. 그녀는 아주 능숙하게 점토로 소녀의 두상을 만들고 있는 중이었다. 그러면서 그녀는 건성으로 약간 코맹맹이 소리가 섞인 평범한 목소리의 여자가 말하는 이야기를 듣고 있었다.

　"세이버네이크 양, 그래서 내가 옳았다고 생각해요. 나는, '정 그렇다면 당신 마음대로 해보세요!'라고 말해줬죠. 왜냐하면 그런 일들이 생기지 못하게 미리 막는 것은 모두 여자에게 달려 있다고 생각하기 때문이죠. 내 말 이해하시겠죠? '당신이 내게 말한 그런 일에 대해서 나는 잘 몰라요. 하지만, 당신이 매우 추잡한 상상을 하고 있다는 것만은 분명히 말씀드릴 수 있어요!'라고 내가 말했죠. 물론 말다툼하고 싶지는 않았어요. 그렇지만, 내가 딱 잘라 말한 것은 잘했다고 생각하는데요."

　"아, 그렇고말고요."

　헨리에타를 잘 알고 있는 사람일지라도 그녀가 지금 그 모델의 이야기를 건성으로 듣고 있다는 사실을 모를 정도로 그녀는 적당하게 맞장구를 쳤다.

　"그리고 '당신의 부인이 그런 식으로 말한다면 난 어쩔 수가 없어요!'라고 그에게 말해줬죠. 세이버네이크 양, 나는 어째서 그런지 모르겠어요. 내가 가는 곳마다 꼭 문제가 생기는 것 같거든요. 그렇지만, 분명히 그것은 내 잘못이 아니에요. 내가 말하고 싶은 것은, 남자들이란 예쁜 여자를 보기만 하면 맥을 못 춘다는 거지요."

　그 모델은 나지막한 목소리로 요염하게 웃었다.

　"남자들이란 다 그렇죠." 눈을 반쯤 내려뜬 채로 헨리에타가 말했다.

　그러나 실제로 그녀는, '좋아, 눈꺼풀 바로 밑면은 아주 근사해. 그리고 이면과 맞닿아 내려가는 부분도 좋고……턱 옆의 각도는 틀렸어……다시 만들어야겠는데……이건 힘든 일이야.'라고 생각하고 있었다.

헨리에타는 동정에 찬 어조로 크게 말했다.

"그 때문에 그만 당신이 난처하게 되어 버렸군요."

"세이버네이크 양, 내 말을 아시겠지만, 질투란 표현은 알맞지 않아요. 그건 자기보다 더 젊고 예쁜 사람한테 느끼게 되는 부러움이라고 할 수 있거든요."

헨리에타는 턱 부분의 작업을 하면서 건성으로 대답했다.

"그야 그렇죠."

몇 년 전에 그녀는 동시에 여러 가지 일을 할 수 있는 비결을 익혔다. 그래서, 헨리에타는 브리지 게임을 하면서도 매우 지적인 대화를 나눌 수 있었으며, 특별한 신경을 쓰지 않고서도 매우 논리정연한 편지를 쓸 수가 있었다. 그녀는 지금 '나우시카'라는 제목의 작품을 만드는 데에 몰입해 있었다. 그래서, 그녀는 그 예쁜 입술로 계속 천박하게 수다를 떨고 있는 모델의 이야기를 한 귀로 듣고 한 귀로 흘려보내고 있었다. 그런데도 헨리에타는 일일이 그녀의 이야기에 맞장구를 쳐서 자기가 그녀의 이야기를 귀 기울여 듣지 않는다는 것을 그녀가 눈치채지 못하게 할 수 있었던 것이다. 모델들은 으레 수다 떨기를 좋아한다는 것을 헨리에타는 잘 알고 있었다. 특히 아마추어 모델일수록 몇 시간씩 꼼짝 않고 같은 자세로 있어야 하는 것을 매우 힘들어 했다. 그 힘든 것을 참기 위해 그들은 수다스럽게 자기자랑을 떠벌이는 것이었다. 그렇기 때문에 헨리에타는 건성으로 듣고 대답하기는 했지만 실제로는 마음속에서 그녀는, '천박한 말이 가득 찬 저 평범한 입술……그렇지만 저 눈!……저 눈은 굉장해. 너무 너무 아름다워…….'라고 생각하고 있었다.

그녀가 눈 주위를 다듬고 있는 동안에는 그 모델이 실컷 얘기하도록 내버려 두었다. 물론 헨리에타가 입술의 모습을 본뜨게 되면 그때는 그녀에게 조용히 있어 달라고 부탁할 생각이다. 그 입술의 곡선 속에 모든 천박한 것을 담아야겠다고 생각하니 헨리에타는 웃음이 나왔다.

'젠장, 이런!' 헨리에타가 갑자기 화를 내었다.

'정말 중요한 눈썹을 망쳤잖아! 도대체 뭐가 잘못된 거지? 선이 너무 강조

되었나 봐. 저 눈썹은 짙은 게 아니라 아주 가는데……'

그녀는 이맛살을 찌푸리고 다시 뒤로 한 걸음 물러서서 모델대에 앉아 있는 모델과 자기가 만들고 있는 그 작품을 비교해 보았다.

도리스 샌더스는 계속 떠들고 있었다.

"나는, '당신의 남편이 나를 좋아한다면 나에게 선물을 했을 거예요.'라고 말했죠. 그리고 또, '당신이 그런 식으로 생각해서는 안 된다고 생각해요.'라고 말해줬고요. 세이버네이크 양, 그것은 눈이 아찔할 정도로 예쁜 팔찌였어요. 사실은 그 남자가 가난했기 때문에 나에게 그 비싼 팔찌를 사줄 수 없었던 거죠. 그렇지만, 그 남자에게는 그게 오히려 다행이었을 것이라고 생각해요. 아마도 내가 그에게서 그 선물을 받았더라면 결코 되돌려주지 않았을 것이기 때문이죠."

"아니야, 아니야." 헨리에타가 중얼거렸다.

"그 남자와 나 사이에 무슨 일이 있었던 것은 아니에요. 다시 말해, 우리는 결코 그런 추잡한 관계를 가진 적이 없다는 거죠."

"그럼요, 그럴 리가 없겠죠." 헨리에타가 말했다.

그녀의 찌푸렸던 이맛살이 펴졌다. 그로부터 30여 분 동안 헨리에타는 미친 듯이 작업에 몰두했다. 그녀가 대충 작품을 완성했을 때, 그녀의 이마와 머리카락에는 여기저기 흙덩이가 들러붙어 있었고, 그녀의 눈은 광기를 띠고 있었다. 드디어 그것이 다가오고 있었다. 그녀는 그것을 유심히 보고 있었다……

이제 몇 시간 만 지나면 지난 열흘 동안 그렇게도 헨리에타를 괴롭혔던 그 고뇌에서 그녀는 벗어날 수 있으리라. 나우시카! 그녀를 그렇게도 고민스럽게 만들었던 나우시카! 그녀는 열흘 동안 자나깨나 나우시카 생각만 하며 살았다. 그래서 그녀는 나우시카와 함께 일어났고, 나우시카와 함께 밥을 먹었으며, 나우시카와 함께 거리를 돌아다녔던 것이다. 헨리에타의 마음속에 어느 날 갑자기 찾아온 그 멍한 표정의 얼굴, 손에 잡힐 듯 잡힐 듯하면서도 결코 잡히지 않는 그 얼굴을 찾아 그녀는 열에 들뜬 채 무턱대고 매일 온 거리를 헤매고 다녔었다. 그녀는 모델이 될 만한 사람들을 여러 명 만나보기도 했지만, 그녀가 찾는 얼굴은 없었고 실망감만 깊이 맛보았을 뿐이었다.

헨리에타는 자기 마음속에 있는 그 얼굴을 생생하게 표현하기 위한 모델, 즉 전형적인 미인형보다는 표정에 그 어떤 것을 지닌 모델을 찾고 있었던 것이다. 그렇게 매일 거리를 돌아다니는 바람에 몸이 녹초가 되어 버렸지만 그 일을 그만둘 수는 없었다. 그것은 그녀의 절박한 소망 때문이었다. 즉, 헨리에타는 손에 잡힐 듯하면서도 잡히지 않는 그 얼굴을 어떻게해서든지 찾아 작업을 시작해야 한다는 생각에 사로잡혀 있었던 것이다. 그래서, 시간이 흐를수록 그녀는 좌절하고 괴로워하게 되었었다.

그러던 어느 날 그녀가 길을 걷고 있을 때였다. 갑자기 그녀는 눈앞이 아찔해지는 것을 느꼈다. 바로 앞에서 그녀가 찾고 있었던 멍한 표정의 사람이 걸어오고 있었기 때문이다. 그녀는 주위의 아무것도 보이지 않았다. 오직 그 얼굴밖에 보이지 않았다. 그 얼굴이 점점 가까이 다가오고 있었다. 그녀는 잔뜩 긴장한 채 점점 가까이 다가오는 그 얼굴만 뚫어져라 쳐다보고 있었다. 그녀는 자꾸 몸이 떨리고 정신이 아득해지는 것을 느꼈다……

이윽고 그녀가 제정신을 차리고 보니 어디론지 달려가고 있는 버스 안이었다. 그리고 그녀는 어떤 아가씨 바로 맞은편에 앉아 있었다. 그녀는 똑똑히 보았다. 손에 잡힐 듯하면서도 잡히지 않던 그 나우시카를! 어린애 같은 얼굴, 반쯤 벌어진 입술과 멍하니 뭔가를 바라보는 그 눈의 나우시카를!

그 아가씨가 벨을 누르고 버스에서 내렸다. 헨리에타는 그녀의 뒤를 따라갔다. 이제 헨리에타는 마음의 안정을 되찾아 사무적인 문제를 해결할 생각이었다. 자기가 그렇게도 찾아 헤맸던 것을 찾아냈기 때문이다. 이제 그것을 찾기 위해 그렇게 좌절하고 고민하던 것은 다 사라져버렸다.

"실례지만 얘기 좀 해도 될까요? 나는 조각가인데요, 솔직히 말하자면 당신의 머리를 모델로 했으면 참 좋겠군요."

헨리에타가 아주 정중하고 친절한 어조로 그 아가씨에게 말을 걸었다. 그녀는 남에게 무엇인가를 부탁할 때 어떻게 해야 상대방이 그 부탁을 거절하지 않고 들어주는지를 잘 알고 있었다.

도리스 샌더스는 잠시 의아한 표정이었지만 곧 우쭐해져서 말했다.

"무슨 말씀인지 잘 모르겠군요. 꼭 내 머리만 있어야 한다면, 물론 그것은 불가능하겠죠!"

몇 마디를 더 주고받은 뒤에 도리스 샌더스는 약간 더듬거리며 미묘한 돈 문제를 꺼냈다.

"당연히 직업 모델에게 주는 만큼 드려야지요."

이렇게 하여 이제 나우시카가 그 모습을 드러내게 되었던 것이다. 도리스 샌더스는 잔뜩 우쭐하여 모델대 위에 포즈를 잡고 앉아 적당히 맞장구를 쳐주는 헨리에타에게 신이 나서 자기자랑을 떠벌이고 있었다. 그녀는 헨리에타의 작업실에 있는 여러 작품들이 아주 마음에 들지는 않았지만, 자기의 모습이 작품으로 만들어져 영원히 남게 된다는 사실이 그녀의 허영심을 충분히 만족시켜 주기 때문인지 매우 즐거워했다.

모델대 옆에 있는 탁자 위에는 그녀의 안경이 놓여 있었다. 그녀는 너무 근시여서 안경을 쓰지 않으면 1야드(90㎝) 앞도 볼 수 없을 정도이지만, 미적인 면 때문에 웬만하면 더듬는 한이 있더라도 거의 안경을 쓰지 않노라고 헨리에타에게 고백했다. 그 말을 듣고 비로소 헨리에타는 알겠다는 듯이 고개를 끄덕였다. 그녀가 어떻게 해서 그렇도록 멍하니 무언가를 바라보고 있는 듯한 아름다운 눈을 가지고 있는지에 대한 의문이 풀렸기 때문이었다.

몇 시간이 흘렀다.

갑자기 헨리에타가 작업하던 도구를 내려놓고 기지개를 켰다.

"됐어요." 그녀가 말했다.

"이제 다 끝났어요. 너무 힘들었죠?"

"오, 아니에요, 세이버네이크 양, 아주 재미있었어요. 그런데 정말 다 끝났다는 말인가요? 이렇게 빨리?"

헨리에타가 웃음을 터뜨렸다.

"물론, 완전히 완성된 것은 아니에요. 조금 더 손질을 해야 하죠. 그러나 당신은 이제 더 이상 수고하지 않아도 돼요. 당신을 필요로 하는 부분은 다 끝냈기 때문이죠."

도리스 샌더스가 모델대 위에서 천천히 내려왔다. 그녀가 안경을 쓰자 그 얼굴을 매력적으로 보이게 해주던 천진난만하면서도 어수룩해 보이는 표정이 즉시 사라져 버렸다. 대신에 경박하고 값싸 보이는 예쁘장한 얼굴의 여자가 거기에 있을 따름이었다.

그녀는 헨리에타 옆으로 걸어와서 만들어진 점토 원형을 바라보았다.

"어머!" 그녀가 실망한 목소리로 의아하게 말했다.

"나랑은 전혀 닮지 않았군요."

헨리에타는 미소를 지으며 말했다.

"예, 이건 초상화가 아니거든요."

실제로 헨리에타가 몇 시간에 걸쳐 만든 그 점토 원형은 조금도 도리스 샌더스의 모습과 같지 않았다. 헨리에타가 나우시카라는 작품의 성격을 나타내주는 본질적인 요소라고 생각한 부분은 눈 부위와 광대뼈의 선이었기 때문이었다. 그것은 도리스 샌더스가 아니었다. 그것은 시인이 시 속에서 창조해 내는 눈먼 소녀의 모습이었다. 그 입술은 도리스의 입술처럼 벌어져 있었지만, 그래도 도리스의 입술은 아니었다. 그것은 도리스와는 다른 언어로 말하고, 도리스의 생각이 아닌 다른 생각을 말할 수 있는 입술이었다.

얼굴의 어느 한 부분도 뚜렷한 형체를 가지고 있는 게 없었다. 그것은 눈으로 볼 수는 없지만 헨리에타의 머릿속 깊은 곳에 아로새겨진 나우시카의 모습이었던 것이다……

"저—." 도리스 샌더스가 미심쩍다는 표정으로 말했다.

"조금 더 손질하면 더 낫게 보일 것이라고 생각은 하지만……, 정말 내가 더 이상 필요하지 않으세요?"

"예, 그래요." 헨리에타가 말했다. 그리고 마음속으로 그것이 얼마나 다행한 일인지 모르겠다고 그녀는 생각했다.

"아가씬 정말 훌륭했어요. 도와주셔서 고마워요."

그녀는 교묘하게 도리스를 작업실 밖으로 서둘러 쫓아 버렸다. 그러고는 블랙커피를 한잔 만들어 마셨다. 그러자 헨리에타는 피로가 전신에 엄습해 오는 것을 느꼈다. 육체적으로는 녹초가 되었지만 그녀의 마음은 평화로웠고 매우 행복했다. '하느님, 감사합니다, 제가 다시 인간이 될 수 있게 해주셔서.'

그때 갑자기 존의 생각이 그녀의 머리에 떠올랐다.

"존―." 그녀는 그의 이름을 가만히 불러 보았다. 그러자 그녀의 뺨이 발그레해지면서 가슴이 빠르게 고동치기 시작했다.

'내일 내가 할로 저택에 가기로 했지. 그러면 존을 만나게 되겠구나…….'라고 그녀가 생각했다.

헨리에타는 긴 안락의자에 편안한 자세로 앉아 뜨겁고 진한 액체를 한 모금씩 마셨다. 그 자리에서 그녀는 블랙커피를 세 잔이나 마셨다. 그러자 그녀는 피로가 가시며 새로운 힘이 솟구치는 것을 느낄 수 있었다.

다시 인간이 될 수 있다는 것은 너무나 멋진 일이라고 그녀는 생각했다. 무엇엔가 쫓기듯이 항상 조급하고 불안한 느낌이 어디론가 사라져 버리고, 그 대신 평온함을 맛볼 수 있다는 것은 얼마나 근사한 일인가! 자기가 찾고 있는 것이 분명하게 어떤 건지를 모른다는 사실 때문에 더욱더 애타고 조급해하면서 이 거리 저 거리를 헤매고 다니지 않아도 된다는 것은 얼마나 행복한 일인가! 이제는 육체적으로 힘든 작업만 남아 있다는 것이 헨리에타는 고맙게 여겨졌다. 누군들 그것을 마다하겠는가?

그녀는 빈 잔을 탁자 위에 내려놓고 일어서서 나우시카에게로 걸어갔다. 그 것을 한참 동안 바라보던 그녀의 미간이 차츰 찌푸려지기 시작했다.

이게 아니었어……, 정말 이게 아니었는데……. 무엇이 잘못된 것일까?

앞이 안 보이는 눈! 건강한 눈보다 훨씬 아름다운 눈먼 눈, 사람의 마음을 갈가리 찢어 놓는 듯한 그 눈먼 눈, 그것이 헨리에타가 심혈을 기울여 표현하고자 한 눈이었다. 그런데, 그 눈의 표현이 잘못된 것일까?

아니, 그렇지는 않았다. 문제는 그녀가 의도하지도 않았고, 또 생각지도 못했던 그런 분위기가 그 눈에 스며 있다는 데 있었다. 분명히 전체적인 구성은 매우 좋았다. 그러나 그 모습 어딘가에는 천박하고 심술궂은 느낌을 주는 것이 희미하게나마 스며 있었다.

그녀는 작업하는 동안 도리스 샌더스의 얘기를 한 귀로 듣고 한 귀로 흘려보냈었다. 결코 그녀의 얘기를 귀 기울여 듣지 않았었다. 그럼에도 불구하고 어찌된 까닭인지 도리스 샌더스의 그 주접스러운 얘기가 그녀의 귀로 들어와 그녀의 손을 타고 나우시카의 속에 자리를 잡아 버렸던 것이다.

이제 헨리에타는 나우시카에게서 결코 도리스의 추잡한 느낌, 그 천박한 분위기를 없애버릴 수 없다는 것을 알았다. 그녀는 나우시카에게서 급히 고개를 돌려 버렸다. 아마도 그것은 환상일지도 모른다. 그래, 분명히 그것은 환상이었어. 내일 아침에 보면 지금과는 아주 다른 느낌이 들지도 몰라.

그녀는 곤혹스러운 표정을 지으며 마음속으로 생각했다.

'사람이란 아주 조그만 것에도 영향을 참 쉽게 받는 동물이야……'

그녀는 눈살을 찌푸린 채 작업실의 맨 끝으로 걸어갔다. 그리고 '숭배자'라는 인물작품 앞에 멈춰 섰다. 그 인물상은 어디 하나 나무랄 데 없이 훌륭했다. 잘 짜인 구도, 배나무의 결무늬를 최대한 살린 뒷마무리 등 조금도 흠 잡을 데가 없었다. 그녀는 그것을 오랫동안 간직해 왔다.

헨리에타는 다시 한 번 그 인물상을 찬찬히 뜯어보았다. 역시 그것은 훌륭한 작품이었다. 거기에 대해서는 더 이상 얘기 할 필요가 없었다. 헨리에타가 오랫동안 심혈을 기울여 그 인물상을 제작한 것은 국제 그룹전에 출품하기 위해서였다.

그래, 그것은 매우 훌륭한 전시회였지. 겸손한 모습, 탄탄해 보이는 목 근육, 앞으로 굽은 어깨, 약간 위로 치켜든 평범한 얼굴의 그 인물상은 그 전시회에서 많은 사람들로부터 호평을 받았었다.

그 인물상은 그녀가 의도했던 순종, 공경, 단순한 우상숭배를 넘어서는 절대적인 헌신의 표정이 완벽하게 표현된 작품이었던 것이다.

헨리에타가 한숨을 내쉬었다. 존이 그렇게 화만 내지 않았었더라면 더욱 좋았을 것이라고 그녀는 생각했다.

존이 그렇게 불같이 화를 낼 줄 몰랐기 때문에 그녀는 매우 놀랐었다. 그 일은 존이 자기 자신을 알고 있지 못하다는 것을 말해 주는 한 예라고 그녀는 생각했다. 그는 단호하게 말했었다.

"그것을 전시해서는 안 돼!"

그래서 그녀도 역시 딱 잘라 말했었다.

"난 할 거예요!"

헨리에타는 몸을 돌려 나우시카에게로 천천히 걸어갔다. 나우시카를 훑어보면서 그녀는 조금 수정해야겠다고 생각했다. 나우시카에게 스프레이로 물을 뿌린 뒤, 헨리에타는 축축한 헝겊을 그 위에 덮어두었다. 그것을 완전히 완성하는 것은 월요일이나 화요일 이후가 될 것이다. 그러니, 지금 조급하게 서두를 필요는 없었다. 그녀가 그렇게 찾으려고 애썼던 나우시카의 기본적인 형체는 이미 완성되었기 때문이었다. 이제는 며칠만 참고 기다리면 되는 것이다.

앞으로 사흘간은 행복한 마음으로 루시와 헨리 부부, 미지, 그리고 존과 함께 보낼 수 있을 것이다!

헨리에타는 하품을 하고 마치 고양이처럼 몸을 죽 펴서 늘어지게 기지개를 켰다. 온 뼈마디가 욱신거리면서 피로가 그녀의 몸을 휩쌌다.

그래서, 그녀는 뜨거운 물로 목욕을 하고 잠자리에 들었다. 그리고 침대에 누워 천창을 통해 하늘을 바라보았다. 한두 개의 별이 반짝이고 있는 것이 보였다. 그녀의 시선이 그중 왼쪽에 있는 별로 가서 머물렀다. 그 별은 마치 그녀의 초기 작품 중의 하나인 '유리 가면'을 비춰 주고 있는 꼬마전구 같았다. 아니, 차라리 투명한 보석이라고 그녀는 생각했다. 그런 생각은 헨리에타가 잠자리에 누워서 늘 하는 것이었다. 사람이 정신적 고통에서 벗어날 수 있다는 것은 참으로 행복한 일이라고 그녀는 생각했다.

이제, 자자! 헨리에타는 진한 블랙커피를 세 잔이나 마셨지만, 그녀가 원하기만 하면 곧 잠들 수 있었다. 오래전에 그녀는 잠이 오지 않을 때 쉽게 잠이 드는 방법을 익혔기 때문이었다.

편안한 자세로 누워 생각을 하되, 머릿속에 생각들이 부드럽게 흘러가도록 내버려 둔다. 어느 한 생각이나 문제에만 집착하거나 정신을 쏟지 않도록 한다. 물을 손으로 움켜잡으면 손가락 사이로 새어 나가듯이, 생각의 물이 미끄러져 나가도록 한다 등등……

차고가 있는 쪽에서 차의 시동 거는 소리가 들려왔다. 그리고 어딘가에서는 시끌벅적하게 떠들고 웃는 소리가 들려왔다. 헨리에타는 반무의식 상태에서 그런 소리들을 어렴풋이 듣고 있었다.

그 차는 포효하는 호랑이라고 그녀는 생각했다.

노란 바탕에 검은 줄무늬가 있는……울창한 숲과 시원한 그늘……햇볕이 쨍쨍 내리쬐는 정글……강을 따라가고……열대 지방의 유유히 흐르는 강물……바다와 정기 여객선이 떠 있고……작별을 고하는 울음에 찬 목소리……갑판 위에 서 있는 그녀와 존……서로 마주 보는 두 사람……푸른 바다는 고요하고……두 사람은 식당으로……테이블 맞은편에 앉아 있는 그에게 미소를 지어……마치 프랑스의 고급 레스토랑에서 식사를 하는 것 같아……가엾은 존, 너무나 화났어!……밤공기를 들이마시고……런던 교외를 신나게 질주하는 차……셔블 다운을 지나고……나무들……할로 저택……루시……존……리지웨이 병(Ridgeway`s Disease)……사랑하는 존…….

어느덧 그녀는 행복한 모습으로 깊은 잠 속에 빠져 들어갔다. 그러나 얼마 지나지 않아 헨리에타는 무엇인가 그녀의 목을 짓누르는 듯한 느낌에 퍼뜩 잠이 깨었다. 무엇인가를 꼭 해야 했는데 일부러 그것을 피한 것 같은 느낌이었다. 그게 뭘까?

나우시카?

헨리에타는 마지못해 침대에서 내려와 불을 켰다. 그리고 나우시카가 놓여 있는 곳으로 걸어가 그것을 덮어 놓았던 천을 벗겼다.

헨리에타는 땅이 꺼질 듯이 한숨을 깊이 내쉬었다.

그것은 나우시카가 아니었다! 단지 도리스 샌더스일 뿐이었다! 고통이 헨리에타에게 엄습해 왔다.

그녀는 자기 자신에게 기도라도 하듯이 중얼거리고 있었다.

"조금만 수정하면 괜찮을 거야. 조금만 고친다면 괜찮을 거라고"

그녀는 눈을 감았다. 그러고는 머리를 절망스럽게 내저었다.

"바보 같으니라고." 그녀가 중얼거렸다.

"넌 지금 네가 해야 할 일이 무엇인지를 너무나 잘 알면서 무슨 소리야?"

헨리에타는 지금 당장 그 일을 하지 못한다면 내일은 더욱 어려울 것이라는 사실을 잘 알고 있었다. 그것은 그녀의 피와 살을 깎는 것과 같은 고통스러운 일이었기 때문이다. 그녀의 마음이 칼로 찌르는 것과 같은 아픔을 느꼈다. 그래, 그것은 아픔이었다.

어미 고양이가 병신이거나 시원찮은 새끼 고양이를 물어 죽이는 것은 아마도 이런 심정에서 그럴 것이라고 헨리에타는 생각했다.

다시 한숨을 내쉬면서 그녀는 자기가 애써 만든 그것을 한참 쳐다보았다. 그리고 그녀는 망치를 들어 그 크고 무거운 흙덩어리를 산산조각 내버렸다. 산산조각 난 흙덩어리를 점토 저장소에 집어넣으면서 그녀는 자신의 몸과 마음도 이 조각처럼 산산조각 나버렸다고 생각했다.

마지막 남은 흙덩어리를 손에 들고 내려다보면서 그녀는 또 한 번 한숨을 내쉬었다. 그러고 나서 아무 미련 없이 그 흙덩어리를 점토 저장소에 힘껏 던져 넣었다.

말로 표현할 수 없는 허탈감이 그녀를 휩쓸었다. 그러나 이상하게도 마음은 평화롭다고 생각하면서 그녀는 침대로 걸어갔다.

나우시카는 결코 다시는 이 세상에 태어나지 않을 것이라고 그녀는 슬프게 생각했다. 왜냐하면 나우시카는 이미 이 세상에 한번 태어나 죽어 버렸기 때문이다.

'기분이 좋지 않아.' 헨리에타가 생각했다.

'나도 모르는 사이에 그런 게 나에게 스며들다니.'

그녀는 정말 도리스 샌더스의 얘기를 귀 기울여 듣지 않았었다. 단지 건성으로 들어 넘겼을 뿐이다. 그런데도, 천박하고 값싼 도리스의 입술에서 나온 말들이 헨리에타의 마음에 스며들었고, 그것이 무의식적으로 그녀의 손에 영향을 끼쳤던 게 틀림없다.

그것 때문에 나우시카, 아니 도리스는 산산이 부서져 흙으로만 존재하게 된 것이다. 그리고 그 흙은 곧 다른 모습으로 만들어지게 될 것이다.

헨리에타는 꿈꾸듯이 생각했다.

'그렇다면 이런 것이 죽음이라는 걸까? 소위 인간이라는 것은 누군가의 생각을 그대로 나타낸 형상일까? 누군가라면? 하느님?'

그것은 피르 귄트의 생각이었던 것 같은데? 《버튼 몰더의 국자》라는 책에 '완전한 인간, 진실한 자아로서의 나는 현재 어디에 있는가? 하느님이 만드신 내 본래의 모습은 어디에 있는가?'라고 씌어 있었던 것 같아.

그녀는 계속 생각에 빠져들었다.

존이 그렇게 느꼈을까? 요전날 밤 그는 너무 피곤해 했었다. 아니, 너무나 암담하고 낙심한 표정을 짓고 있었다. 리지웨이 병—그녀가 갖고 있는 어느 책에도 리지웨이가 어떤 사람인지는 나와 있지 않았다.

헨리에타는 자신이 리지웨이 병에 대해 알고자 하는 것은 바보 같은 짓이라고 생각했다.

제3장

존 크리스토는 그날 아침 약속한 환자들 중에서 마지막 남은 둘 중 한 사람을 진료실에서 진찰하고 있었다. 자신의 병 증세에 대해 수다스러울 만큼 자세히 얘기하는 그 환자를 바라보는 그의 눈빛은 따스했고 그녀에게 용기를 주기에 충분했다. 그녀의 말을 들으면서 때때로 그는 이해한다는 표정으로 고개를 끄덕였다. 그녀가 말을 마치자 그는 몇 가지 질문을 하고 그녀가 지켜야 할 것들을 말해 주었다. 그녀는 아주 만족스러운 표정이었다.

크리스토는 정말로 훌륭한 의사였다. 그는 환자의 이야기를 진지하게 듣고 또 깊은 관심을 보였다. 그래서 그에게 이야기하는 것만으로도 그 환자는 마음에 위로를 받게 되는 것이었다.

존 크리스토는 환자에게 줄 처방전을 한 장 쓰기 시작했다. 그녀에게는 미국인이 새로 특허로 낸 설사약이 효과가 있을 것이라고 그는 생각했다. 그 설사약은 독특하게 붉은 오렌지색 캡슐로 된 약인데, 매우 비쌀 뿐 아니라 구하기도 어려운 약이었다. 그래서 그 약을 판매하는 약국은 드문 편이었다. 그녀가 그 설사약을 사려면 워도가(街)(고물상점으로 유명했던 런던의 거리. 현재는 영화관이 많음)에 있는 그 조그만 약국에 가야만 할 것이다.

지금으로선 그녀에게 그 설사약을 처방하는 것만이 최선의 방법이었다. 아마도 두 달 동안은 그 약으로 그럭저럭 버틸 수 있을 것이다. 그러나 그 이후에는 또다른 처방을 내려야만 할 것이다. 그녀의 병을 완전히 낫게 할 수 있는 방법은 아무것도 없다. 약을 먹어도 죄 없는 육체만 불쌍할 뿐 병의 증세가 호전되고 있다는 증거는 그 어디에도 없었다. 그의 어떤 치료와 처방이든 그녀에겐 모두 임시방편일 뿐이었다. 그녀가 크랩트리 노파를 반만 닮았어도 벌써 다 나았을지도 몰라······.

지겨운 아침이었다. 돈을 번 것밖에는 아무것도 한 일이 없는 너무나 지겨운 아침이었다. 그는 몹시 피곤함을 느꼈다. 완전한 치료 효과도 나타나지 않는 그런 여자들을 데리고 치료한다는 것 자체가 너무나 진절머리나는 일이었다. 대부분 일시적으로 그녀들의 아픔을 멎게 해주고 고통을 덜어 주는 치료와 처방을 내릴 수밖에 없었다. 그래서, 때때로 그는 그런 자기 자신에 대해 깊은 회의를 느끼곤 했다. 그러나 그럴 때마다 그는 세인트 크리스토퍼 자선병원에 입원해 있는 크랩트리 노파를 머릿속에 떠올렸다. 마가렛 러셀 병동 안에 죽 늘어서 있는 수많은 침대들, 그를 보고 기쁜 표정으로 이가 다 빠진 잇몸을 그대로 드러내며 환하게 웃는 크랩트리 노파의 모습이 그의 눈앞을 스쳐 지나갔다.

그와 그녀는 유난히 서로 마음이 잘 통했다. 그녀는 살아갈 의욕을 잃은 옆침대의 환자와는 달랐다. 그녀는 병마와, 아니 죽음과 맞서 싸우는 용감한 투사였다. 그녀는 생에 대한 애착이 매우 강해서 그를 기쁘게 해주었다. 그녀는 술주정꾼인 남편과 난폭하기 이를 데 없는 자식들과 함께 빈민가에서 막노동을 하며 매우 비참하게 살고 있었다. 따라서, 그녀의 생활이 기쁘거나 행복할 리 없었다. 그런데도 그녀는 매우 살고 싶어 했다. 존 자신처럼 그녀 역시 인생을 사랑하고 있었던 것이다. 그들이 사랑한 것은 삶의 환경이 아니라, 삶 그 자체였다. 그렇게 비참한 환경 속에서도 존재한다는 사실 하나만으로 삶에 대한 애착을 느끼고 있는 것은 아주 경이로운 일이었다. 그는 헨리에타와 이 문제에 대해 진지하게 얘기를 해봐야겠다고 생각했다.

그는 자리에서 일어나 그 환자를 문까지 바래다주었다. 그는 그녀에게 따뜻하고 동정에 찬 목소리로 위로를 해주며 작별의 악수를 청하였다. 그의 따뜻한 위로 때문인지 돌아가는 그녀의 표정은 밝고 행복해 보였다. 크리스토는 그런 면에선 매우 뛰어난 의사였다.

문을 닫고 돌아서자마자 존 크리스토는 그녀에 대해 깨끗이 잊어버렸다. 사실 그녀가 진찰실에 있었을 때에도 그는 거의 그녀의 존재에 대해 관심을 갖고 있지 않았었다. 그의 부드러운 말과 친절한 행동은 단지 겉치레일 뿐이었다. 환자를 대하는 데 있어 그는 거의 자동적이 되어 있었다. 그의 마음속 깊은 곳에서 우러나오는 친절과 동정심이 아니었는데도, 그의 진찰을 받는 환자들은 그의 말과 행동에서 큰 위로와 용기를 얻는 것이었다. 지금 돌아간 환자 역시 마찬가지였다.

그는 몸이 축 늘어지는 것을 느꼈다.

'아이고! 정말 피곤하구나.' 그가 다시 한 번 마음속으로 되뇌었다.

그러나 이제 마지막 남은 한 명의 환자만 보면 즐거운 주말을 보낼 수 있을 것이라고 생각하자 그는 왠지 고마운 생각이 들었다. 그리고 그는 상상의 나래를 펴기 시작했다. 알록달록하게 물든 단풍잎들, 가을의 축축한 듯하면서도 향기로운 그 냄새, 불타는 듯한 숲, 그리고 그 숲 속을 따라 한없이 뻗어 있는 길이 그의 눈앞을 스쳐 지나갔다.

그러자 루시의 얼굴이 떠올랐다. 유별나면서도 사람의 마음을 즐겁게 해주는 루시! 도저히 그녀의 생각을 종잡을 수 없으면서도 이상스럽게 매력적인 루시! 사람의 마음을 끌어당기는 영혼을 지니고 있는 듯한 루시! 그는 그 어떤 사람의 초대보다도 루시와 헨리의 초대가 가장 즐거웠다. 또한 할로 저택 이야말로 그가 주말을 보내기에 가장 즐거운 곳이었다. 이번 일요일에는 헨리에타와 함께 숲길을 산책하거나 언덕으로 올라가 산등성이를 따라 거닐 수 있으리라. 헨리에타와 함께 있으면 골치 아픈 세상일을 잠시라도 잊어버릴 수 있을 것이다. 헨리에타에게 어떤 일이라도 말할 수 있다는 것은 참 다행스런 일이라고 그는 생각했다.

그 순간 갑자기 그의 기분이 우울해졌다.

"헨리에타는 나에게 비밀을 털어놓은 적이 없어!"

아직 진찰해야 할 환자가 한 명 더 남아 있었다. 그래서, 책상 위의 벨을 눌러 그 환자를 진찰실로 들어오라고 해야 하겠지만, 이상스럽게도 그는 마음이 내키지 않았다. 이미 시간이 늦어 있었다. 여느 때라면 진료가 끝났을 시간인 것이다. 지금쯤 저다가 점심을 준비해 놓고 아이들과 함께 2층 식당에서 그를 기다리고 있을 것이다. 그러므로 그는 빨리 진료를 끝내고 2층으로 가야 한다. 그러나 그는 꼼짝 않고 자리에 그대로 앉아 있었다.

그는 완전히 녹초가 되어 있었다. 그는 마치 온몸이 땅속에 가라앉는 듯한 나른함을 느끼고 있었다. 이런 권태로움과 피로는 최근에 들어 빈번하게 그를 찾아오고 있었다. 그것 때문이라고 딱 꼬집어 말할 수는 없지만, 요즈음 그는 사소한 일에도 걸핏하면 짜증을 부리거나 화를 내곤 했다. 그런데도 묵묵히 잘 참아내는 저다가 가엾다고 그는 생각했다. 그러면서도 그녀가 그렇게 그의 말에 고분고분히 순종 하는 여자가 아니라면 차라리 화가 덜 날지도 모른다고 그는 생각했다. 그녀는 존이 잘못하여 생긴 문제에도 자기 때문이라고 오히려 그에게 사과하는 여자였다! 요즘 들어 저다의 말이나 행동이 유난히 짜증스럽게 느껴지는 날들이 부쩍 많아지고 있었다. 그를 짜증나게 하는 것이 주로 그녀의 장점 때문이라고 생각하니 참으로 아이러니컬하게 느껴졌다. 그의 기분을 상하게 한 것은 그녀의 인내심, 희생정신, 모든 것을 남편 중심으로 하는 것 등이었다. 그가 불같이 화를 내어도 그녀는 묵묵히 참을 뿐이었으며, 결코 자신의 의견을 내세우려고 한 적도 없었다. 더욱이 그녀는 남편에 대한 그런 순종적인 태도를 당연하게 여기고 있었다.

'네가 저다와 결혼한 이유가 바로 거기에 있잖아? 그런데, 넌 지금 무엇을 불평하고 있는 거지? 산 미구엘에서의 그 여름 이후……'

그는 마음속으로 자기 자신을 꾸짖었다. 그런데, 아이러니컬한 것은 그를 짜증나게 만드는 저다의 장점이 헨리에타에게 있었으면 너무나 좋겠다고 생각하는 그의 마음이었다. 헨리에타가 그를 짜증나게 하는 것은, 아니, 이건 잘못된 표현이었다. 그녀가 그에게 불러일으키는 것은 짜증이 아니라 노여움이라고 표현해야 옳을 것이다. 그가 도저히 참기 어려운 것은, 그에 대해서만은 유독 정직한 헨리에타의 태도였다. 다른 사람들을 대할 때 헨리에타가 그런 태도를 취하는 것은 좀처럼 보기 힘든 일이었다.

언젠가 한번 그가 그녀에게 그런 불평을 한 적이 있었다.

"내가 아는 바로는 이 세상에서 가장 큰 거짓말쟁이는 바로 당신이오"

"아마 그럴지도 모르죠"

"당신은 사람들을 기쁘게 해줄 수만 있다면 거짓말이라도 서슴지 않고 할 사람이오"

"전 사람들을 대하는 데 있어서 보다 중요한 것은 그들의 기분을 상하게 하지 않는 것이라고 늘 생각해요."

"거짓말을 해서라도 말이오?"

"물론이죠, 필요하다면."

"그렇다면 하느님의 이름으로 물어보겠소. 왜 나에게는 하찮은 거짓말조차도 하지 않는 거요?"

"당신은 제가 당신에게 거짓말을 해야 좋겠어요?"

"그렇소, 때로는"

"존, 미안하지만 그럴 순 없어요."

"헨리에타! 당신은 내가 무엇을 말하고 싶어하는지 잘 알고 있지 않소? 그런데도……."

지금은 그가 헨리에타의 생각을 할 때가 아니었다. 오늘 오후면 그녀를 만날 수 있게 될 것이다. 지금 당장 그가 해야 할일은 벨을 울려 그 지겨운 환자를 진료실로 들어오게 하는 것이다. 생각만 해도 넌덜머리 나는 그 여자의 병은 10분의 1만이 진짜일 뿐, 그 나머지 10분의 9는 모두 신경성 증세였다! 남아도는 돈을 주체할 수 없어서 병을 만들어 가지고 다니는 여자들! 찢어지게 가난하고 병든 크랩트리 노파와 같은 사람들과는 비교도 안 될 한심한 여편네들!

여전히 움직일 생각도 하지 않은 채 그는 그대로 앉아 있었다.

그는 지쳐 있었다. 정말 너무 지쳐 있었다. 그 언젠가부터 이런 피곤함이 그의 내부에 점차로 쌓여져 온 것 같았다. 그것은 그가 진정으로 원했던 그 어떤 것 때문인지도 모른다.

문득 '고향에 가고 싶다'는 생각이 그의 머릿속에 떠올랐다. 그러고는 이러한 생각에 무척 놀라고 있었다. 어디에서 그런 생각이 비롯된 것일까? 또, 그것이 뜻하는 것은 무엇일까? 고향? 그에게는 고향이라고 할 만한 곳이 없었다. 그의 부모는 앵글로 인디언(인도에서 태어난 영국인과 인도인의 혼혈아)이었으며, 그가 어렸을 때 세상을 떠났기 때문에 그는 여러 친척들의 집을 전전하며 어린 시절을 보냈던 것이다. 그가 최초로 자기 집이라고 할 만한 것을 가졌다면 할리가에 있는 바로 이 집이라고 그는 생각했다.

그렇다면 이 집을 고향이라고 생각한단 말인가? 그는 고개를 저었다. 자신이 그렇게 생각하지 않는다는 것을 너무나 잘 알고 있었기 때문이다.

그렇다면, 그의 마음속에 섬광처럼 스쳐간 '고향에 가고 싶다'란 생각은 어디에서 나온 것일까? 그는 의사로서의 호기심이 생겨 곰곰이 과거를 되새겨 보았다.

그 생각은 어떤 이미지를 가진 것에서 나온 것이 틀림없었다.

그는 눈을 반쯤 감았다. 틀림없이 그 생각 뒤에는 어떤 배경이 있었다. 순간 그의 눈앞에 지중해의 푸른 물결, 줄지어 늘어선 야자나무들, 각양각색의 선인장들이 떠올랐다. 그는 그 뜨거운 여름의 자욱한 먼지 냄새를 맡았고, 태양이 내리쬐는 해변에 누워 있는 자기에게 마침 음악처럼 들려오던 철썩거리는 파도소리를 기억해 냈던 것이다. 그래, 바로 산 미구엘이야!

그는 마음이 혼란스러워지는 것을 느끼며, 한편으론 놀라고 있었다. 그것은 오랜 세월 동안 그는 산 미구엘에 대해서는 생각조차 하지 않고 지내 왔기 때문이다. 그는 추호도 그곳에 되돌아가고 싶은 생각은 없었다. 그곳은 그의 인생에서 이미 지나가 버린 과거의 한 장(章)일 뿐이었다.

이미 12년, 아니 14~15년 전의 일이었다. 그때 그의 행동은 어느 누구도 절대로 나무랄 수가 없는 것이었다! 그의 판단이 정말 옳았다고 그는 거듭 생각했다. 그 당시 그는 베로니카 크레이와 열렬히 사랑에 빠져 있었지만 그 사랑을 이루지는 못하였다. 베로니카가 너무 이기적이었기 때문이었다. 베로니카는 그의 육체와 정신 모두를 자기 손 안에 넣어두고 싶어 했다. 그녀가 완벽한 이기주의자라는 것은 두말할 필요가 없는 일이었지만, 그녀 자신은 그 사실을 인정하려 들지 않았다. 베로니카는 그녀가 원하는 것은 어떻게 해서든지 대부분 손에 넣었지만, 존만은 그녀의 뜻대로 되지 않았다. 그는 그녀에게서 도망을 쳐버렸던 것이다. 그는 매우 보수적인 태도로 그녀를 대했다고 생각했다. 솔직히 말해 그가 그녀를 차버린 셈이었다. 그가 그녀와 헤어진 직접적인 이유는 자신의 생활방식대로 살아가려는 그를 결코 그녀가 용납하지 않으려고 한 데에 있었다. 베로니카는 이 세상을 자기중심대로 살려고 했으며, 존마저도 자기의 손아귀에 넣고 마음대로 주무르고 싶어 했던 것이다.

그 당시 그가 할리우드로 함께 가자는 그녀의 제안을 한마디로 거절하자, 베로니카는 상당히 놀란 눈치였다.

그녀는 경멸하는 투로 이렇게 말을 했었다.

"당신이 정말 의사로서의 생활을 계속하고 싶다면 거기에서 병원을 차리면 되잖아요. 그렇지만 굳이 그럴 필요가 있나요? 우린 먹고 살만한 돈이 충분히 있고, 또 전 떼돈을 벌 텐데요."

그때 그는 단호하게 말했었다.

"그것은 중요한 게 아니야. 난 내 일을 갖고 열심히 뛰고 싶어. 그래서 지금 난 래들리와 함께 일할 생각을 하고 있어."

단호하게 말하는 그의 목소리는 신념과 열정으로 가득 차 있었다.

베로니카는 그의 말에 콧방귀를 뀌었다.

"그 우스꽝스럽고 지저분한 늙은 영감하고 말이죠?"

"그 우스꽝스럽고 지저분한 늙은 영감이야말로—."

존이 화를 내면서 말했다.

"프랫 병 연구에서 세계적으로 권위 있는 학자 중 한 사람이라는 것을 당신은 알고나……."

그녀가 그의 말을 중간에서 가로채었다.

"프랫 병이 저와 무슨 상관이 있나요? 전, 제발……."

그녀가 잠시 말을 멈추었다가 생각에 잠긴 표정으로 말을 이었다.

"캘리포니아는 정말 아름다운 곳이에요. 특히 그 기후는 정말 멋져요. 우물 안 개구리가 되기보다 넓은 세상을 안다는 게 얼마나 재미있겠어요? 하지만……." 그녀는 다시 말을 끊었다.

그리고 그를 호소하는 눈초리로 쳐다보면서 덧붙여 말했다.

"당신이 없다면 그게 무슨 소용이 있겠어요? 존, 제발 저와 함께 가줘요. 전 당신이 필요해요."

그래서 그는 베로니카에게 할리우드로 가자는 제안은 없었던 걸로 하고 그와 결혼하여 런던에 살자는 놀랄 만한 의견을 내놓았다.

그녀는 그 말에 기뻐했지만 여전히 자기 고집을 굽히지는 않았다. 그녀는 할리우드로 가야 하는데, 동시에 존도 사랑한다고 했다. 그러므로 존이 그녀와 결혼하여 함께 할리우드로 가야 한다는 것이었다. 그녀는 자신의 미모와 재능이 배우로서 크게 성공할 수 있다는 것을 철썩 같이 믿고 있었다.

그는 더 이상 그녀를 설득할 수 없다는 것을 알고 그녀를 포기해 버리기로 마음먹었다. 그래서, 그는 베로니카에게 자기들의 약혼을 취소하자는 최후의 통첩을 보냈던 것이다.

그 일로 인해 그는 많이 괴로워했다. 그러나 추호도 자신이 잘못했다고는 생각지 않았다. 베로니카와 헤어진 뒤에 그는 즉시 런던으로 돌아와서 래들리와 함께 의사로서의 일에 전념하였다. 그리고 1년 후에 모든 면에서 베로니카와는 정반대의 여자인 저다와 결혼을 하였던 것이다……

문이 열리고 그의 비서인 베릴 콜리어가 들어왔다.

"선생님, 아까부터 포레스터 부인이 기다리고 있는데요."

"알고 있어요." 그가 짧게 말했다.

"전 선생님이 잊어버리신 줄 알았죠."

그녀가 몸을 돌려 문으로 걸어갔다.

크리스토의 시선이 침착하게 걸어나가는 그녀의 뒷모습을 좇아갔다. 매사에 빈틈이 없는 아가씨 베릴은 그가 질릴 정도로 유능한 비서였다. 그녀는 6년 동안 그의 비서로 일해 왔다. 그동안 그녀는 실수라고는 한 번도 한 적이 없었으며, 또한 그녀가 서두르거나 당황해 하는 모습을 본 적도 없었다. 그녀는 검은색 머리카락과 무표정한 얼굴, 그리고 고집 세어 보이는 턱을 지니고 있었다. 그리고 도수 높은 안경을 쓰고 있었는데, 그래서인지 밝은 회색빛이 도는 그녀의 눈동자는 유난히 차가워 보이는 것이었다.

그는 잔소리가 필요 없는 철저한 비서를 원했고, 또 그런 비서를 구했다. 그런데, 때때로 그런 점이 싫게 느껴질 때가 있다는 것은 자기 자신도 알다가도 모를 일이었다. 베릴은 오직 자기가 해야 할 일만 할 뿐이었다. 즉, 그에게서 돈만 받고 일하는 그의 고용인으로서의 의무만 다할 뿐이었던 것이다. 그런 그녀에게 어떤 헌신이나 자기희생을 요구한다는 것 자체가 무리라는 사실을 그는 너무나 잘 알고 있었다. 베릴의 행동으로 미루어 보건대, 그녀는 그를 굉장히 결점이 많은 사람이라고 여기고 있는 것이 틀림없었다. 그녀는 그를 존경하지도 않았고, 또한 그가 멋있다고 생각지도 않았다. 그래서, 때로는 그녀가 자기를 싫어할지도 모른다는 생각이 들 때가 있었다.

언젠가 그는 베릴이 친구와 전화하는 것을 우연히 엿들은 적이 있었다.

"아냐—." 그녀가 얘기하고 있었다.

"난 지금보다 옛날이 훨씬 더 심했을 것이라고 생각해. 모르긴 몰라도 훨씬 이기적이고 경솔했을 거야."

그때 그는 그녀가 자신에 대해 얘기하고 있다는 것을 알고서 하루 종일 기분 나빠했었다.

저다의 자기에 대한 맹목적인 열성도 짜증나는 일이었지만, 베릴의 냉랭한 태도 역시 그의 기분을 상하게 하는 일이었다. 사실상 거의 모든 일이 짜증스럽다고 생각했다.

그 이유가 무엇일까? 과로? 아마 그럴지도 모르지. 아니, 그것은 핑계일 뿐이었다. 점차로 심해지는 조급한 심정, 참기 힘든 피로감—분명 이러한 것 밑바닥에는 보다 근원적인 것이 숨어 있다고 그는 생각했다.

"이래서는 안 돼. 이런 식으로 살아갈 수는 없어. 무엇이 잘못된 거지? 이런 상태를 벗어날 수만 있다면……."

그가 스스로에게 타이르듯이 중얼거렸다.

그 순간 도망치고 싶다는 생각과 함께 '집에 가고 싶다'는 생각이 또다시 섬광처럼 그의 머리를 스쳐 지나갔다.

제기랄, 그의 집은 할리가 404번지라고!

지금 대기실에는 포레스터 부인이 그가 부르기만을 고대하며 기다리고 있을 터였다. 생각만 해도 진절머리나는 여자! 돈과 시간이 너무 많이 남아돌아서 몸이 아픈 여자!

전에 누군가가 그에게 말한 얘기가 문득 머리에 떠올랐다.

"실제로 아프지도 않은데, 그들 스스로 아프다는 환상에 빠져 병원을 제 집 드나들듯이 하면서 돈을 뿌려대는 그 돈 많은 환자들을 치료해 봤자 피곤하고 허무하기만 할 겁니다. 정말 의사로서의 보람을 느끼는 순간은 몸이 많이 아

파도 돈이 없어서 선뜻 병원에 오지 못하는 그런 환자들을 성심껏 치료할 때
일 겁니다."

그때 그는 픽 웃으며 그 말을 한 귀로 흘려보냈었다. 그렇지만, 지금 그는
그 말에 깊이 공감하고 있었다. 피어스톡 노파만 해도 그렇다. 그녀는 매주 서
로 다른 다섯 개의 병원을 돌아다니면서 등에 바르는 약, 감기에 먹는 물약,
설사약, 소화제 등을 타오는 극성스런 할망구였다.

"의사 선생님, 난 14년 동안 고동색 나는 약만 먹어 왔다우. 그게 내게는 가
장 잘 듣는 약이라우. 그런데, 내가 지난주에 갔던 그 병원의 애송이 의사는
나에게 흰색의 약을 복용하라고 처방해 주지 않겠수? 그 의사가 뭘 모르는 거
라고. 그렇지요, 의사 선생님? 내 말뜻은 내가 14년 동안 죽 고동색 약만 먹어
왔기 때문에 다른 것을 먹으면 몸에 해롭지 않을까 해서……."

아픈 구석이라곤 조금도 없어 보이는 그녀의 쨍쨍거리는 목소리가 지금도
그의 귓가에 맴돌고 있는 듯했다. 실제로 그녀가 그 흰색 약을 먹는다고 해서
몸에 해로운 것은 결코 아니었다.

파크 레인 코트에서 사는 포레스터 부인과 토트넘에서 사는 피어스톡 부인
은 같은 자매였다. 얼마 전까지만 해도 그는 그런 여자들의 넋두리를 귀찮아
하지 않고 관심 있게 들어주면서 필요한 사항을 고급 메모지에 메모하거나,
아니면 병원 카드에 기입하는 등의 일을 즐겨 했었다. 그런데……, 지금 그는
이 모든 일이 다 귀찮고 지겨워진 것이다.

푸른 바다, 미모사의 그 부드럽고 달콤한 향기, 뜨거운 공기…….

15년 전, 그때는 이미 지나가 버렸고, 지금 그는 자기가 원한 것을 다 손에
넣었다. 그래, 고맙게도 모든 게 다 나의 뜻대로 이루어졌어. 15년 전 베로니
카와 헤어진 것은 참으로 용기 있는 행동이었지.

용기? 그의 마음속 어딘가에서 악마가 속살거렸다. 넌 그게 용기라고 생각
하니? 그렇다면 15년 전 넌 현명한 선택을 한 셈이 되는군. 악마가 조소하듯
이 말했다. 젠장, 그 일이 얼마나 내 가슴에 상처를 입혔는지 아무도 모를 거
야! 살을 베어 내는 것 같은 아픔을 느꼈지만 그는 과감하게 베로니카와의 모
든 관계를 청산하고 런던으로 돌아와 저다와 결혼을 했다.

베로니카 대신에 그가 원한 것은 평범한 아내였기 때문이었다. 이제 네가 바라던 대로 빈틈없는 비서와 마누라를 얻었는데 무엇이 불만이지?

또, 그는 아내 몰래 예쁜 여자들과 실컷 바람도 피웠었다. 그래서, 그는 대부분의 미인이 베로니카처럼 독선적이고 자기도취에 빠져 있다는 것을 알게 되었으며, 또한 어떻게 남자를 유혹하는지에 대해서도 너무나 잘 알게 되었다.

베로니카와 헤어진 이후에, 그가 원한 것은 안정이었다. 즉, 그는 의사로서의 안정된 생활과 헌신적인 아내와 귀여운 아기들이 있는 평화로운 가정을 갖기 원했던 것이다. 그는 진심으로 저다와 같은 여자와 결혼하고 싶어했다. 그것은 그가 원하는 아내의 첫 번째 조건이 결코 자기의 주장을 내세우지 않고 오직 남편을 하늘같이 여기며 남편의 뜻대로 살아가는 여자였기 때문이었다.

그러나 누군가가 이렇게 말했었다. 인생의 진정한 비극은 인간이 얻고자 한 것을 모두 얻게 되는 그 순간부터 시작된다고.

그는 신경질적으로 책상 위의 부저를 눌렀다.

그가 포레스터 부인을 진찰하는 데는 15분이 걸렸다.

거듭 말하지만, 이처럼 돈 벌기 쉬운 방법도 없었다. 그녀의 얘기를 들으며 가끔씩 몇 마디의 질문과 동정 섞인 말을 던지는 것으로 족했기 때문이다. 그가 그 돈 많은 여자를 위해 또다른 처방을 써주자, 진료실에 들어올 때는 죽을상을 하고 발을 질질 끌며 들어왔던 그 신경질적인 여자가 생기에 차서 힘찬 발걸음으로 방을 나가는 것이었다.

그녀가 떠난 뒤, 존 크리스토는 의자 깊숙이 몸을 묻었다. 지금부터는 그의 시간이었다. 1주일 동안 그렇게 시달렸던 수많은 환자들에게서 이제 해방된 것이다. 지금쯤 2층에서는 저다와 아이들이 그가 올라오기를 목 빠지게 기다리고 있을 것이다. 그러나 이상스럽게도 그는 손끝도 까딱하기 싫었다. 몸이 천길만길 구렁텅이로 빠져드는 느낌이었다.

그는 온몸이 녹초가 되어 있었던 것이다, 말로 표현할 수 없을 정도로.

제4장

진료실 위층에 있는 식당에서는 저다 크리스토가 안절부절못하며 식탁에 차려진 양고기 요리를 바라보고 있었다. 저 고기가 식지 않도록 부엌의 오븐 속에 넣어두어야 하지 않을까? 아니면, 그대로 놔두고 남편을 기다려야 하나?

아직까지 존이 환자를 다 보지 않았다면 음식이 차갑게 식어버려 맛이 없어지기 때문에 저대로 놔둘 수는 없다. 그러나 진료를 끝내고 존이 지금 막 올라올지도 모르는데 부엌에 음식을 갖다 놓는다면 그가 식탁에서 그 음식 나오기를 기다려야 할 것이다. 존은 성격이 급해서 그런 것을 참지 못한다. 만일 그렇게 된다면 아마도 존은 "당신은 내가 금방 올라올 거라는 사실을 잘 알면서도."라고 그녀가 늘 두려워하는 그 화난 목소리로 야단칠 것이다. 게다가, 오븐 속에 고기를 오래 넣어두면 너무 익어 딱딱해져 버릴지도 모른다. 존은 너무 익힌 고기를 좋아하지 않았다. 그러나 식어버린 음식은 더더욱 싫어했다.

어쨌든 지금 식탁 위에 놓인 양고기 요리는 따뜻하고 먹음직스러워 보였다.

그것을 보는 그녀의 마음은 안절부절못하다 못해 처절하기까지 했다. 걱정과 불안으로 그녀의 마음은 오그라드는 듯했다. 그녀의 온 신경은 접시 위에서 식어가고 있는 양고기로 쏠려 있었다.

그녀 맞은편에는 12살짜리 아들 테렌스가 앉아 있었다. 그 애가 말했다.

"붕산염은 탈 때 녹색 불꽃이 나고, 나트륨염은 노란 불꽃이 나요."

저다는 어리둥절한 표정으로 식탁 맞은편에 있는 다부져 보이는 주근깨투성이의 얼굴을 쳐다보았다. 그녀는 정신이 고기한테 가 있었기 때문에 그가 무슨 얘기를 했는지 듣지 못했던 것이다.

"엄마, 그 사실을 아세요?"

"뭘 말이니?"

"소금에 대해서 말이에요."

저다는 깜짝 놀라는 표정을 지으며 눈으로 소금그릇을 찾았다. 틀림없이 소금과 후추는 식탁 위에 놓여 있었다. 그녀는 안도의 한숨을 내쉬었다. 지난주에 레위스가 그만 잊어버리고 식탁에 소금과 후추를 준비해 놓지 않아서 존이 굉장히 화를 낸 적이 있었기 때문이다. 항상 그런 식이었다······.

"그건 화학실험 중 하나예요." 꿈꾸는 듯한 목소리로 테렌스가 말했다.

"참 재미있어요."

예쁘지만 멍청해 보이는 표정의 9살짜리 지나가 칭얼거렸다.

"엄마, 배고파 밥 먹어."

"조금만 기다려라, 이제 곧 아빠가 오실 거야."

"엄마, 우리가 먼저 먹어요." 테렌스가 말했다.

"아빠도 뭐라고 하시진 않을 거예요. 아빠가 얼마나 빨리 식사하시는지 아시잖아요."

저다는 고개를 흔들었다.

고기를 먼저 베어 놓을까? 그러나 지금까지 그녀가 고기를 적당하게 자른 적은 한 번도 없었다. 물론 그때마다 레위스가 그것을 접시에 보기 좋게 담아 놓았지만, 그렇지 않을 때도 있었다. 그러면 존은 항상 불같이 화를 냈다.

저다는 자신이 자른 고기를 접시 위에 먹음직스럽게 담은 적은 한 번도 없었다고 절망스럽게 생각했다.

오, 육즙이 저렇게 차갑게 식어서 어쩌지? 저 위에 기름기가 낀 것 좀 봐. 저 고길 다시 따뜻하게 데워야 돼. 하지만, 지금 존이 막 올라오는 중인지도 모르잖아. 그래, 지금 존이 틀림없이 오고 있을 거야. 마치 덫에 걸린 짐승처럼 비참한 심정으로 그녀는 생각에 생각을 거듭하고 있었다.

진료실의 책상을 한 손가락으로 똑똑 두드리면서 존은 의자에 몸을 깊숙이 묻고 앉아 있었다. 저다가 2층에서 점심을 준비해 놓고 기다린다는 사실을 알면서도 존 크리스토는 어쩐 일인지 일어날 수가 없었다.

산 미구엘······푸른 바다······미모사의 향기······푸른 잎사귀에 붙어 있는 보랏빛 트리토마, 뜨겁게 내리쬐는 태양······먼지······사랑의 포기로 인한 절망감과 고통…….

그가 머리를 감싸며 속으로 부르짖었다.

"오, 하느님, 이젠 다 지나간 일이에요. 과거일 뿐이라고요. 그런데 왜……."

그 순간 그는 자기가 베로니카를 알았었다는 사실도, 저다와 결혼한 일도, 그리고 헨리에타와 만나게 된 것도 모두 꿈이었으면 좋겠다는 생각이 들었다.

그러나 크랩트리 노파를 만난 것은 정말 다행스런 일이라고 생각했다. 불현 듯 그는 지난주 그 불길했던 일이 일어난 날을 머릿속에 떠올렸다. 그때까지 DL 반응의 수치는 0.005를 기록하고 있었기 때문에 그는 매우 기분이 좋아 있었다. 그런데, 그날 오후부터 DL 반응이 양성에서 음성으로 변하면서, 동시에 그녀의 몸속의 독성이 놀라운 속도로 증가하기 시작했던 것이다.

노파는 거칠게 숨을 몰아쉬면서 침대에 누워 심술궂게 번뜩이는 파란 눈으로 그를 똑바로 쳐다보고 있었다. 그 눈은 살려는 의욕으로 가득 차 있었다.

"내가 실험용 기니피그가 된 거지유, 선생님?"

"우리는 아주머니가 하루속히 건강을 되찾게 되기를 바랄 뿐입니다."

미소를 지은 채 그녀를 내려다보면서 그가 부드럽게 말했다.

"그 따위 말로 나를 속이려 하다니! 에이, 사기꾼 같으니라구!"

갑자기 그녀가 킬킬거리며 웃었다.

"아니야, 난 괜찮다유, 의사 선생님. 계속하는 거유. 누가 해도 해야 될 테니. 파마만 해두 그렇지. 어렸을 때 난생 첨으로 파마를 했지라우. 파마하구 나니께 꼭 깜둥이여. 얼마나 뽀글뽀글하던지 빗으로 빗을 수도 없더라고. 한번 빗을 때마다 얼마나 아프던지 머리카락이다 빠지는 것 같더랑께. 그런디 왠지 재미가 나는 거여. 딴 사람들은 그 재미를 모를 껴. 그 이후 파마라는 게 그리 힘든 일이 아니더구만. 이것도 똑같은 겨. 난 참아낼 수가 있다니께."

"아주 아프시죠?" 그가 그녀의 맥박을 짚으며 물었다.

그녀의 맥박은 아주 여리게 뛰고 있었다.

"지독혀. 그치만 선생님이 옳아유. 생각처럼 그렇게 쉽게 죽진 않을 거니께. 선생님 하고 싶은 대로 허셔유. 내 걱정일랑말고. 난 잘 견뎌낼 수 있다우!"

그 말에 존 크리스토는 매우 감격했다.

"아주머닌 정말 훌륭하십니다. 환자들이 아주머니 같기만 하다면 좋겠군요."

"난 어떻게든 더 살고 싶은 마음밖에 없다우. 사는 게 최상이지. 우리 엄마는 여든여덟 살까지 사셨다우. 그리고 우리 할매는 아흔 살에 돌아가셨는데, 그때까지도 아주 정정했었지. 우리 가족은 모두 장수 체질이라우."

그는 마음속에 떠오르는 그 불길한 생각을 떨쳐 버리려고 애를 썼다. 그는 그전까지 자기가 옳다는 것을 확신하고 있었다. 그런데, 어디에서 잘못된 것일까? 도대체 어떻게 해야 그 독성을 줄이고, 호르몬 양을 유지하면서 동시에 팬트라틴을 중화시킬 수 있을까?

그는 너무 자만했었다. 즉, 그는 치료과정에서 나타날 수 있는 모든 부작용을 제거했다고 믿었던 것이다. 크리스토퍼 병원에서의 그 일 이후, 그는 부쩍 더 피로감을 쉬 느끼게 되었다. 병원 일에 지겨움을 느끼면 느낄수록 그는 헨리에타의 아름다움과 신선함, 건강함이 넘치는 활력이 그리워졌고, 그녀의 머리카락에 은은히 스며 있는 앵초 향기를 맡고 싶어 했다.

그러한 생각에 도저히 견딜 수 없었던 어느 날, 저다에게는 멀리 왕진을 간다고 핑계를 댄 뒤에 그는 곧장 헨리에타에게로 달려갔었다. 그는 헨리에타의 작업실 안으로 성큼성큼 걸어 들어가서 다짜고짜 헨리에타를 끌어안았다.

전에는 그런 일이 없었기 때문에 순간적으로 놀라는 빛이 그녀의 눈동자를 스치고 지나갔다. 잠시 뒤 그녀는 그의 품에서 빠져나와 그에게 커피 한 잔을 갖다 주었다. 그리고 그녀는 작업실 안을 왔다갔다하면서 그에게 이것저것 물어보기 시작했다.

헨리에타가 병원에서 곧장 온 것이냐고 물어보았을 때 그는 대답하고 싶은 기분이 아니었다. 그는 단지 헨리에타와 뜨거운 사랑을 나누고 싶었을 뿐, 그밖의 모든 일, 즉 병원과 크랩트리 노파, 리지웨이 병에 대해서는 잊어버리고 싶었던 것이다. 그러나 마음에 선뜻 내키지 않아 하면서도 처음에 그는 그녀가 묻는 말에 순순히 대답을 했다. 그러다가 그는 자기도 모르게 온 작업실 안을 돌아다니면서, 전문적인 용어를 구사해 가며 리지웨이 병에 대해 열변을 토했다. 헨리에타에게 알기 쉽게 설명해 주기 위해 한두 번 잠깐 쉬었을 뿐, 그는 일사천리로 말을 이어 나갔다.

"알다시피, 그 반응의 수치가 중요한 거요. 그래서……."

헨리에타가 재빨리 그의 말을 받았다.

"그렇고말고요. DL 반응이 양성으로 나타나야 좋다는 사실쯤은 저도 알고 있어요. 그래서, 그다음은 어떻게 됐죠?"

그가 놀라는 표정으로 날카롭게 되물었다.

"당신이 어떻게 DL 반응에 대해서 알고 있지?"

"책에서 읽었어요."

"책? 누구의 책을 읽었다는 거지?"

그녀가 손가락으로 조그만 책상을 가리켰다. 그러자 그가 코웃음을 쳤다.

"스코벨? 흥, 스코벨이 뭘 안다고. 스코벨의 논리는 근본적으로 근거가 불확실하지. 당신이 꼭 읽고 싶다면 이걸 보는 게 좋겠소……. 아냐, 아무래도 안 보는 게 좋겠군."

그녀가 그의 말을 가로막았다.

"전 당신이 얘기하는 내용을 알아듣고 싶었을 뿐이에요. 그러면 제게 특별히 쉽게 설명을 해주시지 않아도 되잖아요. 전 그 정도면 충분해요. 전 지금 당신이 무슨 얘기를 하고 계신지 잘 알고 있으니까 계속 얘기해 보세요."

"하여튼……." 그가 미심쩍은 목소리로 재차 다짐하듯이 말했다.

"스코벨의 이론이 꼭 옳은 것이 아니라는 것만은 기억해둬요."

그때부터 그는 장장 두 시간 반 동안을 쉬지도 않고 이야기를 계속했다. 그는 실패했던 원인을 다시 분석해 보고, 성공할 가능성을 논리적으로 하나하나 따져 보았으며, 또한 그것을 이론적으로 재구성하는 데 미친 듯이 열중해 있었다. 그는 거의 헨리에타의 존재마저 잊고 있었다. 때때로 그가 멈칫거릴 때는 헨리에타가 옆에서 적절하게 한두 마디 도와주어 그의 생각을 계속 전개해 나갈 수 있었다. 그는 신이 나 있었다. 그가 옳았다는 확신이 다시 생겼던 것이다. 그가 그녀를 치료한 그 기본적인 방법은 틀린 것이 아니었다. 단지 중독 증세를 중화시키는 방법이 여러 가지 있다는 것을 그가 몰랐을 따름이었다.

그 순간 갑자기 그는 맥이 탁 풀리면서 피로가 몰려오는 것을 느꼈다. 그는 이제 실패의 원인을 명백히 깨닫고 있었다. 내일 아침이면 모든 게 드러날 것이다. 닐에게 전화를 걸어 그 두 가지 용액을 섞어 실험해 보라고 해야겠다. 그래, 그걸 시험해 보자. 희망이 보여!

"피곤해, 아이고, 피곤해 죽겠어." 그가 불쑥 말했다.

그 말을 마치자마자 그는 벌렁 뒤로 드러누워 잠이 들어 버렸다. 얼마나 곤하게 자는지 마치 죽은 사람 같았다. 그가 잠이 깨어 보니 헨리에타가 아침 햇살을 받으며 그를 내려다보고 있었다. 그녀의 미소에 답하여 그가 환하게 미소를 짓자 헨리에타는 일어나 커피를 가져왔다.

"계획적이었던 것은 결코 아니오." 그가 말했다.

"무슨 상관이에요?"

"아, 물론, 헨리에타, 당신은 정말 멋진 사람이오."

그가 책장을 쳐다보았다.

"만일 당신이 그런 것에 흥미가 있다면, 읽을 만한 자료를 내가 주겠소"

"전 그런 것엔 관심이 없어요. 존, 전 단지 당신에게만 관심이 있을 뿐이에요."

"스코벨을 읽어서는 안 돼, 헨리에타!"

그가 화난 어조로 그녀의 말을 가로막았다.

"그는 돌팔이 의사라고."

그 말을 듣자 그녀는 웃음을 터뜨렸다. 스코벨이 돌팔이 의사라는 그의 말에 왜 그녀가 재미있어하는지 그는 영문을 알 수가 없었다.

헨리에타가 때때로 그를 놀라게 하는 점이 바로 이런 것이었다. 그녀가 그를 보고 갑자기 웃음을 터뜨리자 그는 왠지 불안한 마음이 들었다.

그는 그런 일에 익숙해 있지 못했기 때문이다. 저다는 항상 진지한 표정으로 그를 대했다. 그리고 베로니카는 자기 자신만 알 뿐, 그 어떤 것에 대해서도 관심이 없는 여자였다. 그러나 헨리에타는 달랐다. 목을 뒤로 젖혀 따뜻하면서도 조롱하는 듯한 눈빛으로 그를 쳐다보며 웃는 그녀의 모습은 그의 마음을 불안하게 하고도 남았다. 그럴 때의 그녀는 마치 이렇게 말하는 것 같았다. "존이라고 하는 이 웃기는 사람 좀 봐, 좀 멀리 떨어져서 보는 게 좋을 거야."

그것은 마치 그녀의 작품이나 그림을 바라보며 눈살을 찌푸리는 것과 다름이 없다고 그는 생각했다. 제기랄, 헨리에타는 너무 초연해. 그는 헨리에타의 그런 태도가 싫었다. 그는 헨리에타가 오직 자기만 생각해 주기를 바랐다.

'넌 그것 때문에 저다를 지겹게 생각하잖아.'

악마가 갑자기 어딘가에서 나타나 속삭거렸다. 그런 면에서 그는 너무 앞뒤가 안 맞는 사람이었다. 그는 자신이 무엇을 원하고 있는지조차 확실히 알고 있지 못하는 것 같았다.

'집에 가고 싶다'니, 도대체 말이 되는 소리야? 아무 뜻도 없는 얘기잖아.

어쨌든 한 시간 뒤에 그는 런던을 벗어나 시골길을 달려가고 있을 것이다. 시큼하고 구역질나는 냄새를 풍기는 환자들일랑 잊어버리고 소나무가 우거진 숲, 촉촉이 젖어 있는 듯한 단풍잎들, 어디선가 아련히 풍겨 오는 장작 타는 냄새…… 그 적막함을 깨뜨리면서 신나게 달려갈 자신의 모습을 그는 머릿속에 그려 보았다.

그러나 갑자기 그가 손목을 약간 삐었기 때문에 운전을 할 수 없다는 생각이 머릿속에 떠올랐다. 그렇다면 저다가 운전을 해야 될 텐데. 오, 맙소사! 신나게 속력을 내면서 달릴 생각은 아예 포기해야겠군.

그녀가 운전을 할 때는 되도록이면 그녀에게 아무 말도 하지 않으려고 그는 애써 노력했다. 옆에서 그녀에게 충고를 하면 할수록 저다는 그만 온몸이 얼어붙어 잘하던 일도 망치게 된다는 것을 그는 여러 번 경험했기 때문이다. 그래서, 그는 저다에게 기어를 자연스럽게 바꾸는 법을 가르쳐 주는 걸 포기한 지 오래였다. 이 세상 어느 누구도 그녀에게 그것을 가르쳐 줄 사람은 없었다. 심지어 헨리에타조차도 저다에게는 두 손을 들어 버렸던 것이다. 사실 그는 너무 성격이 급해서 그 둔한 저다를 가르치다 보면 자기도 모르게 분통을 터뜨리곤 했다. 그러나 헨리에타는 차를 매우 좋아하고, 또 사람을 다루는 데 소질이 있었기 때문에 저다에게 그것을 가르쳐 줄 수 있을 것이라고 그는 생각했다.

헨리에타는 유별나게 자동차를 좋아했다. 그녀는 사람들이 불이나 아네모네를 서정적으로 묘사하는 것처럼 그렇게 차들을 묘사했다.

"그는 미남이죠, 존? 그가 계속 그르렁거리잖아요?"

헨리에타에게 있어 자동차는 모두 남성이었다. 그래서, 그녀는 자동차를 지칭할 때면 꼭 '그'라고 불렀다.

"그는 3등으로 베일 힐을 돌파하게 될 거예요. 조금도 헐떡거리지 않고 매우 여유 있게 말이죠. 그가 천천히 굴러가는 소리 좀 잘 들어봐요."

그때 그는 불같이 화를 냈었다.

"헨리에타, 제발! 그 빌어먹을 차 얘기는 안 할 수 없소? 제발, 잠시라도 내 생각만 해줄 수는 없소?"

그는 자기의 이런 성격을 내심 부끄러워하고 있었다. 다시는 그러지 말아야 겠다고 몇 번이나 결심했지만 그것은 그때뿐이었다.

그 자신도 언제 어느 순간에 그 성격이 폭발할는지를 예측할 수가 없었다.

헨리에타와의 일만 해도 그랬다. 그는 헨리에타가 재능 있고 뛰어난 조각가라는 사실을 인정하고 있었다. 그래서, 그는 헨리에타의 작품에 찬사를 보내는 데 조금도 인색하지 않았다. 그러나 그의 마음 한구석에서는 그녀가 조각가라는 사실이 싫다고 느낄 때가 종종 있었다.

그가 헨리에타와 정면으로 맞붙었던 것도 따지고 보면 그 일 때문이었다.

어느 날인가 저다가 약간 자랑스러운 표정으로 말을 했었다.

"헨리에타가 저보고 모델이 되어달라고 부탁을 하더군요."

"뭐?"

너무 뜻밖의 이야기였기 때문에 그는 저다를 다시 쳐다보았다.

"당신을?" 그는 헨리에타가 왜 그런 제의를 했는지 의심스러워졌다.

"그럼요. 그래서, 전 내일 헨리에타의 작업실로 나가기로 약속했다고요."

"도대체 그 여자가 당신에게 바라는 게 뭐야?"

그는 상당히 거칠게 말을 내뱉었다. 그러나 다행히도 저다는 그것을 눈치채지 못한 것 같았다. 저다의 얼굴은 기쁨이 흘러넘치고 있었다. 그는 헨리에타의 그와 같이 위선적인 태도가 못마땅했다. 분명히 눈치 없는 저다가 자신의 모습을 조각했으면 좋겠다는 뜻을 은연중에 헨리에타에게 비쳤을 것이다. 그 말을 듣고 모든 사람을 즐겁게 해주고 싶어하는 헨리에타가 모른 체했을 리가 없다. 그래서 일부러 저다에게 모델이 되어달라고 부탁하는 체했을 것이다.

그로부터 10여 일 후에, 저다가 의기양양한 모습으로 그에게 조그만 석고상을 하나 보여 주었다. 그것은 아주 예쁜 인물상으로, 저다의 모습을 이상적으로 형상화시킨 것이었다. 헨리에타의 다른 작품과 마찬가지로, 그것은 그녀의 섬세한 솜씨가 그대로 배어 있는 아름다운 조각품이었다.

저다는 기뻐서 어쩔 줄 몰라 했다.

"정말 너무 멋있어요. 그렇죠, 존?"

"그게 헨리에타의 작품이야? 그것은 작품이라고 할 수가 없어. 아무 의미가 없는 거잖아. 그녀가 왜 그 따위 것을 만들었는지 좀처럼 이해가 안 되는군."

"물론, 예술적인 추상작품과는 아주 다르다는 것을 저도 알고 있어요. 그렇지만, 존, 전 이게 너무 마음에 들어요. 정말이에요."

저다가 너무 기뻐하였기 때문에 그녀의 기분을 깨고 싶지 않아서 존은 그만 입을 다물었다. 그러나 나중에 그가 헨리에타를 만나게 되었을 때, 그는 다짜고짜로 헨리에타를 몰아세웠다.

"도대체 당신은 왜 쓸데없는 짓을 한 거요? 그 조각품은 예술적으로 아무 가치도 없는 것이잖소? 결과적으로 당신은 싸구려 인형을 만든 셈이오."

그의 성난 목소리에도 그녀는 느릿느릿 말을 이어갔다.

"제가 보기엔 괜찮았는데요. 저다도 아주 마음에 들어 하는 것 같았고요."

"그래. 저다는 아주 좋아하더군. 그녀는 그럴 수밖에 없지. 예술이라는 것이 무엇인지 모르니까."

"존, 그게 그렇게 조잡한 조각품은 아니에요. 단지 순수한 인물상일 뿐이죠. 오히려 있는 그대로를 보여 주는 소박한 작품이라고 할 수 있어요."

"당신이 그런 걸 조각할 사람이라고? 천만에! 그렇게 시간을 낭비……."

코웃음을 치며 말을 하던 존이 갑자기 입을 다물고는 5피트(1.5m) 높이의 나무 인물상을 뚫어져라 쳐다보았다.

"헨리에타! 이게 뭐지?"

"국제 그룹전에 출품할 작품이에요. 배나무로 조각한 거죠. 제목은 '숭배자'라고 붙였어요."

그녀는 말을 마친 뒤 그를 유심히 쳐다보았다. 그는 한참 동안 그 인물상을 응시하더니 갑자기 움찔 놀라는 것이었다. 그러고는 그녀에게 홱 돌아섰다.

"저다를 모델로 쓴 이유가 저기 있었군. 당신, 어떻게 그럴 수가?"

"그 이유를 당신이 아신다고요? 설마⋯⋯."

"내가 모른다고? 맞춰 볼까? 바로 여기야."

그가 손가락으로 그 인물상의 거대하고 묵직한 목 근육을 짚었다.

그것을 보고 헨리에타가 고개를 끄덕였다.

"맞아요. 제가 원한 것은 바로 그 목과 어깨였어요. 앞으로 비스듬하게 기울어진 목, 약간 굽은 듯한 어깨, 순종적인 자세—제가 원한 것은 바로 이거였죠. 전 이 작품에 대해서는 아주 만족스럽게 여기고 있어요!"

"만족스럽다고? 이봐, 헨리에타. 저것을 전시해서는 안 돼요. 저다를 갖고 놀아서는 안 돼."

"저다는 모를 거예요. 저다가 이 작품에서 자기의 모습을 알아볼 수 있을 거라고 당신이 생각하신다고요? 천만에요. 저다뿐만 아니라 이 세상 누구도 그것을 알아낼 수 없을 거예요. 그리고 이것은 저다가 아니에요. 하나의 예술작품이지, 사람이 아니라고요."

"내가 저다의 모습이라는 것을 금방 알아봤는데도 그렇단 말이오?"

"당신은 달라요, 존. 당신은⋯⋯, 예리한 안목이 있거든요."

"건방진 소리 하지 말아요! 헨리에타, 난 절대로 그것을 전시하지 못하게 할 거요. 그것은 변명할 여지가 없는 일이라는 것을 모르겠소?"

"변명할 여지가 없다니요?"

"정말 몰라서 물어보는 거요, 알면서도 모르는 체하기요. 보통 때는 그렇게 민감하던 당신이 그걸 못 느낀다면 내가 믿을 것 같소?"

헨리에타가 느릿느릿하게 말했다.

"존, 이해를 못 하시는군요. 당신의 이해를 바란다는 것 자체가 무리겠죠. 어느 순간 머리에 떠오른 영감을 형상화시킨다는 것이 얼마나 어려운 일인지 모르실 거예요. 매일매일 그 구체적인 모델을 찾아 헤매야 하는 괴로움을 상상이나 하실 수 있겠어요? 전 그때 저다가 지닌 그 목선과 근육, 약간 비스듬하게 경사진 각도의 목과 어깨를 미친 듯이 찾고 있던 중이었어요. 그런데 저다를 보게 된 거죠……. 음, 결국 그래서 그렇게 될 수밖에 없었어요."

"괘씸하군!"

"그래요, 저도 그렇게 생각해요. 그렇지만, 입장을 바꾸어 놓으면 당신도 나와 똑같이 행동했을 거예요."

"당신은 자기 생각만 했지, 남을 생각할 줄은 전혀 모르는군. 저다의 생각도 해줘야지."

"무슨 소리에요, 존? 전 저다를 기쁘게 해주기 위해 그 석고 인물상을 만들어 그녀에게 줬다고요. 그런데, 제가 잔인하다고요?"

"두말하면 잔소리지!"

"그렇다면 당신은 진심으로 저다가 이 작품에서 자신을 알아볼 것이라고 생각하신다는 건가요?"

마땅찮은 표정으로 존은 그 나무 인물상을 다시 바라보았다. 그것을 유심히 뜯어보면서 그는 처음으로 분노보다 호기심이 생기는 것을 느꼈다. 위로 치켜든 얼굴, 무언가를 열렬히 갈구하는 눈먼 눈, 굳게 다문 입술, 이상스러울 정도로 순종적인 자세 등 그것은 마치 눈에 보이지 않는 절대자에게 그녀의 온몸과 영혼을 바치겠다는 헌신의 표상 같았다. 그것은 매우 강렬하고, 더 나아가 광신적인 느낌까지 주는 것이었다.

"지금까지 당신이 만든 어떤 작품보다도 무시무시하군. 하지만 참 훌륭해, 헨리에타!" 그가 말했다.

"그래요, 저도 그렇게 생각했죠."

존이 날카로운 어조로 물었다.

"저다가 쳐다보고 있는 게 뭐요? 그게 누구지? 저다 앞에 누가 있었지?"

헨리에타가 잠시 머뭇거렸다. 그러나 곧 그녀는 의미심장한 어조로 그 말에 답했다.

"모르겠어요. 그러나 제 생각에는—자—그녀가 쳐다보고 있는 대상은, 존 바로 당신인 것 같아요."

제5장

식당에서는 테리(테렌스의 애칭)가 계속 저다에게 여러 가지 과학실험에 대한 얘기를 하고 있었다.

"납염은 뜨거운 물보다 찬물에서 잘 녹아요. 그리고 납염과 요도칼륨이 반응하면 납요드라는 노란색 침전물이 생겨요."

그는 어머니를 기대에 찬 눈빛으로 바라보았다. 그러나 진심으로 어떤 희망을 가지고 있는 것은 아니었다. 부모들이란 모르는 게 너무 많은 시시한 존재라고 그는 여기고 있었기 때문이다.

"엄마, 그 사실을 알고 계세요?"

"테리, 난 화학에 대해선 정말 깜깜하단다."

"책을 읽으시면 알게 될 텐데요." 테렌스가 말했다.

단순한 말이었지만 그 속에는 은연중 테리의 마음이 담겨 있었다. 그러나 저다는 다른 일에 신경을 쓰느라고 그 말의 의도를 알아차리지 못했다.

그녀는 비참하고 암담한 심정으로 멍하니 앉아 있었다. 그녀의 머릿속에서는 이런저런 생각들이 뒤엉켜 어지럽게 돌아가고 있었다. 오늘 아침 눈을 떴을 때부터 그녀는 기분이 좋지 않았다. 왜냐하면, 그녀는 그 지긋지긋한 앙카텔 가(家)의 사람들과 함께 지내기로 한 그 길고 끔찍한 주말이 다가왔다는 것을 깨달았기 때문이다. 저다에게 할로 저택은 항상 견디기 힘든 곳이었다.

따라서, 할로 저택에서의 생활은 그녀에게 늘 긴장과 고통의 연속이었던 것이다. 그녀는 특히 루시 앙카텔을 두려워했다. 그녀로선 도저히 따라가지 못할 민첩성, 꾸며낸 듯한 친절, 도저히 종잡을 수 없는 말, 이 모든 것을 둔한 저다로선 감당하기 어려웠던 것이다. 그 외의 사람들도 정도의 차이만 있을 뿐 마찬가지였다. 저다에게 있어 앞으로의 이틀은 고난의 이틀일 뿐이었다. 그러나 존을 위해서라면 그것쯤은 참아야 한다.

오늘 아침 존은 기지개를 켜면서 전과는 달리 기쁨에 넘친 목소리로 그녀에게 말했었다.

"시골로 내려간다는 것을 생각만 해도 기분이 좋아. 당신도 기분 전환이 될 거야. 저다, 그렇지 않소?"

그녀는 기계적으로 미소를 지어 보였다. 그리고 자신의 감정은 숨긴 채 태연하게 말했다.

"물론이죠."

그녀는 참담한 심정으로 침실을 빙 둘러보았다. 옷장 옆으로 보이는, 크림색 바탕의 까만 줄무늬 벽지, 상당히 커다란 거울이 달린 마호가니 화장대, 디스트릭트 호수의 물빛 같은 파란색 카펫, 자신의 손길이 어느 한구석 미치지 않은 곳이 없는 이 정다운 것들과 월요일까지 헤어져 있어야 할 것이다. 대신에 내일이면 그녀는 낯선 침실에서 눈을 뜨게 될 것이다. 그러면 하녀가 조심스럽게 들어와 침대 옆 탁자에 간단한 식사가 담긴 고급스런 쟁반을 내려놓고, 창문으로 가서 블라인드를 잡아당긴 뒤, 저다가 입을 옷가지를 손질해 놓을 것이다. 저다를 편안하게 해주려는 이 모든 것이 그녀에게는 오히려 낯설고 불편하기만 했다. 그래서 그녀는 '하루만 더 참으면 돼.'라고 자신을 위로하면서 비참한 마음으로 잠자리에 들곤 했다. 마치 학교에서 집에 가기를 손꼽아 기다리는 학생처럼.

저다의 학창시절은 그리 즐거운 것이 아니었다. 그녀는 학교생활에 잘 적응하지 못했기 때문에 그곳에서의 생활은 지옥 그 자체였다. 차라리 그녀에게는 집이 더 마음 편한 곳이었다. 그러나 집조차도 그녀를 완전히 편하게 해주지는 못했다. 저다의 형제들이 그녀와는 달리 민첩하고 똑똑했기 때문이다. 그들이 저다를 눈앞에서 비웃거나 쌀쌀하게 대하지는 않았지만, 모든 면에 둔한 저다를 책망하는 듯이 내뱉은 그들의 성급한 말들이 마치 우박처럼 그녀의 귀로 쏟아지곤 했다. "좀 빨리 해, 저다." "어이, 곰! 그것 좀 줘." "저다에게는 시키지 말아요. 걔는 너무 꾸물거려요." "저다는 뭘 몰라." 등등……

그들은 자신들의 그런 말이 저다를 더 느리고 바보스럽게 만든다는 사실을 몰랐던 것 같았다. 그런 말을 들으면 들을수록 그녀는 더욱더 당황하여 일을 엉망으로 만들거나, 상대방의 말을 제대로 이해 못 하고 그저 멍청하게 그 얼굴을 바라보기만 하는 것이었다.

그러던 어느 날, 그녀는 그런 생활 속에서도 그 나름대로 만족하며 살아갈 수 있는 방법을 우연히 발견했다. 그것은 말하자면 자기방어의 수단이었다.

그 이후 그녀의 행동은 더욱더 느려졌고, 그녀의 멍청한 표정은 더욱더 백치처럼 되어갔다. 그러나 이제는 사람들이 참다못해, "아이고, 저대! 어쩜 그렇게 둔해 빠졌니? 그것도 이해 못 한단 말이야?"라고 핀잔을 줘도 아무렇지 않게 들어 넘길 수 있었다. 겉으로는 여전히 멍한 표정을 지었지만, 마음속으로는 그녀만의 비밀스런 즐거움을 누리고 있었기 때문이다.

저다는 사람들이 생각하는 것처럼 그렇게 바보는 아니었다. 때때로 그녀는 상대방의 이야기를 이해하면서도 일부러 전혀 못 알아듣는 체했다. 그리고 어떤 일을 할 때는 일부러 꾸물거려서, 그것을 시킨 사람이 참다못해 자기가 하겠다고 나서도록 하고는 속으로 즐거워하는 것이었다. 상대방이 그녀를 바보 취급하더라도 그녀가 화내지 않고, 따뜻하고 즐거운 표정으로 그를 대한다는 것 자체가 그를 이기는 것이라는, 사실을 그녀는 비밀스럽게 터득하고 있었던 것이다. 그것을 터득한 이후 저다는 눈에 띄게 명랑해졌다.

그녀는 자신이 그렇게 멍청이가 아니라는 사실을 사람들이 모르고 있다는 게 너무나 재미있었다. 그러기 위해서는 자신도 알아도 모른 체, 할 줄 알아도 못 하는 체해야 한다고 생각했다. 종종 사람들은 아예 그녀를 바보라고 여기고 그녀가 해야 할 일을 도맡아서 해주는 것이었다. 그것이 얼마나 편한 일인지를 그녀는 어느 날 갑자기 깨달았다. 그러고 나서 그녀의 걱정거리가 많이 줄어들게 된 것은 두말할 필요도 없었다. 사람들이 그녀가 해야 할 일까지 도맡아 하는 게 습관이 되어 버리자, 그녀는 힘들 것 같은 일에는 아예 손도 대지 않았고, 따라서 저다가 서투르다는 것을 사람들이 알아낼 리가 없었다. 그런 생각이 들면서부터 저다는 차츰차츰 생활이 즐거워지기 시작했다. 자신도 다른 사람들과 어울려 대등한 관계로 살아갈 수 있다는 자신감을 갖게 되었던 것이다.

그러나 그런 것이 앙카텔 가(家) 식구들에게만은 예외였다. 웬일인지 그들에 겐 그런 수법이 전혀 먹혀들지 않았기 때문에 저다는 할로 저택에 가는 것이 죽기보다 싫었던 것이다. 무엇보다도 그녀의 둔한 머리로는 도저히 그들과의 대화를 원만히 해나가기가 힘들었다. 대부분 그녀는 그들이 하는 말의 내용을 10분의 1도 채 못 알아들었다. 그러니 그녀가 앙카텔 가 식구들을 싫어하는 것은 당연했다. 그러나 존은 그곳에서 생활하는 걸 매우 좋아했다. 그들과의 대화는 존에게 생기를 불어넣어 주는 것 같았다.

나의 소중한 존! 그녀는 생각했다. 존은 정말 훌륭한 사람이야. 그렇게 유능 하고 환자들에게 친절한 의사는 존밖에 없어. 세상 사람들도 다 그렇게 생각 하겠지. 자신의 온몸과 마음을 바쳐 환자를 돌보는 그 희생적인 정신, 결코 돈 으로는 환산할 수 없는 그 고귀한 사랑, 모든 환자에게 한결같이 친절하게 대 하는 그 모습, 존은 정말 세상에서 가장 숭고하고 위대한 의사야.

저다는 처음부터 존이 매우 유능한 사람이며, 따라서 의사로서 성공할 것이 라는 사실을 의심치 않았다. 그래서 그와 결혼한다는 것은 그녀로서는 꿈도 꾸지 못할 일이었다. 그러나 놀랍게도 존은 그녀보다 훨씬 예쁘고 똑똑한 여 자들을 다 젖혀 두고 어수룩한 그녀를 선택했던 것이다. 그는 그녀의 어수룩 한 태도, 꾸물거리는 행동, 별로 예쁘지 않은 얼굴도 조금도 개의치 않았다.

"내가 당신을 돌봐 주겠어."

차라리 거만스럽다 할 정도로 그가 그녀에게 속삭였다.

"저다, 아무 걱정 하지 말아요, 내가 돌봐 줄게."

세상에 그런 남자가 또 어디에 있겠는가? 존이 자신을 선택했다는 생각만 해도 그녀는 눈앞이 황홀해졌다.

그 특유의 매력적인 미소를 지으며 그는 말했었다.

"난 내 마음대로 살고 싶어, 저다."

모든 것은 그의 뜻대로 되었다. 그녀는 항상 그의 말에 순종하며 살려고 애 썼다. 최근 들어 그가 부쩍 까다로워지고 신경질적이 되어 버렸지만, 그래도 그녀는 그의 비위를 맞추려고 최선을 다하고 있었다. 요즈음 그는 모든 것이 마땅찮은 표정이었다. 그녀가 조금만 잘못해도 신경질을 부리는 것이다. 그러나 그를 나무랄 수만은 없다. 그렇게 잠시도 쉴 틈이 없이 희생적으로 환자를 돌보는데, 그도 인간인 이상 피곤하지 않을 수 없을 것이다.

어머, 저걸 어쩌지, 저 고기! 아무래도 고기를 다시 데워 와야 하겠어. 아직까지 존에게서는 아무 기척도 없었다. 난 왜 항상 이럴까? 왜 올바른 결정을 내리지 못할까? 다시 비참한 생각이 그녀에게 파도처럼 밀려왔다.

저 식어 버린 고기! 앙카텔 가 식구들과 함께 보내야 할 끔찍한 주말. 그녀는 관자놀이가 지끈지끈 아파 오는 것을 느꼈다. 이걸 어쩌지? 두통이 또 시작되려나 봐! 그녀가 골치 아프다고 존에게 호소를 하면 그는 이상하게도 버럭 화를 내곤 하는 것이었다. 그리고 그가 의사임에도 불구하고 그녀에게 두통약을 준 적은 한 번도 없었다. 대신에 그는 이렇게 말하는 것이었다. "그것에 대해 신경을 쓰지 마. 약을 먹고 낫는 것은 아무 소용이 없다고. 잠깐 산책을 해보지. 좀 나아질 거야."

어휴, 저 고기! 접시 위에서 싸늘하게 식어 버린 고기를 바라보자 저다는 골치가 더 아파 오는 것을 느꼈다. 그녀의 머릿속에서는, '고기, 고기, 고기……'라는 말이 계속 메아리치고 있었다.

갑자기 자기가 불쌍하다는 생각이 들면서 눈물이 나오려고 했다.

'왜 내가 하는 일은 모두 엉망진창이 되어 버릴까?'

그녀는 울고 싶은 것을 억지로 참았다.

테렌스는 식탁 건너편에 앉아 있는 어머니와 식탁 위에 놓인 고기를 번갈아 보면서 생각했다.

'왜 우린 밥을 먹으면 안 되는 거지? 어른들은 너무 바보야. 센스라고는 눈곱만큼도 없어.'

그가 조심스러운 어투로 크게 말했다.

"니콜슨 마이너하고 관목숲에서 니트로글리세린을 만들자고 약속했어요. 그 숲은 그 애 아빠의 것인데, 그들은 지금 스트레덤에 살고 있어요."

"아, 그래? 그거 아주 재미있겠구나." 저다가 건성으로 말했다.

아직 시간은 있었다. 지금 벨을 눌러 레위스에게 그 고기를 도로 가져가 따뜻하게 데워 오라고 시킨다면……

테렌스는 약간 호기심에 찬 눈빛으로 어머니를 바라보았다. 니트로글리세린을 만드는 일은 위험스럽기 때문에 부모들이 알면 반대할 것이라는 사실을 그는 본능적으로 느끼고 있었다. 그래서, 그는 저다가 딴 일에 신경을 쓰느라고 정신이 없는 틈을 타서 그 일을 은근슬쩍 얘기했던 것이다.

그리고 그의 예상은 적중했다. 혹시나 말썽이 생긴다 해도, 다시 말해 니트로글리세린이 폭발하여 그가 상처를 입게 된다 해도 야단맞지 않을 핑계거리를 댈 수 있게 된 것이다. "엄마에게 얘기했단 말이에요."라고

그러나 그의 마음 한구석에는 막연하나마 실망스런 느낌이 자리 잡고 있었다. 그가 한숨을 내쉬며 생각했다.

'엄마라 할지라도……, 니트로글리세린에 대한 것은 알고 있어야 해.'

어린아이만이 느낄 수 있는 외로움이 그를 엄습했다. 아빠는 너무 성격이 급해서 내 얘기를 끝까지 들어주지 못하고 엄마는 너무 관심이 없단 말이야. 그리고 지나는 너무 어려서 얘기할 상대도 못 돼. 화학실험이 얼마나 재미있는지 사람들은 모르나 봐. 도대체 그것에 대해 관심을 가진 사람이 하나도 없다니, 말도 안 돼!

쾅! 하는 소리에 저다는 놀라 움찔거렸다. 그 소리는 진료실 문이 닫히는 소리였던 것이다. 곧이어 존이 쿵쿵거리며 2층으로 뛰어오는 소리가 들렸다.

그리고 문이 열리면서 존 크리스토가 활발하게 방 안으로 걸어 들어왔다. 그는 배고파서 죽을 지경이었으나 기분은 썩 좋았다.

"아이고!" 그가 식탁 의자에 앉아 고기 베는 나이트를 강철에 대고 날을 쓱쓱 갈면서 말했다.

"아픈 사람들이라면 지긋지긋해."

"존, 제발." 저다가 재빨리 책망하는 투로 그의 말을 가로막았다.

"그런 식으로 말씀하지 마세요. 아이들이 듣고 있잖아요."

그녀가 아이들을 흘끗 보면서 말했다.

"뭐, 어때." 존 크리스토가 말했다.

"내 말은 아픈 사람이 하나도 없어야 한다는 건데."

"아빠가 농담하시는 거란다." 저다가 재빨리 테렌스에게 말했다.

모든 것을 대충 보고 지나치지 못하는 성격의 테렌스는 그 말에 자기 아버지를 유심히 쳐다보았다.

"아빠 농담하신 게 아닌데요."

"당신이 정말 아픈 사람들을 싫어했다면 의사가 안 되셨을 거예요. 그렇죠, 여보?" 저다가 약간 소리를 내어 웃으며 말했다.

"모르는 소리! 아픈 사람을 좋아하는 의사는 이 세상에 한 사람도 없어. 이런! 고기가 돌덩어리같이 식어 버렸군. 아니, 당신은 이걸 따뜻하게 데워 놓지 않고 도대체 뭘 했소?"

"저……, 여보, 잘 모르겠어요. 당신이 곧 오리라고 생각했기 때문에 저—."

존 크리스토가 신경질적으로 벨을 길게 연달아 눌렀다.

레위스가 즉시 달려왔다.

"이 고기를 가져가 다시 따뜻하게 데워 와요." 그가 퉁명스럽게 말했다.

"예, 주인어른."

식탁에 앉아 차갑게 식어 버린 고기 덩어리를 바라보는 여주인의 안타까운 심정을 대변이라도 하듯이, 레위스는 약간 무례하다 할 정도로 간략하게 대답했다.

"죄송해요, 여보. 모두 제 불찰이에요. 하지만, 당신이 곧 오실 거라고 생각했는데. 저, 다시 그것을 데우려고 생각하니까, 저……."

존이 참지 못하고 그녀의 말을 막았다.

"그게 무슨 상관이 있어? 그런 것은 중요하지 않아. 안달복달할 필요가 없는 일이라고." 그러고 나서 물었다.

"자동차는 준비 되었소?"

"예, 콜리가 출발할 준비를 해놓았어요."

"그러면 점심식사가 끝나는 대로 곧장 출발하지."

앨버트 브리지를 건너서 클래펌 커먼을 지나 크리스털 궁(1851년 런던에 세워진 철골과 유리로 만든 건물, 1936년에 소실(消失))옆으로 난 지름길을 따라 크로이든(런던의 동남 서리 군의 공항 도시)까지 한참 달리면 시원스레 뻗은 길이 나오겠지. 그 길을 따라 계속 달리다가 보면 오른쪽으로 조그맣게 난 길이 나올 것이고, 그 길을 따라가면 메들리 힐에 이르게 되어 하버스턴 리지를 따라 한참 달리면 갑자기 시골 풍경이 나타날 거고, 코머턴을 지나면 드디어 쇼벨 다운으로 올라가는 길에 들어서지. 붉은 황금색으로 물든 단풍잎들, 사방 곳곳에 빼곡히 들어차 서 있는 나무들, 상쾌한 가을의 냄새! 그리고 그 꼭대기에서 신나게 달려 내려갈 때의 그 기분! 그는 점심시간이라는 것도 잊어버린 채 머릿속에서 상상의 나래를 한껏 펴고 있었다. 루시와 헨리……헨리에타…….

나흘 전, 헨리에타에게 화를 내고 돌아온 이후 그는 그녀를 한 번도 만나지 못했다. 그때 그녀의 눈빛은 뭐라고 딱 꼬집어 낼 수는 없었지만 보통 때와는 달랐다. 멍하다거나 무뚝뚝해 보인다는 것과 같은 말로 간단하게 그 느낌을 표현하기는 어려웠다. 그를 보고 얘기하는 순간에도 그녀의 눈길은 그가 아닌 딴 것, 눈에 보이진 않는 어떤 것에 가 있는 듯했었다. 중요한 사실은 그녀가 찾고 있는 것이 무엇인지 모르지만 분명히 존은 아니라는 점이었다!

그가 중얼거렸다.

"그녀가 조각가라는 것은 나도 잘 알아. 헨리에타의 작품이 훌륭하다는 것도 알고 있지. 그렇지만, 제기랄, 가끔씩은 그런 것을 모두 잊어버리고 내 생각만 해주면 안 되나?"

그러나 그는 자신이 공연히 트집을 잡는다는 것을 잘 알고 있었다. 헨리에타가 그에게 자기 일에 대해서 얘기한 적은 별로 없었기 때문이다. 실제로 그가 아는 한 헨리에타만큼 자신의 일에 붙어 있는 시간이 적은 예술가도 없었다. 그녀가 어떤 작품의 구상에 전심전력을 쏟고 있을 때라 할지라도, 그를 무관심하게 대하거나 등한시한 적은 이제까지 한 번도 없었다.

그러나 그는 그것만으로는 결코 만족할 수가 없었다. 그래서 그녀에게 자주 화를 냈던 것이다. 어느 날, 그가 딱딱한 목소리로 다그쳐 물었었다.

"내가 원한다면 이 모든 것을 집어치울 수 있겠소?"

"모든 것? 뭘 말하는 거죠?" 그녀가 놀란 목소리로 되물었다.

"이 안에 있는 모든 것을 말이오"

그가 손가락으로 빙 돌아가며 작업실 안의 조각들을 가리켰다.

그러면서 속으로 혀를 쯧쯧 찼다. '바보 같으니라고! 그런 어리석은 질문을 말이라고 하다니!' 그러고 나서 다시 생각했다.

'헨리에타, 제발 '물론'이라고 말해줘. 거짓말이라도 좋아. 당신이 그러겠다고 한마디만 해주면 돼. 정말 그럴 생각이 없다고 해도 괜찮아. 당신이 한마디만 해주면 난 마음의 평화를 찾을 수 있다고. 그 뿐이야.'

그는 마음속으로 애타게 부르짖었다. 그러나 그녀는 침묵만 지키고 있을 뿐이었다. 그녀의 눈은 멍하니 꿈을 꾸고 있는 것 같았다.

잠시 뒤 그녀가 이맛살을 찌푸리며 느린 어조로 말했다.

"그럴 수도 있겠죠. '필요하다면'!"

"필요? 대관절 그게 무슨 뜻이오?"

"저도 확실히는 모르겠어요, 존. 잘라낼 필요가 있다면 잘라버려야겠죠."

"이건 수술이 아냐. 농담하지 말아요."

"당신, 화내시는군요. 그럼, 제가 무슨 말을 하기를 바라셨나요?"

"누구보다 당신이 잘 알잖소. '그래요.'라는 한마디면 될 것을 왜 못 하는 거요? 다른 사람들을 기분 좋게 해주기 위해서는 거짓말도 곧잘 하는 당신이 왜 나한테는 그런 거짓말을 한마디도 못하는 거요?"

그가 애원하다시피 말했다.

그러나 그녀는 여전히 무표정하게 느릿느릿 말했다.

"모르겠어요……. 정말, 저도 모르겠어요. 존, 그럴 순 없다는 생각, 그게 전부예요. 그럴 순 없어요."

그는 잠깐 방을 오락가락했다. 그러다가 발을 멈추고 헨리에타에게 말했다.

"당신은 나를 미치게 만들 작정이군, 헨리에타. 난 당신에게 아무것도 아니라는 생각만 자꾸 들어."

"왜 그런 생각을 하세요?"

"나도 모르겠소, 내 마음을." 그는 의자 위에 털썩 주저앉았다.

"난 당신이 나만 생각해줬으면 좋겠다는 거요."

"저에겐 당신뿐이에요, 존."

"아니야, 그렇지 않아. 만일 지금 내가 죽는다면 당신이 맨 먼저 무엇을 할 것인지는 안 봐도 알 수 있지. 당신은 눈물을 흘리면서도 '흐느끼는 여자', 아니면 '슬픔의 형상' 아니면 그 비슷한 종류의 제목이 붙을 작품인지 뭔지를 시작할 거요."

"아마 그럴지도 모르죠. 그 말에 동감을 하고 있는 제 자신이 두려워요"

푸딩이 너무 타버린 것을 보고 존 크리스토는 이맛살을 찌푸렸다. 그러자 저다가 서둘러 사과의 말을 했다.

"죄송해요, 여보. 전 그렇게 많이 탔으리라고는 생각지 못했어요. 모든 게 제 탓이에요. 당신은 타지 않은 속 부분을 드세요. 제가 겉 부분을 먹을게요"

그 푸딩이 타버린 것은 존 크리스토 자신이 헨리에타와 크랩트리 노파, 그리고 갑자기 머리에 떠오른 산 미구엘에 대한 회상에 잠겨 진료실에 보통 때보다 15분이나 더 오래 앉아 있었기 때문이다. 모든 잘못은 사실 그에게 있었다. 그런데도 저다는 다 자기 탓이라고 탄 부분을 자기가 먹겠다며, 오히려 그에게 용서를 비는 것이었다. 그런 점이 저다의 바보 같은 면이자, 동시에 그를 신경질 나게 만드는 일이었다. 왜 그녀는 항상 모든 잘못을 자기가 뒤집어쓰겠다는 건가? 테렌스 녀석은 왜 저렇게 나를 빤히 쳐다보고 있는 거지? 그리고 지나는 왜 저렇게 계속 코를 훌쩍거리고 있는 거야? 왜 이렇게 짜증스럽고 신경질만 날까?

마침내 그의 분노가 지나에게 폭발했다.

"넌 코 좀 풀 수 없니?"

"지나가 감기 기운이 있는 것 같아요, 여보"

"무슨 소리! 그렇지 않아. 당신은 항상 애들이 감기에 걸렸다고 생각하는 버릇이 있어. 지나는 감기에 걸린 게 아냐"

저다는 한숨을 내쉬었다. 그녀는 다른 사람들의 병을 치료해 주는 의사가 왜 자기 식구들의 건강에 대해서는 그렇게 무관심한지 이해할 수가 없었다. 그에게 몸이 아프다는 얘기를 하면 항상 존은 콧방귀를 뀌었다.

"난 아까 재채기를 벌써 여덟 번이나 했어요"

지나가 중요한 얘기라는 표정으로 말했다.

"방 안이 더워서 재채기가 나는 거야." 존이 말했다.

"오늘은 안 더운데요." 테렌스가 끼어들었다.

"지금 홀 안은 55°F(13°C)일 뿐이에요."

존이 자리에서 일어섰다.

"자, 이제 다 먹었지? 좋아. 출발합시다. 저다, 출발할 준비는 다 되었겠지?"

"잠깐만요, 존, 넣어야 할 게 몇 가지 있어요."

"미리 준비해 놓지 않고 아침 내내 뭘 했소?"

그는 화를 버럭 내면서 식당 밖으로 나가 버렸다. 저다는 서둘러 침실로 들어갔다. 필경 빨리 해야 한다는 조급한 마음이 그녀를 더 느리게 만들 것이었다. 왜 저다는 미리 준비를 해놓을 수 없는 거지? 그는 이미 가방을 꾸려서 홀에 갖다 놓았다. 그런데, 저다는 도대체 왜—?

지나가 딱딱해 보이는 카드들을 끌어안고서 그에게 다가왔다.

"아빠, 점쳐 줄까요? 어떻게 하는지 알거든요. 엄마, 테리, 레위스, 제인, 그리고 쿡도 제가 점쳐 줬어요."

"그래, 좋아."

그는 저다가 얼마나 더 오래 꾸물거릴지 알 수 없었다. 그는 한시바삐 이지겨운 집과 이 지긋지긋한 거리, 아프다고 인상을 쓰는 사람들로 가득 찬 이 도시를 벗어나고 싶은 마음뿐이었다. 어서 빨리 단풍으로 물든 숲 속으로 가고 싶었다. 그리고 이 세상 사람 같지 않게 신비한 느낌이 드는 그 우아한 루시 앙카텔을 만나고 싶었다.

지나는 심각한 표정을 지으며 카드를 이상한 방법으로 몇 장 골라서 식탁 위에 하나씩 늘어놓고 있었다.

"가장 중간에 있는 하트의 킹이 아빠예요. 여기서 나타나는 운수는 모두 그 킹의 것이지요. 하트의 킹을 제외한 나머지는 모두 엎어놓습니다. 자, 아빠, 왼쪽으로 두 장, 오른쪽으로 두 장, 위쪽에 한 장—이것은 아빠에게 영향력을 끼치는 사람을 뜻해요. 그리고 아빠 아래쪽에 한 장—이것은 아빠의 영향을 받는 사람이라는 것을 뜻해요. 그리고 마지막 한 장으로 아빠를 덮습니다."

지나가 잠깐 말을 멈추었다.

"자—." 지나가 숨을 깊게 들이쉬었다.

"이제 카드들을 뒤집습니다. 아, 아빠 오른쪽에 있는 것은 다이아몬드의 퀸이군요. 아빠와 이 사람은 매우 가까운 사이예요."

엄숙한 표정을 잔뜩 짓고 있는 지나의 모습이 우스워 그는 웃음을 터뜨리며 속으로, '헨리에타야.'라고 생각했다.

"그리고 그다음 것은 클럽의 잭이군요. 이 사람은 약간 조용한 성격의 젊은 남자예요. 그러면 왼쪽에 있는 것을 볼까요? 먼저 처음 것은 스페이드가 여덟 개짜리군요. 이건 비밀의 적인데요. 아빠, 아빠한테 남모르는 적이 있어요?"

"글쎄, 없는 것 같은데."

"그다음 것은 스페이드의 퀸이네요. 이 사람은 좀 나이가 많아요."

"앙카텔 부인이야." 그가 말했다.

"그러면 위쪽으로 가서 뒤집어 봐야겠네. 아, 하트의 퀸이군요. 이것은 아빠의 마음속에 큰 영향을 끼치는 사람이에요."

'베로니카!' 하고 그는 생각했다. 그러고 나서 곧 그는 고소를 머금었다.

'얼마나 어리석은 생각인가! 지금 베로니카가 나와 무슨 상관이 있다고.'

"아빠 아래쪽에 있는 것은 클럽의 퀸이군요. 이것은 아빠가 지배하는 사람이란 뜻이에요."

그때 저다가 허둥지둥 홀로 들어왔다.

"존, 준비 다 됐어요."

"잠깐만 기다려요, 엄마. 지금 아빠의 운수를 점치고 있는 중이니까. 자, 마지막으로 아빠를 덮고 있는 카드를 뒤집어 봅니다. 이게 제일 중요한 거예요."

지나가 조그맣고 땀에 젖어 끈적끈적한 손으로 그 카드를 뒤집었다. 지나가 깜짝 놀란 표정으로 부르짖듯이 헐떡거리며 말했다.

"어머! 스페이드의 에이스예요. 이건 보통 죽음을 뜻하는 거예요. 하지만—."

"너희 엄마가—." 존이 말했다.

"차를 몰고 가다가 누군가를 들이받게 된다는 것일 게다. 자, 저다, 갑시다. 얘들아, 잘 있어라. 얌전하게 지내야 돼."

제6장

　토요일 아침 11시경에 미지 하드캐슬은 2층에서 내려왔다. 그녀는 2층 침실에서 아침 요기를 하고 책을 읽다가 다시 잠이 들어 버렸던 것이다.

　이런 식으로 게으름을 피우는 게 얼마나 오랜만의 일인가! 그녀는 기분이 매우 좋았다. 시간에 얽매이지 않아도 된다는 생각만으로도 그녀는 저절로 콧노래가 나왔다. 보통 때의 이 시간이라면 주인아줌마의 등쌀에 한참 시달리고 있으리라.

　미지는 따스한 가을 햇볕이 내리쬐고 있는 정원으로 나갔다. 헨리 앙카텔 경이 등나무 의자에 앉아 '타임스' 지(紙)를 읽고 있다가 미지를 보고 미소를 지었다. 헨리 앙카텔 경은 미지를 좋아했다.

　"안녕, 귀여운 아가씨!"

　"제가 너무 늦게 일어났죠?"

　"아직 점심시간도 안 됐는데 뭘." 헨리 경이 웃으며 말했다.

　미지가 그의 옆에 앉아 한숨지으며 말했다.

　"이곳 생활은 천국이에요."

　"넌 좀 수척해진 것 같은데."

　"아니에요. 몸은 별 이상 없어요. 너무 살이 쪄서 뒤룩거리고, 몸에 맞는 옷을 고르느라고 이것저것 입어 보는 뚱뚱한 아줌마들을 안 보니 살 것 같아요."

　"지겹겠구먼." 헨리 경이 손목시계를 들여다본 뒤에 계속 말을 이었다.

　"에드워드가 12시 15분경에 도착할거야."

　"에드워드요?" 미지가 잠시 말을 멈추었다가 계속했다.

　"전 에드워드를 만난 지 꽤 오래됐어요."

　"우리도 마찬가지야." 헨리 경이 말했다.

"그는 에인스윅 저택에서 통 꼼짝하질 않거든."

'에인스윅.' 하고 미지가 속으로 되뇌었다. '에인스윅!' 그녀의 가슴이 고통으로 저려 왔다. 에인스윅에서 지냈던 그 아름다운 추억의 나날들. 그곳에 가기만을 손꼽아 기다렸던 몇 달! 에인스윅 저택으로 가게 되었다는 생각에 밤새 뒤척이며 잠 못 이루었던 그 나날들. 그리고 드디어, 그날, 차장에게 미리 얘기해야 런던행 급행열차가 멈춰 서는 그 조그만 시골 정거장. 밖에 기다리고 서 있던 다임러 자동차. 다임러를 타고 가며 본 그 길가의 경치. 성문을 지나 마지막 모퉁이를 돌아 숲길로 한참 달려 어떤 빈터 같은 곳에 이르러 차에서 내렸었다. 그곳에 우뚝 서 있던 흰색의 저택. 조각조각 기운 트위드 코트를 입고 계셨던 연세 높으신 제프리 아저씨, "자, 젊은이들이여, 즐겁게 놀거나." 하시며 아저씨가 가신 이후에 그들은 정말 꿈같은 시간을 보냈었다.

헨리에타는 아일랜드에서, 에드워드는 이튼에서, 그리고 미지는 잉글랜드 북부의 어느 공업도시에서 왔지. 그곳 생활은 마치 천국 같았었다.

에드워드는 그곳에서 주인공이었었다. 에드워드는 키가 크고 점잖았으며 매우 수줍어하는 편이었지만, 모든 사람들에게 친절했다. 미지는 그런 에드워드가 너무 좋았지만 헨리에타가 있었기 때문에 그런 내색을 하지는 않았다.

어느 날 그녀는 정원사 트림렛으로부터 에드워드가 평범한 방문객이 아니라는 말을 듣고 매우 놀랐다.

"이 집의 미래의 주인은 에드워드 도련님이랍니다."

"아니, 왜요, 트림렛? 에드워드는 제프리 아저씨의 아들이 아니잖아요."

"도련님은 법적인 상속인이지요, 미지 아가씨. 법률적인 용어로는 한사상속(限嗣相續)이라나 봐요. 루시 아가씨는 제프리 씨의 무남독녀이시지요. 그렇지만, 아가씨는 여자라서 상속인이 될 수 없답니다. 그리고 루시 아가씨와 결혼한 헨리 경은 주인님과 먼 친척뻘인 6촌간일 뿐이랍니다. 그러나 에드워드 도련님은 주인님과 가까운 친척이 되거든요."

그 이후 제프리 아저씨가 세상을 떠나자 에드워드는 에인스윅 저택에 틀어박혀서 지금까지 혼자 살고 있다. 때때로 미지는 루시가 그 에인스윅 저택을 상속받지 못한 데 대해 속상해할지도 모른다는 생각이 들었다. 물론 루시에게

서 그런 기미는 조금도 찾아볼 수 없었다.

그러나 에인스윅은 그녀의 집이었고, 에드워드는 그녀보다 스무 살이나 어린 5촌간일 뿐이었다. 루시의 아버지인 제프리 앙카텔은 그 군(郡)에서는 매우 유명한 인물이었다. 그는 상당히 재산이 많았는데, 그 대부분을 루시에게 물려주었다. 그런 루시에 비하면 에드워드는 돈이 많은 것이 아니었지만, 에인스윅 저택을 상속받아 유지해 갈 수 있는 돈은 충분히 있었다.

에드워드는 사치스런 취향을 가진 사람이 아니었다. 그는 한동안 외무부에서 일을 했었는데, 에인스윅 저택을 상속받은 뒤에 곧 그곳에 사표를 내고 에인스윅으로 돌아가 버렸다. 그는 문학에 관심이 많았고, 또한 재능도 있었다. 그래서 초판본(初版本)들을 수집하고, 때때로 주저하면서도 이름 없는 잡지에 아이러니컬한 기사를 싣기도 하였다. 그는 자기에게 6촌 누이가 되는 헨리에타 세이버네이크에게 세 번이나 청혼을 했었다.

가을 햇살을 온몸에 받으며 미지는 이런저런 생각에 잠겨 있었다. 그녀는 에드워드와 만나게 된다는 사실이 기쁜지 어떤지를 잘 알 수 없었다. 그녀의 마음속에는 아직까지도 에드워드가 크게 자리 잡고 있었다. 그녀 역시 에드워드처럼 고지식해서 한 사람밖에 몰랐던 것이다. 런던 어느 레스토랑에서 자신에게 인사하기 위해 자리에서 일어나던 에드워드의 모습을 미지는 지금까지도 생생하게 기억하고 있었으며, 또한 에인스윅 저택에서의 에드워드는 영원히 그녀의 가슴속에 새겨져 있었다. 그녀는 에드워드를 본 순간부터 그를 사랑하게 되어 버렸던 것이다.

헨리 경의 목소리가 그녀를 회상 속에서 불러 깨웠다.

"루시는 어때 보이는 것 같지?"

"아주 건강해 보이는데요. 조금도 달라진 게 없어요."

미지가 약간 웃으며 말했다.

"오히려 더 생기 있어 보이는데요."

"그렇긴 그렇지." 헨리 경은 파이프를 한 모금 빨았다. 그러고 나서 그는 돌연 뜻밖의 말을 했다.

"미지, 난 때때로 루시가 걱정스러워."

"왜요?" 미지가 놀란 표정으로 그를 쳐다보았다.

"뭣 때문에요?"

헨리 경이 머리를 내저었다.

"루시는 자기가 못 하는 일은 이 세상에 하나도 없다고 믿거든."

미지는 헨리 경의 얼굴을 빤히 쳐다보았다.

그가 계속해서 말했다.

"그런데, 문제는 모든 게 그녀 뜻대로 되어간다는 점이야. 지금까지는 항상 그랬어." 그가 미소를 지었다.

"루시는 총독 관저의 전통을 아주 우습게 여겼어. 저녁식사 때면 루시는 정말 굉장했지. 식사하는 자리에서 사람들의 혼을 몽땅 빼앗아 버렸거든(미지, 너도 알겠지만 파티에서 그런다는 것은 정말 실례되는 행동이거든). 글쎄, 루시가 만찬 테이블에 같이 앉아 있는 사람들 거의 전부를 적으로 간주하고 그들에게 원색적인 말을 마구 퍼부어대는 거야. 그런데도 누구 하나 화를 내지 않았으니 참 이상하지. 오히려 모두 멍청이가 된 것처럼 영국이 인도를 지배하는 것은 옳지 못하다는 그녀의 의견에 이구동성으로 찬성을 보내지 않겠어? 만일 그렇지 않고 싸움이라도 났으면 어떡할 뻔했을까 생각하면 지금도 아찔해! 그리고 나서는, 자기도 어쩔 수 없다는 표정으로 그 사람들을 쳐다보며 환하게 미소를 짓는 거야! 그러니까 사람을 미치게 만드는 거지. 하인들에게도 똑같아. 하인들은 루시 때문에 괴로움을 많이 받는데도 불구하고 루시를 하늘처럼 받들거든."

"무슨 말인지 알 것 같아요." 미지가 조심스러운 어조로 말했다.

"다른 사람이 그렇게 한다면 도저히 못 참을 행동도 루시 아주머니가 한다면 아무렇지도 않게 느껴지니 참 이상해요. 그게 뭘까요? 매력? 최면술?"

헨리 경이 어깨를 으쓱해 보였다.

"루시는 소녀 때부터 그랬었지. 때때로 난 루시의 그러한 면이 점점 자라고 있다는 느낌이 들 때가 있어. 내말은, 루시가 자신의 한계가 있다는 것을 전혀 깨닫지 못하고 있다는 거야. 미지, 그렇지만……."

그가 재미있는 표정으로 말했다.

"난 루시가 살인을 했다고 하더라도 용서할 수 있을 것 같아."

헨리에타는 뮤즈에 있는 정비공장으로 가서, 정비공인 앨버트와 사무적인 이야기를 몇 마디 주고받은 뒤에 그녀의 자동차인 델라지를 몰고 나왔다.

"조심해 달리세요, 아가씨." 앨버트가 말했다.

헨리에타는 그에게 미소를 보냈다. 차 속에 자기 혼자라는 기쁨을 맛보면서 그녀는 쏜살같이 뮤즈의 남쪽으로 달려갔다. 차를 운전할 때는 혼자 있는 것이 훨씬 좋았다. 그녀 혼자서 차를 몰고 가는 기분은 무엇에도 비할 데 없이 상쾌했으며, 또 마음속의 찌든 때와 피로를 깨끗이 씻어 낼 수 있었기 때문이었다.

그녀는 런던의 혼잡한 거리를 요리조리 빠져나가는 것을 재미있어했으며, 또한 남이 알지 못하는 지름길을 찾아다니는 것을 좋아했다. 그래서 그녀는 런던의 거리치고 안 가본 거리가 없었다.

헨리에타는 지금 얼마 전에 새로 찾아낸 길을 따라 남쪽으로 달리고 있었다. 그 길은 마치 복잡한 미로 같았다. 12시 30분에 그녀는 드디어 쇼벨 다운의 긴 산봉우리의 정상에 도달했다. 헨리에타는 항상 이 지점에서 내려다보이는 경치를 매우 좋아했다. 지금 그녀는 내리막이 시작되는 지점에 서서 아래를 내려다보고 있었다. 사방이 온통 단풍잎으로 물들어가는 나무들로 꽉 차 있었다. 내리쬐는 가을 햇살을 받아 그 모습은 마치 황금색으로 물결치는 바다 같았다. 너무나 화려하고 장엄한 광경이어서 헨리에타는 숨조차 크게 내쉴 수가 없었다.

"가을은 너무 아름답고 풍요로워. 봄과는 비교가 안 돼."

헨리에타가 감탄한 어조로 중얼거렸다.

그 순간 이 아름다운 세상에 살고 있다는 기쁨과 행복감이 그녀의 가슴속으로 파도처럼 밀려왔다.

'이렇게 행복한 순간은 다시없을 거야, 결코…….' 그녀는 생각했다.

마치 물감이 하나로 용해되어 춤추는 듯한 황금빛 세상을 굽어보면서 헨리에타는 잠시 그대로 서 있었다.

이윽고 그녀는 내리막길을 따라 단숨에 내려갔다. 그리고 할로 저택으로 향하는 구불구불하게 길고 가파른 길에 들어섰다.

헨리에타가 할로 저택 앞에 차를 세우자, 테라스에 나와 앉아 있던 미지가 그녀를 보고 기쁜 표정으로 손을 흔들었다. 헨리에타는 자기가 좋아하는 미지를 만나게 된 것이 매우 기뻤다.

그때 레이디 앙카텔이 집 안에서 나왔다.

"오, 헨리에타가 왔구나. 말을 마구간에 넣고 여물을 줘야겠지? 그동안에 점심식사가 준비될 거야."

"루시 아주머니의 말은 언제 들어도 매력적이야."

헨리에타가 차를 차고에 집어넣으면서 그녀를 따라간 미지에게 말했다.

"우리 아일랜드 조상들이 유난히 말을 좋아했었다는 것은 너도 얘기를 들어서 알고 있을 거야. 난 내가 그때 태어나지 않은 것이 얼마나 다행스러운지 몰라. 네가 오직 말에 대해서만 얘기하는 사람들 속에서 자랐다고 생각해 봐. 얼마나 지겹겠어. 그런데, 재미있게도 내가 차(車)를 마치 말처럼 다룬다고 루시 아주머니가 딱 집어내는 것 좀 봐. 정말 용해."

"맞아. 루시에겐 아무도 못 당해. 글쎄 오늘 아침에 나보고 여기 있는 동안은 예의 같은 건 차리지 않아도 좋다고 했지 뭐니?"

미지의 말에 헨리에타가 잠시 생각해 보는 눈치이더니 곧 알겠다는 듯이 고개를 끄덕였다.

"아, 그 가게!" 그녀가 말했다.

"그래, 그 조그만 상자 같은 가게 안에서 하루 종일 교양 없는 아줌마들에게 깍듯이 '마담'이라는 존칭을 써가며 나오지도 않는 웃음을 계속 웃어야 한다는 것이 얼마나 지겨운 일인지 넌 모를 거야. 들어가지도 않는 옷을 억지로 잡아당겨 입히고 벗기며, 말도 안 되는 트집에도 그저 비굴스런 웃음을 띠고 굽실거려야 한다는 게 얼마나 자존심 상하는 일인 줄 아니? 입에서 욕이 저절로 나와! 왜 사람들은 서비스업에 종사는 사람을 천하고 우습게 여기는지 모르겠어. 내 자신도 가게에서 일하고 있다는 사실에 자부심은커녕 회의만 느끼고 있어, 차라리 나보다 거전이나 시몬스의 입장이 훨씬 더 나을 거라고 생각해."

"정말 지겹겠다, 애. 지금이라도 쓸데없는 자존심은 버려. 그렇게 하지 않아도 넌 충분히 살아갈 수가 있잖아. 꼭 그렇게 살아갈 필요가 있어?"

"어쨌든, 루시는 천사야. 이번 주말 동안은 실컷 내 멋대로 행동할 거야."

"여기에 누가 온다고 했어?" 헨리에타가 차에서 내리며 물었다.

"크리스토 부부가 올 거래." 미지가 잠시 말을 멈추었다가 다시 이었다.

"에드워드는 막 도착했고"

"에드워드? 어머, 정말? 에드워드 본 지도 꽤 오래됐는데. 그 밖에 또 누가 온대?"

"데이비드 앙카텔. 루시 말에 의하면, 그 애 때문에 꼭 네가 있어야 한대. 그 애가 손톱 물어뜯는 것을 멈추게 할 사람은 너밖에 없다나?"

"그건 매우 달갑잖은 소린데." 헨리에타가 말했다.

"난 다른 사람들 일에 간섭하는 것을 매우 싫어해. 그런데, 내가 무슨 수로 그 애의 그런 습관을 뜯어 고친다는 거지? 정말 루시가 그렇게 말했어?"

"결과적으로 같은 소리지 뭐. 게다가, 그 앤 지금 사춘기라나 봐."

"그 애에게 내가 뭘 할 수 있다고 너도 잘못 생각하는 거 아니니?"

헨리에타가 깜짝 놀라며 물었다.

"거기다, 넌 저다를 맡아서 친절히 대해 줘야 한대."

"내가 저다라면 루시의 얼굴도 보기 싫어할 거야!"

"아, 그리고 내일 점심식사 때는 사립탐정 한 사람이 온다나 봐."

"우리가 살인 게임을 하는 건 아니겠지?"

"그렇지 않을걸. 난 그게 아주 친절한 접대법이라고 생각해."

미지의 어조가 약간 바뀌었다.

"저기 에드워드가 우릴 보려고 나오는데."

"아, 에드워드"

헨리에타는 그를 생각하자 갑자기 마음속 깊은 곳에서 솟아오르는 따뜻한 애정을 느꼈다.

에드워드 앙카텔은 키가 크고 마른 타입의 남자였다. 그가 환한 미소를 띠고서 두 젊은 여자 앞으로 걸어 왔다.

"안녕, 헨리에타. 1년 이상 못 만났던 것 같군."

"안녕, 에드워드."

에드워드는 매우 멋있어 보였다. 그 잔잔한 미소, 눈가에 진 몇 가닥의 주름살, 늘씬하게 빠진 체격!

'에드워드에게서 가장 멋있는 것은 그 체격이야.' 헨리에타는 생각했다.

에드워드에 대해 그런 따뜻한 감정이 생긴 것을 알고 헨리에타는 스스로 놀라고 있었다. 자신이 에드워드를 참으로 열렬히 좋아했었다는 사실을 그동안 까맣게 잊어버리고 있었다는 것을 깨달았기 때문이다.

점심식사 후에 에드워드가 헨리에타에게 말했다.

"헨리에타, 산책 좀 하지."

느릿느릿 걸어가는 것은 에드워드의 습관이었다. 그들은 집 뒤쪽으로 해서 숲 사이로 구불구불 이어진 길을 따라 걸어 올라갔다. 에인스윅 저택의 숲 같다고 헨리에타는 생각했다. 아름다운 에인스윅 저택! 우리는 그곳에서 얼마나 즐겁게 지냈던가! 헨리에타는 에드워드와 함께 에인스윅에 대한 이야기를 나누기 시작했다. 그들은 옛날의 추억을 떠올리고 있었다.

"다람쥐 생각나세요? 앞다리를 다친 다람쥐 말이에요. 그때, 우리가 둥지에 넣어주고 보살펴서 회복이 되었잖아요."

"아, 그래, 맞아. 우리가 우스꽝스러운 이름도 지어 줬었는데……, 뭐였더라?"

"콜몬들리 마조르뱅크스!"

"그래, 그거야."

두 사람은 마주 보며 웃음을 터뜨렸다.

"그런데 가정부인 반디 부인은 그 다람쥐가 언젠가는 굴뚝으로 도망칠 거라고 얘기했었지."

"그래서, 우리는 결코 그렇지 않을 거라며 매우 분개했었죠."

"그런데 다람쥐가 도망가 버린 거야."

"반디 부인이 그렇게 만든 거죠." 헨리에타가 자신 있게 말했다.

"그녀가 다람쥐의 머릿속에 그 생각을 불어넣어 준 거라고요."

그녀가 계속 말을 이어갔다.

"에인스윅 저택은 하나도 안 변했죠, 에드워드? 난 항상 에인스윅은 그대로일 것 같아요."

"왜 에인스윅엔 오지 않았지, 헨리에타? 그곳에 당신이 안 온 지도 아주 오래되었어."

"알고 있어요."

그녀는 왜 그렇게 오랫동안 에인스윅엘 가보지 못했는지를 곰곰이 생각해 보았다. 딴 일에 관심을 쏟느라고, 사람들과 엉켜 사느라고 바빴기 때문이라고 그녀는 생각했다.

"당신이 에인스윅 저택에 온다면 언제라도 대환영이야."

"에드워드, 당신은 언제나 다정하시군요!"

멋진 체격의 다정한 에드워드라고 그녀는 생각했다.

그가 즉시 말했다.

"헨리에타, 당신이 에인스윅 저택을 좋아해서 참 기뻐."

헨리에타가 꿈꾸는 듯한 표정으로 말을 했다.

"에인스윅은 세상에서 가장 아름다운 저택이에요."

늘씬하게 긴 다리와 바람에 흩날리는 듯한 밤색 머리카락을 지닌 아가씨, 인생이라는 게 무언지 아무것도 모르는 철부지 아가씨, 나무들을 끔찍이도 사랑하는 아가씨…… 그렇게 행복하게 계속 살아갔더라면 좋았을 것. 그녀는 갑자기 되돌아갈 수만 있다면 옛날로 되돌아가고 싶다고 생각했다.

그녀가 돌연 큰소리로 말했다.

"우주수(宇宙樹: 우주를 떠받치고 있다는 거대한 물푸레나무)는 여전히 그대로 있죠?"

"아니, 불행히도 벼락을 맞았어."

"어머, 우주수가! 그럴 리가!"

그녀는 마음이 아팠다. 우주수라는 이름은 그녀가 거대한 참나무에 붙여 준 이름이었다. 만일 하나님이 우주수를 쓰러뜨리셨다면 그대로 남아 있는 것은 아무것도 없을 터였다. 돌아가지 않는 게 낫겠어!

"당신만의 사인이라고도 할 수 있는, 당신이 심심하면 그렸던 그 우주수를 기억해?"

"내가 종이에 그리곤 했던 그 우스꽝스러운 나무 그림 말이에요? 물론이죠, 난 지금도 그리는 걸요, 에드워드. 난 나도 모르게 압지 위에, 전화 메모지 위에, 브리지 점수판 위에 그 나무를 그려 놓곤 한다고요. 연필을 줘 보세요."

에드워드가 그녀에게 연필과 메모지를 건네주었다.

헨리에타가 웃으며 그 우스꽝스러워 보이는 나무를 쓱쓱 그렸다.

"맞아. 바로 그 우주수야." 그가 말했다.

어느새 그들은 거의 그 오솔길의 공간 꼭대기까지 올라가 있었다. 헨리에타가 옆으로 길게 쓰러져 있는 나무의 줄기에 걸터앉았다. 에드워드도 그녀 옆에 앉았다.

헨리에타는 나무가 우거진 숲을 내려다보았다.

"이곳은 에인스윅과 비슷한 것 같아요. 마치 에인스윅의 축소판처럼요. 그 이유 때문에 루시와 헨리가 이곳으로 왔다는 생각이 들지 않으세요? 때때로 난 그럴지도 모른다는 생각이 강하게 들어요."

"아마도……."

"어느 누가 알겠어요—." 헨리에타가 느릿느릿 말했다.

"루시의 머릿속에 어떤 생각이 들어 있는지!"

그러고 나서 그녀는 정색을 하고 말했다.

"에드워드, 우리가 마지막으로 만난 이후 어떻게 지냈어요?"

"그냥 그럭저럭."

"그거 아주 평화롭게 들리는군요."

"문학을 한답시고 해봤지만 난 재능이 없나 봐. 그래서 포기했어."

그녀가 재빨리 고개를 돌려 그를 쳐다보았다. 그의 어조가 약간 달라진 것 같은 느낌 때문이었다. 그러나 그는 그녀를 보고 조용하게 미소를 지을 뿐이었다. 헨리에타는 다시금 자기도 모르게 마음속에서 그에 대한 친밀한 감정이 솟구치는 것을 느꼈다.

"아마도, 당신이 잘 생각하신 건지도 몰라요." 그녀가 말했다.

"잘 생각하다니?"

"포기한 것 말이에요."

에드워드가 천천히 말했다.

"헨리에타, 당신이 그런 말을 하다니 이상한데. 당신은 조각가로 성공한 사람이 아니야?"

"당신은 내가 성공했다고 생각하세요? 아주 우습군요."

"왜 그렇게 생각하지? 나의 소중한 헨리에타, 당신은 예술가야. 당신 스스로에 대해 자부심을 가져도 돼. 그만큼 당신은 훌륭한 조각가라는 사실을 잊어버려서는 안 돼."

"알고 있어요. 많은 사람들이 그렇게 말한다는 걸. 하지만, 그들은 이해하지 못해요. 그것이 얼마나 괴롭고 힘든 작업인가를 조금도 이해하지 못하는 거죠. 에드워드, 당신도 이해하지 못하는군요. 조각이란 게 손으로 만들기만 해서 되는 게 아니에요. 하나의 작품을 얻기 위해서 얼마나 처절한 몸부림을 쳐야 하는지 결코 모르실 거예요. 그때의 그 고통스러움과 좌절, 상처는 말로 다 표현할 수가 없을 정도예요. 그러다가 어느 순간 내 자신과 타협을 하게 되는 거죠. 그렇게 열병을 앓고 나면 잠시 동안이나마 내 맘속에 평화가 깃드는 거예요. 다시 새로운 작품을 시작하기 전까지는 적어도 안정된 마음으로 살아갈 수 있다는 거죠."

"헨리에타, 그렇다면 당신은 평화를 누리고 싶다는 거야?"

"그래요. 때때로 난 아무 걱정 없이 고요하고 평화롭게 살아간다면 얼마나 좋을까 하고 생각한답니다."

"당신은 에인스윅 저택에서라면 평화롭게 지낼 수 있을 거야. 난 그렇게 생각해. 당신이 나와 결혼해 준다면 그렇게 될 텐데. 헨리에타, 어떻게 생각해? 에인스윅 저택에 돌아와서 가정을 꾸밀 생각은 전혀 없는 거야? 당신도 알다시피, 그곳은 항상 당신을 기다리고 있는데."

헨리에타가 천천히 고개를 돌렸다. 그리고 나지막한 음성으로 말했다.

"에드워드, 차라리 지금 내가 당신을 싫어한다면 마음이 편할 것 같군요. 그렇다면 '노'라는 말을 하기가 그리 어렵지 않을 테니까요."

"거절한다는 뜻이군!"

"미안해요."

"당신은 전에도 '노'라고 했었지. 그렇지만, 오늘은 다를 것이라고 생각했었어. 오늘 오후 내내 나와 함께 있으면서 당신은 행복한 표정이었어. 헨리에타, 그렇지 않다고 말할 순 없을 거야."

"그래요. 난 모처럼 만에 아주 즐거운 시간을 보냈어요."

"오늘 아침에 보았을 때보다 훨씬 더 생기발랄해 보였다고."

"알아요."

"당신과 나는 에인스윅 저택에 대한 얘기를 하느라고 시간가는 줄도 몰랐잖아. 우린 둘 다 행복한 기분에 싸여 있었어. 헨리에타, 그게 무얼 뜻하는 것인지 정말 모른단 말이야?"

"정말 모르는 사람은 에드워드, 바로 당신이에요! 우린 오늘 오후 내내 과거의 추억 속에서 지냈다는 것을 모르세요?"

"과거로 되돌아가 보는 것도 때로는 아주 필요한 일이라고 생각해."

"우리가 다시 과거로 되돌아갈 순 없어요. 인간에게 아주 불가능한 일 중의 하나가 지나온 과거로 되돌아간다는 거예요."

에드워드는 잠시 아무 말도 않고 그대로 앉아 있었다. 이윽고 그가 조용하면서도 매우 냉정한 목소리로 말했다.

"당신이 진짜 말하고 싶은 것은 존 크리스토 때문에 나와 결혼할 수 없다는 거 아니야?"

헨리에타가 대답을 하지 않자 에드워드가 재차 물었다.

"내 말이 맞지? 이 세상에 존 크리스토만 없었더라면 당신은 나와 결혼했을 거야."

헨리에타가 격한 어조로 그의 말을 막았다.

"존 크리스토 없는 세상은 생각조차 할 수 없어요! 당신은 고작 그렇게밖에 생각 못 하시는군요."

"그런데 왜 그 친구는 자기 아내와 이혼하고 당신과 결혼하지 않는 거지?"

"존은 저와 이혼하고 싶어하지 않아요. 그리고 막상 존이 이혼한다고 해도 그와 결혼하고 싶은 것인지는 나도 몰라요. 적어도 그런 관계는 아니에요. 우린 당신이 생각하는 그런 관계가 아니라고요."

에드워드가 조심스럽게 말했다.

"존 크리스토. 이 세상에는 존 크리스토 같은 사람이 너무 많지."

"모르시는 말씀 마세요." 헨리에타가 그의 말에 반박했다.

"이 세상에 존 같은 사람은 없어요."

"그렇다면, 그것 다행이군! 내 생각엔 그렇다는 거지."

그가 자리에서 일어섰다.

"돌아가는 게 좋겠어."

그들이 차에 올라타자 레위스는 할리가의 집 문을 닫고 들어가 버렸다. 그 순간 저다는 마치 자신이 그 집에서 쫓겨난 것 같은 아픔을 느꼈다. 그 닫힌 문이 결코 다시는 열리지 못할 것 같았다. 그녀가 그렇게 두려워한 주말이 기어코 찾아왔던 것이다. 그녀는 꼼짝달싹도 할 수 없는 어떤 것에 꼭 잡혀 버린 기분이었다. 그때 그녀가 떠나기 전에 했어야 할 일들이 매우 많았다는 생각이 떠올랐다. 목욕탕의 수도꼭지를 잠갔던가? 가정부에게 줄 세탁물에 대한 쪽지를 어디에 놓아두었더라? 가정교사가 아이들을 잘 돌봐 줄까? 그 가정교사는 썩 뛰어난 것 같지 않던데. 가정교사가 테렌스를 잘 다룰까? 프랑스인 여자 가정교사는 아이들에게 권위가 없어 탈이야.

이런저런 걱정이 그녀의 머리를 꽉 채웠다. 비참한 심정으로 운전석에 앉아 있던 저다가 신경질적으로 클러치를 밟았다. 그녀는 연달아 계속해서 그것을 발로 눌러댔다. 그러자 존이 말했다.

"저다, 엔진 스위치를 넣어야 시동이 걸리지."

"어머, 내 정신 좀 봐."

그녀가 깜짝 놀라 겁먹은 표정으로 그를 재빨리 훔쳐보았다. 만일 존이 화를 내고 있으면 어쩌지? 그러나 다행스럽게도 그는 화난 표정이 아니었다. 오히려 그 입가에는 미소가 감돌고 있었다.

'그것 때문이야.'

가슴에 날카로운 바늘이 꽂힌 것처럼 그녀는 몸을 떨었다.

'앙카텔 집안사람들과 만나게 되는 게 저이는 굉장히 기쁜 모양이야.'

그녀는 생각했다.

가엾은 존! 너무 일에만 매달렸어! 다른 사람들에게 헌신하느라고 자신의 생활을 너무 많이 희생했어! 그러니, 그이가 주말을 손꼽아 기다리는 것도 당연하지. 점심을 먹으면서 나눈 대화를 그녀는 머리에 떠올렸다. 자동차가 갑자기 앞으로 풀썩 나아갔다. 저다가 클러치를 너무 성급하게 밟았기 때문이다.

"존, 환자들을 싫어한다는 그런 농담은 하지 마세요. 물론 당신이 하는 그 희생적인 일을 조금도 내세우지 않는 당신은 너무나 훌륭한 사람이에요. 전 그런 걸 다 알고 있죠. 하지만, 아이들은 그렇지 않아요. 특히 테리는 요즈음 매우 감수성이 예민한 시기이거든요."

"테리가―." 존 크리스토는 말했다.

"다 큰 사람처럼 느껴질 때가 종종 있지. 지나치곤 달라. 여자들은 왜 그렇게 허식과 겉치레를 좋아하는지 모르겠어."

저다가 조그맣게 소리 내어 웃었다. 그녀는 존이 짓궂게 자기를 놀린다고 생각했다. 그리고 부득부득 자기의 고집을 내세우는 그런 면에서 저다는 꽤 끈질긴 성격이었다.

"존, 전 아이들이 의사의 헌신적이고 희생적인 생활을 안다는 게 교육상 좋다고 생각해요."

"아이고, 맙소사!" 존 크리스토가 자기의 머리를 내흔들며 말했다.

저다는 상황에 따라 판단을 내리는 일이 아주 서툴렀다. 지금만 해도 그랬다. 그녀는 멀리서 교통 신호등이 푸른색인 것을 보았다. 그런데 교통신호등 가까이로 한참 달려도 여전히 신호는 푸른색인 것이었다. 그래서 그녀는 자기가 교통 신호대에 이르기 전에 분명히 빨간색으로 바뀔 것이라고 지레짐작했다. 그리고 그녀는 차의 속력을 완전히 줄여 버렸다. 신호등은 여전히 푸른색이었다.

존은 저다가 운전할 때는 아무 말도 안 하겠다고 굳게 결심한 것도 그만 잊어버리고 참다못해 한마디 했다.

"당신 뭣 때문에 달리지 않는 거지?"

"신호가 곧 바뀔 것 같아서……."

저다가 액셀러레이터를 밟자 차가 조금 앞으로 나아갔다. 그렇게 기다시피하여 신호대를 막 지났을 때 그만 엔진이 멎어버렸다. 그 순간 신호등이 빨간색으로 바뀌었다.

횡단보도의 신호 경보기가 마치 화난 듯이 따릉따릉 울렸다.

존은 매우 재미있다는 듯이 말했다.

"저다, 당신은 세상에서 가장 형편없는 운전사일 거요."

"전 항상 교통신호만 보면 불안스러워요. 신호가 언제 바뀔지 도무지 종잡을 수가 없거든요."

존은 걱정이 가득 찬 저다의 옆얼굴을 흘끗 쳐다보았다.

'저다에겐 모든 일이 걱정투성이인 모양이군.' 그가 생각했다. 그리고 그런 상태에서 살아간다는 게 어떤 것인지를 상상해 보려고 머리를 갸우뚱했다. 그러나 그는 결코 상상력이 풍부한 사람이 못 되었기 때문에, 그것을 곧 포기해 버리고 말았다.

"당신도 알다시피―." 저다는 또 그 지겨운 얘기를 되풀이 하고 있었다.

"전 항상 의사의 생활이 얼마만큼 고귀한 것인지를 아이들에게 들려주고 있답니다. 그 희생정신, 고통받고 괴로워하는 사람들을 도와주는 그 헌신적인 사랑, 남에게 봉사하는 그 귀한 마음 등에 대해서 말이에요. 그런 건 참으로 숭고한 생활이잖아요. 그래서, 전 당신이 매우 자랑스럽답니다. 그리고 저―."

존 크리스토가 그녀의 말을 가로막았다.

"당신은 내가 의사노릇 하는 것 자체를 좋아한다는 생각은 들지 않소? 내가 의사노릇 하는 것은 희생이 아니야. 내 기쁨을 위해서지. 그 지랄 맞은 일이 내게 흥미롭기 때문이란 것을 당신은 몰라?"

말은 그렇게 했지만 그는 저다가 그런 자기의 심정을 이해하리라고는 기대하지 않았다. 저다에게 크랩트리 노파나 마가렛 러셀 병동에 대해 얘기해 봤자 그녀는 그를 불쌍한 사람을 돕는 천사로만 여길 것이 뻔했다.

"꿈속에서 헤매고 있으니 나, 참." 그가 한숨을 내쉬며 중얼거렸다.

"뭐라고요?" 저다가 그에게로 고개를 돌렸다.

그는 고개를 저었다. 지금 그가 '암의 치료법'을 연구 중이라고 저다에게 얘기한다면 그녀는 입에 침이 마르도록 또 그 진부한, 위대한 의사 어쩌고저쩌고 하는 말을 늘어놓을 게 틀림없었다. 그녀의 성격으로는 감상적인 테두리에서나 그 말을 이해할 것이다. 왜 리지웨이 병이 그에게 그렇게 관심의 대상이 되는지를 저다로선 도저히 이해하지 못할 것이다. 또한 자신이 저다에게 실제로 그 병이 어떠한 것인지를 이해시킬 수 있을 지도 의문이었다.

그가 싱긋 웃으며 생각했다.

'특히, 우리가 인간의 본질이 무엇인지를 딱 꼬집어 말할 수 없는 것처럼, 왜 피질(皮質)이 퇴화하는지 그 이유를 난 명백하게 설명할 수 없어.'

그때 문득 그의 머릿속에 테렌스가 비록 나이 어린 애이긴 하지만, 그 애에게 리지웨이 병에 대해 얘기해 준다면 매우 흥미 있어 할지도 모른다는 생각이 떠올랐다. 테렌스에게 그가 어떤 얘기를 하면 그 애는 먼저 자신의 얼굴을 그 탐색적인 눈초리를 훑어본 연후에야 비로소 입을 때는 것이었다. "전 아버지가 말씀하신 게 그런 뜻이라고 생각하는데요."라고 사실 존은 그런 테렌스의 태도를 몹시 마음에 들어 하고 있었다.

지난 며칠 전부터 테렌스는 그토록 열중했던 코나 커피 기계를 분해하는 일을 집어치우고 딴 일에 관심을 쏟고 있었다. 엉뚱하게도 암모니아를 만들겠다는 것이었다. 암모니아? 하여튼 재미있는 녀석이야. 그 녀석은 왜 암모니아를 만들고 싶어졌을까? 흥미가 생기는데.

존이 이런저런 생각에 잠겨 있는 동안 한편으로 저다는 그것을 다행스럽게 여기고 있었다. 존과 이야기를 하지 않고 오직 운전에만 신경을 쏟으면, 아무래도 그러지 않는 것보다는 훨씬 더 잘 달릴 수 있기 때문이었다. 또한, 존이 생각에 잠겨 있기 때문에 그녀가 부자연스럽게 기어를 바꿔 넣어서 차가 덜컹거리는 소리를 내어도 그가 조금이라도 덜 느끼게 될 것이기 때문이다. 그녀는 웬만하면 기어를 저속으로 바꾸려고 하지 않았다.

어쩌다가 우연히 그녀가 기어를 잘 바꿀 때도 있긴 있었다. 하지만, 존이 차에 타고 있을 때 기어를 부드럽게 바꿔 넣은 적은 아직까지 한 번도 없었다. 지금도 역시 마찬가지였다. 이번에는 어떡해서든 잘 해보겠다고 굳게 마음먹었지만, 그것은 그녀의 마음뿐, 손은 여전히 뜻대로 움직여지지 않았던 것이다.

액셀러레이터를 너무 세게 밟았던지, 아니면 너무 약하게 밟은 것 같았다. 그래서 그녀는 당황한 채로 기어를 되는 대로 어색하게 밀어 넣었다. 그러자 차가 덜컹거리면서 기어의 빼빼거리는 소리가 그녀의 귀를 때렸다.

"저다, 아주 자연스럽게, 힘을 주지 말고 달래듯이 넣어 봐요."

그것은 오래전에 헨리에타가 그녀에게 기어 바꾸는 법을 가르쳐 주며 유난히 강조하던 말이었다. 헨리에타는 이렇게 말했었다.

"손을 대고 느껴 보도록 해봐요. 그러면 기어가 알아서 당신의 손을 이끌어 줄 거예요. 그것을 따라 바꿔 주면 돼요. 자, 손을 대고 어떤 방향으로 가고 싶어 하는지를 느껴 보도록 해봐요."

헨리에타가 입이 닳도록 설명을 해주었지만, 저다에게는 소귀에 경 읽기였을 뿐이다.

대충 기어를 바꿔 넣어도 차가 부드럽게 굴러간다면 얼마나 좋아! 애초에 차를 만들 때 기어를 좀 잘못 바꿔도 그 소름끼치는 소리를 내지 않도록 할 수는 없나. 그녀는 속으로 투덜거렸다.

이윽고 머샴 힐의 오르막길을 올라가기 시작했을 때, 저다는 마음속으로 오늘은 그렇게 운전을 엉망으로 한 것은 아니었다고 생각했다.

존은 여전히 깊은 생각에 잠겨 있었다. 그래서 크로이든을 지날 때 유난히 기어가 삐거덕거리며 요란한 소리를 냈지만 그는 그것을 별로 못 느낀 모양이었다. 기분 좋게도 지금 차는 오르막길을 빨리 달리고 있었다. 그래서, 그녀는 안심하고 기어를 3단으로 밀어 넣었다. 그 순간 차의 속력이 급속하게 줄었다.

그 바람에 존이 생각에서 깨어나 버렸다.

"도대체 왜 경사가 가파른 오르막길에서 기어를 고속으로 바꿔 놓는 거지? 참 답답해."

저다는 이빨을 악물었다. 이제 더 이상 멀리 가기에는 너무 지쳤어. 그렇다고 내가 거기에 가고 싶어 한 것도 아냐. 존의 마음에 썩 들게 운전을 잘한 건 아니지만, 그래도 몇 시간을 쉬지 않고 달려왔는데. 그녀는 비참한 심정이 되어 아무 말도 하지 않았다.

얼마 뒤에 그들은 단풍으로 물들어 마치 불타는 듯한 숲길, 쇼벨 다운을 따라 달리고 있었다.

"런던을 빠져나와 이런 곳에 오니 정말 근사하군!" 존이 감탄하여 외쳤다.

"저다, 생각해 봐. 우린 이렇게 아름다운 곳을 놔두고 매일 그 어둠침침한 응접실에 틀어박혀서 차를 마셨다고. 어떤 땐 불까지 켜놓고 말이야."

저다의 눈앞에 약간 어두운 듯하지만 아늑해 보이는 응접실의 모습이 마치 신기루처럼 나타났다. 지금 그곳에 앉아 있을 수만 있다면 아무 소원이 없겠다고 그녀는 애타는 심정으로 생각했다.

"시골 경치는 아름답죠."

저다는 자신의 마음과는 정반대로 태연하게 그의 말에 맞장구를 쳤다.

차는 이제 내리막길을 달려가고 있었다. 이제는 피할 수 없다는 절망감이 그녀의 가슴을 가득 채웠다. 바로 몇 분 전까지만 해도 저다는 악몽에서 그녀를 구해 줄 수 있는 어떤 일이 도중에 생길지도 모른다는 공허한 희망을 지니고 있었던 것이다.

드디어 저다와 존은 할로 저택에 도착했다. 저다는 차를 몰고 들어가면서 집 앞에 헨리에타가 미지와 키 크고 마른 타입의 어떤 남자와 함께 앉아 있는 것을 보고는 마음이 약간 놓였다. 저다가 몹시 난처한 입장에 처할 때마다 생각지도 않게 헨리에타가 그 곤경에서 자기를 구해 주곤 했기 때문에, 그녀는 은연중 헨리에타를 의지하고 있었던 것이다.

존 역시 헨리에타를 보자 몹시 기뻤다. 상쾌한 가을 공기를 마시며 그 아름다운 숲길을 따라 한참 달려와서 생각지도 않게 그를 기다리고 있는 헨리에타를 보는 그의 마음은 마치 하늘로 날아 올라갈 것 같은 느낌이었다. 헨리에타는 그가 좋아하는 녹색 트위드 상의와 스커트를 입고 있었다. 그는 정장보다 그 옷이 그녀에게 훨씬 더 잘 어울린다고 생각했다. 세련된 갈색 단화를 신고 있는 그녀의 긴 다리가 유난히 늘씬해 보였다.

존과 헨리에타는 남이 눈치채지 못하게 재빨리 서로 미소를 교환했다. 그것은 그들 두 사람만이 느낄 수 있는 기쁨에 찬 은밀한 미소였다. 그러나 존은 지금 헨리에타에게 말을 걸고 싶지는 않았다. 단지 그녀가 그와 함께 있다는 느낌만으로도 그는 가슴 뿌듯하였던 것이다. 그는 그녀가 없는 주말이 얼마나 삭막하고 황량할 것인가를 생각하고 몸서리를 쳤다.

레이디 앙카텔이 집에서 나와 그들을 맞이하였다. 그녀는 여느 때보다 더

정이 철철 넘쳐흐르는 목소리로 저다에게 말했다.

"오, 저다! 이렇게 만나게 되어 얼마나 기쁜지 몰라요. 아주 오랜만이지? 그리고 존도!"

레이디 앙카텔은 자기가 존보다 저다를 훨씬 더 환영하고 있다는 뜻을 일부러 나타내려고 한 게 틀림없었다. 그러나 그 의도와는 달리 그 친절은 저다를 더 딱딱하고 당황스럽게 만들었을 뿐이었다.

루시가 말했다.

"에드워드를 아세요? 이 사람은 에드워드 앙카텔이에요."

존이 에드워드에게 가볍게 목례를 한 뒤 말했다.

"처음 뵙는 것 같은데요."

존의 황금색 나는 금발과 푸른 눈동자가 오후의 햇빛을 받아 유리처럼 반짝이고 있었다. 마치 전투 채비를 하고 해변에 막 내려선 바이킹처럼 늠름해 보였다. 따뜻하면서도 낭랑한 그의 목소리는 아주 감미로웠으며, 그만의 독특한 매력이 주위 사람들을 압도하고 있었다.

그러나 그런 그의 매력도 루시의 신비로운 분위기를 반감시키지는 못했다. 오히려 그 때문에 깜찍하면서도 아름다운 꼬마 요정 같은 분위기를 지닌 그녀의 모습은 더욱 돋보였다. 존과 아주 대조적으로 보이는 사람은 창백한 얼굴과 약간 앞으로 굽은 어깨 때문에 어딘가 우울해 보이는 에드워드라고 할 수 있었다.

헨리에타가 저다에게 채소밭을 둘러보자고 했다.

"루시는 틀림없이 우리에게 바위로 된 정원과 가을꽃이 한창 피어 있는 꽃밭을 보여 주려고 할 거예요." 헨리에타가 앞서 가면서 말했다.

"하지만, 난 항상 채소밭이 더 맘에 들어요. 그곳에서는 평화를 맛볼 수 있거든요. 다리가 아프면 오이 받침대에 앉아도 되고, 날씨가 차가우면 온실에 들어가면 되잖아요. 귀찮게 할 사람도 없고, 때로는 먹을 것도 있으니 얼마나 좋아요."

그녀의 말대로 그들은 익은 완두콩을 발견했다. 헨리에타는 그것을 따서 날것으로 먹기까지 했지만, 저다는 입에 넣지는 않았다. 저다는 전에 보다 더 두

렵게 느껴지는 루시 앙카텔에게서 멀리 떨어져 나온 것이 그저 기쁠 뿐이었다.

그녀는 헨리에타와 함께 여러 가지 이야기를 열심히 나누었다. 헨리에타가 하는 질문들은 모두 저다가 알고 있는 것들이었다. 10분 정도 지났을 때 저다는 훨씬 기분이 좋아진 것을 느꼈으며, 아울러 이번 주말이 생각만큼 그렇게 끔찍하지만은 않을지도 모른다는 낙관적인 생각이 들기 시작했다.

지나는 지금쯤 무용 교습소에 가서 새 무용복을 입고 춤추고 있을 것이다. 저다는 그 얘기를 한참이나 헨리에타에게 장황히 늘어놓았다. 헨리에타는 직접 핸드백을 만드는 일이 어렵냐고 저다에게 물었다. 그러자, 저다는 신이 난 얼굴로 자세히 설명을 해주었다.

저다를 즐겁게 해주는 일은 누워서 식은 죽 먹기보다 더 쉬운 일이라고 그녀는 생각했다. 저다가 행복해 보일 때와 그렇지 않은 때의 표정은 극과 극을 달리는 것 같았다.

'저 여자는 마치 고양이처럼 웅크리고 앉아 골골거리며 주인이 쓰다듬어 주기만은 바라는 사람 같아.' 헨리에타는 마음속으로 그렇게 생각했다.

태양이 바로 머리 위에서 내리쬐고 있었기 때문에 마치 한여름의 오후 같은 착각을 불러일으켰다. 그들은 행복한 표정으로 오이 받침대 위에 나란히 걸터앉아 있었다.

잠시 그들 사이에 침묵이 흘렀다. 저다의 표정이 점점 불안한 빛을 띠기 시작했다. 그리고 어깨는 축 늘어져 있었다. 그 모습은 정말 비참하고 암담해 보였다. 헨리에타가 말을 걸자 그녀는 깜짝 놀라 자리에서 벌떡 일어났다.

"왜—." 헨리에타가 말했다.

"이곳을 그렇게 싫어하면서도 굳이 여기에 오시는 거죠?"

저다가 당황한 표정으로 서둘러 말했다.

"어머, 아니에요. 무슨 그런 말씀을! 왜 그렇게 생각하시는지 모르겠군요."

저다가 잠시 말을 멈추었다가 다시 계속했다.

"런던을 벗어나니 얼마나 즐거운지 모르겠어요. 그리고 레이디 앙카텔도 매우 친절하시거든요."

"루시 아주머니가요? 루시는 그렇게 친절한 편이 못 되는데요?"

그 말에 저다는 약간 충격을 받은 것 같았다.

"오, 하지만……. 아니에요. 그분은 항상 나에게 친절히 대해 주셔요."

"루시 아주머니는 예의범절이 바르기 때문에 겉으로 상냥하게 사람들을 대할 순 있어요. 그러나 본래 아주머니는 상냥하기보다는 차라리 잔인한 편에 속한다고 할 수 있죠. 난 아주머니가 아주 인간답다고는 생각하지 않아요. 그분은 보통 사람들처럼 느끼고 생각하지 않는 것 같거든요. 저다, 당신은 이 집에서 지내는 걸 너무나 싫어하고 있는 게 분명해요! 그렇다는 건 당신 자신이 더 잘 알 거예요. 그런데 도대체 뭣 때문에 굳이 여기엘 오는지 알 수 없군요."

"사실은 저……, 존이 좋아하기 때문에……."

"그래요. 존은 여기에 오는 걸 좋아하죠. 그렇다면, 그분 혼자 오게 내버려 두면 되잖아요?"

"그러면 그이가 싫어해요. 그이는 자기 혼자 여기 오고 싶어 하지는 않거든요. 존은 본래 희생정신이 강한 사람이죠. 사실 시골로 오는 것이 내 건강에 좋다고 그이는 믿고 있거든요."

"시골의 공기야 좋죠." 헨리에타가 말했다.

"하지만, 그렇다고 해서 꼭 앙카텔 집안사람들과 함께 지내란 법 있나요?"

"난, 난 당신이 나를 배은망덕한 사람이라고 생각하는 것을 원치 않아요."

"저다, 왜 당신이 우리를 억지로 좋아해야 하는 거죠? 난 항상 앙카텔 집안 사람들에게는 밉살스러운 면이 있다고 생각하고 있답니다. 우리 가족은 우리만의 특별한 방식으로 우리끼리 모여 얘기하는 것을 좋아하죠. 그러니 다른 사람들이 끼어들긴 아주 힘듭니다. 그래서, 때로는 그들이 우릴 죽이고 싶어 하지 않는 게 이상스럽다는 생각이 들기도 하죠."

그러고 나서 그녀가 말을 덧붙였다.

"차 마실 시간이 된 것 같군요. 이제 돌아가죠."

집으로 돌아가려고 자리에서 일어서면서, 헨리에타는 저다의 얼굴을 유심히 쳐다보았다.

'흥미로운데.'

항상 헨리에타의 마음속 깊은 곳에 자리 잡고 있는 또 하나의 헨리에타가 중얼거렸다.

'사자의 밥이 되기 위해 투기장에 들어가야 하는 여자 기독교 순교자의 얼굴이 꼭 저랬을 거야.'

헨리에타와 저다가 채소밭의 울타리를 막 벗어났을 때 어디선가 총소리가 들려왔다. 그러자 헨리에타가 한마디 했다.

"드디어 앙카텔 집안사람들에 대한 대학살이 시작된 것 같군요!"

그 총소리는 헨리 경과 에드워드가 총기류에 관해 얘기를 나누며 시험적으로 쏘아본 리볼버 권총의 소리였다.

헨리 앙카텔은 총기류 수집이 취미였다. 그래서, 그는 꽤 많은 총기류를 가지고 있었다. 지금 헨리 경은 몇 자루의 리볼버 권총과 과녁 카드들을 가지고 나와 에드워드와 함께 그 과녁들을 향해 총으로 쏘고 있었다.

"안녕, 헨리에타. 강도를 쏘아 죽일 수 있는지 한번 해보지 않을래?"

헨리에타가 헨리 경에게서 리볼버 권총을 받아 쥐었다.

"자, 이렇게 좋아요. 이걸 쏘아 보도록 하지."

탕!

"강도를 못 맞췄군." 헨리 경이 말했다.

"저다도 한번 해봐요."

"오, 아니에요. 저, 저는……."

"괜찮아요, 크리스토 부인. 아주 간단한 거요."

저다가 움찔하면서 눈을 감고 권총을 쏘았다. 그 총탄은 헨리에타의 것보다 과녁에서 더 멀리 나가 박혔다.

"어머, 저도 한번 쏘아 보고 싶은데요." 미지가 걸어오면서 말했다.

"생각보다 훨씬 어려운데요." 두 번을 쏘고 난 뒤 미지가 말했다.

"그렇지만, 아주 재미있어요."

그때 루시가 집에서 걸어 나왔다. 그리고 그녀의 뒤를 따라 키가 크고 뚱한 표정의 한 청년이 걸어오고 있었다.

"이 애가 데이비드예요." 루시가 사람들에게 그를 소개시켰다.

헨리 경과 데이비드가 인사를 나누자 루시는 미지에게서 권총을 받아들었다. 그러고는 총알을 장전한 뒤에 아무 말 없이 연달아 세 발을 쏘았다. 그 총탄은 세 발 모두 과녁의 중앙부분에 박혔다.

"정말 대단해요, 루시." 미지가 감탄하며 외쳤다.

"난 아주머니가 그렇게 총을 잘 쏘시는 줄은 정말 몰랐어요."

헨리 경이 진지한 표정으로 말했다.

"루시의 총솜씨야 알아줄 만하지."

그는 말을 멈추고 잠시 옛날을 생각해 보는 듯하더니, 그윽한 표정으로 얘기를 계속했다.

"루시의 총솜씨 때문에 내가 목숨을 겨우 건진 적이 있었지. 여보, 보스포루스 해협(터키와 이스탄불 사이의 해협)에서 내게 덤벼들었던 그 인도인 자객들을 기억하오? 그때 난 내 목을 찌르려고 덤벼든 두 녀석들과 함께 한 덩어리가 되어 갑판 위를 굴러가고 있었지."

"어머, 그때 루시 아주머니가 어떻게 했는데요?" 미지가 물었다.

"누가 누구인지도 모르게 뒤엉켜 있었는데 루시는 용하게도 그 녀석들을 쏘아 맞혔어. 난 루시가 권총을 갖고 있는지조차 몰랐는데 말이야. 한 놈은 다리에, 또 한 놈은 어깨에 총을 맞았다. 그 덕분에 난 가까스로 목숨을 건지게 되었어. 그렇게 서로 뒤엉켜 있는데 어떻게 그놈들만 골라 잘 맞혔는지 참 놀랍단 말이야. 까딱하면 나를 쏠 수도 있었을 텐데."

레이디 앙카텔이 그를 보고 미소를 지었다.

"위기가 닥쳤을 때는 위험을 무릅쓰고 달려들어야 한다고 생각해요."

그녀가 부드럽게 말했다.

"그런 때 잠시라도 머뭇거리거나 지체하면 정말 위험한 거죠."

"여보, 정말 당신은 용감해." 헨리 경이 말했다.

"그렇지만, 난 항상 당신의 그 겁 없는 행동이 약간은 불만스럽단 말이야."

제8장

차를 마신 뒤에 존이 헨리에타에게 말했다.

"잠깐 산책 좀 합시다."

그러자 레이디 앙카텔이 저다에게 1년 중 썩 좋은 때는 아니지만 바위로 된 정원을 보러 가자고 말했다.

존과 나란히 걸어가면서 헨리에타는 에드워드와 함께 걷는 것과는 아주 다르다고 생각했다. 에드워드와 함께 걸을 때는 허겁지겁 걸을 필요가 없었다. 에드워드는 천성적으로 느릿느릿 걸어가는 타입이라고 그녀는 생각했다. 에드워드와는 정반대로 존의 걸음은 무척 빨라서 그를 따라가려면 종종걸음을 쳐야 했다. 그래서, 그들이 쇼벨 다운에 이르렀을 때 헨리에타는 숨을 헐떡이며 말했다.

"우린 지금 마라톤 하는 게 아니에요, 존."

그 말에 존은 발걸음을 늦추고 웃음을 터뜨렸다.

"다리가 아픈가 보지?"

"그렇지는 않아요. 하지만, 그렇게 서둘러서 갈 필요가 있나요? 우린 마치 막차를 잡으러 달려가는 사람들 같잖아요? 당신은 왜 그렇게 기를 써가며 걸어가시는 거죠? 당신 자신에게서 도망치고 싶으신 거예요?"

갑자기 그가 발을 멈추고 그 자리에 서서 말했다.

"어떤 뜻으로 하는 말이오?"

헨리에타가 약간 놀란 표정으로 그를 쳐다보았다.

"특별한 뜻이 있는 것은 아니에요."

존이 다시 발걸음을 옮겼다. 아까보다는 훨씬 느린 걸음이었다.

"사실—, 난 피곤해요. 말로 표현할 수 없을 정도로." 그가 말했다.

정말 그의 목소리에는 피로감이 가득 차 있었다.

"크랩트리 노파는 어때요?"

"뭐라고 말하기는 아직 이르오. 헨리에타, 하지만 난 그 병의 치료법을 찾아낼 수 있을 것 같아. 만일 내 생각이 옳다면……."

그의 걸음이 다시 빨라지기 시작했다.

"의학계에 대변혁을 불러일으킬 거요. 그리고 우린 호르몬 분비에 관한 모든 문제들을 다시 처음부터 생각해 봐야만 할 것이오."

"리지웨이 병을 치료할 수 있을 거라는 말인가요? 그 환자들이 죽지 않아도 된다는 건가요?"

"그건 부수적인 일이지."

의사들이란 매우 이해할 수 없는 사람들이라고 헨리에타는 생각했다. 목숨을 구하는 일이 부수적인 일이라고 단 한마디로 치부해 버리다니!

"그렇게만 된다면 과학적으로 모든 가능성들을 생각해 볼 수 있게 되는 거요."

그가 가슴을 펴고 숨을 깊이 들이마셨다.

"이곳에서 지내니 참 좋군. 허파에 신선한 공기를 불어넣기 때문에 건강에도 아주 좋고, 또 이렇게 당신을 만나니 좋고……."

존은 특유의 매력적인 미소를 지었다.

"또, 저다의 건강에도 좋을 거요."

"저다가 그것 때문에 할로 저택에 오는 건 아니잖아요."

"아, 물론 그렇지. 그건 그렇고, 내가 에드워드 앙카텔을 만난 적이 있었나?"

"그 사람을 두 번이나 만났었잖아요?"

헨리에타가 무미건조한 목소리로 말했다.

"전혀 기억에 없는데. 그 사람도 흐리멍덩하고 개성 없는 사람들 중 하나인 것 같군."

"그런 식으로 말씀하지 마세요. 에드워드는 참 좋은 사람이에요. 또한, 제가 항상 좋아하는 사람 중 하나이기도 하고요."

"어떻든, 에드워드 때문에 시간 낭비할 필요는 없소. 우리에겐 그런 사람들이 중요하지 않아."

헨리에타가 나지막한 목소리로 말했다.

"존! 난 때때로 당신이 두려워져요!"

"내가 두렵다? 도대체 그게 무슨 말이지?"

그가 놀란 눈으로 고개를 돌려 그녀를 바라보았다.

"당신은 너무 잘 잊어버려요. 너무나 당신밖에 몰라요. 그래요, 당신은 장님이에요."

"장님?"

"당신은 다른 사람들에 대해 너무 몰라요. 그런 면에선 이상스럽게도 너무 무뎌요! 다른 사람들이 어떻게 생각하고 어떻게 느끼는지에 대해서는 조금도 개의치 않으니 참 큰일이에요."

"난 그렇지 않아."

"물론, 당신 자신이 보고 있는 것에 대해선 아주 잘 아시겠죠. 당신은 마치 서치라이트 같은 사람이에요. 당신의 관심이 있는 곳에만 그 강한 빛을 비출 뿐, 그 뒤에 있는 어둠에 관해선 조금도 아랑곳하지 않는다는 거죠."

"나의 사랑하는 헨리에타! 그게 뭐 어떻다는 거요?"

"존, 그런 태도는 위험해요. 당신은 모든 사람들이 당신에게 호감을 갖고, 또 당신을 좋아할 거라는 환상에 빠져 있어요. 그것은 착각이에요. 루시 아주머니 같은 사람도 당신에 대해 그리 좋게 생각하진 않을 거예요."

"루시가 나를 싫어한다고?" 그가 놀란 목소리로 말했다.

"난 항상 그 부인을 굉장히 좋아하고 있는데."

"그래서, 당신은 그녀가 당신을 좋아할 거라고 지레짐작한 거겠죠. 그러나 아마도 그건 착각이기 쉬울 거예요. 당신은 그들이 당신에 대해 어떻게 생각하고 있는지 알고나 계세요?"

"헨리에타, 그게 무슨 말이오?"

"그들이 당신에 대해 어떤 감정을 지니고 있는지 알고 계시냐는 말이에요."

그가 잠시 그녀의 손을 잡고 만지작거렸다.

"다른 것은 몰라도 이것 하나만은 분명히 알 수 있어. 당신의 마음 말이야."

헨리에타가 그의 손을 가볍게 뿌리쳤다.

"존, 당신은 이 세상 그 어떤 사람의 마음도 확실히 알 수는 없어요!"

존의 얼굴이 점차 어두워져 갔다.

"아냐, 그렇지 않아. 난 당신과 나 자신을 믿어. 어쨌든⋯⋯."

그의 얼굴이 약간 밝아졌다.

"계속해 보세요, 존."

"오늘 나도 모르게 우스꽝스런 말이 문득 머리에 떠오르지 않았겠소. '집에 가고 싶다'란 말이었지. 내가 그런 말을 하리라곤 꿈에도 생각해 본 적이 없는데 말이야."

헨리에타가 느릿느릿 말했다.

"마음 깊은 곳에 숨어 있는 어떤 추억 때문이겠죠."

"전혀, 그런 추억 따윈 없어!" 그가 날카로운 어조로 말했다.

그날 저녁식사 시간 때 헨리에타는 데이비드 바로 옆자리에 앉았다. 그리고 식탁 끄트머리에 앉아 있는 루시는 헨리에타에게 가끔씩 호소하는 듯한 눈짓을 보내고 있었다.

헨리 경은 최선을 다하여 저다를 대화로 이끌고 있었으며, 그것은 어느 정도 성공하고 있는 것 같았다. 존은 급속도로 진행되어 가는 루시의 이야기에 보조를 맞추며 재미있어하고 있었다. 미지는 평상시보다 이상스럽게 명해 보이는 에드워드에게 약간 과장된 어조로 이야기를 하고 있었다.

데이비드는 인상을 찡그리고 신경질적으로 빵을 뜯어 부서뜨리고 있었다. 그는 마지못해 할로 저택에 온 것이다. 데이비드는 이번에 처음으로 헨리 경과 레이디 앙카텔을 만났다. 그는 대체로 황제라는 것을 못마땅하게 생각했으며, 또한 이런 귀족 친척들도 그의 마음에 들지 않았다. 그는 잘 알지도 못하는 에드워드를 아예 처음부터 도락 예술가라고 경멸했다. 그리고 그는 비판적인 눈으로 나머지 네 명의 손님들을 훑어보았다. 친척들이란 너무 지겨운 존재이며, 그런 사람들과 대화를 해야 한다는 게 정말 싫다고 그는 생각했다.

미지와 헨리에타는 머리가 텅 빈 여자들이라고 그는 단정 지었다. 크리스토라는 사람은 세속적인 출세와 명예만을 추구하는 할리가의 수많은 돌팔이 의사들 중 하나라고 깎아 내렸으며, 그의 아내라는 여자는 생각해 볼만한 가치도 없는 바보라고 비웃었다.

데이비드는 목을 이리저리 가누면서 자기가 이 모든 사람들을 얼마나 우습게 여기는지를 그들이 알았으면 좋겠다고 생각했다. 정말 모두 별 볼일 없는 사람들뿐이야! 이렇게 세 번을 중얼거리자 그는 기분이 훨씬 좋아진 것을 느꼈다. 데이비드의 이마는 여전히 찌푸려져 있었으나 빵을 잡아 뜯는 일은 더 이상 하지 않았다.

헨리에타는 루시의 눈짓에 최선을 다하고 있었지만, 데이비드의 말문을 열게 하기는 정말 힘들었다. 데이비드의 퉁명스러운 답변은 그녀가 말할 기분도 안 나게 만드는 것이었다. 드디어 그녀는 마지막이란 심정으로 전에 도무지 입을 열지 않던 소년에게 사용해서 성공한 방법을 써보기로 마음먹었다.

그녀는 데이비드가 음악에 대한 전문적인 지식을 풍부하게 지니고 있다는 것을 알고서, 진지한 표정으로 현대 작곡가에 대한 자기의 의견을 매우 강력하게 내세웠다. 다행스럽게도 그녀의 생각은 적중했다.

어깨를 잔뜩 웅크리고 앉아 있던 데이비드가 돌연 가슴을 펴고 똑바로 앉았던 것이다. 그리고 낮게 웅얼거리는 듯한 그의 목소리 역시 크고 또랑또랑해졌다. 빵을 잡아 뜯는 일을 하지 않았음은 물론이다.

"그것은……, 잘 모르시는 말씀이에요."

데이비드는 차가운 눈초리로 헨리에타를 바라보면서 큰 목소리로 또렷또렷하게 말했다.

그때부터 저녁식사가 끝나는 시간까지 그는 헨리에타에게 명확하고 신랄한 어조로 열변을 토했다. 그리고 헨리에타는 슬그머니 자기의 의견이 틀렸다는 것을 시인하는 체했다.

루시 앙카텔의 눈가에 미소가 번지는 것을 보고 미지는 웃음이 터져 나오려는 것을 꾹 참았다.

"헨리에타, 넌 현명해!"

레이디 앙카텔이 헨리에타의 어깨에 팔을 두르고 응접실로 가면서 그녀에게 속삭였다.

"머릿속에 든 게 없는 사람들이 손재주가 뛰어나다는 것은 얼마나 무서운 생각이니! 하트, 브리지, 러미(모두 게임의 일종), 아니면 아주 간단한 동물잡기 게임 중에서 어떤 게 가장 나을 것 같아?"

"데이비드 때문에 동물잡기 게임은 안 될 것 같아요. 아마 자기를 모욕한다고 생각할 거예요."

"네 말이 옳아. 그러면 브리지로 하지. 하지만, 데이비드는 분명 그것도 소용없는 짓이라고 생각할 거야. 그 애는 경멸하는 눈초리로 우릴 볼 거야."

그들은 네 명씩 두 개의 테이블에 나눠 앉았다. 헨리에타는 저다 옆에 앉았다. 그리고 맞은편에 존과 에드워드가 자리를 잡았다. 헨리에타는 존과 저다가 같은 테이블에 앉는 것이 약간 마음에 걸렸다. 그녀는 가능하면 루시에게서 저다를 떼어놓으려고 애썼다. 또한, 존에게서도 떼어놓고 싶었는데, 그것은 그녀의 뜻대로 되지 못했다. 그녀가 말릴 사이도 없이 존이 그녀의 테이블에 와서 앉았고, 그 뒤를 이어 에드워드가 그 옆자리를 잡았기 때문이다.

그들 네 사람 사이에 어딘가 불편하고 어색한 공기가 감돌고 있다고 헨리에타는 생각했다. 그 불편함이 어디에서 연유하는 것인지 알 수는 없었다. 어떻든 존과 에드워드가 만일 실수하기만 한다면 저다를 이기게 해줘야겠다고 그녀는 마음먹었다. 저다가 브리지 게임을 정말 할 줄 모르는 사람은 아닌 것 같았다. 존만 없으면 보통의 실력은 될 것이라고 헨리에타는 생각했다. 그렇지만, 저다는 순간적인 판단을 내리는 게 서툴렀으며, 손재주가 어느 정도 필요하다는 것을 모르는 것 같았다. 존은 너무 자신만만한 것이 탈이긴 했지만, 카드를 다루는 것은 정말 귀신같았다. 에드워드 역시 그에 못지않은 실력자였다.

저녁이 점점 깊어가고 있었다. 헨리에타의 테이블에서는 결승전이 벌어지고 있었다. 점수는 거의 비슷하게 올라가고 있었다. 이상한 긴장감이 게임 판을 팽팽하게 감돌고 있었다. 그렇지만, 저다만은 아무것도 못 느끼고 있었다.

저다로선 처음 겪어 보는 결승전이었기 때문에 그곳에만 잔뜩 정신이 쏠려 있었던 것이다. 그녀는 브리지 게임을 하면서 처음으로 맛보는 기쁨에 약간 들떠 있었다. 저다가 어려운 결정을 내려야 할 순간에 의외로 헨리에타가 실제보다 끗수를 너무 올려 부르는 바람에 일이 쉽게 풀렸다.

비판적인 자신의 말 한마디가 저다의 자신감을 송두리째 없애 버린다는 사실을 알면서도, 순간순간 존은 그만 참지 못하고 불쑥 말을 내뱉곤 했다.

"저다, 당신은 도대체 무엇 때문에 그 클럽을 먼저 내놓았지?"

그러면 헨리에타가 즉시 그의 말을 가로막고 나섰다.

"무슨 말씀이세요, 존. 저다가 클럽을 내놓은 건 당연하죠. 그것만이 살 길인데요."

이윽고 안도의 한숨을 내쉬며 헨리에타는 저다의 점수판에 득점을 기입했다.

"이제 마지막 결승판이에요. 그러나 우리가 아주 쉽게 이길 것 같지는 않네요, 저다."

"운 좋은 피네스(높은 패를 남겨 두고 낮은 패로 판에 있는 패를 따오는 것)!"

존이 기분 좋은 목소리로 말했다.

그 말에 헨리에타가 눈을 들어 날카롭게 그를 쳐다보았다. 그녀는 그의 말에 들어 있는 빈정거리는 기미를 대뜸 알아챘기 때문이다. 두 사람의 눈길이 서로 맞부딪치자 헨리에타가 먼저 눈을 내리깔았다.

그리고 자리에서 일어나 벽난로 쪽으로 걸어갔다. 존도 일어나 그녀의 뒤를 따라갔다. 그가 허물없는 태도로 말했다.

"당신은 일부러 사람들 손을 쳐다보지 않으려고 하는 것 같던데?"

헨리에타가 냉정한 목소리로 말했다.

"내 속이 환히 들여다보였나 보죠? 어쩜 그렇게 치사스럽도록 게임의 승패에 매달릴 수가 있죠?"

"그 말은 저다가 이기기를 바랐다는 뜻인가? 다른 사람을 기쁘게 해주기 위해서라면 남을 속이는 행동도 서슴없이 하는군."

"말씀이 지나치시군요! 그래서 당신은 항상 솔직하시다고요?"

"당신의 그런 희망대로 움직이는 사람이 또 하나 있더군. 내 파트너 말이오."

에드워드 때문에 그가 자기의 속임수를 알아차렸다고 그녀는 생각했다. 헨리에타는 자신이 실수를 했다고는 생각하지 않았다. 에드워드가 너무나 카드를 잘 다루었기 때문에 그녀는 아무런 낌새도 챌 수가 없었다. 딱 한 번 경기를 중지시킨 것이 실수라면 실수라고 할 수밖에 없었다. 너무 속이 뻔히 들여다보이게 카드를 내놓은 것이 잘못이야. 조금만 더 신중히 행동했더라면 아무도 눈치를 못 챘을 텐데.

그러자 그녀는 마음이 불안해졌다. 결코 헨리에타가 이기도록 카드 패를 속여서 돌릴 에드워드가 아니었다. 그는 게임에 관한 한 철저한 스포츠맨십에 물든 사람이었기 때문이다. 아냐, 존 크리스토가 일부러 져준 것이 틀림없어. 그렇다면, 에드워드는 마음속으로 심한 모욕감을 맛보고 있을지도 몰라.

그런 생각이 들자 헨리에타는 갑자기 온 신경이 팽팽하게 긴장되는 것을 느꼈다. 루시가 만들어 준 이런 게임이 정말로 싫어졌다.

꿈같은 일이 벌어진 것은 바로 그 순간이었다. 마치 영화의 한 장면처럼 베로니카 크레이가 불쑥 방으로 들어섰던 것이다. 저녁 날씨가 따뜻했기 때문에 그들은 프랑스식 유리문을 조금 열어놓고 카드놀이를 하던 중이었다. 프랑스식 창문은 창턱이 바닥까지 닿아 있어서 사람이 드나들 수 있다.

베로니카는 마치 그림처럼 잠시 그 자리에 서 있었다. 약간 슬픔에 잠긴 듯한 그녀의 얼굴은 미소를 띠고 있었으며, 그 모습은 캄캄한 정원을 배경으로 하여 더욱 묘한 매력을 풍기고 있었다.

이윽고 그녀가 입을 열었다.

"무례함을 용서해 주세요. 이런 식으로 불쑥 뛰어 들어와 정말 죄송하군요. 레이디 앙카텔, 전 이 저택 가까이 있는 도버코트스에 살고 있답니다. 그 우스꽝스럽게 생긴 시골집 말이에요. 덕분에 이렇게 부인댁을 쳐들어오게 되었답니다."

베로니카의 미소가 입가에서 온 얼굴로 번져 갔다. 그녀가 익살스럽게 말했다.

"성냥이 몽땅 떨어져 버렸거든요. 집에 성냥 한 개비도 없다니! 그것도 하필이면 토요일 저녁에 말이에요. 그렇게 제가 바보스럽다니까요. 하지만, 제가 어떡하겠어요? 외람되지만 저희 집에서 가장 가까운 이 댁으로 성냥을 빌리러 오지 않을 수 없었어요."

베로니카의 출현이 너무 뜻밖이었기 때문에 어느 누구 하나 선뜻 입을 열려 하지 않았다. 모두 어안이 벙벙한 표정이었다. 베로니카는 아름다웠다. 눈부시도록 화려한 아름다움은 아니었지만, 그렇다고 수수한 아름다움이라고 할 수는 없었다. 불빛을 받아 어스레하게 반짝이는 웨이브진 머릿결, 또렷한 곡선의 입술, 어깨에 두르고 있는 은백색 여우 망토, 발끝까지 길게 늘어져 있는 흰색 벨벳 드레스. 그러한 베로니카의 모습은 방에 있는 모든 사람들의 마음을 사로잡기에는 충분할 정도로 아름답고 매력적이었다.

베로니카는 유머러스하면서도 매혹적인 표정으로 방 안의 사람들을 빙 둘러보았다.

"속도 상하고 해서 전 담배를 마구 피워댔지요." 그녀가 말했다.

"마치 굴뚝처럼 말이에요. 그런데 설상가상으로 라이터까지 고장이 나버렸지 뭐예요! 아침식사를 하려면 가스난로를 사용해야 하는데, 그것도 성냥이 필요하죠. 그래서 생각다 못해 이렇게……." 그녀가 손을 앞으로 내밀었다.

"전 참 맹꽁이죠?"

루시가 우아한 모습으로 미소를 지으며 베로니카에게 한 발 다가섰다.

"아, 괜찮아요. 당연히—."

갑자기 베로니카가 루시의 말을 가로막았다.

베로니카의 시선이 존에게 박혀 있었다. 쉽사리 믿기지 않는 듯한 표정이었으나 곧 기쁨이 그녀의 얼굴에 가득 넘쳐흘렀다.

그녀는 존에게 다가가 두 손을 내밀었다.

"아니, 이게 누구예요? 존! 존 크리스토! 정말 우연이군요. 이곳에서 만나게 될 줄이야! 몇십 년 만에 만나게 되는군요. 이곳에서 당신을 만나게 되다니 정말 꿈같아요!"

벌써 그녀는 레이디 앙카텔에게로 고개를 반쯤 돌렸다.

"정말 꿈에도 생각지 못한 일이 벌어진 거예요. 존은 아주 옛날 친구죠. 아니, 존은 저의 첫사랑이었답니다! 전 존을 미치도록 좋아했었죠."

베로니카는 이제 반은 웃고 있었다. 그녀가 첫사랑의 추억을 떠올리며 감격해 하는 그 모습이 어딘가 우스꽝스럽기까지 했다.

"전 항상 존이 멋진 사람이라고 생각했답니다."

헨리 경이 세련되고 정중한 태도로 베로니카에게 다가가서 인사를 했다. 베로니카가 술을 마신 게 틀림없다고 생각하면서 그는 안경을 고쳐 썼다.

레이디 앙카텔이 입을 열었다.

"미지, 벨을 누르렴."

이윽고 거전이 들어왔다. 루시가 그에게 말했다.

"거전, 성냥 한 갑만 가져오도록 해요. 부엌에 많이 있겠지?"

"오늘 새로 한 다스 들여왔습니다, 마님."

"그러면 여섯 갑을 가져오도록 해요, 거전."

"어머, 그러실 필요 없어요. 딱 한 갑이면 충분하답니다."

베로니카가 웃으며 사양하는 몸짓을 해보였다. 그녀는 음료수를 한 모금 마시고 나서 사람들을 둘러보며 미소를 지었다.

존 크리스토가 말했다.

"이 사람은 내 아내요, 베로니카."

"오, 이렇게 뵙게 되어서 정말 기뻐요."

베로니카는 당황해 하는 저다를 보며 밝게 웃었다.

거전이 성냥들을 은쟁반 위에 차곡차곡 쌓아 가지고 왔다.

레이디 앙카텔이 아무 말 없이 베로니카에게 그것을 갖다 주라는 몸짓을 했다. 그러자 거전이 베로니카에게 그 쟁반을 내밀었다.

"오, 정말 고맙군요, 레이디 앙카텔! 이렇게까지 많이 필요하지는 않아요."

루시가 기품 있는 태도로 말했다.

"뭐든지 딱 하나만 있다는 건 참으로 불편할 때가 많아요. 다 갖고 가도 괜찮아요."

헨리 경이 유쾌한 목소리로 말했다.

"도버코트스 저택에서 지내는 것은 어떻소?"

"아주 근사하답니다. 런던에서 그리 멀리 떨어지지 않은 곳에 이렇게 아름다운 곳이 있을 줄은 몰랐어요. 아주 한적하고 고요해서 마치 딴 세상 같아요."

베로니카가 들고 있던 컵을 탁자에 내려놓았다. 그리고 은백색 여우 망토를 다시 고쳐 둘렀다. 그녀는 사람들을 둘러보며 그 환한 미소를 다시 지었다.

"정말 감사합니다. 너무 친절히 대해 주셔서 몸 둘 바를 모르겠군요."

그러나 헨리 경, 레이디 앙카텔, 에드워드만이 그녀의 작별인사를 귀담아

들었을 뿐이다.

"전 지금 이 전리품들을 가지고 집으로 갈 거예요."

베로니카가 존을 다정하게 쳐다보며 말했다.

"존, 저를 집까지 바래다주시겠어요? 당신과 헤어진 이후, 당신이 어떻게 지냈는지 참 궁금하군요. 물론 아주 오래된 옛날이야기겠지만 말이에요."

베로니카는 유리문으로 걸어갔고, 그 뒤를 존 크리스토가 따라 나갔다. 베로니카는 밖으로 나가기 전에 활짝 웃음 띤 얼굴로 사람들에게 작별을 고했다.

"이런 우스꽝스런 식으로 여러분에게 폐를 끼쳐 죄송해요, 레이디 앙카텔. 대단히 고마워요."

그리고 그녀는 존과 함께 어둠속으로 사라져 갔다.

헨리 경이 창문 옆에 서서 그들의 뒷모습을 지켜보았다.

"밤공기가 아주 따뜻하군." 그가 말했다.

레이디 앙카텔은 하품을 했다.

"오, 여보." 그녀는 중얼거리다시피 말했다.

"자러 가요, 헨리, 우리 언제 베로니카가 나오는 영화를 한 편 보고 와야 되겠어요. 오늘 밤 그녀의 연기는 아주 훌륭했다고 생각되거든요."

그들은 2층으로 올라갔다. 미지는 루시에게 잘 자라는 인사와 더불어 아까부터 궁금했던 것을 물어보았다.

"훌륭한 연기라뇨?"

"얘, 넌 그렇게 생각하지 않았니?"

"아주머니는 그녀가 사는 도버코트스에 서너 갑의 성냥이 분명히 있을 거라는 말이군요."

"아마도 수십 갑이 쌓여 있을 거야. 그렇지만, 우리가, 그런 걸 내색할 필요는 없지. 참 멋진 연기였어!"

사람들은 서로 잘 자라는 인사를 한 뒤에 각자의 침실로 들어갔다. 복도에 붙어 있는 방문을 닫는 소리가 여기저기서 들려왔다.

헨리 경이 말했다.

"크리스토가 들어오도록 유리문을 잠그지 말아야겠군."

그리고 그의 방문도 닫혔다.

헨리에타가 저다에게 말했다.

"배우란 참 재밌군요. 바람같이 나타나 바람같이 사라져 버리니 말이에요!"

헨리에타가 하품을 하고 덧붙였다.

"아주 졸리네요."

베로니카 크레이는 밤나무 숲 속으로 난 좁은 오솔길을 따라 빨리 걸어갔다. 이윽고 그녀는 숲을 벗어나 풀장 옆의 넓은 공터에 이르렀다. 그곳에는 태양이 내리쬐는 날 앙카텔 집안식구들이 자주 이용하는 조그만 천막이 서 있었다. 그러나 지금은 천막 주위에 차가운 바람만이 불어오고 있어서 음산하고 을씨년스러웠다.

베로니카 크레이는 잠시 그대로 서 있었다. 그러다가 돌연 몸을 돌려 존 크리스토를 마주보았다.

그녀가 웃음을 터뜨렸다. 그녀는 손가락으로 나뭇잎이 군데군데 떠 있는 풀장의 수면을 가리켰다.

"존, 지중해와는 아주 다르죠?" 그녀가 말했다.

그는 순간적으로 지금까지 자기가 무엇을 기다려 왔는지를 깨닫게 되었다. 15년 전에 헤어진 베로니카는 여전히 그의 마음속에 살아 있었다는 것을 비로소 깨달았던 것이다.

푸른 바다, 미모사의 향기, 뜨거운 공기, 그 모든 것을 잊어버리려고 안간힘을 다하여 애썼지만 결코 그의 머릿속에서 완전히 지워 버릴 수는 없었던 것이다. 그 모든 것은 결국 베로니카를 뜻하는 것이라는 사실을 깨달았다. 그는 열렬하게 사랑에 빠진 스물네 살의 젊은이로 돌아간 것 같은 느낌이었다. 이번에는 결코 도망하지 않겠다고 그는 결심했다.

제9장

　존 크리스토는 밤나무 숲 속에서 집 옆의 비탈길로 내려왔다. 달빛이 환하게 비추고 있었다. 달빛 아래 그 집은 순결한 자태로 서 있었다. 커튼이 드리워진 창문에는 괴괴한 적막감이 감돌고 있었다.

　그는 차고 있던 손목시계를 들여다보았다.

　새벽 3시였다. 그는 걱정스러운 마음으로 한숨을 깊이 내쉬었다. 그것은 더 이상 격정적인 사랑의 물결에 휩싸인 스물네 살짜리 청년의 모습은 아니었다. 사십이 다 된 현실적이고 계산에 철저한 중년 사내의 모습만이 남아 있을 뿐이었다. 그는 이제야 이성을 되찾고 있었다.

　그가 한 행동은 너무나 바보스런 짓이었다. 그러나 그는 베로니카와의 정사(情事)가 결코 후회스럽지는 않았다. 그 일로 인해 비로소 베로니카에게서 해방되었다는 느낌이 들었기 때문이었다. 그녀와 헤어진 이래 15년 동안 그는 다리에 무거운 짐을 매달고 발을 질질 끌며 살아온 셈이었다.

　그런데 이제 그 짐을 완전히 벗어 버리게 되었던 것이다. 즉, 그는 완전한 자유를 누리게 된 것이다. 할리가에서 유능한 전문의로 성공한 존 크리스토에게 베로니카 크레이라는 여자는 더 이상 아무런 의미도 없게 되어 버렸다. 베로니카와의 그 모든 일은 다 지나간 과거일 뿐이었다. 그는 자신이 베로니카에게서 도망쳐 나왔다는 자책감 때문에 한시도 마음이 편하지 않았으며, 또한 그의 마음속에 그녀의 영상이 깊이 새겨져 있었던 것이다. 그런데 오늘 밤 기적처럼 그녀가 그에게 찾아왔으며, 그는 그것을 꿈으로 받아들였던 것이다. 꿈에서 깨자 그는 영원히 그녀에게서 해방된 것을 깨달았으며, 아울러 그것을 하느님께 감사했다. 그는 과거에서 현재로 돌아와 있었다.

　벌써 새벽 3시였고, 일이 아주 우습게 되어 버린 느낌이었다. 그는 베로니카와 장장 세 시간이나 같이 있었던 것이다. 베로니카는 마치 프리키트함(소형 구축함)처럼 날쌔게 들어와 사람들 속에서 그를 전리품처럼 채갖고 나왔었다. 이제 그는 사람들이 그것을 어떻게 생각할 것인지가 걱정스러웠다.

저다는 어떻게 생각할까? 그리고 헨리에타는? 그러나 그는 헨리에타에 대해서는 별로 걱정이 되지 않았다. 헨리에타에게는 자신의 심정을 충분히 이해시킬 수 있다고 믿었기 때문이다. 저다에게는 그런 것이 불가능했다.

그는 베로니카와의 일로 인해 자기의 안정된 생활을 잃어버리고 싶지는 않았다.

일생 동안 그는 자기가 감당할 수 있을 만한 일에만 모험을 걸었던 사람이다. 환자들에 대한 모험, 치료에 대한 모험, 투쟁에 대한 모험. 이 모든 것들은 결코 실현성이 없는 모험들이 아니었다. 어느 정도 안전한 테두리 내에서의 모험들이었던 것이다.

만일 저다가 그녀와의 일을 의심한다면 어떡해야 좋지……?

그렇지만 감히 그렇게까지 상상은 못 할 거야. 저다에 대해서 분명히 내가 알고 있다고 장담할 수 있을까? 대체로 저다는 그가 백을 흑이라 해도 곧이들을 사람이었다. 하지만 이런 일에 있어선 또, 모르지…….

의기양양한 베로니카의 뒤를 따라나가는 자기의 모습이 창문으로 내다보는 사람들에게는 어떻게 비쳤을까? 그때 자신의 표정은 어땠을까? 사랑에 빠진 소년처럼 얼빠져 보였을까? 아니면, 그저 숙녀에게 예의 바르게 행동하는 신사처럼 보였을까? 그는 갈피를 잡을 수가 없었다. 여러 가지 생각이 뒤엉켜 머리가 혼란스러웠다.

알지 못할 두려움이 그의 가슴에 스며들었다. 지금까지 그가 애써 이룩한 사회적인 성공, 편안하고 안정된 생활이 깨어질 것 같아 그는 점점 두려워졌다. 그는 미쳐도 보통 미친 게 아니라고 자신에게 화를 냈다. 그러면서도 한편으로는 마음에 안도감을 느꼈다. 어느 누구도 이성적인 그가 그렇게 미치리라고는 생각하지 못할 게 분명했기 때문이었다.

주위는 고요했다. 사람들은 모두 깊이 잠든 게 분명했다. 응접실의 프랑스식 유리문은 그가 들어오도록 배려했음인지 반쯤 열려 있었다. 그는 다시 고개를 들어 고요히 잠들어 있는 집을 쳐다보았다. 달빛 아래 그 집은 하얗다 못해 창백해 보이기까지 하였다.

그 순간 그는 깜짝 놀라 움찔하였다. 어디선가 문을 닫는 소리가 약하게 들려왔기 때문이다. 아니, 들려온 것 같다.

그는 재빨리 사방을 둘러보았다. 누군가가 풀장에 왔다가 그의 뒤를 따라왔는지도 모를 일이었다. 누군가가 그의 뒤를 밟았다면 그가 눈치채지 못하게 몰래 집에 들어가기 위해서 그 사람은 다른 샛길로 돌아와 집 옆에 난 쪽문을 이용할 가능성이 가장 많았다. 그렇다면 좀 전에 그가 들었던 소리는 분명 그 문이 닫히는 소리임이 틀림없었다.

그는 재빨리 창문을 올려다보았다. 어느 방의 창문 커튼이 움직인 것 같았기 때문이다. 누가 야비하게도 커튼 사이로 자기를 감시하고 있단 말인가? 그것은 헨리에타의 방이었다.

헨리에타! 헨리에타는 안 돼!

그는 가슴이 갑자기 고통스럽게 뛰기 시작했다.

헨리에타를 놓쳐 버릴 순 없어!

그는 조약돌을 창문에 던져 그녀를 불러내고 싶었다. 그리고 그녀에게 모든 것을 다 고백하고 싶었다.

"이리 나와 봐요, 내 사랑! 지금 당장 나와 함께 쇼벨 다운을 거닐며 내 얘기를 들어봐 줘. 나도 몰랐던 내 자신의 모습을 오늘 비로소 보게 되었어. 꼭 당신이 알아야 할 얘기가 있어. 내 얘기 좀 들어줘."

그는 헨리에타에게 얘기하고 싶은 욕망이 점점 강렬해짐을 느꼈다. 그는 속으로 부르짖었다.

"난 이제부터 다시 시작하는 거요. 오늘부터 난 새로운 인생을 시작한단 말이야. 그동안 나를 무기력하게 만들고 은근히 마음을 괴롭히던 무거운 짐이 영원히 사라져 버렸기 때문이오. 오늘 오후에 내가 내 자신에게서 도망치고 싶어 하는 것이 아니냐는 당신의 질문은 정곡을 꿰뚫은 것이었어. 난 오래전부터 갈등을 느끼고 있었어. 그것이 심각하게 표면화된 것은 최근의 일이지만 말이오. 내가 15년 전 베로니카에게서 도망쳐 나온 일이 잘한 것인지 아닌지를 나 자신도 확실히 알 수 없었기 때문에 내 마음속에는 항상 가책의 그림자가 따라다녔다고 할 수 있지. 그래서, 때때로 난 내 자신과 내 생활, 그리고 당신이 두렵게 느껴진 거요."

지금 헨리에타를 불러내어 같이 숲 속을 거닐며 태양이 지평선 위로 찬란하게 떠오르는 광경을 볼 수 있다면 얼마나 좋을까!

"넌 미쳤어."

그가 중얼거렸다. 몸이 후들후들 떨려 왔다. 9월 말이었기 때문에 새벽 공기가 꽤 차가웠던 것이다.

"제기랄, 어떻게 된 일이지?" 그가 자신에게 물었다.

"넌 지난밤에 마치 미친놈처럼 행동했어. 그런데도 아무 일 없이 무사하게 지나간다면, 넌 정말 억세게 재수 좋은 놈이야!"

그가 말없이 외박을 하고 새벽에 집에 들어간다면 저다는 어떻게 생각할까?

또한, 앙카텔 집안식구들은 어떻게 생각할 것인가? 그러나 그는 앙카텔 집안식구들에 대해선 조금도 걱정하지 않았다. 앙카텔 집안식구들에게서 루시 앙카텔은 곧 그리니치 표준시라고 할 수 있었다. 다른 사람들에게는 신경 쓰지 않아도 될 것이었다. 그리고 루시 앙카텔은 보통 사람들과는 달리 그런 걸 이상스럽게 여길 사람이 아니었다.

그러나 불행히도 저다는 앙카텔 집안의 사람이 아니었다.

그 일에 대해 저다가 오해하지 않도록 가능한 한 빨리 들어가 그녀의 마음을 다독거려 주는 게 낫겠지. 그러나 오늘 밤 내 뒤를 밟은 사람이 저다라면 어떡하지? 저다가 그러지 않았다는 보장은 없었다. 의사로서 그는 고결하고 민감하며 유난히 까다로운 사람들이 어떤 행동을 하는지 너무나 잘 알고 있었다. 그들은 문소리를 엿듣고, 남의 편지를 몰래 뜯어보며, 상대방의 뒷조사를 하고, 그 상대방의 행동 하나하나를 꼬치꼬치 캐묻고 따지는 게 습관화되다시피 한 사람들이었다. 그들이 그렇게 치사한 행동을 하는 것은 결코 자기들이 그렇게 하고 싶어서가 아니라 마음속으로 괴로워하다가 그걸 견뎌내지 못하고 그만 자포자기하는 심정이 되어 버리기 때문이라는 것을 그는 알고 있었다.

불쌍한 사람들! 고통으로 인해 괴로워하는 불쌍한 사람들! 존 크리스토는 인간의 고통에 대해서 상당히 많이 알고 있었다. 그는 허약한 사람에 대해서는 별 동정심을 느끼지 못하는 편이었지만, 고통받고 있는 사람들에 대해서는 그렇지 않았다. 고통을 겪는 사람은 강한 자라는 것을 알고 있었기 때문이다.

만일 저다가 그 광경을 지켜보았다면?

말도 안 되는 소리야. 저다가 그럴 이유가 어디에 있어? 그는 속으로 자문자답하였다. 그녀는 자리에 눕자마자 잠이 드는 형이야. 그녀가 그런 걸 상상할 리가 없어. 암 그렇고말고.

그는 프랑스식 유리문을 밀고 집 안으로 들어와 먼저 불을 켰다. 그러고 나서 유리문을 닫아 잠근 뒤에 불을 끄고 응접실에서 홀로 나와 2층 계단의 불을 켜고 소리 나지 않게 재빨리 2층으로 올라갔다. 그리고 2층에 달려 있는 스위치를 돌려 계단의 불을 껐다.

그는 잠시 동안 침실문 앞에 서 있다가 방문손잡이를 조심스럽게 돌려 문을 열고 방 안으로 들어갔다. 방 안은 어두웠고 저다의 고른 숨소리만 들려왔다. 그가 방에 들어가 문을 닫자 저다는 몸을 뒤척였다.

그녀는 잠에 취한 목소리로 중얼거리듯이 말했다.

"당신이에요, 존?"

"응."

"시간이 꽤 오래된 것 같은데요. 지금 몇 시죠?"

그는 태연히 말했다.

"모르겠는데, 당신을 깨워서 미안하군. 어쩔 수 없이 그 여자 집에서 한잔하느라고 좀 늦었어."

그는 일부러 졸려 죽겠다는 투로 말했다.

"그래요? 안녕히 주무세요, 존." 저다가 중얼거렸다.

저다가 옆으로 돌아눕자 침대가 크게 출렁였다.

휴, 그럭저럭 넘어갔군! 이번에도 운이 좋았어. 그러나 너무 자주 운이 좋다는 생각이 들자 왠지 가슴이 섬뜩해지는 느낌이었다.

이윽고 그는 숨을 죽이며 중얼거렸다.

"이번 일이 재수 없게 들통나 버린다면 정말 큰일이야."

결코 그럴 리는 없어! 하지만, 항상 내가 운이 좋을 거라고 믿는 것은 위험 천만한 일이지.

　그는 옷을 재빨리 벗어 던지고 침대 속으로 기어 들어갔다. 집에서 꼬마가 말해 준 게 어느 정도 맞아 들어가는 것을 보면 참 신기한데.

　"……이것은 아빠의 마음속에 큰 영향을 끼치는 사람이에요……."라고 그랬었지. 그래, 그것은 확실히 베로니카야! 베로니카는 바로 몇 시간 전까지만 해도 항상 그의 마음속 깊은 곳에 살아 있었다.

　"그러나 이젠 아니야, 아가씨." 그는 흡족한 마음으로 중얼거렸다.

　"이젠 다 끝난 일이야. 너에게서 이제 난 자유로워!"

제10장

다음 날 아침 10시가 되어서야 존은 자리에서 일어나 아래층으로 내려갔다. 아침식사가 식탁에 차려져 있었다. 저다는 하인이 2층 침실로 가져다 둔 아침밥을 침대에서 먹었다. 그리고 그녀가 하인들한테 괜한 폐를 끼친 것 같다며 안절부절못해 하는 것이었다. 그래서, 존은 쓸데없는 걱정을 다한다고 약간 핀잔을 주었다. 그는 아직도 집사나 하인들을 두고 살아가는 앙카텔 집안에서는 그런 게 아주 당연한 일이라고 그녀에게 말해줬다.

오늘 아침 그는 유난히 저다가 사랑스럽다는 생각이 들었다. 최근에 들어 그를 그렇게 초조하게 만들던 그 중압감이 사라지자 몸과 마음이 그렇게 가벼울 수가 없었다.

헨리 경과 에드워드는 사격하러 갔다고 정원에서 레이디 앙카텔이 그에게 말했다. 부인은 원예용 장갑을 끼고 한 손에는 바구니를 든 채 이리저리 분주히 움직이고 있었다. 그는 그곳에서 잠시 그녀와 이야기를 몇 마디 주고받았다. 그때 거전이 쟁반에 편지를 받쳐 가지고 그에게 다가왔다.

"선생님, 어떤 사람이 전해 달라는 편지입니다."

존은 약간 눈썹을 찡그린 채 그 봉투를 받아들었다. 베로니카의 편지였다. 존은 서재로 들어가 그 봉투를 뜯어서 편지를 펴보았다.

오늘 오전 중으로 저희 집에 들러 주세요. 꼭 만나 봐야 할 일이 있습니다. 베로니카.

아주 명령조의 편지였다. 정말로 그는 베로니카를 다시 만나고 싶지 않았다. 그러나 하루속히 끝마무리를 하는 게 낫겠다는 생각이 들었다. 그는 지금 당장 그녀의 집에 가기로 마음먹었다. 그는 서재에서 나와 서재 창문 맞은편의 오솔길을 따라가서 풀장에 이르렀다.

풀장을 중심으로 해서 사방으로 조그만 오솔길들이 여러 개 나 있었다. 풀장을 지나 계속 집 반대 방향으로 걸어가자 여러 가지 꽃들이 아름답게 핀 길이 나왔다. 거기에서 아름다운 숲의 울창한 언덕으로 올라가니 저 밑에 농장이 보였다. 언덕 꼭대기에서 내려가 농장을 지나치자 마을로 들어서는 골목길이 나왔다. 그 길을 따라 얼마쯤 걸어가자 도버코트스라는 시골집이 보였다.

베로니카는 창문에서 밖을 내다보고 있었다. 도버코트스는 목골연와조의 집이었는데, 마치 뽐내는 듯한 모습으로 서 있었다.

베로니카가 문을 열어주며 말했다.

"들어오세요, 존. 아침 날씨가 꽤 쌀쌀하군요."

거실 안은 불이 지펴져 훈훈하였다. 밝은 회색빛 가구와 시클라멘을 수놓은 쿠션이 잘 어울려 보였다.

오늘 아침에 비로소 그는 베로니카를 객관적인 눈으로 바라볼 수 있었다. 지금 그녀에게서 15년 전의 그 앳된 소녀의 모습을 찾아볼 수는 없었다. 그러나 어젯밤에는 그런 사실을 전혀 느끼지 못했다고 그는 생각했다. 객관적인 입장에서 볼 때 그녀는 15년 전보다 지금이 훨씬 더 아름다워진 것이 사실이었다. 그녀는 자신의 아름다움을 어떻게 가꿔야 하는지를 잘 알고 있었으며, 따라서, 자신만이 지닌 아름다움과 매력을 한껏 발휘하고 있었다. 15년 전 그렇게 노랗던 금발이 이제는 은백색이 되어 있었다. 눈썹의 형태도 달라져 얼굴 표정이 옛날과는 달리 날카로워 보였다.

그녀는 결코 백치 같은 미인이 아니었다. 그래서 당시에 그녀는 '지성파 여배우'라는 평가를 받았었다는 사실이 새삼스레 그의 머릿속에 떠올랐다. 그녀는 대학을 졸업했고, 스트린버그(1849~1912, 스웨덴의 극작가이자 소설가)와 셰익스피어의 작품에 관심을 가졌었다.

베로니카가 매우 이기적인 여자였다는 사실을 금방 기억해내지 못한 것은 이상한 일이었다. 그가 그녀와 헤어진 이유가 바로 그것 때문이었는데도 말이다. 이제 그는 그녀의 그 부드럽고 아름다운 육체 밑에 숨겨져 있는 추악한 이기심과 무쇠 같은 고집을 알아볼 수 있었다.

베로니카가 존에게 담뱃갑을 내밀며 말했다.

"당신에게 사람을 보낸 것은 당신과 의논해야 될 일이 있어서예요. 우린 각자 정리를 해야 할 일이 있죠. 우리들의 미래를 위해서 말이에요."

그가 담배를 입에 물고 불을 붙였다. 담배를 한 모금 빤 뒤에 그는 아주 유쾌한 목소리로 말했다.

"우리의 미래가 어디에 있다는 거요?"

그 말에 베로니카가 그를 흘끗 쳐다보았다.

"무슨 말씀이세요, 존! 당연히 미래가 있고말고요. 우린 15년이란 세월을 허송했어요. 이제 더 이상 그럴 필요는 없잖아요."

존은 자리에 앉았다.

"미안해, 베로니카. 당신은 지금 뭔가를 착각하고 있는 것 같아. 당신을 다시 만나게 되어 얼마나 기쁜지 몰라. 그러나 당신의 인생과 나의 인생을 이제와서 합친다는 것은 말이 안 돼. 우린 이미 15년 전에 서로 다른 길을 선택했기 때문이야. 우린 돌이킬 수 없어."

"존, 말도 안 되는 소리 그만하세요. 난 당신을 사랑하고, 당신은 날 사랑해요. 우린 서로를 항상 사랑했었어요. 옛날에 당신은 너무나 고집이 세었죠. 그래서, 우린 자주 다투었어요. 하지만, 지금은 아니에요. 우리의 인생이 충돌할 필요는 없어요. 이제 미국으로 가자고 하지는 않겠어요. 지금 촬영 중인 영화만 끝내면 런던의 연극 무대에서 순수한 연극에만 출연할 예정이에요. 이미 연극 배역을 맡았어요. '엘터튼'이라는 연극인데, 아주 멋진 작품이에요. 내용으로 봐서 성공할 건 확실한 거죠."

"그럴 거라고 나도 확신해." 그가 점잖게 맞장구를 쳤다.

"하지만, 당신은 의사로서의 생활을 계속하는 거예요."

베로니카는 상냥한 목소리로 겸손하게 말했다.

"당신이 유명하다는 이야기는 들었어요."

"이봐, 난 결혼해서 아이들까지 딸린 몸이야."

"저도 결혼은 했어요. 하지만, 곧 모든 게 정리될 거예요. 유능한 변호사라면 이혼소송 따윈 아주 손쉬운 일일 테니까요."

베로니카는 그를 보며 눈부시도록 고혹적인 미소를 지었다.

"제가 얼마나 당신과 결혼하고 싶어 했는지 당신은 모를 거예요. 내 사랑, 존! 당신을 왜 이렇게 열렬히 사랑하는지 저도 모르겠어요. 분명한 것은 당신을 죽도록 사랑한다는 사실이에요!"

"미안해, 베로니카. 유능한 변호사라고 해서 모든 걸 다 정리해 주지는 못해. 당신의 인생과 나의 인생은 서로 별개의 것일 따름이오."

"어젯밤 이후로 그렇다는 말인가요?"

"베로니카, 당신은 어린애가 아니야. 당신은 두 번이나 결혼했을 뿐 아니라 남편 외에 여러 애인들이 있었다는 얘기를 소문에 들었어. 어젯밤 일이 실제로 뜻하는 것은 뭘까? 아무것도 뜻하지 않아. 어젯밤 일은 어젯밤으로 끝난 거야. 그건 당신도 알고 있을 거요."

"존, 제발."

그의 심한 말에도 그녀의 표정은 조금도 변하지 않았다.

"어젯밤 만일 당신이 그 케케묵은 응접실에서 당신의 얼굴을 봤더라면 지금 그런 말은 하지 않을걸요! 나를 바라보는 당신의 표정은 옛날 산 미구엘에 있었을 때와 똑같았어요."

존이 한숨을 쉬며 말했다.

"어젯밤 난 산 미구엘에 있었어. 베로니카, 제발 내 말을 이해하려고 해봐요. 어젯밤 당신은 과거 속에서 불쑥 나타나 나에게 다가왔지. 그래서 난 당신과 하룻밤을 과거 속에서 지낸 거야. 그렇지만, 지금은 현재야. 과거와는 달라. 난 사십을 바라보는 중년 남자야. 당신이 과거에 알고 있던 그 청년이 아니란 말이야. 분명코 단언하지만, 당신이 지금의 나에 대해 알고 있다면 그런 얘기는 하지 않을 거요."

"저보다는 당신의 처자가 더 소중하다는 뜻이군요?"

그녀는 정말 놀란 표정이었다.

"이상하게 보일지 몰라도, 그렇소."

"무슨 소리예요, 존! 당신은 나를 사랑하잖아요?"

"미안해, 베로니카."

그녀가 의아스럽다는 듯이 그를 쳐다보았다.

"나를 사랑하지 않는다는 말인가요?"

"이 일에 대해서는 명백히 해두는 게 좋겠소. 베로니카, 당신은 정말 아름다운 여자요. 그러나 당신을 사랑하지는 않아."

그녀는 마치 밀랍인형처럼 말없이 그대로 앉아 있었다. 그는 그 침묵을 견디기가 힘들었다. 이윽고 그녀가 입을 열었다.

그 목소리에는 그의 가슴을 섬뜩하게 만드는 살기가 담겨 있었다.

"그 여자가 누구죠?"

"그 여자라니? 누굴 말하는 거요?"

"어젯밤 벽난로 옆에 서 있던 여자 말이에요."

헨리에타를 뜻하는 것 같았다. 제기랄, 베로니카가 어떻게 눈치를 챘지?

그가 크게 말했다.

"누굴 말하는 거지? 미지 하드캐슬?"

"미지? 그 여자는 얼굴이 각지고 피부가 까무잡잡한 여자잖아요. 그 여잘 말한 게 아니에요. 물론 당신의 아내도 아니고요. 벽난로 옆에 비스듬히 기대고 서 있던 그 건방진 여자를 말하는 거예요. 당신이 내게서 마음이 떠나 버린 이유를 이제 알겠군요. 바로 그 여자 때문이에요! 그렇게 가정에 충실한 체하지 말아요! 비겁해요. 딴 여자가 생겼으니 마음이 변할 수밖에."

그녀는 자리에서 일어나 그에게로 다가왔다.

"존, 당신은 제 마음을 그렇게 모르세요? 여덟 달 전에 제가 영국에 돌아온 이후, 전 날마다 당신을 그리워하며 지냈어요. 당신은 내가 왜 이 우스꽝스런 오두막에서 지내는지 그 이유를 생각이나 해보셨나요? 이유는 단 하나예요! 당신이 주말이면 자주 할로 저택에 내려온다는 얘기를 들었거든요."

"그렇다면 어젯밤 일은 우연이 아니었군, 베로니카?"

"존, 당신은 내 사람이에요. 항상 말이에요!"

"베로니카, 난 어느 누구의 소유물이 아니야. 다른 사람의 육체와 정신을 소유할 수 없다는 것을 이 나이가 되도록 깨닫지 못했단 말이오? 아직까지도 그걸 모른단 말이오? 젊었을 때, 난 당신을 사랑했었지. 그래서, 난 당신과 내 인생을 함께 하고 싶었어. 그런데 당신은 그렇지 않았다고!"

"배우로서의 내 인생이 당신의 인생보다 훨씬 더 중요했기 때문이에요. 의 사는 누구든지 될 수 있지만 배우는 달라요!"

존은 약간 화를 냈다.

"현재 당신이 배우라는 것을 대단하게 생각하는 모양이군."

"당신은 내가 정상에 오르지 못했다고 해서 비꼬는군요. 그렇지만 난 꼭 오 르게 될 거예요. 꼭이요!"

존 크리스토는 아주 냉랭한 시선으로 그녀의 모습을 지켜보았다.

"그렇게 될지는 두고 봐야겠지. 베로니카, 당신에겐 큰 결점이 있어. 모든 걸 자신의 손아귀에 움켜잡아 넣으려는 당신의 성격이 문제란 말이오. 남의 입장을 조금도 생각해 줄지 모른다는 말이지. 그렇기 때문에 당신이 정상에 오르기 힘들 거라는 얘기를 한 거요."

베로니카는 자리에서 벌떡 일어나 착 가라앉은 목소리로 말했다.

"당신은 15년 전에 나를 배반했었어요. 그리고 오늘 다시 날 배반하는군요. 좋아요. 당신에게 꼭 복수를 하고 말겠어요."

존은 자리에서 일어나 현관문으로 걸어갔다.

"당신에게 상처를 입혔다면 미안하오, 베로니카. 당신은 매우 아름다워. 한 때 난 당신을 미치도록 사랑했었지. 우리, 그걸 아름다운 추억으로만 간직할 수는 없겠소?"

"안녕히 가세요, 존. 난 그럴 순 없어요. 머지않아 당신이 잘못했다는 것을 깨닫게 될 거예요. 난 당신을 죽이고 싶을 만큼 지금 당신이 증오스러워요."

그는 어깨를 으쓱해 보였다.

"미안해. 그럼, 안녕."

존은 아까 왔던 길을 따라 집으로 천천히 걸어갔다. 풀장에 이르러 그는 잠 시 쉬어 가려고 벤치 위에 앉았다. 이제 베로니카에 대해선 조그마한 미련도 남아 있지 않았다. 베로니카라는 여자는 심보가 나쁜 여자라는 생각이 들었을 뿐이었다. 옛날에 그가 그녀의 그런 성격을 파악하고 헤어진 것은 정말 잘한 일이라고 할 수 있었다. 그런 그녀의 성격을 모르고 그냥 같이 결혼하여 지냈더라면 지금 어떻게 됐을까 하는 생각이 들자 순간적으로 눈앞이 아찔했다.

그를 15년 동안 구속해 왔던 과거에서 이제야 비로소 해방된 느낌이었다. 그리고 새로운 마음으로 새로운 인생을 다시 시작할 수 있을 것 같았다. 특히 지난 1~2년은 다른 해보다 유난히 마음의 고통이 컸던 시기라고 할 수 있었는데, 그 모두가 과거의 베로니카 때문이었던 것이다.

가엾은 저다! 나를 기쁘게 해주기 위해서라면 자신의 희생도 기꺼이 감수하는 저다! 앞으로는 좀더 다정히 대해 줘야지. 이제는 헨리에타를 윽박지르는 듯한 행동도 하지 않을 것 같은 생각이 들었다. 사실 그가 그런다고 해서 순순히 물러설 헨리에타는 아니었다. 헨리에타를 그런 식으로 길들이려는 그의 생각이 잘못되었다고 할 수 있었다. 폭풍우가 몰아닥친다 해도 눈 하나 깜짝하지 않고 그대로 서 있을 사람이 바로 헨리에타였다.

"헨리에타를 만나 얘기를 해야겠어."

그때 갑자기 무슨 소리가 난 것 같았다. 그는 깜짝 놀라 사방을 휙 둘러보았다. 총소리가 멀리서 아련히 들려오고 있었다. 그리고 새들이 지저귀는 소리와 나뭇잎 떨어지는 소리, 바람이 스쳐 지나가는 소리만이 들려올 뿐 주위는 고요했다. 그가 들은 소리는 분명 그런 것이 아니었다. 어딘가에서 딸깍 하는 듯한 소리가 난 것 같았기 때문이다.

그 순간 존은 본능적으로 위험이 닥친 것을 직감했다.

내가 여기 얼마 정도 앉아 있었지? 30분? 한 시간? 누군가가 날 죽 지켜보고 있는 게 분명해, 그 누군가.

그렇다면 아까 그 딸깍하는 소리는 바로…….

그는 본능적으로 휙 돌아섰다. 그러나 때는 이미 늦었다. 그의 눈동자가 놀라움으로 커졌다. 그가 소리를 칠 시간도 없이 권총이 그를 향해 불을 뿜었다.

그는 그대로 나자빠져 풀장 가장자리에 큰 대자로 뻗어 버렸다.

그의 왼쪽 옆구리에서 검붉은 피가 흘러나와 풀장 가장자리의 콘크리트 바닥을 타고 풀장 속으로 똑똑 떨어지기 시작했다. 푸른 물빛이 불그스레하게 물들고 있었다.

제11장

에르퀼 포와로는 마지막으로 구두의 먼지를 가볍게 털어냈다. 그는 레이디 앙카텔의 점심식사 초대를 받고 할로 저택에 가기 위해 막 옷을 정장으로 차려입고 나서는 중이었다. 그는 자신의 옷매무시를 다시 한 번 훑어본 뒤에 만족스런 미소를 지었다.

영국 사람들은 주말을 시골에서 보낼 때 대부분 정장을 입지 않고 간편한 옷차림을 한다는 것을 익히 알고 있었지만 에르퀼 포와로는 굳이 정장을 입었다. 그는 도시적인 멋을 애호하는 사람이었기 때문이다. 에르퀼 포와로는 영국의 촌티 나는 시골 신사가 아니다. 에르퀼 포와로는 에르퀼 포와로일 뿐이다.

자기 스스로 자인하는 바이지만 에르퀼 포와로는 정말 시골이 싫었다. 레스트헤이븐을 산 것도 그의 친구들이 입이 닳도록 주말 별장이 있어야 한다고 권유를 했기 때문에, 그는 마지못해 런던 교외에 있는 이 오두막 같은 별장을 사들였던 것이다. 그 별장은 상자처럼 네모반듯한 건물이었는데, 에르퀼 포와로는 그 네모반듯한 모양 이외에는 모두 별로 마음에 들지 않았다. 그 별장을 둘러싸고 있는 주위 경치는 굉장히 아름다웠지만 그의 마음에는 역시 들지 않았다. 자연 그대로의 경치는 어딘가 모르게 어수선해 보이기 때문이다. 그가 항상 나무들을 별로 좋아하지 않는 이유도 거기에 있었다. 그는 나뭇잎이 여기저기 떨어져 뒹구는 것을 제일 싫어했다. 나무 중에서도 포플러 나무와 칠리 소나무는 그런 대로 괜찮았지만, 이 별장 주위에 빽빽이 들어선 너도밤나무와 떡갈나무만은 정말 딱 질색이었다. 알록달록하게 물든 단풍잎들이 너무 혼란스러워 보이기 때문이었다.

이런 경치는 날씨가 좋은 오후에 차를 몰고 스쳐 지나가며 구경해야 제격이라고 할 수 있을 것이다. 그의 생각에는 반나절 정도 그 경치를 즐기다가

'참으로 아름다운 풍경이로구나!'라는 감탄사와 함께 시설 좋은 호텔로 차를 몰아가는 게 가장 나을 것 같았다.

레스트헤이븐에서 가장 그의 마음에 드는 것은 벨기에인 정원사 빅터가 정원 한구석에 깔끔하게 가꿔 놓은 조그만 채소밭이었다. 또 하나는 빅터의 아내 프랑수아즈가 굉장히 신경을 써서 만든 음식이었다.

에르퀼 포와로는 거리로 나와 한숨을 쉬며 자신의 반짝반짝 빛나는 검은색 구두를 내려다보았다. 그리고 엷은 회색빛 홈부르크 모자(챙이 좁은 펠트제 중절 모자)를 다시 고쳐 쓴 뒤에 주위를 살펴보았다.

그는 맞은편에 서 있는 도버코트스를 보고 약간 흠칫했다. 도버코트스와 레스트헤이븐은 라이벌 건축가 두 사람이 각자 땅을 사서 나름대로 특색 있게 지은 주말 별장이었다. 그들은 처음에는 웅장하고 화려한 별장을 세우려 설계했다가 그것이 자연의 아름다움을 해친다는 이유로 내셔널 트러스트(자연미, 사적(史蹟)의 보호를 위한 조직체)가 대폭적인 수정을 요구해 와서 지금의 모습이 되어 버렸다는 얘기를 들은 것이 기억났다. 두 집은 건축가 두 사람의 개성을 그대로 드러내고 있었다. 레스트헤이븐은 상자에 지붕이 얹힌 것같이 단순한 느낌을 주는 현대적인 주택이었다. 반면에 도버코트스는 가능한 한 오밀조밀하게 장식이 많이 붙은 목골연와조의 구식 주택이라고 할 수 있었다.

에르퀼 포와로는 어떤 길로 해서 할로 저택에 갈 것인가를 잠시 생각했다. 골목길을 조금 벗어나서 위쪽으로 가면 할로 저택으로 가는 지름길과 후문이 있다는 것을 그는 알고 있었다. 그 지름길로 간다면 돌아서 가는 것보다 반 마일은 더 빨리 갈 수 있을 것이다. 그러나 에르퀼 포와로는 지름길을 놔두고 멀리 돌아서라도 정문으로 당당히 들어가야겠다고 마음먹었다. 예절의 사나이 에르퀼 포와로가 비겁하게 후문으로 들어갈 수는 없다고 생각했기 때문이다.

더욱이, 헨리 경과 레이디 앙카텔의 저택을 방문하는 것은 이번이 처음이었다. 그들은 사회적으로 명망 있는 유명인사였다. 그런 사람들의 초대를 받았는데 자신이 후문으로 들어갈 수는 없는 노릇이었다. 그는 그들이 할로 저택으로 자기를 초대한 데 대해 매우 기뻐했다.

"나는 좀 속물이지!" 그가 불어로 중얼거렸다.

그는 바그다드에서 레이디 앙카텔 식구들을 처음 보았을 때 호감이 가는 사람들이라고 생각했다. 특히 레이디 앙카텔 부인이 인상에 남았었다.

'참으로 특이한 부인이었지!' 그가 불어로 생각했다.

거기에서 할로 저택에 도착하는 데 소요될 시간을 염두에 두고서 그는 길을 따라 걷기 시작했다. 그의 계산은 정확했다. 에르큘 포와로가 할로 저택에 이르러 현관의 초인종을 눌렀을 때 그의 시계는 정확하게 1시 1분을 가리키고 있었던 것이다. 그는 걷느라고 너무 지쳐서 더 이상 걷지 않아도 된다는 사실이 기뻤다. 그는 본래 걷는 것을 좋아하지 않는 사람이었다.

단정한 옷차림의 거전이 정중하게 문을 열었다. 그 거전의 모습이 그의 마음에 들었다. 그러나 그는 그에게서 별로 달갑지 않은 얘기를 들어야 했다.

"선생님, 마님께서는 풀장의 천막에 계십니다. 이리로 가실까요?"

그는 야외에 나가기를 너무 좋아하는 영국인들이 못마땅했다. 한여름이라면 몰라도 지금은 날씨가 꽤 쌀쌀한 9월 말이 아닌가! 지금 날씨가 따뜻하다고 하지만 눅눅한 기운이 있지 않은가 말이다! 지금이 벽난로에 불이 활활 타오르고 있는 안락한 응접실로 가는 중이라면 얼마나 좋을까!

그러나 그것은 그의 소망일 뿐이었다. 그는 거전의 뒤를 따라 프랑스식 유리문으로 나가 잔디가 깔린 비탈길을 걸어 올라가서 바위로 된 정원을 지나갔다. 그리고 조금 더 앞으로 걸어가다가 빽빽하게 들어찬 밤나무 숲 속으로 조그맣게 난 오솔길로 접어들었다.

오후 1시에 손님을 초대하는 것은 대대로 내려오는 앙카텔 집안의 관습이라고 거전이 말했다. 그리고 날씨가 좋은 날이면 식사를 하기 전에 밖으로 나와 풀장의 천막에서 미리 칵테일과 백포도주를 마신다고 했다. 그래서, 실제로 점심식사는 아무리 지각하는 사람일지라도 도착할 수 있는 시간인 1시 30분에 시작될 거라는 얘기였다. 그들이 정원에서 목을 축이고 있는 동안 솜씨 좋은 요리사는 여유 있게 수플레(달걀의 흰자위에 우유를 섞어 거품을 일게 하여 구운 요리)를 비롯하여 알맞게 데워야 하는 여러 요리들을 준비해 놓을 것이라고 집사 거전이 공손하게 그에게 얘기를 해줬다.

그는 그 모든 게 다 못마땅했다.

'조금만 더 걸으면……, 집에서 할로 저택까지 걸은 거리만큼 될 거야.'

그가 생각했다. 구두를 신은 발이 아무래도 불편하다고 느끼면서 그는 키 큰 거전의 뒤를 따라갔다.

그때 앞쪽에서 짤막한 비명소리가 들려왔다. 그래서 그의 기분이 더 못마땅 해졌다. 어딘가 모르게 석연치 않은 느낌이 들게 하는 소리였기 때문이다. 그러나 그는 그 소리를 일부러 무시해 버렸다. 그랬기 때문에 나중에서야 그가 그 소리를 기억해 내고 그 소리에 어떤 감정이 담겨 있었는지를 생각해 보려 했지만 도저히 생각이 나지 않았던 것이다. 당황함? 놀라움? 공포? 그 어떤 것인지 모르지만 분명한 사실은 무의식적으로 나온 소리라는 것이었다.

거전이 밤나무 숲을 벗어나고 있었다. 그를 허둥지둥 따라가자 거전이 포와로가 앞으로 나갈 수 있도록 공손하게 옆으로 비켜섰다. 그리고 목소리를 정중하고 부드럽게 내기 위해서인지 목청을 한번 가다듬었다.

"포와로 씨, 마님께서 저기 계십니다."

이상스럽게도 헐떡거리는 목소리였다. 점잖은 집사의 목소리라고 할 수는 없었다.

에르퀼 포와로는 몇 걸음 앞으로 나아가다가 그만 그 자리에 우뚝 서고 말았다. 너무했어, 정말 해도 너무했어! 앙카넬 집안사람들이 이렇게 경박할 줄은 정말 몰랐다. 그렇게 먼 길을 걸어 도착한 그를 맞이하는 태도라니 이런, 정말 너무했다! 영국인의 유머 감각이라는 건 정말 잘못되었어!

그는 화가 나기도 했지만 무엇보다 피곤했다. 이젠 한 걸음도 더 걸을 힘이 없었다. 시체를 보고 놀랄 에르퀼 포와로는 아니었다. 그런데 이 집 식구들은 마치 그를 깜짝 놀라게 해주려는 듯이 연극의 한 장면을 연출하고 있었다.

즉, 그는 너무나 사실같이 꾸며 놓은 살인 현장을 보았던 것이다. 풀장 가장자리에 한 남자가 두 팔을 활짝 펴고 큰대자로 뻗어 있었다. 그리고 그 위에 붉은색 물감을 풀어 마치 피처럼 보이게 하고 있었다. 붉은색 물감은 콘크리트 바닥을 타고 조금씩 물속으로 똑똑 떨어지고 있었다. 그 시체는 매우 핸섬하게 생긴 얼굴과 금발, 그리고 멋진 체격의 남자였다. 그의 머리 쪽에는 키가 작고 단단해 보이는 체구의 중년 여자가 손에 리볼버 권총을 들고 넋이 나간 표정으로 꼼짝 않고 서 있었다.

그 외에 세 명의 배우들이 더 있었다. 풀장 맞은편에는 가을의 단풍잎과 너무나 잘 어울려 보이는 머리카락과 늘씬한 몸매의 젊은 여자가 달리아꽃이 가득 찬 꽃바구니를 손에 들고 서 있었다. 그리고 좀더 안쪽으로는 키가 크고 평범한 용모를 지닌 젊은 남자가 사격복을 입고 손에 총을 쥐고 서 있었다. 또, 그 남자의 바로 왼쪽에는 이곳의 여주인인 레이디 앙카텔이 손에 달걀이 가득 담긴 바구니를 들고 서 있었다.

그 광경을 본 에르퀼 포와로는 즉시 이곳 풀장에 이르는 길이 여러 갈래 있으며, 이 사람들은 각기 다른 길로 해서 여기에 도착했다는 것을 알아차렸다.

정말 교묘하게 짠 각본이라고 할 수 있었다.

그는 한숨을 쉬었다. 유치한 짓이야. 내가 어떤 반응을 보여야 저들이 만족한단 말인가? 이게 연극이라는 것을 모른 체해야 한단 말인가? 당황해서 어쩔 줄 모르는 체해 보일까? 아니면, "정말 재미있군요. 저를 이렇게 환영해 주셔서 감사합니다."라고 여주인에게 감사의 인사를 해야 옳을까?

다시 얘기하거니와, 이런 연극은 딱 질색이었다! 결코 고상하거나 품위 있는 놀이라고 할 수 없어. "우린 결코 놀라지 않아."라고 말한 사람이 빅토리아 여왕이었던가? 그도 그와 똑같이, "나, 에르퀼 포와로는 놀라지 않아요."라고 말해 주고 싶은 강렬한 충동을 느꼈다.

레이디 앙카텔이 시체 쪽으로 걸어갔다. 에르퀼 포와로는 여전히 그의 뒤에 서서 숨을 거칠게 몰아쉬고 있는 거전을 의식하면서 그녀의 뒤를 따라갔다.

'거전만은 이 연극에 참가하고 싶지 않은 게 분명해.'

에르퀼 포와로가 마음속으로 생각했다. 풀장 맞은편에 서 있던 다른 두 사람도 시체 쪽으로 다가왔다. 그들은 큰대자로 뻗어 있는 그 시체 주위를 둘러싸고 말없이 그 시체를 내려다보며 서 있었다.

그 순간 갑자기 무엇인가 에르퀼 포와로의 가슴속에 와 닿는 것이 있었다. 그것은 굉장한 충격이었다. 그것은 마치 영화의 장면처럼 명백한 것은 아니었지만, 적어도 이 연극의 장면이 매우 사실감이 있다는 느낌이었다.

왜냐하면 지금 그가 내려다보고 있는 그 남자는 아주 죽지는 않았다고 할지라고 막 숨을 거두려는 사람 같았기 때문이었다.

콘크리트 가장자리를 따라 물속으로 똑똑 떨어지고 있는 것은 붉은 물감이 아니라 그의 옆구리에서 흘러나오고 있는 붉은 피였다. 모든 상황으로 미루어 보건대, 이 남자는 바로 몇 분 전에 총을 맞은 게 분명했다.

에르큘 포와로는 재빨리 그의 머리 쪽에서 리볼버 권총을 들고 서 있는 여자의 얼굴을 훔쳐보았다. 그녀의 얼굴에는 아무 표정도 없었으며, 단지 창백하게 질린 모습이었다. 멍한 표정이 마치 바보 같아 보였다.

'이상하군.' 그가 생각했다.

총으로 사람을 쏘아 죽인 여자가 저렇도록 아무런 표정이 없을 수 있을까? 아니면, 총을 쏘고 난 뒤 그 허탈감으로 기운이 빠져 저렇게 넋 나간 모습으로 서 있는 것일까? 아마 그럴지도 모르겠다고 생각했다.

그는 다시 총을 맞고 쓰러져 있는 남자를 내려다보다가 순간적으로 움찔했다. 그 남자가 눈을 부릅뜨고 있었기 때문이었다. 그 푸른색 눈의 표정이 어떠하다고 꼬집어 말할 수는 없었지만, 무엇인가를 보고 크게 놀란 듯한 모습이 분명했다. 그런데, 이상한 것은 그의 눈빛에 어떤 의지 같은 것이 담겨 있다는 점이었다.

그걸 깨닫자 에르큘 포와로는 문득 거기 모인 사람들 중에서 단 한 사람만이 생생하게 살아 있다는 기묘한 느낌을 받았다. 즉, 그 남자가 몸을 꿈틀거렸던 것이다.

포와로는 그 남자의 모습이 지금 막 숨을 거두려는 사람 같지 않게 너무나 생명력과 활기가 넘쳐 보이는 것이 매우 인상에 남았다. 그런 그에 비하면 다른 사람들은 마치 스튜디오 밖에서의 방송 프로그램에 출연하는 배우들처럼 생명력이 없어 보였다. 그들 모두가 죽은 사람 같은데 반하여, 그 남자 혼자만이 살아남은 것 같았다.

존 크리스토가 입을 열고 말했다. 그의 목소리에는 힘이 들어 있었다. 침착하면서도 다급한 음성이었다.

"헨리에타—."

그는 말을 채 마치지 못하고 숨을 거뒀다. 그의 눈이 감기는 것과 동시에

목이 옆으로 축 늘어졌다.

에르퀼 포와로는 무릎을 꿇고 그의 가슴에 귀를 갖다대었다.

이윽고 무릎을 털면서 일어나 그가 말했다.

"완전히 숨이 끊어졌군요."

일순간 정지된 영화 화면이 다시 움직이는 것처럼 그곳에 서 있던 사람들이 움직이기 시작했다. 각자의 반응들은 사소한 것이긴 했지만 모두 서로 달랐다. 포와로는 지금 그 사람들 개개인의 행동을 예리한 시선으로 주시하고 있었다. 그 모든 상황을 정확하게 기록할 필요가 있을 거라고 생각했기 때문이었다.

레이디 앙카텔이 손에 들고 있던 달걀 바구니를 놓칠 뻔하자 거전이 재빨리 그녀에게 다가가 그 바구니를 손으로 받쳤다.

"마님, 이리 주십시오."

레이디 앙카텔은 자연스러우면서도 기계적인 어조로 중얼거렸다.

"고마워, 거전."

그리고 잠시 머뭇거리다가 그녀는 다시 입을 열었다.

"저다……."

그러자, 리볼버 권총을 들고 서 있던 여자가 몸을 부르르 떨었다. 그런 다음 그녀는 사람들을 빙 둘러보았다.

그녀가 아주 당황해 어쩔 줄 모르는 어조로 말했다.

"존이 죽었어요."

키가 크고 짙은 밤색 머리카락을 가진 젊은 여자가 위엄 있는 태도로 그녀 앞으로 재빨리 다가섰다.

"저다, 그걸 이리 줘요." 그 젊은 여자가 말했다.

그 말을 마치자마자 포와로가 그것을 말릴 사이도 없이, 그녀는 저다 크리스토가 들고 있는 권총을 손으로 붙잡았다.

포와로는 재빨리 앞으로 한걸음 나섰다.

"아가씨, 그 총을 만지면 안 됩니다……."

그가 말하는 것과 동시에 그 여자는 그 권총을 홱 잡아당겼다. 그 순간 권총이 떨어져 버렸다. 그 젊은 여자가 풀장 가장자리에 서 있었기 때문이다.

그녀는 깜짝 놀란 표정으로 입을 벌리고, "어머낫!" 하는 소리를 질렀다. 그러고는 고개를 돌려 포와로를 쳐다보며 미안하다는 표정을 지어 보였다.

"이런 멍청이 같으니라고." 그녀가 말했다.

"죄송합니다."

포와로는 잠시 동안 아무 말도 하지 않고 그녀의 투명하게 엷은 밤색 눈동자를 노려보았다. 두 사람의 시선이 허공에서 맞부딪쳤다. 그가 순간적으로 그녀를 의심한 일이 부당했을지도 모른다는 생각이 잠깐 그의 머리를 스쳐 지나갔다.

그가 조용하게 입을 열었다.

"사건 현장에는 가능한 한 손을 대지 말아야 합니다. 원칙적으로 경찰이 와서 모든 조사를 마칠 때까지는 그 어떤 것에도 손을 대서는 안 되는 거지요."

그가 말을 마치자 사람들 사이에 약간의 동요가 있었다. 경찰이라는 말이 약간 꺼림칙하게 느껴진 모양이었다.

레이디 앙카텔이 싫다는 표정을 뚜렷이 지으며 말했다.

"당연히 그래야겠죠. 하지만, 경찰은……."

사격복을 입은 남자가 기분 나빠하는 듯하면서도 이상하게 유쾌한 목소리로 나지막하게 말했다.

"루시, 유감스럽지만 어쩔 수 없을 거예요."

다른 사람들 역시 그 말에 동감하며 말없이 그대로 서 있었다. 그때 이쪽으로 다가오는 빠르고 경쾌한 발걸음 소리와 떠들썩한 목소리가 들려왔다.

집 쪽으로 난 오솔길을 따라 헨리 앙카텔 경과 미지 하드캐슬이 함께 웃고 얘기하며 풀장 쪽으로 걸어오고 있었던 것이다. 여러 사람들이 풀장 가장자리에 둘러 서 있는 것을 보고 헨리 경이 놀라 걸음을 멈추고 외쳤다.

"무슨 일이오? 무슨 일이 생겼소?"

레이디 앙카텔이 그 말에 대답했다.

"저다가……." 그녀가 재빨리 말을 돌렸다.

"내 말은, 존이……."

저다가 당황한 표정을 지으며 기어 들어가는 듯한 목소리로 말했다.

"존이 총에 맞아 죽었어요."

그 말에 사람들은 모두 낭패한 표정을 지으며 그녀에게서 시선을 돌려 버렸다.

그러자 레이디 앙카텔이 재빨리 입을 열었다.

"저다, 집에 들어가 잠시 자리에 눕는 게 낫겠어요. 다른 사람들도 모두 집으로 돌아갑시다. 헨리, 당신은 포와로 씨와 함께 경찰이 올 때까지 여기 계시고요."

"그렇게 하지." 헨리 경이 말했다. 그러고는 거전에게로 돌아섰다.

"거전, 경찰서에 전화를 걸어서 사건의 자초지종을 얘기하도록 하게. 그리고 경찰이 도착하면 곧장 이리로 데려오도록."

거전이 공손하게 머리를 숙이며 대답했다.

"예, 주인어른."

거전의 얼굴은 창백하게 질려 있었지만 하인장으로서의 자세는 조금도 흐트러지지 않았다.

키가 큰 젊은 여자가 말했다.

"저다, 자. 이리로"

그리고 그녀는 저다의 팔을 부축하여 집 쪽으로 난 오솔길을 따라 걸어가기 시작했다. 저다는 마치 허공 속을 걸어가고 있는 것처럼 보였다.

거전은 그들이 앞서가도록 약간 옆으로 비켜서 있다가 그들이 지나가자 그들의 뒤를 달걀 바구니를 들고 따라갔다.

그러자, 헨리 경이 몸을 돌려 자기 아내를 바라보았다.

"루시, 도대체 어떻게 된 일이오? 무슨 일이 벌어진 거요?"

레이디 앙카텔은 자신도 영문을 모르겠다는 표정으로 가냘픈 두 손을 앞으로 내밀며 어깨를 으쓱해 보였다. 에르퀼 포와로는 순간적으로 그 모습이 너무나 사랑스럽고 매력적이라는 느낌을 받았다.

"여보, 저도 뭐가 뭔지 모르겠어요. 전 닭장 속에서 총소리를 들었어요. 아주 가까운 데서 들려온 것 같았지만, 처음에는 전 별로 신경을 쓰지 않았어요. 그런데……." 그녀가 사람들에게 호소하듯이 말했다.

"갑자기 예감이 이상해서 풀장 쪽으로 와봤더니, 글쎄 존이 저기에 저렇게 쓰러져 있고 저는 총을 들고 그의 머리맡에 서 있지 뭐예요. 그때 헨리에타와 에드워드가 거의 동시에 이곳엘 왔지요. 저쪽에서 말이에요."

그녀는 풀장 맞은편 쪽에 나 있는 두 개의 길을 고갯짓으로 가리켰다.

에르큘 포와로는 목청을 가다듬었다.

"저 존과 저다라는 사람은 누구죠? 실례가 안 된다면 좀 알고 싶군요."

그가 변명하듯이 말했다.

"아, 물론 말씀해 드려야죠."

레이디 앙카텔이 재빨리 몸을 돌려 그에게 사과의 말을 했다.

"제가 정신이 없어서 미처 그 생각을 못 했군요. 존은 존 크리스토라는 사람인데 의사죠. 그리고 저다 크리스토는 그의 부인되는 사람이랍니다."

"그러면, 크리스토 부인을 데리고 간 그 아가씨는 누구죠?"

"제 사촌인데 헨리에타 세이버네이크라고 해요."

그 말에 포와로의 왼쪽에 서 있던 남자가 약간 불안해하는 빛을 띠며 움찔했다.

"헨리에타 세이버네이크."

포와로는 마음속에 그 이름을 깊이 새겨 놓았다.

'이 남자는 레이디 앙카텔이 헨리에타 세이버네이크라는 이름을 말한 게 꺼림칙하게 여겨지나 봐. 하지만, 어차피 내가 알게 될 일인데 뭘 그러지……?'

포와로는 계속 머릿속에서 생각을 굴리고 있었다(아까 그 남자는 숨을 거두기 직전에, "헨리에타!"라는 이름을 불렀어. 그런데, 어딘가 이상스러운 점이 있었지. 과거의 어떤 사건을 연상하게 하는 점이 있었는데……. 그게 뭐였더라? 좋아, 곧 생각이 나겠지, 뭐).

레이디 앙카텔은 이왕 내친 김에 자기의 할 일을 다 마칠 심산인지, 나머지 사람들을 차례차례 그에게 소개시켜 주었다.

"이 사람도 역시 내 사촌인데 에드워드 앙카텔이에요. 그리고 이 아가씨는 하드캐슬 양이고요."

포와로는 잔뜩 점잔을 빼며 정중하게 고개를 숙였다. 그 모습이 어찌나 우습던지 미지는 웃음이 마구 터져 나오려는 것을 입술을 깨물고 억지로 참았다.

"자, 여보." 헨리 경이 말했다.

"당신 말대로 이제 모두들 집으로 돌아가는 게 좋겠소. 내가 여기에 포와로 씨와 함께 남아 있을 테니까."

레이디 앙카텔은 조심스러운 눈빛으로 그들을 쳐다보았다. 그녀가 입을 열었다.

"전……, 저다가 자리에 누워 마음의 안정을 되찾길 바라요. 우리의 추측이 옳은 것일까요? 무슨 말을 해야 할지 도저히 갈피를 못 잡겠어요. 제 말은, 이런 일을 처음 당해 본다는 거죠. 지금 금방 남편을 총으로 쏘아 죽인 여자에게 무슨 말을 해야 하죠?"

그녀는 그 말에 대해 어떤 명쾌한 대답을 구하려는 사람마냥 거기 서 있는 사람들을 빙 둘러보았다.

그런 뒤에 그녀는 집으로 이어져 있는 오솔길을 따라 걸어가기 시작했다. 그 뒤를 이어 미지, 에드워드가 차례로 걸음을 옮겼다.

이제 풀장에는 포와로와 헨리 경만 남아 있었다.

헨리 경이 목청을 가다듬었다. 그는 무슨 말을 해야 될지 모르겠다는 막연한 표정을 짓고 있었다. 이윽고 그가 말문을 열었다.

"크리스토는 매우 유능한 친구였습니다. 너무 유능해서 탈인 사람이었죠."

포와로는 다시 한 번 죽은 남자를 내려다보았다. 이제는 딱딱하게 굳어 버린 시체임에도 불구하고 여전히 그가 살아 있다는 기묘한 느낌을 포와로는 순간적으로 받았다.

시체가 어떻게 하여 그런 느낌을 주는지 참으로 알 수 없는 일이었다.

포와로는 헨리 경의 말에 점잖게 응수했다.

"이런 살인사건과 같은 비극은 매우 불행스러운 일이지요."

"당신은 이런 일에 전문가이시지요?" 헨리 경이 말했다.

"살인 현장을 내 눈으로 똑똑히 본 것은 이번이 난생 처음입니다. 지금까지의 내 행동이 적절했는지 모르겠군요."

"무슨 말씀을. 아주 잘하셨습니다." 포와로가 말했다.

"당신은 경찰을 부르라고 시키셨으니, 그것으로 다 된 거지요. 이제 우리가 해야 할 일은 경찰이 도착할 때까지 이곳을 지키는 것만 남았습니다. 어느 누구도 이 현장에 손을 못 대게 해야 경찰이 확실한 증거를 모을 수 있거든요."

포와로는 말을 끝마치고 물속을 들여다보았다. 풀장 밑바닥에 가라앉아 있는 리볼버 권총이 보였다. 물이 약간 출렁거려서인지 그 권총은 일그러져 보였다.

에르퀼 포와로 자신이 그 권총을 떨어뜨리지 못하게 막았다고 할지라도 이미 그전에 그 권총에 묻은 지문은 범인에 의해 지워졌을지도 모른다는 생각이 문득 들었다.

아냐, 권총이 미끄러져 물속에 떨어진 것은 순전히 그녀의 실수야.

헨리 경이 못마땅하다는 듯이 투덜거렸다.

"계속 서 있을 생각이십니까? 날씨가 약간 차군요. 천막 안에 들어가서 지키는 게 어떨까요?"

아까부터 피곤하고 몸이 떨리는 것을 억지로 참고 서 있던 포와로는 기쁜 마음으로 그 제안을 받아들였다. 그 천막은 풀장을 사이에 두고 집과 거의 일직선으로 서 있었다. 그래서, 천막 안에서는 시체와 풀장 그리고 집으로 이어진 오솔길을 따라 걸어올 경찰의 모습을 모두 지켜볼 수 있었다.

천막 안은 안락한 소파와 화려한 카펫으로 장식되어 있어서 매우 호화스럽게 보였다. 페인트칠을 한 철제 테이블 위에는 한 쟁반이 놓여 있었는데, 쟁반에는 여러 개의 유리컵과 셰리주 병이 놓여 있었다.

"한잔 권하고 싶습니다만……." 헨리 경이 말했다.

"경찰이 올 때까지는 아무것에도 손을 대지 않는 게 좋을 거라는 생각이 드는군요. 그렇다고 이곳에서 뭔가를 찾아낼 거라는 말은 아닙니다. 하지만, 돌다리도 두드려 보고 건너는 게 좋겠죠. 거전도 아까 여기에 들어오진 않았을 겁니다. 당신이 오시기를 집에서 기다리느라고 이곳에 칵테일을 내오지 않았거든요."

두 사람은 각자 입구 가까운 곳에 놓여 있는 버들가지로 만든 의자에 조심스럽게 앉아 밖을 지켜보았다.

무거운 침묵이 두 사람 사이에 흘렀다. 가벼운 이야기를 나누기에는 너무 분위기가 침울했다. 그래서, 포와로는 천막 안을 휘 둘러보며 살인사건에 참고가 될 만한 것을 찾아보았다.

값비싼 은백색 여우 망토가 소파에 아무렇게 걸쳐져 있었다. 약간 야하게 느껴질 정도로 사치스러워 보이는 그 망토가 누구의 것인지 도저히 짐작이 가지 않았다. 그가 이 집에서 만난 사람들과 이 망토는 너무나 어울려 보이지 않았기 때문이었다. 그는 레이디 앙카텔이 어깨에 이 망토를 두르고 있는 모습을 상상해 보려 했지만 허사였다. 나머지 사람들 역시 마찬가지였다.

이 망토가 과연 누구의 것이냐는 문제가 그를 괴롭혔다. 이 값비싸 보이는 망토는 은연중 부유함과 자기 과시를 드러내고 있었다. 그러나 그런 이미지를 지닌 사람은 이 집에 아무도 없었다.

"담배 한 대 피우시죠." 헨리 경이 포와로에게 담뱃갑을 내밀며 말했다.

담뱃불을 붙이기 전에 포와로는 숨을 한번 크게 들이쉬었다.

희미하게나마 값비싼 프랑스 향수 냄새가 남아 있었기 때문이다. 이 향수 역시 망토와 마찬가지로 할로 저택에 있는 사람들과는 어울리지 않는 냄새라는 것을 그는 깨달았다.

헨리 경이 켜주는 라이터에 담뱃불을 붙이기 위해 그가 몸을 앞으로 굽힌 순간, 소파 옆의 조그만 탁자에 차곡차곡 쌓여 있는 조그만 성냥갑들이 그의 눈에 들어왔다. 성냥갑은 모두 여섯 개였다.

비록 사소한 일이긴 했지만, 그의 머릿속에 섬광처럼 그 어떤 것이 스쳐 지나갔다.

제12장

"2시 반이야." 레이디 앙카텔이 말했다.

응접실에는 그녀와 미지, 그리고 에드워드가 앉아 있었다. 헨리 경의 서재 방문은 꼭 닫혀 있었지만, 그 안의 사람들이 얘기하는 소리가 간간히 들려왔다. 서재에는 지금 에르퀼 포와로, 헨리 경, 그리고 그랜지 경감이 모여 서로 얘기를 나누고 있었다.

레이디 앙카텔이 한숨을 내쉬었다.

"미지, 우리가 점심을 간단하게라도 먹어야 하지 않겠니? 물론 그렇게 끔찍한 일이 벌어졌는데도 아무 일도 없었던 것처럼 식탁에 둘러 앉아 점심을 먹는다는 것은 죽은 사람에게 너무 잔인해 보일지도 모르지. 하지만, 우린 포와로 씨를 점심식사에 초대했어. 아마 그 사람은 지금 상당히 시장할 거야. 게다가, 그는 존 크리스토와는 아무 상관도 없는 사람이야. 그런데, 존 크리스토 때문에 그 사람이 밥을 굶을 이유가 없잖아. 난 사실 밥 먹고 싶은 생각이 조금도 없단다. 하지만, 헨리와 에드워드는 아침 내내 사격을 했기 때문에 무척 배고플 거야."

"루시, 제 걱정은 마세요." 에드워드 앙카텔이 말했다.

"에드워드, 넌 항상 생각이 깊구나. 아 참, 데이비드가 있었지. 어젯밤에 보니까 그 애가 꽤 밥을 많이 먹더구나. 머리가 좋은 애들은 그렇게 식사량이 많나 봐. 그건 그렇고, 데이비드는 어디 있니?"

"자기 방으로 올라가 버렸어요. 그 얘기를 들은 뒤에 말이에요."

미지가 말했다.

"그래? 정말 그 애다운 행동이야. 그 애가 그 얘기를 듣고 마음속으로 얼마나 거북해했겠니? 살인사건이라는 것이 얼마나 사람을 성가시게 만드는 것인지는 더 말할 필요도 없을 거야. 이제부터 하인들은 경찰 조사를 받느라고 시달릴 거고, 그들이 얼마나 당황스러워할지 정말 걱정이 된단다. 오늘 점심은 오리 요리야. 지금 딱 먹기 좋을 정도로 식었을 거야. 그런데, 저다는 어떡하지? 쟁반에 먹을 것 좀 담아다 갖다 줄까? 아니면, 죽을 갖다 줄까?"

'어쩜……, 저렇게 사람이 냉담할 수가 있을까!' 미지는 생각했다.

그러나 곧 그녀는 그런 자신의 생각을 나무랐다. 미지는 루시가 냉혹한 성격이어서 그러는 게 아니라 오히려 너무 인간적이기 때문에 살인 현장을 목도하고 큰 충격을 받아 그 반동으로 저렇게 행동하는 것인지도 모른다는 생각을 했다. 모든 비극의 결말들이 이렇듯 사소하고 하잘 것 없는 추측과 가정으로 둘러싸여 있다는 사실 자체가 있는 그대로의 진실을 드러내주는 것은 아닐까? 루시는 대부분의 사람들이 말하기를 꺼려하는 것을 단지 솔직하게 입 밖에 내었을 뿐이야. 하인들이나 식사에 대해 걱정을 할 수도 있고 배고프다고 느낄 수도 있는 거야. 그 순간 미지는 갑자기 시장기가 몰려오는 것을 느꼈다. 허기와 고통이 범벅이 된 느낌이었다.

그 고통은 어제까지만 해도 그녀가, '가엾은 저다.' 하고 부르던 조용하고 평범한 여자가 이제 존속 살인죄로 피고석에 앉게 될지도 모른다는 사실에 연유하고 있었다. 미지는 이제 저다를 어떻게 대해야 할지 참으로 난감했다.

'이런 끔찍한 일이 우리에게 일어나다니!' 미지가 생각했다.

'우리에게 이런 일이 생기리라고는 정말 꿈에도 생각 못했어!'

미지는 맞은편에 앉아 있는 에드워드를 바라보았다.

'에드워드 같은 사람에게는 그런 일이 생길 수가 없을 거야. 너무나 부드러운 사람!'

그녀는 에드워드의 모습에서 큰 안도감을 느꼈다. 너무나 조용하고 침착하면서도 다정하고 온화한 에드워드!

그때 거전이 들어와 정중한 태도로 나지막하게 말했다.

"마님, 식당에 샌드위치와 커피가 준비되어 있습니다."

"고마워, 거전!"

거전이 나가자 레이디 앙카텔이 말했다.

"정말, 거전만한 사람은 없어. 만약 거전이 없다면 난 무엇을 해야 될지 쩔쩔맬 거야. 그는 어떤 일에도 당황하지 않고 침착하게 행동하거든. 간단한 점심으로 샌드위치는 그만이지. 그렇다면 그렇게 매정하다고 몰아붙이진 못할 거야!"

"제발, 루시, 그만하세요!"

뜨거운 눈물이 미지의 뺨을 타고 흘러내렸다.

레이디 앙카텔이 놀란 표정으로 그녀를 쳐다보며 중얼거렸다.

"쯧쯧, 가엾게도. 네가 감당하기 힘들었나 보구나."

에드워드가 미지의 옆자리로 건너가 앉았다. 그러고는 그녀의 어깨를 따뜻하게 다독거려주었다.

"마음을 편하게 가져, 미지."

미지는 그의 품에 얼굴을 묻고 실컷 흐느껴 울었다. 순간, 에인스웍 저택에서의 일이 그녀의 머리를 스쳐갔다. 그때 그녀의 토끼가 부활절에 죽어서 슬피 울자 에드워드는 지금처럼 그녀를 품에 안고 따뜻하게 위로해 주었었다.

에드워드가 부드러운 목소리로 말했다.

"충격이 컸나 봐요. 루시, 브랜디를 좀 갖다 먹일까요?"

"식당 찬장에 들어 있단다. 난 생각도 못 했는데……."

헨리에타가 방으로 들어오는 바람에 레이디 앙카텔은 말을 멈추었다. 미지도 에드워드에게 기대고 있던 몸을 똑바로 세우고 앉았다. 에드워드는 약간 굳은 표정으로 아무 말 없이 그대로 앉아 있었다.

헨리에타는 어떤 느낌일까? 미지는 헨리에타의 얼굴을 내키지 않는 마음으로 올려다보았다. 헨리에타의 표정은 달라진 게 없었다. 있다면 그녀가 마치 싸움하는 사람 같았다는 것뿐이다. 헨리에타는 불그스름하게 홍조를 띤 얼굴로 턱을 치켜들고 황급히 방 안으로 걸어 들어왔다.

"오, 헨리에타, 이제 내려오는구나." 레이디 앙카텔이 외치다시피 말했다.

"안 그래도 궁금해하던 중이야. 헨리와 포와로 씨는 지금 경찰관과 얘기하고 있단다. 저다에게 마실 것 좀 갖다 주었니? 브랜디? 아니면, 홍차나 아스피린?"

"뜨거운 물하고 브랜디를 갖다 주었어요."

"잘했어." 레이디 앙카텔이 그녀를 칭찬했다.

"그건 응급치료 시간에 배운 방법이지. 내 생각엔 충격을 받은 사람에게는 브랜디보다 뜨거운 물이 더 효과적인 것 같아. 최근에는 술이 별로 안 좋다는 의견도 나오고 있지. 하지만, 그것도 한때 유행일 거라고 생각해. 내가 어렸을 때만 해도 충격을 받은 사람에게는 모두 브랜디를 먹였단다. 지금 저다가 큰 충격을 느끼고 있다는 생각은 별로 들지 않지만…… 자기 남편을 죽인 여자의 기분이 어떤지를 내가 어떻게 알겠니? 도저히 상상이 되지 않는 일이지. 하여튼 그 여자가 크게 충격을 받지는 않았을 거야. 내 말은, 그 사건이 우연히 일어난 사고가 아니라 계획적이라는 뜻이야."

얼음같이 찬 헨리에타의 목소리가 고요한 분위기를 깨뜨렸다.

"왜 모두들 저다가 존을 죽였다고 믿는 거죠?"

일순간 침묵이 흘렀다. 미묘한 긴장감, 당혹감, 신중함이 뒤섞인 침묵이 한참 동안 흘렀다.

이윽고 레이디 앙카텔이 억양 없는 어조로 말했다.

"우리가 본 상황이 너무 자명해서 그렇게 생각했지. 그렇다면, 넌 어떻게 생각한다는 거지?"

"저다가 풀장에 가서 존이 쓰러져 있는 것을 보고 권총을 집어든 순간 우리가 그곳에 도착할 수도 있잖아요?"

다시 침묵이 흘렀다. 이윽고 레이디 앙카텔이 다시 입을 열었다.

"저다가 그렇게 말했니?"

"예, 맞아요."

헨리에타의 그 대답에는 힘이 들어 있었다. 마치 총알처럼 튀어나온 대답이었다.

레이디 앙카텔은 그 말에는 더 이상 대꾸하지 않고 눈썹을 치켜세운 채 아주 엉뚱한 말을 했다.

"식당에 샌드위치와 커피가 준비되어 있단다."

그녀는 열린 문으로 저다가 걸어오고 있는 모습을 보았던 것이다. 레이디 앙카텔은 약간 당혹스러운 표정으로 입을 다물었다.

"저, 전 더 이상 누워 있을 수 없다는 생각이 들어서……. 마음이 너무 불안해서 누워 있을 수가 없어요."

저다가 더듬거리며 말하자 레디 앙카텔이 외쳤다.

"앉아요. 자, 자리에 앉아야 해요."

레디 앙카텔 부인은 미지를 일으켜 세우고 대신 저다를 소파에 앉혔다. 그리고 그녀의 등에 쿠션을 대어 주었다.

"불쌍하게도!"

레디 앙카텔이 강조해서 말했다. 하지만, 어떤 의미가 있는 것 같지는 않았다.

에드워드는 창문 쪽으로 걸어가서 밖을 내다보며 서 있었다.

저다는 이마 위로 흐트러진 머리카락을 한 손을 들어 뒤로 쓸어넘겼다. 저다가 당황스러운 표정으로 더듬더듬 말을 했다.

"이, 이제야 그가 주, 죽었다는 사실이 가, 가슴에 와 닿아요. 존이 죽었다는 걸 믿을 수 없어요. 정말 믿을 수 없어요."

그녀가 몸을 떨기 시작했다.

"누가 그이를 죽였을까요? 도대체 어떤 사람이 그이를 죽였을까요?"

레디 앙카텔은 한숨을 깊이 내쉬었다.

그때 방문 열리는 소리가 들리자 그녀는 고개를 재빨리 돌렸다. 헨리 경이 덩치가 크고 뚱뚱하며 코 밑에 팔자수염이 나 있는 그랜지 경감과 함께 서재에서 나오고 있었다.

"여기는 우리 집사람이오. 그리고 이분은 그랜지 경감이오."

그랜지 경감이 몸을 굽혀 인사를 하고 말했다.

"레디 앙카텔, 크리스토 부인과 몇 마디 얘기를 나누고 싶습니다만……."

레디 앙카텔이 소파에 앉아 있는 저다를 가리키자 그는 말을 중도에 끊었다.

"크리스토 부인되시나요?"

저다가 간절한 표정으로 대답했다.

"예, 그렇습니다."

"크리스토 부인, 괴로움을 끼치고 싶지는 않습니다만, 몇 가지 질문에 답해 주시면 좋겠습니다. 물론, 원하신다면 변호사를 참석시킬 수도 있습니다만……."

헨리 경이 그의 말에 끼어들었다.

"저다, 그게 더 좋겠……."

저다가 그의 말을 가로막았다.

"변호사요? 왜 변호사를? 왜 변호사가 존의 죽음에 대해 알아야 한다는 건가요?"

그러자, 그랜지 경감이 헛기침을 하였다.

헨리 경이 무슨 말을 하려고 하자 헨리에타가 재빨리 그의 말을 가로챘다.

"경감님은 오늘 아침에 일어난 일을 정확하게 알고 싶어 하시는 것뿐이에요."

저다가 몸을 돌려 그랜지 경감을 쳐다보았다. 그녀가 믿기지 않는다는 어조로 말을 했다.

"꼭 악몽을 꾼 기분이에요. 실제로 일어난 일 같지가 않아요. 저, 전 눈물조차 나오지 않았어요. 아무 생각도 안 나고 그저 멍할 뿐이에요."

그랜지 경감이 달래듯이 말했다.

"당연히 충격을 받으셨겠죠, 크리스토 부인?"

"예, 맞아요. 그런 것 같아요. 너무 갑작스런 일이라서……. 제가 집에서 나와 풀장으로 나 있는 오솔길을 따라 걷고 있었을 때……."

"그때가 몇 시였나요, 크리스토 부인?"

"거의 1시가 다 됐을 때였어요. 아마 1~2분 전이었을 거예요. 마침 그때 제가 시계를 보았거든요. 그런데 풀장에 도착해 보니까 존이 거기에 피를 흘리고 쓰러져 있는 거예요……."

"총소리를 들으셨습니까?"

"예, 아뇨. 오! 잘 모르겠어요. 전 그때 헨리 경과 앙카텔 씨가 사격하고 있다는 사실을 알고 있었기 때문에 별로 신경을 쓰지 않았거든요. 전, 전 존만을 보았죠."

"그래서요, 부인?"

"존과 피, 그리고 권총. 전 무의식적으로 권총을 손으로 집어들었어요……"

"왜 그랬죠?"

"무슨 말씀인지?"

"왜 부인은 그 권총을 집어들었습니까?"

"저, 저도 모르겠어요."

"아시겠지만, 부인은 그걸 만지지 않아야 했지요."

"만지면 안 된다고요?" 저다의 표정이 멍해졌다.

"그런데 전 만졌는데요. 전 손으로 총을 잡았어요."

저다는 마치 지금 자기 손에 총이 있기라도 한 것처럼 어린애 같은 표정으로 자신의 손을 물끄러미 내려다보았다.

갑자기 그녀가 경위에게로 몸을 홱 돌렸다. 고통에 찬 목소리로 비명이라도 지르듯이 그녀가 말했다.

"어느 누가 존을 죽일 수 있다는 말인가요? 그이를 죽이고 싶어 할 사람은 아무도 없다고요. 그이는 얼마나 훌륭한 사람인지 몰라요. 너무나 희생적이고 친절한 분이었어요. 사람들에게 자기가 가진 모든 것을 베푸는 분이에요. 그이를 좋아하지 않는 사람은 있을 수 없어요. 경감님, 그이는 훌륭한 의사였고, 또한 저에겐 멋지고 자상한 남편이었어요. 그런 그이를 누가 죽이고 싶어 하겠어요? 아마 우연히 일어난 사고일 거예요. 그럼요, 사고고말고요!"

그녀가 손가락으로 방 안의 사람들을 하나씩 가리켰다.

"이 방에 있는 사람들에게 물어보세요. 존을 죽이고 싶어 하는 사람은 아무도 없었어요. 그렇죠, 제 말이 맞죠?"

저다는 호소하는 몸짓으로 간절하게 말했다.

그랜지 경감이 수첩을 덮었다.

"고맙습니다, 부인." 그가 냉정하게 말했다.

"당분간은 부인의 말이 맞겠지요."

에르퀼 포와로는 그랜지 경감과 함께 밤나무 숲을 지나 풀장으로 걸어갔다.

검시관이 존 크리스토의 시체를 여러 각도에서 사진을 찍고 그 신체 치수를 재어 수첩에 기록하고 있었다. 모든 조사가 다 끝나자 사람들이 들것을 가 저와 시체를 싣고 영안실로 가버렸다.

풀장은 살인사건과 아무 관계도 없다는 생각이 문득 포와로의 머릿속을 스쳐 지나갔다. 오늘 일어난 사건은 이상스럽게도 어느 것 하나 뚜렷한 증거가 없다는 생각이 들었다. 하지만, 엄연히 존 크리스토는 차가운 시체가 되어 콘크리트 바닥에 누워 있었던 것이다. 존 크리스토라는 남자는 마치 자기의 죽음조차도 무엇인가에 이용하려 한 사람 같다는 느낌이 드는 것을 에르퀼 포와로는 떨쳐 버릴 수가 없었다.

존 크리스토의 시체가 놓여 있던 풀장은 이제 엄격한 의미에서 풀장이라고 할 수 없었다. 시체에서 흘러나온 피가 콘크리트 바닥을 적시고 풀장 속으로 떨어져 푸른 물을 붉게 물들인 살인 현장일 뿐이었다.

그런데 어딘가 부자연스런 구석이 있었다. 부자연스럽다. 포와로는 잠시 그 말을 곰곰이 새겨 보았다. 순간 그는 이 사건에서는 어딘가 인위적인 냄새가 난다는 것을 느꼈다.

수영복을 입은 남자가 경감에게 다가왔다.

"경감님, 여기 권총 있습니다." 그가 말했다.

그랜지 경감이 물방울이 뚝뚝 떨어지는 권총을 조심스럽게 건네받았다.

"여기에 지문이 남아 있을 희망은 없군요." 그랜지 경감이 말했다.

"하지만, 다행스럽게도 이번 사건에서는 별 문제가 되지 않을 겁니다. 포와로 씨, 크리스토 부인이 이 총을 들고 있는 것을 보셨다고 하셨지요?"

"그렇습니다."

"권총을 확인하는 일은 잠깐 뒤로 미룹시다." 그랜지 경감이 말했다.

"그 일은 헨리 경한테 부탁하면 될 겁니다. 난 그 여자가 헨리 경의 서재에서 그 총을 훔쳤다고 생각하거든요."

그가 풀장 주위를 빙 둘러보았다.

"다시 한 번 간단하게 정리해 보도록 하지요. 풀장 밑으로 내려가는 길은 농장으로 가는 길이며, 레이디 앙카텔은 이 길을 따라 풀장으로 왔습니다. 다른 두 사람, 즉 에드워드 앙카텔과 세이버네이크 양은 숲길로 해서 풀장으로 왔지요. 그 두 사람은 각자 딴 길로 해서 왔는데, 에드워드 앙카텔은 저기 보이는 왼쪽 길로, 세이버네이크 양은 집 북쪽의 꽃밭과 이어져 있는 오른쪽 길로 해서 이곳에 도착했습니다. 그러나 당신이 도착했을 때 그들은 시체 있는 곳에서 약간 떨어진 곳에 서 있었다고 하셨죠?"

"맞아요."

"그리고 여기, 천막 옆으로 나 있는 길은 포더스 레인으로 가는 길입니다. 그럼, 우리 이 길을 한번 따라가 보죠"

그랜지 경감은 걸어가면서 차분하게 이야기를 계속 이어갔다.

"이런 사건은 흔한 편이 아닙니다. 작년에 애쉬리지 가까이에 있는 조그만 읍에서 이와 비슷한 사건이 벌어졌지요. 피살자는 퇴역한 군인이었는데 상당히 저명한 인사였습니다. 그 부인은 65세로 아주 조용한 성격의 구식 여자였지요. 그리고 머리가 회색빛이었지만 웨이브를 약간 넣어 꽤 아름답게 보이는 여자였습니다. 그 부인은 원예가 취미였답니다. 그런데 어느 날 아침 그 부인이 자신의 남편의 방에 올라가서 리볼버 권총을 가지고 내려와 정원에서 그 남편의 가슴에 총을 쏜 거지요. 이번 사건도 그와 똑같습니다. 물론 그 뒤에 숨어 있는 것을 많이 캐내야 했습니다. 때로는 우리의 눈을 가리려고 말도 안 되는 핑계를 대는 사람도 있지요. 그런데 우린 확정적인 증거를 확보할 때까지 그런 이야기를 믿는 체해 보이는 겁니다."

"당신은 크리스토 부인이 자기 남편을 죽였다고 아예 단정하시는군요."

포와로가 말했다.

그랜지가 놀란 눈으로 그를 쳐다보았다.

"그렇다면, 당신은 저와 생각이 같지 않으시다는 말씀이군요?"

"그 부인의 말이 맞을 수도 있지요." 포와로가 느릿느릿 말했다.

그랜지 경감이 어깨를 으쓱해 보였다.

"물론 그럴 수도 있겠지요. 그러나 그것은 속이 빤히 들여다보이는 변명에 불과합니다. 그리고 다른 사람들도 모두 그녀가 범인이라는 데 이의가 없어요. 우리보다 그녀를 잘 알고 있는 사람들이 그렇게 믿는 데 두말할 나위가 없지 않습니까?"

그랜지 경감은 도저히 이해가 안 된다는 표정으로 에르퀼 포와로를 쳐다보았다.

"선생님도 그 현장에 처음 도착했을 때는 그녀가 범인이라고 생각하셨겠죠?"

포와로는 눈을 반쯤 감았다. 오솔길을 따라 걸었지……거전이 앞에 걸어갔었고……저다 크리스토가 넋이 나간 표정으로 손에 권총을 들고 자기 남편을 내려다보고 있었지……그래, 그 순간 나도 그랜지의 말대로 그녀가 범인이라고 생각했었지. 아니, 범인은 아니더라도 해도 그녀가 총을 쏜 것 같은 인상은 받았어. 하지만, 그녀가 범인이라는 사실과 그런 인상을 받았다는 사실은 똑같을 수가 없다. 혹시 사람들에게 그런 인상을 주기 위해 일부러 꾸며진 장면은 아니었을까? 저다를 범인으로 몰기 위해 누군가가 함정을 파놓은 것은 아닐까? 저다 크리스토의 그 표정이 정말 자신의 남편을 금방 총으로 쏘아 죽인 여자의 표정 같았던가?

그랜지 경감은 그 점을 알고 싶어한다. 그 순간 에르퀼 포와로는 자신이 오랜 세월 동안 수많은 살인사건을 대해 왔지만 자기 남편을 금방 죽이고 난 여자의 얼굴은 한 번도 직접 본 적이 없다는 사실을 새삼스레 깨달았다.

그러자, 포와로는 뒤통수를 갑자기 한 대 얻어맞은 기분이었다.

그렇다면, 정말 그런 끔찍한 일을 저지른 여자의 표정은 어떤 것일까? 승리감? 공포? 만족감? 당황스러움? 공허함? 아마 그런 것 중의 하나이겠지.

문득 포와로가 정신을 차리고 보니 그랜지 경감은 쉬지도 않고 여전히 떠벌이고 있었다. 포와로는 그의 마지막 말은 알아들을 수 있었다.

"……사건의 내막을 캐고 싶다면 그 집 하인들을 구슬려서 알아내는 게 가장 빠른 방법이지요"

"크리스토 부인은 런던으로 돌아가게 되나요?"

"예. 런던에는 어린애들이 기다리고 있답니다. 그녀가 안심하고 돌아가도록 해줘야지요. 물론 우린 그녀가 눈치채지 못하게 그녀의 뒤를 미행할 생각입니다. 그 여자는 감쪽같이 해치웠다고 생각하는 것 같더군요. 좀 바보 같아 보이는 여자이긴 합니다만……"

모든 사람들이 그녀를 범인으로 생각한다는 것을 저다가 알고 있는지 포와로는 궁금해졌다. 저다 크리스토는 전혀 그런 사실을 눈치채지 못한 것 같았었다. 그녀는 둔해 보였고, 남편의 죽음으로 인해 정신이 하나도 없는 것처럼 보였었다.

그들은 좁은 골목길로 들어섰다.

이윽고 포와로는 자기 집 앞에서 발을 멈췄다.

그랜지가 말했다.

"이 집이 선생님 별장인가요? 아담한 게 좋군요. 자, 여기서 작별인사를 해야겠습니다. 포와로 씨, 도와주셔서 감사합니다. 앞으로 수사 상황을 때때로 제가 들려서 알려 드리겠습니다."

그랜지는 골목을 죽 훑어보았다.

"저 이웃집에는 누가 삽니까? 유명한 인물이 사는 것은 아니겠지요?"

"내가 알기로는 베로니카 크레이라는 여배우가 몇 주 전부터 살고 있다는군요."

"맞아요, 그녀가 도버코트스에 산다는 얘기를 들은 적이 있어요. '호랑이를 탄 숙녀'라는 영화에 그녀가 출연한 것을 본 적이 있는데, 아주 멋지더군요. 그러나 '내게 헤디 라마를 주세요.'라는 영화에서는 별로였어요. 난 너무 고상한 체하는 배우는 딱 질색이거든요."

그가 포와로를 보며 말했다.

"자, 전 볼 일이 조금 더 남아서 이만 돌아가야겠습니다. 안녕히 계십시오, 포와로 씨."

"헨리 경, 이것 좀 확인해 주시겠습니까?"

그랜지 경감은 탁자에 권총을 내려놓으며 기대에 찬 눈빛으로 헨리 경을 쳐다보았다.

"만져 봐도 되겠소?" 헨리 경이 약간 머뭇거리면서 물었다.

그랜지 경감은 고개를 끄덕였다.

"이 총은 물속에 빠졌기 때문에 지문은 아무것도 남아 있지 않습니다. 세이 버네이크 양이 실수해서 이 총을 떨어뜨리지만 않았더라면 참 좋았을 텐데요.

정말 유감스럽다고 말할 수밖에 없군요."

"그거야 그렇겠지요. 그러나 그때는 정말 긴장된 순간이었다오. 특히 그런 경우 여자들은 당황해서 실수를 하기 마련이잖소? 어, 그래서 총을 떨어뜨린 것일 게요."

그랜지 경감이 다시 고개를 끄덕이며 말했다.

"세이버네이크 양은 나이에 비해 상당히 침착하고 과감한 성격인 것 같더군요."

평범한 말이었지만 그의 말 속에는 어딘가 모르게 가시가 들어 있었다. 그래서, 헨리 경은 그랜지 경감의 얼굴을 흘끗 쳐다보았다.

그랜지 경감은 계속 말했다.

"자, 헨리 경, 확인 좀 해주시지요."

헨리 경은 탁자 위의 권총을 들고 이리저리 살펴보았다. 그는 권총에 새겨져 있는 번호와, 겉장이 가죽으로 된 수첩에 가득 기록되어 있는 번호들을 하나씩 대조해 보았다. 이윽고 수첩을 덮고 한숨을 쉬면서 헨리 경이 말했다.

"아, 맞아요. 이 총은 내 것이오."

"이 총을 마지막으로 보신 게 언제였습니까?"

"어제 오후였소. 우리는 어제 정원에서 사격을 했고, 이 총은 어제 사용한 총들 중 하나요."

"그렇다면, 직접 이 총을 쏜 사람은 누구였습니까?"

"적어도 한 번씩은 다 쏘았을 거요."

"크리스토 부인도 포함해서 말인가요?"

"그렇소."

"사격을 다 마친 뒤에는요?"

"평소 내가 보관하는 곳에 갖다 넣었소. 바로 여기요."

헨리 경은 커다란 책상에 달려 있는 서랍을 잡아당겼다. 서랍 속에는 총들이 반쯤 차 있었다.

"헨리 경께선 총을 아주 많이 갖고 계시는군요."

"총을 모으는 것은 오래전부터 시작했소. 이건 내 유일한 취미요!"

그랜지 경감은 눈을 들어 할로윈 제도의 옛 총독이었던 헨리 경의 얼굴을 유심히 살폈다. 훌륭한 풍채를 지닌 저명인사, 남을 부리는 데 익숙해 있는 사람, 지금의 경찰서장과 아주 비슷한 사람. 사실 그랜지 경감은 헨리 경이 일드서 군의 경찰서장이라는 사실을 대수롭지 않게 여기고 있었다. 그의 생각에 헨리 경은 하찮은 일에도 법석을 떨며 부하들을 달달 볶아대는 폭군인 동시에, 자기보다 높은 사람한테는 꼴불견일 정도로 알랑거리는 아첨꾼이었을 거라고 생각했다. 그랜지 경감은 그런 생각을 머릿속에서 떨쳐 내려고 애쓰며 하던 질문을 계속했다.

"그 권총을 도로 이 서랍에 갖다 넣었을 때 그 속에 총알이 들어 있지는 않았겠지요?"

"확실히는 모르겠소."

"평상시에 총알은 어디에 보관하고 계십니까?"

"여기오."

헨리 경은 조그만 서류함 속에서 열쇠를 꺼내어 책상 밑쪽에 달려 있는 한 서랍을 열어 보았다.

'아주 쉽군.' 그랜지는 생각했다.

존 크리스토의 아내는 총알이 있는 장소를 알아두었다가 아무도 몰래 이 방에 들어와 권총과 총알을 가져갔으리라. 정말 무서운 건 여자의 질투심이라는 말이 맞아. 그는 십중팔구 여자의 질투심에서 이번 사건이 일어났다고 단정 지었다. 앞으로 좀더 철저하게 주변 인물들을 조사하게 되면 명백한 증거를 찾게 되겠지. 난 지금까지 수사 법칙대로 잘 해왔어.

그랜지는 자리에서 일어났다.

"협조해 주셔서 대단히 감사합니다, 헨리 경. 검시 재판 날짜는 나중에 알려 드리겠습니다."

제13장

그들은 저녁식사로 차가운 오리 요리를 먹었다. 디저트로는 메드웨이 부인이 특별히 솜씨를 발휘해서 만들었다는 캐러멜 커스터드가 나왔다.

레이디 앙카텔은 음식의 맛에 따라 참으로 다양한 느낌을 맛볼 수 있다고 말했다.

"오늘 같은 날 우리에게 알맞은 음식은 캐러멜 커스터드야. 물론 우리의 친구가 죽은 지 몇 시간도 채 안 되는데 우리가 맛있는 푸딩을 먹고 있다는 것은 매정하게 보일지도 몰라. 하지만, 캐러멜 커스터드만큼 부담을 느끼지 않고 먹을 수 있는 음식도 별로 흔하지 않아. 내 말은 입맛이 없더라도 이건 매끄럽기 때문에 목구멍엘 잘 넘어간다는 거지. 그래서, 거의 다 먹어치울 수가 있지."

레이디 앙카텔은 한숨을 내쉬며 저다가 런던으로 돌아가도록 한 일이 좋은 결실을 맺었으면 좋겠다고 말했다.

"헨리가 그녀를 따라간 것은 잘한 일이야."

저다가 런던으로 출발하기 전에, 헨리 경이 저다를 집까지 차로 데려다 주겠다고 자청했던 것이다.

"물론, 저다는 검시 재판 때문에 다시 여기 내려와야 될 거야."

마치 캐러멜 커스터드의 맛을 음미라도 하듯이 조금씩 입에 떠넣으며 레이디 앙카텔은 말을 계속했다.

"이 소식을 듣고 그 집 애들이 충격을 받지는 말아야 할 텐데. 저다도 그 점을 걱정하는 눈치었어. 그 애들은 이미 신문을 보았거나, 아니면 프랑스인 가정교사에게서 얘기를 들었을지도 몰라. 그렇다면 얼마나 놀랐을까! 아마도 차에 쾅 하고 부딪친 느낌이었을 거야. 헨리는 저다의 마음을 잘 달래 줄 거야. 그리고 저다도 곧 마음의 평정을 되찾게 되겠지. 아마도 저다는 친척들에게 연락을 해서 누군가를 오라고 하겠지. 내 생각에는 그녀의 언니들을 부를 것 같아. 저다에게는 분명히 언니가 서너 명 있을 거라는 생각이 든단다. 그리고 그 언니들은 모두 턴브리지 웰스에서 살고 있을 거야."

"아주머니는 별걸 다 생각하고 계시네요." 미지가 말했다.

"음, 미지 네 생각은 어떠니? 토키(잉글랜드 남해안 데번 군의 해안도시)에 살고 있을까? 아냐, 토키는 분명 아냐. 만일 그들이 토키에 살고 있다면 최소한 예순다섯 살은 되었을 거야. 그러니까 거기는 아냐. 아마 이스트본이나 세인트 레너즈에 살고 있을지도 몰라."

레이디 앙카텔은 한 숟가락 남은 캐러멜 커스터드를 내려다보다가 그대로 스푼을 내려놓았다.

단 음식을 좋아하는 데이비드는 이미 접시를 깨끗이 비우고 우울해 보이는 얼굴로 앉아 있었다.

레이디 앙카텔이 자리에서 일어나서는 말했다.

"오늘 밤은 모두 일찍 자고 싶을 거야. 오늘 하루 동안에 너무 많은 일이 생겼어. 그렇지? 이런 일을 직접 겪어 보지 않은 사람들은 그 고충을 모를 거야. 난 지금 15마일은 걸은 것 같아. 사실은 아무것도 하지 않고 그냥 앉아 있기만 했는데도 말이야. 물론 앉아 있는 것도 힘들긴 하지. 난 평소에도 잔인한 내용의 기사는 딱 질색인 사람인데, 이런 끔찍한 일이 내 눈앞에서 벌어졌으니 그냥 앉아 있는 것도 힘들 수밖에! '옵저버' 지(紙)는 대체로 수준 있는 기사를 싣는데 반해, '세계의 뉴스' 지(紙)는 약간 천박하고 자극적인 내용을 많이 싣고 있지. 데이비드, 너도 그렇게 생각하니? 요즘 젊은이들의 생각은 어떤지 알고 싶구나. 그래야 세상 돌아가는 것도 알게 되지."

데이비드가 자기는 '세계의 뉴스'라는 신문은 한 번도 읽은 적이 없다고 퉁명스럽게 대답했다.

"난 항상 읽는단다." 레이디 앙카텔이 말했다.

"우리 하인들이 본다는 핑계로 그 신문을 구독하고 있지. 그러나 거전이 눈치가 빨라서 우리가 그 신문을 다 읽을 때까지는 신문을 가져가지 않는단다. 그 신문에는 별의별 이야기가 다 실려 있어. 특히 오븐의 가스를 틀어놓고 자살하는 여자들의 얘기가 많이 실려 있지. 그런 사람들이 굉장히 많은 가 봐!"

"미래의 주택에서 가스 대신 모두 전기를 사용하게 되면 그 여자들은 어떤 방법으로 자살할까요?"

에드워드 앙카텔이 웃으며 물었다.

"아마도 가전기기들을 최대한 이용하려 들겠지. 훨씬 더 똑똑한 방법으로 말이야."

그때 데이비드가 끼어들었다.

"미래의 주택에서 가스 대신 모두 전기를 사용하게 된다는 말은 맞지 않아요. 그러나 중앙 공급식의 난방장치는 모두 전기를 이용하게 될 거예요. 특히, 노동자 계급의 주택은 가사노동을 줄이기 위해서 그렇게 될 확률이 아주 높죠."

그 말에 에드워드 앙카텔은 서둘러 자신이 그 문제에 대해서는 깊이 아는 게 없으며, 아까 자기가 한 얘기는 단순히 그냥 해본 소리에 불과하다고 말했다. 데이비드의 입술이 그를 경멸한다는 투로 치켜 올려졌다.

그때, 거전이 커피를 가져왔다. 그는 존의 죽음을 애도하는 표시로 평상시보다 약간 느린 동작으로 각 사람의 컵에 커피를 따라 주었다.

"참, 거전." 레이디 앙카텔이 말했다.

"내 정신 좀 봐. 아까 달걀에 날짜를 적는다고 해놓고 그만 깜박 잊어버렸네. 거전, 메드웨이 부인에게 달걀에 날짜 좀 적어 놓으라고 시키세요."

"마님, 그건 걱정하시지 않으셔도 됩니다." 거전이 목청을 가다듬었다.

"제가 이미 그렇게 하도록 시켰으니까요."

"정말 고마워요, 거전."

거전이 방에서 나가자 레이디 앙카텔이 중얼거렸다.

"정말로 거전처럼 누가 꼭 시키지 않아도 자기가 알아서 일을 척척 처리하는 사람도 없다니까. 하인들 모두 잘 참아내고 있는 걸 보면 참 신기하단 말이야. 경찰 조사를 받는 일이 그들에게 얼마나 끔찍한 일인지를 난 충분히 이해하거든. 그건 그렇고, 아직도 남아 있는 사람이 있나?"

"경찰 말인가요?" 미지가 물었다.

"그래, 보통 이런 사건에서는 주변 인물을 감시할 사람이 집에 한 명 남아 있는 거 아니냐? 아니면, 숲 속에 숨어서 이 집 현관을 감시하고 있던가."

"왜 감시한다는 거죠?"

"나도 확실히는 몰라. 하지만, 책에는 그렇게 되어 있어. 경찰이 그렇게 감시를 하는데도 그날 밤 또 한 명이 살해를 당한다—뭐, 그런 식이지."

"제발, 루시." 미지가 말했다.

레이디 앙카텔이 놀란 눈빛으로 그녀를 쳐다보았다.

"미지, 정말 미안하구나. 내가 너무 바보 같은 말을 했어. 그건 책에 나온 이야기지 사실이 아냐. 이제 우리를 쏴 죽일 사람이 누가 있겠니? 저다는 집으로 갔는데 뭘 걱정하니? 내 말은……, 어머, 헨리에타. 미안하다. 내가 그런 뜻으로 말한 것은 아니었어."

그러나 헨리에타에게서는 아무 대답도 없었다. 그녀는 둥근 테이블 옆에서 어젯밤에 기록해 놓은 브리지 점수판을 내려다보고 서 있었다.

그녀는 루시의 말에 깜짝 놀란 표정으로 얼굴을 들면서 말했다.

"죄송해요, 루시. 지금 뭐라고 하셨어요?"

"경찰관 한두 명 남아 이곳을 감시할지도 모른다는 얘기를 했단다."

"팔다 남은 물건처럼 말이죠? 그렇지 않은 것 같던데요. 그 사람들은 모두 한 사람도 남김없이 경찰서로 돌아갔어요. 아마 조서를 작성하기 위해서겠죠."

"헨리에타, 뭘 보고 있는 거지?"

"아무것도 아니에요."

헨리에타가 벽난로 쪽으로 걸어갔다.

"오늘 밤 베로니카 크레이가 어떻게 할 것 같으세요?" 그녀가 물었다.

당황스러워하는 빛이 레이디 앙카텔의 얼굴을 스쳐 지나갔다.

"헨리에타, 넌 그녀가 다시는 여기에 오지 않을 거라고 생각하는구나. 지금쯤 그 여자도 소식을 들었겠지."

"아마도 그렇겠죠?" 헨리에타가 생각에 잠긴 표정으로 말했다.

"그러고 보니 깜박 잊어버릴 뻔했네." 레이디 앙카텔이 말했다.

"케리 씨댁에 전화를 걸어 줘야지. 오늘 이런 사건이 벌어졌는데 하루도 채 안 되어 내일 점심식사에 그 사람들을 초대할 수는 없잖아."

레이디 앙카텔은 전화를 걸기 위해서 방을 떠나갔다.

친척들과 어울리기를 매우 싫어하는 데이비드는 대영백과사전이나 찾아봐야겠다고 중얼거렸다. 혼자 조용히 시간을 보내기에는 서재가 가장 나을 것 같다고 그는 생각했다.

헨리에타는 프랑스식 유리문을 열고 밖으로 나갔다. 그것을 본 에드워드는 잠시 머뭇거리다가 그녀의 뒤를 따라 나갔다.

"어젯밤하고는 달리 날씨가 쌀쌀하죠?" 그녀가 말했다.

헨리에타가 그에게 말을 먼저 건 사실이 기뻐서 에드워드는 즐거운 목소리로 말했다.

"맞아, 아주 으스스하게 추운데."

그녀는 집을 마주보고 서서 창문들을 하나씩 훑어보았다. 그러고 나서 그녀는 몸을 돌려 컴컴한 숲 속을 한참 바라보고 서 있었다. 에드워드는 지금 헨리에타가 무슨 생각을 하고 있는지 도저히 종잡을 수가 없었다. 에드워드는 열린 문을 향해 한 걸음을 내디뎠다.

"들어가는 게 낫겠어. 날씨가 너무 추워."

헨리에타가 고개를 저었다.

"전 수영장까지 산책 좀 하고 들어갈래요."

"오, 헨리에타." 에드워드가 재빨리 그녀 앞으로 다가섰다.

"나도 함께 가겠어."

"아니에요, 에드워드!"

그녀의 목소리가 차가운 공기를 날카롭게 갈랐다.

"전 죽은 존과 함께 있고 싶을 뿐이에요."

"헨리에타! 제발! 내가 말은 안 했지만 얼마나 가슴 아프게 생각하는지 당신은 알 거야."

"가슴이 아프다고요? 존이 죽어서요?" 그녀의 어조는 여전히 날카로웠다.

"내 말은……, 당신 때문에 가슴이 아프다는 거야, 헨리에타. 당신이 이 일로 인해 얼마나 충격을 받았는지 난 알아."

"충격? 천만에요, 에드워드. 난 강인한 여자예요. 이런 일로 쓰러지진 않아요. 당신에게는 충격이었나요? 아마 기뻤겠죠. 당신은 존 크리스토를 싫어했으니까."

에드워드가 중얼거렸다.

"그 사람과 난……, 공통점이 없어."

"말은 그럴듯하군요! 하지만, 그건 핑계에 불과해요. 솔직히 얘기해 볼까요. 당신들 두 사람에게 공통되는 게 하나 있긴 있었죠. 나요! 두 사람 모두 나를 좋아했었어요. 그렇죠? 단지 그것 때문에 두 사람은 서로 적대감을 느끼게 된 거라고요!"

그때 짙은 구름 사이로 달이 얼굴을 내밀었다. 그녀의 얼굴이 똑똑하게 보였다. 에드워드는 무심코 그녀의 얼굴을 쳐다보다가 깜짝 놀랐다. 그의 마음속에 자리 잡고 있는 헨리에타는 에인스웍 저택에서 알았던 항상 웃음이 끊이지 않는 명랑한 아가씨이자 희망으로 반짝이는 눈빛을 지닌 아름다운 소녀였었다. 그런데, 지금의 헨리에타는 그렇지가 않았다. 순간적으로 이방인이라는 느낌이 그의 가슴에 파고들었다. 그 눈빛은 여전히 반짝이고 있었지만, 냉랭하게 그를 노려보고 있었다.

에드워드는 간절한 심정으로 말했다.

"헨리에타, 제발! 당신이 슬퍼하는 것을 정말 가슴 아프게 생각해. 이건 진심이야."

"제가 슬퍼한다고요?"

그녀의 말에 에드워드는 놀란 표정으로 헨리에타를 쳐다보았다. 에드워드에게 한 말이라기보다는 차라리 그녀 자신에게 물어보는 말 같았기 때문이다.

헨리에타는 나지막하게 말했다.

"죽음이 어느 때, 어떤 모습으로 우리를 찾아올지는 아무도 모르죠. 하지만, 분명한 것은 너무나 순식간에 닥쳐온다는 거예요. 살아 숨 쉬는 매 순간마다 죽음의 그림자는 항상 우리를 따라다니죠. 죽음이란 무엇인가요? 사라져 버린다는 건가요? 죽음 뒤엔 무엇이 오죠? 공허함이에요. 맞아요. 이 공허함을 어떻게 말로 표현할 수 있겠어요! 그런데, 우리 모두는 우리 자신이 죽지 않았다고 해서 한 죽음을 옆에 두고서도 캐러멜 커스터드를 먹으며 희희낙락했어요.

누구보다도 더 생의 의욕에 차 있던 존, 그 존은 이제 차가운 시체가 되어 누워 있는데 말이에요. 전 죽음이라는 단어를 몇 번이고 되뇌었어요. 죽음, 죽음, 죽음, 죽음, 죽음. 그러나 아무런 뜻도 없는 단어일 뿐이에요. 결코 어떤 의미를 지닌 게 아니에요. 단지 썩은 나뭇가지가 꺾인 것과 조금도 다를 바 없는 것이 죽는다는 것이라고요. 그러니 죽음이란 단어도 그렇게 대단한 말은 못되죠. 죽음, 죽음, 죽음, 죽음. 마치 정글 속에서 들려오는 북소리 같죠? 죽음, 죽음, 죽음, 죽음, 죽음……."

"헨리에타, 그만! 제발, 그만해 둬!"

그녀가 이상하다는 표정으로 그를 쳐다보았다.

"제가 그렇게 느낀 게 잘못인가요? 아니면, 당신이 생각하고 있는 것과 다르다는 건가요? 그렇다면, 제가 어떻게 하길 바랐나요? 예쁜 손수건이 흠뻑 젖도록 흐느껴 울고 앉아 있으면 당신이 내 곁에 와서 위로라도 해주겠다는 건가요? 존의 죽음이 충격적인 사건이긴 하지만, 당신이 내 곁에 있어서 얼마나 힘이 되는지 모르겠다는 말이 내 입에서 나오길 바랐나요?……에드워드, 당신은 좋은 사람이에요. 정말 좋은 사람이에요. 그러나 당신은 아니에요. 제가 필요로 하는 사람은 당신이 아니에요!"

에드워드가 뒤로 한걸음 물러섰다. 딱딱하게 굳은 표정으로 헨리에타를 쳐다보며 그가 간신히 입을 열었다.

"나도 알고 있어."

헨리에타는 격한 목소리로 계속 이야기를 해나갔다.

"그렇게 갑작스레 존이 죽어 버렸는데도 슬퍼하거나 마음 아파한 사람은 저다와 저밖에 없었어요. 모두들 죽은 존에 대해서는 조금도 아랑곳하지 않았어요. 당신은 기뻐하는 것 같았고, 데이비드는 낭패한 표정이었으며, 미지는 무언가를 고민하는 것 같았어요. 더군다나 루시는 이번 사건이 '세계의 뉴스' 지에 크게 기사화되어 나올 거라는 사실을 은근히 즐기고 있는 것 같았다고요! 이 모든 것이 악몽 같다는 생각이 들지 않으세요?"

에드워드는 아무 말도 하지 않았다. 단지 한 발걸음 더 뒤로 물러섰을 따름이다. 그의 모습이 그늘에 가려졌다.

그를 똑바로 쳐다보며 헨리에타가 말했다.

"오늘 밤 제 눈에는 아무것도 안 보여요. 어느 누구도 살아 있는 사람처럼 보이지 않는군요. 하지만, 존만은 그 반대예요."

에드워드가 조용히 말했다.

"알고 있어……, 당신 눈에는 내가 죽은 사람처럼 보이겠지."

"제가 너무 흥분했나 봐요, 에드워드 하지만, 참을 수가 없었어요. 그렇게도 생의 의욕에 차 있던 존이 이처럼 허무하게 죽어 버렸다고 생각하니 원통할 뿐이에요."

"그리고 죽은 바와 다름없는 내가 살아 있다는 게 원통하겠지."

"에드워드, 그런 뜻이 아니었어요."

"내 귀에는 그렇게 들렸어, 헨리에타. 아마 당신 말이 옳을지도 모르지."

그러나 헨리에타는 그의 말을 듣고 있지 않았다. 그녀는 생각에 잠긴 표정으로 엉뚱한 얘기를 하고 있었다.

"그건 슬픔이 아니에요. 전 슬픔이라는 것을 느낄 수 없는 여자인 것 같아요. 평생 그럴 것 같다는 생각이 드는군요. 그러기 때문에, 전 차라리 존의 죽음을 슬퍼할 수 있다면 좋겠어요."

에드워드는 그녀가 지금 무슨 말을 하는지 도저히 이해가 되지 않았다. 어디 먼 나라에서 생소한 언어로 말하는 것 같았다. 그런데, 갑작스레 헨리에타가 사무적인 어조로 말을 덧붙였다. 그 어조의 변화가 너무나 심했기 때문에 에드워드는 더더욱 놀랐다.

"전 수영장에 가봐야 해요."

헨리에타는 숲 속으로 사라져 갔다.

에드워드는 잠시 그 뒷모습을 바라보다가 딱딱하게 굳은 모습으로 열린 유리문을 향해 걸음을 옮겼다.

미지는 에드워드가 넋 나간 표정으로 들어오는 것을 보았다. 그의 얼굴은 백짓장처럼 창백했다. 미지는 심장이 마구 뛰려는 것을 간신히 억제했다.

그러나 에드워드는 그 방에 미지가 있는지조차도 모르는 것 같았다.

에드워드는 거의 기계적으로 의자에 가서 앉았다. 휑하니 뚫린 가슴에 찬바람이 몰아치는 듯한 심정으로 그가 중얼거렸다.

"추워."

"에드워드, 많이 추우세요? 우리, 아니 제가 불을 피울까요?"

"뭐?"

미지는 벽난로 위에 선반에서 성냥 한 갑을 꺼냈다. 그러고는 벽난로 앞에 무릎을 꿇고 앉아 성냥을 그어 불을 지폈다. 미지는 에드워드의 옆모습을 주의 깊게 살펴보았다. 이 세상일은 모두 잊어버린 사람 같다는 느낌이 들었다.

"불은 참 멋져요. 사람을 따뜻하게 해주니까요." 그녀가 말했다.

그의 모습이 너무 추워 보인다고 그녀는 생각했다. 바깥 공기가 쌀쌀하다고는 하지만 저렇듯이 춥지는 않을 텐데. 아, 헨리에타 때문이야! 도대체 헨리에타가 뭐라고 했기에 에드워드가 저럴까?

"에드워드, 의자를 좀더 이리로 당기세요. 여기가 따뜻해요."

"뭐라고."

"아무것도 아니에요. 불 가까이로 오시라고요."

미지는 마치 귀머거리에게 말하는 것처럼 큰 목소리로 또박또박 말했다.

그 순간 그녀는 안도의 한숨을 길게 내쉬었다. 에드워드! 에드워드가 본래의 모습으로 돌아와 부드러운 미소를 지으며 그녀를 바라보았기 때문이다.

"미지가 지금 나한테 얘기한 거지? 미안해, 내가 뭘 좀 생각하느라고 못 들었어."

"괜찮아요. 이리 불 곁으로 오세요."

벽난로에서는 솔방울과 장작들이 소리를 내며 활활 타오르고 있었다.

에드워드는 그것을 물끄러미 바라보다가 말했다.

"불꽃이 참 아름답군."

그는 긴 다리와 손을 내밀어 불을 쬐었다. 그러자 온몸을 꽉 채웠던 긴장이 서서히 풀리는 것을 느꼈다.

"에인스윅 저택에서는 항상 솔방울을 태웠었죠." 미지가 말했다.

"지금도 여전히 그래. 매일 솔방울을 한 광주리씩 태우는 걸."

미지는 눈을 반쯤 감고 에인스윅 저택에서 생활하는 에드워드의 모습을 마음속에 그려 보았다. 지금쯤이면 대개 집의 서쪽에 있는 서재에 앉아 있으리라. 그 서재의 한쪽 창문 앞에는 잎이 무성한 매그놀리아(목련과에 속한 나무)가 한 그루 서 있어서 날씨가 화창한 오후가 되면 온 방 안이 연둣빛으로 변하곤 했었다. 서재의 다른 창문을 통해서는 잔디밭이 내다보였고, 멀리 키가 큰 웰링토니아가 보초처럼 서 있었으며, 그 오른쪽에는 거대한 너도밤나무가 서 있었다.

오, 에인스윅! 에인스윅! 9월에 꽃이 피는 매그놀리아는 지금쯤 하얗고 탐스러운 꽃송이들을 가득 달고서 온 집 안에 달콤하고 그윽한 향기를 풍기고 있겠지. 그리고 벽난로 속에서는 솔방울이 탁탁 소리를 내며 타오르고 있겠지. 에드워드는 안장 모양의 안락의자에 파묻혀 곰팡내가 약간 배어 있는 책을 읽고 있으리라. 열심히 책을 읽다가는 가끔씩 시선을 들어 벽난로에서 타오르는 불길을 바라보며 멀리 떨어져 있는 헨리에타를 마음속에 그려 보겠지.

순간 미지가 몸을 움찔하며 물었다.

"헨리에타는 어디 있어요?"

"풀장에 갔어."

미지가 물끄러미 그의 얼굴을 쳐다보았다.

"왜요?"

눈에 띌 정도로 갑자기 낮아진 그녀의 목소리에 에드워드는 정신이 번쩍 드는 느낌이었다.

"미지, 너도 알고 있는 사실이겠지만, 저—헨리에타와 크리스토는 아주 각별한 사이였어."

"물론, 그 사실은 저도 알고 있어요. 제 말은 지금 이 시간에 헨리에타가 왜 존이 죽은 장소에 갔느냐는 거죠. 그건 헨리에타답지 않은 행동이에요. 헨리에타는 결코 감상적인 여자가 아니거든요."

"그렇게 딱 부러지게 말할 수 있을까? 열 길 물속은 알아도 한 길 사람 속은 모르겠다는 말이 있잖아."

미지가 눈살을 찌푸리며 말했다.

"뭐라고 해도, 에드워드와 난 오랫동안 헨리에타를 알아왔잖아요."

"헨리에타는 변했어."

"그럴 리가 있나요? 사람의 성격은 그렇게 쉬이 변하지 않는 법이에요."

"어떻든 헨리에타는 변했어."

미지가 호기심 어린 눈길로 그를 쳐다보았다.

"에드워드와 나, 우리 두 사람보다 더요?"

"난 여전히 그대로야. 그건 분명한 사실이야. 그리고 미지, 넌……."

그의 시선이 갑자기 벽난로 불 옆에 무릎 꿇고 앉아 있는 미지에게로 가서 머물렀다. 각이 진 턱과 검은 눈동자, 그리고 단호한 입술을 지닌 미지의 얼굴이 아주 낯설게 보였다. 에드워드가 말했다.

"미지, 우리가 좀더 자주 만날 수 있으면 좋겠는데."

미지가 미소를 지으며 말했다.

"저도요. 요사이는 자주 만나기가 쉽지 않군요."

그때 밖에서 인기척이 들려왔다. 그러자 에드워드는 자리에서 일어섰다.

"루시 말이 맞았어." 그가 말했다.

"아주 피곤해. 살인 현장을 직접 목격한다는 것 자체가 피곤한 일이군. 가서 자야겠는데. 잘 자."

그가 방을 떠나자마자 곧 헨리에타가 유리문으로 들어왔다.

미지가 몸을 돌려 헨리에타의 얼굴을 정면으로 마주 보았다.

"도대체 에드워드에게 무슨 말을 했니?"

"에드워드?"

헨리에타는 넋 나간 표정으로 이마를 잔뜩 찌푸리고 있었다. 아마도 무슨 생각에 골똘히 잠겨 있는 것 같았다.

"그래, 에드워드 말이야. 아까 새파랗게 질린 모습으로 들어왔어. 너무 비참해 보이더라."

"미지, 넌 그렇게 에드워드에게 관심이 많으면서 왜 가만히 있는 거니?"

"가만히 있다고? 무슨 뜻이지?"

"나도 몰라. 의자 위에 서서 소리라도 쳐봐. 그 사람의 관심을 끌게 될지 누가 아니, 에드워드 같은 사람한테는 그런 방법만이 먹혀들 거야."

"에드워드는 너 아닌 딴 사람한테는 눈길도 한 번 주지 않을 사람이야. 그 사람은 헨리에타 너밖에 몰라."

"그러니까 미련한 사람이지."

창백하게 질린 미지의 얼굴을 보고 헨리에타가 속으로 자신을 나무라며 혀를 찼다.

"내 말이 너한테 상처를 입혔다면 정말 미안해. 그러나 오늘 밤에는 정말 에드워드가 싫어."

"에드워드를 싫어한다고? 그럴 리 없어."

"아냐, 정말이야. 난 그 사람이 싫어. 넌 몰라ㅡ."

"뭘?"

헨리에타가 느릿느릿 말했다.

"그 사람을 보면 내가 잊고 싶어 하는 것들이 자꾸 생각이 난단 말이야."

"그게 뭔데?"

"글쎄, 에인스윅 저택도 그중 하나라고 할 수 있지."

"에인스윅 저택? 네가 정말 에인스윅 저택을 잊고 싶어 한다는 말이니?"

미지가 도저히 믿기지 않는다는 투로 거듭해서 물었다.

"정말이고말고, 틀림없이 그래! 에인스윅 저택에서 난 행복하게 지냈었지. 그러나 지금 이 순간에 그 옛날 행복했던 추억을 떠올리고 싶지는 않아. 내 마음을 이해 못 하겠니? 난 이제 결코 장밋빛 미래를 꿈꾸던 철부지 어린 소녀로 되돌아갈 수는 없어. 처음부터 행복을 추구하지 않는 사람들이야말로 이 세상에서 가장 현명한 사람이라는 것을 깨달았어. 난 바보였지."

헨리에타가 격한 어조로 말했다.

"난 죽어도 에인스윅 저택에는 돌아가지 않아."

미지가 천천히 말했다.

"정말 그렇게 될까?"

제14장

월요일 아침, 미지는 문득 잠이 깨었다.

잠시 몽롱하게 그대로 누워 미지는 방문 쪽을 쳐다보았다. 은연중 그녀는 레이디 앙카텔이 나타나기를 고대하고 있었던 것이다. 지난 금요일 새벽에 루시가 바람같이 들이닥쳐서 한 말이 있었는데 그게 뭐였더라?

힘든 주말이 될 거라고 걱정을 했던가? 아니면, 무언가 기분 나쁜 일이 생길 거라고 했었던가? 맞아, 기분 나쁜 일이 생겼었지.

지금 미지의 마음속 어딘가에는 알지 못할 시커먼 구름이 자리 잡고 있었다. 그래서 몸과 마음이 다 같이 찌뿌듯했다. 그게 뭘까? 기억하고 싶지 않은 것, 생각해 내기를 무의식적으로 꺼려하는 것, 그것이 뭐지? 에드워드와도 관계가 있는 것이었는데 왜 이렇게 몽롱할까?

순간 그녀는 정신이 번쩍 들었다. 얘기만 들어도 토할 것 같은 구역질나는 단어, 살인!

"아니야." 미지가 속으로 부르짖었다.

"그럴 리가 없어. 그건 꿈이야. 난 꿈을 꾸고 있었던 게 분명해. 존 크리스토가 총에 맞아 피를 흘리며 풀장 옆에 쓰러져 있었어. 붉은 피와 푸른 물. 마치 추리소설의 제목 같잖아. 도저히 상상도 할 수 없는 일이야. 맞아, 우리에게 그런 끔찍한 일이 일어날 리는 없어. 여기가 에인스윅 저택이라면 얼마나 좋을까! 에인스윅 저택에서는 이런 일이 일어날 턱이 없지!"

이마를 지끈지끈 누르던 고통이 위로 옮겨 갔다.

살인사건은 꿈이 아니었다. 실제로 그녀의 눈앞에서 일어난 사건이었다. 남의 나라 얘기로만 여겼던 '세계의 뉴스' 지 기사들과 같은 내용의 사건이 실제로 어제 일어났던 것이다. 그뿐만 아니라 마치 자신과 에드워드, 루시, 헨리,

그리고 헨리에타가 모두 그 사건에 연루되어 있는 것이다.

저다가 자기 남편을 쏘아 죽인 것이라면 그들과는 아무 상관도 없는 사건인데, 그들까지 함께 조사를 받아야 한다는 것은 부당한 일이라고 미지는 생각했다.

미지는 사시나무 떨듯이 몸을 떨었다. 굉장한 고통이 그녀를 엄습했다.

조용하고 약간 바보스러운 저다, 그래서 연민의 정을 자아내는 여자. 저다와 멜로드라마, 아니 저다와 폭력, 미지는 도저히 이 두 가지를 동시에 연상할수가 없었다.

분명히 저다는 사람을 쏘아 죽일 만한 여자가 못 된다는 생각이 그녀의 머리에 떠오르는 것을 막을 수가 없었다. 그러자 마음속에 웅크리고 있던 검은 의혹의 구름이 점점 커지기 시작했다.

아니야, 아니야, 그런 생각을 하면 안 돼. 저다 외에 그 누가 존을 쏘아 죽일 수 있단 말인가? 움직일 수 없는 명백한 증거로 저다는 손에 총을 들고 죽은 존 옆에 서 있었는데. 그녀는 헨리의 서재에서 그 리볼버 권총을 꺼내온게 분명해. 저다 말로는 존이 쓰러져 있는 것을 보고 그 권총을 집어들었다고 했지. 당연히 그녀로선 그렇게밖에 말할 수 없었을 거야. 사람들의 동정을 받기 위해선 그럴 수밖에 없지.

그런데, 이상한 건 헨리에타의 행동이었어. 헨리에타는 저다를 감싸 주려고 하는 것 같았거든. 헨리에타는 저다의 말을 그대로 믿는 눈치였어. 그건 헨리에타답지 않아. 아마도 존의 죽음이 가져다준 충격이 꽤 컸던 탓일 게다.

가엾은 헨리에타! 존을 그렇게도 좋아했던 헨리에타.

하지만, 그녀는 곧 그 충격과 슬픔을 극복하게 될 것이다. 헨리에타는 그보다 더 큰 장애물도 잘 극복한 사람이니까. 그러고 나면 그녀는 에드워드와 결혼하여 에인스윅 저택에서 가정을 꾸미게 되리라. 에드워드는 행복해 하겠지.

본래 헨리에타와 에드워드는 열렬히 사랑하는 사이였었다. 그런데 그 두 사람 사이에 틈이 가기 시작한 건 순전히 존 때문이었다. 적극적이고 활달한 성격의 존은 내성적인 성격의 에드워드에 비하여 모든 면에서 두드러져 보였다.

그날 아침 미지는 아침식사를 하기 위해 식당에 내려갔다가 그동안 존에게 가려 빛을 보지 못했던 에드워드가 그 특유의 매력을 발휘하고 있는 것을 보고 놀랐다. 에드워드의 표정은 자신감에 차 있었다. 의기소침하던 모습은 어딘가 사라지고 없었다. 에드워드는 즐거운 표정으로, 얼굴을 찡그리고 퉁명스럽게 대꾸하는 데이비드에게 열심히 이야기를 하고 있었다.

"데이비드, 에인스윅에 좀 자주 오거라. 거기서는 네 마음대로 지내도 좋으니까 언제든지 찾아오렴."

마멀레이드(오렌지, 레몬 등의 잼)를 먹으며 데이비드는 쌀쌀하게 대꾸했다.

"이렇게 큰 저택이 한 사람만의 소유라는 것은 너무 불공평해요. 가난한 소작인들과 공평하게 나누어 가져야죠."

"내가 살아 있을 동안은 그런 일이 일어나지 않도록 기도해야겠다."

에드워드가 웃으며 말했다.

"지금 우리 집의 소작인들은 자기 처지에 만족하고 있단다."

"그럴 리가 없어요." 데이비드가 말했다.

"지금 그런 처지에 만족하는 사람이 어디 있겠어요?"

"'원숭이들이 꼬리를 잘라내지 않았다면……'"

찬장 옆에 서서 콩팥 요리를 멍하니 내려다보던 레이디 앙카텔이 중얼거렸다.

"이건 내가 유아원에서 배운 시야. 그런데 어떻게 계속되는지는 생각이 안 나는구나. 데이비드, 너에게서 새로운 사상에 대해 좀 배워야겠다. 우린 소작인들을 부릴 수밖에 없어. 하지만, 우린 그들이 평생 무료로 병원에서 치료를 받을 수 있도록 해주고, 동시에 그 자식들이 특수교육을 받도록 해주지. 그래서, 학교에는 가난한 소작인들의 자식들이 우글거린단다. 갓난애들에게는 냄새가 좀 고약하긴 하지만 몸에 이로운 간유를 먹이곤 하지."

루시는 평상시와 조금도 달라진 게 없다고 미지는 생각했다.

홀에서 잠깐 마주친 거전 역시 평상시와 조금도 다름없이 보였다. 어제 그런 끔찍한 사건이 있었는데도, 할로 저택에서의 생활은 조금도 변화가 없는 것 같았다. 저자가 없기 때문인지, 모든 일이 마치 꿈만 같았다.

그때 밖에서 자동차가 부르릉거리는 소리가 들려왔다.

이윽고 헨리 경이 차에서 내려 집 안으로 들어왔다. 그는 어젯밤 클럽에서 밤을 새우고 이제야 집에 돌아오는 길이었다.

"오, 여보, 일은 다 잘 되었어요?" 루시가 물었다.

"그렇소. 그의 비서가 있는데 유능한 아가씨더구먼. 그래서, 그 아가씨에게 일처리를 부탁하고 왔지. 언니가 한 명 있는 것 같아. 비서가 그 언니에게 빨리 오라고 전화를 걸더구먼."

"그럴 줄 알았어요." 레이디 앙카텔이 말했다.

"언니가 턴브리지 웰스에 산대요?"

"벡스힐이라고 하는 것 같던데." 헨리 경이 고개를 갸우뚱거리며 말했다.

"내 생각에는―." 루시는 벡스힐에 대해 잠깐 생각해 보는 눈치였다.

"그래요. 그럴 수도 있겠죠."

그때 거전이 그들에게 다가왔다.

"그랜지 경감님이 전화를 했습니다, 주인어른. 검시 재판이 수요일 아침 11시에 열릴 것이라고요."

헨리 경이 고개를 끄덕였다. 레이디 앙카텔이 말했다.

"미지, 가게에 오늘 못 간다고 전화를 거는 게 좋겠다."

미지는 천천히 전화기 앞으로 걸어갔다. 그녀의 생활은 문자 그대로 평범했기 때문에, 나흘간의 휴가를 끝내고도 살인사건에 연루되어 있다는 사실 때문에 지금 당장 가게에 나갈 수 없다는 것을 주인 여자에게 어떻게 설명해야 할지 미지는 막막한 느낌이었다. 그녀가 아무리 설명을 해도 앨프리지 여사는 곧이듣지 않을 게 뻔했다. 아마도 주인 여자는 미지가 놀 핑계를 대는 거라고 생각할 것이다.

미지는 마음을 단단히 먹고 전화기를 들었다.

그녀가 얘기를 하자마자 아니나 다를까 수화기 저편에서는 난리가 났다. 조그만 유대인 여자의 쉰 듯한 목소리가 전화기를 통해 쨍쨍 울려왔다. 격한 음성으로 미루어 보아 상당히 화가 난 게 틀림없었다.

"뭐라고? 하드캐슬 양? 죽음? 장례식? 지금 가게는 손이 모자라 쩔쩔맨다는 것을 몰라? 그 따위 핑계에 내가 속을 줄 알고? 지금 신나게 놀고 있다는 것쯤은 안 봐도 알 수 있다고."

미지는 재빨리 그녀의 말을 가로막으며 큰 목소리로 사건의 전말을 이야기했다.

"경찰? 경찰이라는 말이지?" 그녀의 목소리는 거의 비명에 가까웠다.

"경찰에 연루되어 있다고?"

미지는 이를 악물고 계속 설명을 했다. 전화기 저편에서 씩씩거리고 있는 여자를 설득하려니 온몸의 피가 모두 머리로 몰리는 느낌이었다. 인간의 말이란 참 이상한 것이어서, 사건의 본질을 퇴색시키거나 아니면 완전히 변질되게 만든다는 생각이 들었다. 앨프리지 여사의 몰지각한 말은 미지에게 자신이 마치 저속한 멜로드라마의 주인공 같다는 생각을 불러일으키기에 충분했다!

그때 에드워드가 문을 열고 들어서다가 전화기를 들고 있는 미지를 보고서는 그대로 나가려고 몸을 돌렸다. 미지는 손짓으로 그를 붙잡았다.

"에드워드, 나가지 마세요. 제발 부탁이에요. 제발 여기 계세요."

에드워드가 옆에 있다는 사실이 그녀에게 용기를 주었다. 머리끝까지 약이 올라 있던 미지는 자신이 좋아하는 에드워드를 보자 마음이 한결 진정되었던 것이다.

미지는 수화기를 막았던 손을 떼었다.

"뭐라고 하셨지요? 예, 죄송해요, 아주머니. 하지만, 제 잘못이 아니라……."

듣기에 거북할 정도로 쉰 목소리가 전화선을 타고 와 미지의 귀를 아프게 때렸다.

"친구들이 누구라고요? 순경을 누가 부르고 누가 죽었다고요? 돌아오고 싶지 않으면 마음대로 해요! 다른 사람을 구하면 되니까. 아가씨 때문에 우리 가게가 손해를 볼 수 없잖아."

미지는 비굴한 느낌이 들 정도로 굽실거리며 몇 마디 더 했다. 이윽고 그녀는 안도의 한숨을 쉬며 수화기를 내려놓았다. 온몸이 떨리며 이마에서 식은땀이 흘러내렸다.

"제가 일하는 가게에 전화를 건 거예요." 미지가 에드워드에게 말했다.

"휴가는 오늘까지지만, 검시 재판과 저……, 경찰 때문에 목요일까지는 여기서 꼼짝도 할 수 없게 되어서 가게에 전화를 건 거죠."

"주인이 이해해 주면 좋겠군. 미지가 일하는 옷가게는 어떤 곳이야? 일하는 사람들이 즐겁게 일할 수 있는 곳인가? 그 가게의 주인은 마음이 너그러운 사람이야?"

"그렇지가 못해요. 주인은 염색한 머리와 콘크레이크 같은 목소리, 그리고 두 개의 바퀴가 달린 유대인 여자예요."

"오, 미지—."

그녀의 말에 대경실색하는 에드워드의 얼굴을 보자 미지는 웃음이 저절로 터져 나왔다. 그의 얼굴에는 진심으로 미지를 걱정하는 마음이 어려 있었다.

"꼬마 미지, 그런 곳에서 네가 어떻게 일을 하니? 네가 직장을 갖고 싶다면 환경이 좋은 옷을 찾아야지. 너를 필요로 하는 그런 직장을 골라서 들어가면 되잖아."

미지는 아무 대답도 하지 않고 잠시 그를 물끄러미 쳐다보았다. 어떻게 얘기를 해야 에드워드 같은 사람이 이해할 수 있을까? 에드워드가 알고 있는 노동시장이나 직업의 개념은 무엇일까?

그 순간 고통의 물결이 그녀를 덮쳤다. 루시, 헨리, 에드워드, 그리고 헨리에타—그들과 미지 사이에는 커다란 장벽이 가로막혀 있었다. 그들과 그녀는 유한계급과 노동자 계급이라는 엄연히 서로 다른 사회의 구성원이었다.

요즘 세상에 가난한 계층의 사람들이 직업을 얻기가 얼마나 어려우며, 설사 직장을 구했다 할지라도 계속 그 직장에 붙어 있기 위해서는 얼마나 비굴해져야 하는지를 먹고 살 걱정이 없는 그들이 제대로 알 리 만무했다.

물론 미지가 마음만 먹으면 편하게 살 수도 있었다. 루시와 헨리는 기꺼이 미지에게 살 집과 생활할 돈을 대줄 것이다. 에드워드 또한 그녀를 도와줄 것이다. 그런데도, 미지가 고집을 부려 직장을 얻은 것은 그녀의 자존심 때문이었다. 그녀의 자존심은 자신이 잘사는 친척들의 도움을 받는 것을 허락지 않았던 것이다.

가끔 시간이 나는 대로 루시의 저택에 들러, 질서정연하고 화려한 귀족 생활을 며칠간이나마 누려 보는 것은 미지의 큰 기쁨이었다. 이 저택에서의 생활은 정말 멋진 것이었다. 그러나 미지는 잘사는 친척의 도움으로 그런 생활을 하고 싶지는 않았다. 또한 친구나 친척의 돈을 빌려 사업을 시작하고 싶지도 않았다.

남에게 신세를 지지 않고 모든 것을 자신의 힘으로 하겠다는 것이 그녀의 고집이자 자존심이었던 것이다. 그래서 미지는 자기 힘으로 1주일에 4파운드를 주는 지금의 직장을 구했다. 미지를 채용한 앨프리지 여사의 속셈이, 그녀를 채용하면 미지의 부유한 친구들이 그 가게의 단골손님이 될지도 모른다는 생각에 있었다면 아마도 그녀는 적잖이 실망했을 것이었다. 그런 친구들이 있으면 미지가 나서서 말렸기 때문이다.

미지는 일에 대한 애착 같은 것은 조금도 없었다. 그녀는 그 직장이 전혀 마음에 들지 않았지만, 전문직에 필요한 자격증을 하나도 안 가지고 있었기 때문에 울며 겨자 먹기로 그 직장에 나가고 있는 중이었다. 할 수만 있다면 좀더 나은 직장을 구하고 싶은 게 그녀의 솔직한 심정이었다.

그런 남의 속도 모르고, 에드워드는 태평스럽게 왜 환경이 좋은 직장을 구하지 않느냐고 답답한 말을 하는 것이었다. 미지는 오늘 아침 따라 유달리 그 말이 비위에 거슬렸다. 세상 물정을 아무것도 모르는 에드워드가 뭘 안다고 그 따위 식으로 얘기하는 거지?

미지를 제외한 루시, 헨리, 에드워드, 헨리에타는 모두 순수한 앙카텔 가문의 사람들이다. 그러나 미지의 몸에 흐르고 있는 피는 반은 앙카텔 가문의 피를 이어받았지만 반은 그렇지 못했다. 특히 오늘 아침 같은 때는 자신이 앙카텔 가문과는 전혀 상관이 없는 사람처럼 느껴지는 것이었다.

이곳에서는 자신이 외로운 이방인이라는 생각이 그녀의 가슴을 무겁게 짓눌렀다. 희끗희끗한 머리카락과 고생으로 찌들고 지친 표정의 아버지가 미지의 머릿속에 떠올랐다. 그러자 미지의 가슴이 뭉클해졌다. 조그만 가내공장을 하고 계셨던 아버지는 산업화의 물결에 밀려 점점 기울어져 가는 사업을 일으켜 보려고 발바닥이 닳도록 뛰어다니셨다. 그렇게 온갖 정성과 노력을 기울였음에도 불구하고 사업은 점점 기울어져만 갔다. 그 원인은 아버지가 무능력해서라기보다는 그 당시 무서운 속도로 번져 가고 있던 진보의 물결 때문이라고 할 수 있었다.

미지는 어릴 때부터 명망 높은 앙카텔 가문 출신의 화려한 어머니보다는 늘 조용하고 생활에 지친 표정의 아버지를 더 따랐다.

어린 시절 때때로 에인스윅 저택을 방문하는 것은 미지에게 큰 기쁨이었다. 에인스윅 저택에서 즐겁게 지내다 집에 돌아오면, 아버지는 어딘가 모르게 미안해하는 표정으로 그녀를 맞이하곤 하였다. 그러면 미지는 두 손으로 아버지의 목을 끌어안고 볼을 비비며 속삭였다. "집에 와서 기뻐요. 정말 기뻐요."

미지의 어머니는 미지가 열세 살 때 세상을 떠났다. 그래서인지 어머니에 대해서는 거의 기억나는 게 없었다. 그녀의 어머니는 약간 바보스러운 면이 없지 않았지만, 명랑하고 매력적인 여자였다. 어머니가 앙카텔 가문과는 차이가 너무 나는 아버지와 결혼한 것을 후회하지는 않았을까? 미지는 거기에 대해서는 아는 바가 없었다. 아버지는 어머니가 세상을 떠난 뒤엔 더욱 침울해지고 점점 기울어지고 있었다. 그러다가 미지가 열여덟 살이 되던 해, 아버지는 한 많은 이 세상을 외롭게 하직하였다.

졸지에 고아가 된 미지는 앙카텔 가문의 여러 친척들 집을 전전하며 살았다. 비록 친척들 집이긴 했지만 그들이 부담없이 대해 주었기 때문에 미지는 즐겁게 생활했다. 그러다가 몇 년 전부터 미지는 직장을 구해 혼자 살고 있었던 것이다.

친척들이 경제적으로 도와주겠다고 나섰지만 미지는 그들의 호의를 거절했다. 미지는 그 친척들을 매우 사랑했다. 그러나 오늘 아침 같은 때는 자신이 그들과는 아무 상관도 없다는 생각이 뼈저리게 느껴지는 것이었다. 그들을 사랑하는 만큼 증오감도 컸다.

"그런 사람들이 세상 물정을 어떻게 알아."

미지가 평상시와는 어딘가 다르다는 느낌을 받은 에드워드는 의아스러운 표정으로 미지를 쳐다보았다. 그가 부드럽게 말했다.

"내가 네 기분을 상하게 했니? 왜?"

루시가 방 안으로 들어왔다. 그녀는 한참 무엇인가를 얘기하던 중이었다.

"……우리 집보다 화이트 하트 저택이 더 나을지 모르겠다."

미지가 영문을 모르겠다는 듯이 루시와 에드워드를 번갈아 쳐다보았다.

"에드워드를 쳐다봐야 소용이 없단다." 루시 앙카텔이 말했다.

"에드워드는 모를 게 뻔하지. 하지만, 미지는 사회경험이 많으니까 잘 알거야."

"루시, 전 지금 무슨 말을 하고 있는지 모르겠는데요."

루시는 놀란 표정을 지었다.

"미지, 저다가 검시 재판 때문에 여기에 내려와야 할 거야. 그런데, 문제는 그녀가 묵을 숙소야. 네 생각에는 우리 집과 화이트 하트 중 어느 곳이 좋을 것 같니? 이 집은 죽은 존 생각이 나서 괴로울 거야. 그렇다고 화이트 하트에 묵으면 기자들이 얼마나 그녀를 못살게 굴겠니? 게다가, 사람들마다 그녀를 흘끗흘끗 쳐다볼 것이고 검시 재판이 수요일 11시에 열린다고 했니? 아니, 11시 30분이었던가?"

레이디 앙카텔의 얼굴에 미소가 번졌다.

"난 재판정에 가본 적이 한 번도 없단다! 교회에 갈 때처럼 회색 옷을 입고 모자를 쓸 생각이야. 장갑은 안 낄 거야. 아는지 모르겠지만……."

레이디 앙카텔은 방 안을 가로질러 전화기가 놓여 있는 곳으로 걸어갔다. 그러고는 전화기를 들고서 내려다보며 계속 말했다.

"요즘 장갑 끼어 본 지가 꽤 오래됐단다. 물론 원예용 장갑은 말고 목이 긴 파티용 장갑이 있긴 하지만 총독 관저에서 나오면서부터 어디에 처박아두었지. 장갑을 끼면 좀 촌스러워 보이지 않니?"

"범죄를 저지를 때 장갑이 꼭 필요한 이유가 하나 있지요. 지문을 남기지 않으려면 장갑을 끼는 수밖에 없거든요." 에드워드가 미소를 지으며 말했다.

"그래? 에드워드, 흥미 있는 말인데. 음—생각해 볼만한 말이야. 내가 뭘 하려고 이걸 들고 있지?"

레이디 앙카텔은 짜증스럽다는 듯이 손에 든 전화기를 내려다보았다.

"누구한테 전화를 걸려고 하셨던 게 아니에요?"

"아냐, 그건 아닌 것 같아."

레이디 앙카텔은 고개를 갸우뚱하면서 손에 든 수화기를 제자리에 내려놓았다. 그러고 나서 그녀는 에드워드와 미지를 번갈아 쳐다보았다.

"에드워드, 미지의 기분을 상하게 하면 안 돼. 어제 그 사건으로 미지는 우리보다 훨씬 더 충격을 많이 받은 모양이야."

"루시!" 에드워드가 큰소리로 외쳤다.

"미지가 일하는 가게 말인데요, 별로 좋은 곳이 못 되는 것 같아요."

"에드워드는 제가 저를 아껴 주고 이해심이 많은 주인 밑에서 일해야 한다는 거예요." 미지가 건조한 목소리로 말했다.

"에드워드는 정말 마음이 착해." 루시는 무슨 일인지 알겠다는 듯이 고개를 끄덕이며 미지를 보고 미소를 지었다. 그러고는 다시 밖으로 나갔다.

"미지, 난……, 정말 네가 걱정이 돼." 에드워드가 말했다.

미지가 그의 말을 가로막았다.

"문제는 그 지겨운 여자가 나한테 매주 꼬박꼬박 4파운드를 지불해 준다는 것뿐이에요."

그 말만을 남기고 그녀는 멍하니 서 있는 에드워드를 지나 정원으로 나갔다.

헨리 경이 앉아 있는 모습이 멀리 보였다. 그래서, 미지는 몸을 돌려 경사진 꽃밭 쪽으로 걸어 올라갔다.

그녀의 친척들은 모두 매력적인 사람들이었지만, 오늘 아침의 그녀에게는 이유없이 증오심만 불러일으키는 대상일 뿐이었다.

경사가 끝나는 곳에 데이비드 앙카텔이 앉아 있었다.

미지는 데이비드에 대해서는 다른 사람들과는 달리 아무런 감정도 없었기 때문에 그의 옆에 가서 앉았다. 그러고는 데이비드가 당황스러워하는 모습을 얼마쯤은 짓궂은 마음으로 지켜보았다.

사람들이 없는 곳에 혼자 있고 싶어도 뜻대로 되지 않는다고 데이비드는 한탄스럽게 생각했다.

침실에서는 하녀들이 방 청소하러 들어오는 바람에 그만 쫓겨 나왔다. 서재역시 그가 마음 놓고 혼자 있을 성역이 못 되었다. 레이디 앙카텔이 두 번이나 들락거리면서 별 내용도 없는 이야기들을 그에게 늘어놓았기 때문이다. 그래서, 그는 생각다 못해 아무도 없을 것 같은 이곳으로 나왔던 것이다.

데이비드는 솔직히 말해 이곳에 오고 싶은 마음은 조금도 없었다. 마지못해 이곳에서 주말을 보내긴 했지만, 한시 바삐 돌아가고 싶은 마음뿐이었다. 그런데 뜻밖에도 손님 중 하나가 비명횡사를 하는 바람에 며칠 뒤에나 이 집을 떠날 수 있게 된 것이 데이비드는 영 마음에 들지 않았다.

데이비드는 과거 플라톤 학파의 사상을 연구하거나 좌익 정당의 미래에 관해 토론하는 것을 좋아했다. 반면, 냉혹한 현실 문제를 다루는 능력은 부족했다. 전에 레이디 앙카텔에게 말했던 대로 데이비드는 '세계의 뉴스' 지 같은 저속한 잡지는 읽지 않았다. 그런데 '세계의 뉴스' 지에 실릴 기사거리가 그가 묵은 할로 저택에서 발생한 것이다.

살인! 그는 생각만 해도 몸서리가 쳐진다는 듯이 몸을 부르르 떨었다. 친구들은 이 일을 어떻게 생각할까? 무슨 이유로 살인을 했을까? 그때의 심정은 어떤 것이었을까? 지겨움? 메스꺼움? 가벼운 놀라움? 데이비드는 이런 문제에 대해서 혼자 곰곰이 생각해 보려는 중이었기 때문에, 갑작스러운 미지의 출현이 더더욱 달갑지 않았다. 그래서 그는 자기 옆에 와서 앉는 미지를 못마땅한 눈초리로 쳐다보았다.

두 사람의 눈길이 서로 부딪쳤다.

순간 데이비드는 미지의 도전적인 눈초리를 보고 약간 놀랐다. 지적인 면모라고는 조금도 없는 아가씨라고 그는 생각했다.

미지가 입을 열었다.

"넌 네 친척들을 어느 정도 좋아하고 있니?"

데이비드는 양손바닥을 보이면서 어깨를 으쓱하고는 말했다.

"그런 것에 신경 쓸 틈이 있나요?"

"그럼, 네가 정말로 관심이 있는 것은 뭐지?"

어쩌면 이 여자는 그 어떤 일에도 아무 관심이 없을지 모른다고 데이비드는 생각했다. 데이비드는 상당히 상냥스러운 어조로 말했다.

"전 살인사건을 분석해 보고 있는 중이었어요."

"그런 일에 열중하다니 넌 참 이상하구나." 미지가 말했다.

데이비드는 한숨을 내쉰 뒤에 말했다.

"피곤한 일이죠!"

그 말은 그의 신경을 가장 잘 나타낸 말이었다.

"탐정소설 속에 흔히 나오는 이야기들과 별로 다를 바가 없어요!"

"넌 여기 온 게 별로 유쾌하지 않은가 보구나." 미지가 말했다.

데이비드는 다시 한숨을 길게 내쉬었다.

"예, 그래요. 런던에 있는 내 친구네 집에 가는 건데, 잘못 생각했어요."

그가 덧붙였다.

"그 친구는 좌익계통의 서점을 경영하고 있거든요."

"이곳이 훨씬 안락하고 편할 텐데 뭘 그러니?" 미지가 말했다.

"안락한 게 그렇게 좋으세요?" 데이비드가 경멸하는 투로 말했다.

"아무 걱정 없이 호사스럽고 안락하게 살고 싶을 때가 많아."

"삶에 대한 끝없는 욕망을 충족시킨다는 것은……." 데이비드가 말했다.

"만일 누님이 노동자라면……."

그때 미지가 재빨리 그의 말을 가로챘다.

"난 노동자야. 그래서, 호사스러운 생활을 갈구하는지도 몰라. 넓고 화려한 침대, 푹신푹신한 베개, 이른 아침 하인이 침실로 날라다 주는 향기로운 차, 뜨거운 물이 넘실거리는 대리석 욕조, 목욕용 향수의 은은한 향기, 몸이 푹 파묻힐 정도로 푹신한 안락의자……." 미지가 잠시 말을 멈추었다.

그러자 데이비드가 말했다.

"노동자들이야말로 그 모든 것을 누릴 권리가 있어요."

그러나 그는 이른 아침에 하인이 차를 날라다 주는 일만은 모든 사람이 평등한 사회에서는 결코 없을 것이라고 생각했다.

"네 말은 한낱 꿈에 불과해." 미지가 진지하게 말했다.

제15장

오전 10시경, 초콜릿 한 잔을 느긋하게 마시고 있던 에르퀼 포와로는 전화 벨이 울리는 소리를 듣고, 자리에서 일어나 수화기를 들었다.

"여보세요?"

"포와로 씨세요?"

"레이디 앙카텔이시군요."

"제 목소리를 기억해 주시다니 굉장하시군요. 지금 바쁘신가요?"

"아닙니다. 어제 그 사건 때문에 많이 놀라셨지요?"

"아니, 그렇지도 않아요. 끔찍한 사건이긴 했지만 뭐 크게 놀란 건 아니에 요. 제가 전화를 드린 이유는 포와로 씨가 저희 집에 오셨으면 해서요. 포와로 씨에게 폐가 된다는 건 잘 알지만, 전 정말 당신의 도움이 필요하거든요."

"폐는 무슨. 걱정 마십시오, 레이디 앙카텔. 지금 당장 가야 될까요?"

"예, 그렇게 해주시면 정말 고맙겠어요. 정말 친절하시군요."

"천만에요. 그럼, 제가 숲길로 해서 갈까요?"

"물론이죠. 그게 지름길이에요. 포와로 씨, 정말 고마워요."

양복 깃에 묻어 있던 먼지를 살짝 털어내고 그 위에 얇은 외투를 걸친 포 와로는 서둘러 집을 빠져나와 골목길을 가로질러서 밤나무 숲길로 접어들었다. 풀장 주위는 인적이 끊겨 고요했다. 경찰이 현장 조사를 마친 뒤 모두 돌아가 버렸기 때문이다. 엷은 안개가 낀 풀장은 가을 햇빛 아래 평화롭게 보였다.

포와로는 천막 안으로 들어가 실내를 훑어보았다. 그는 어제 본 은백색 여 우 망토가 없어졌다는 것을 알았다. 그러나 성냥 여섯 갑은 여전히 소파 옆 테이블에 차곡차곡 쌓여져 있었다. 그 성냥에 대한 의혹심이 점점 짙어 갔다.

"여긴 성냥을 보관할 만한 장소가 못 돼. 습기가 너무 많이 차 있거든 한 갑 정도라면 몰라도 여섯 갑은 아무리 생각해도 말이 안 돼."

포와로는 눈살을 찌푸린 채 페인트가 칠해진 철제 테이블을 바라보았다. 그 위에 놓여 있던 컵과 쟁반이 없어졌다. 그 대신, 테이블 위에는 누군가 연필로 낙서를 한 흔적이 남아 있었다. 그것은 악몽 속에서나 나올 듯싶은 나무 모양의 그림이었다.

그 낙서를 본 에르큘 포와로는 혀를 차면서 머리를 흔들었다. 깔끔한 성격의 포와로는 그런 지저분한 낙서가 도무지 마음에 들지 않았던 것이다.

얼마 지나지 않아 포와로는 천막에서 나와 할로 저택으로 가는 길을 따라 걸어갔다. 그는 레디 앙카텔이 왜 그렇게 자기를 급하게 불렀는지 그 이유가 자못 궁금해졌다.

그가 집 앞에 이르자 프랑스식 유리문에 나와 서서 그를 기다리고 있던 레이디 앙카텔은 그를 사람이 없는 응접실로 안내했다.

"이렇게 와주셔서 너무나 고마워요, 포와로 씨."

레이디 앙카텔이 한 손을 내밀어 포와로의 손을 따뜻하게 잡았다.

"부인, 분부만 내리십시오."

레이디 앙카텔의 손에 스며 있는 은은한 향기가 포와로의 코를 스치고 지나갔다. 레이디 앙카텔은 아름다운 눈을 크게 뜨고 그를 바라보았다.

"아시겠지만, 정말 모든 게 힘들군요. 지금 검시관이 거전을 상대로 인터뷰, 아니 질문, 아니 진술을 강요하고 있어요. 그걸 전문적인 용어로는 뭐라고 하죠? 거전은 정말 충실한 사람이랍니다. 이곳 생활은 모두 그가 도맡아서 하고 있죠. 그래서, 그가 없으면 모든 게 엉망진창이 되어 버릴 거예요. 조금도 나무랄 데 없는 거전이 경찰의 조사를 받는다고 생각하니 너무 가슴이 아파요. 물론 그랜지 경감은 그렇게 우락부락한 사람은 아니지만, 그래도 경찰은 경찰이거든요. 경찰의 조사를 받는다는 건 아무리 생각해도 기분 좋은 일이 못 되죠. 그랜지 경감은 참 가정적인 것 같아요. 분명히 그 사람은 저녁에 퇴근하고 집에 돌아가서는 애들과 함께 메카노 세트(강철조립 세트의 장난감)를 조립하며 시간을 보낼 자상한 아버지일 거예요. 애들은 사내애들일 것 같고, 그 부인은 깔끔한 성격이어서 먼지 한 점 없도록 집 안을 깨끗하게 치워 놓겠지만, 집

안 장식은 심플하다기보다는 이것저것 들여놓아 약간 복잡한 느낌을 주도록 꾸며 놓았을 거예요. 그리고……."

에르퀼 포와로는 그녀 특유의 풍부한 상상력으로 그랜지 경감의 가정을 한껏 상상해 보고 있는 레이디 앙카텔의 모습을 약간 놀란 듯한 표정으로 쳐다보았다.

"말이 났으니 말인데요, 그의 콧수염은 너무 축 처져 있다는 생각이 들어요."

레이디 앙카텔은 계속 말을 이어갔다.

"먼지 한 점 없을 정도로 너무 반짝반짝 윤이 나는 집은 때로는 사람을 질리게 만들지도 모르죠. 병원 간호사 얼굴에서 풍기는 비누 냄새처럼 말이에요. 너무 반짝거리는 얼굴은 신선해 보일 때도 있지만, 때로는 지겨워 보이기도 하거든요. 그러나 런던의 사립요양원에서 일하는 간호사들은 너무 화장을 진하게 해서 꼴불견이죠. 내가 지금 무슨 말을 하고 있는 거지? 포와로 씨, 이번 사건이 모두 끝나는 대로 다시 당신을 점심식사에 초대할 생각이에요, 어떠세요?"

"부인은 정말 친절하십니다."

"전 경찰이 저희 집엘 들락거리는 데 대해서는 별로 꺼려하지 않아요."

레이디 앙카텔이 말했다.

"이번 사건은 정말 흥미진진해요. 전, '제 힘이 필요하다면 언제든지 도와드리겠습니다.'라고 그랜지 경감에게 말했죠. 그랜지 경감은 논리정연한 사람은 못되는 것 같아요. 경찰은 살인의 동기를 매우 중요시하는 것 같더군요."

레이디 앙카텔이 계속 말했다.

"아까 병원 간호사에 대한 이야기를 하다가 생각이 난 건데, 존 크리스토의 간호사 말이에요. 붉은색 머리카락과 매부리코의 그 간호사가 상당히 매력적인 것 같았거든요. 물론 그 일은 오래전 일이었기 때문에 별로 신경 쓸 일이 못 될지도 모르지요. 하지만, 저다가 그 일 때문에 얼마나 속상해했을 것인지는 알 수가 없죠. 저다는 남편을 하늘같이 여기는 순종형의 여자라고 생각하는데, 포와로 씨의 생각은 어떠세요? 아마 누군가에게서 남편의 행위를 전해 들은 저다가 그 말을 그대로 믿고 흥분해서 그런 일을 저질렀을지도 몰라요. 제 생각에 저다는 충분히 그럴 소지가 있는 여자거든요."

말을 끝내기가 무섭게 레이디 앙카텔은 서재 문을 확 잡아당겨 열고서 포와로를 안으로 잡아끌었다. 그녀가 명랑하게 소리 높여 말했다.

"포와로 씨가 오셨습니다."

그리고 그녀는 포와로를 남겨둔 채 문을 닫고 밖으로 나가 버렸다.

그랜지 경감과 거전은 책상을 사이에 두고 앉아 있었다. 그리고 젊은 남자가 구석에 앉아 노트에 그 두 사람의 대화를 기록하고 있었다. 거전이 포와로를 보고 정중하게 자리에서 일어났다.

포와로는 서둘러 사과의 말을 했다.

"죄송합니다. 이럴 생각이 아니었는데 레이디 앙카텔이……."

"괜찮습니다. 이리로 오시죠."

그랜지 경감의 콧수염은 오늘따라 더 축 늘어져 보였다.

포와로의 머릿속에 조금 전 레이디 앙카텔이 그랜지 경감에 대해 제멋대로 상상하여 지어낸 이야기가 문득 떠올랐다.

'레이디 앙카텔의 말대로 저 사람에게는 하루에 열두 번도 더 청소를 하거나 베나레스(인도 동부에 있는 힌두교의 옛 성도(聖徒)) 산 동(銅) 테이블 등 여러 가지 가구를 마구 사들여 온 집 안을 빽빽하게 채우는 마누라가 있을 법하군.'

그러고 나서 그는 곧 입맛을 다시며 이런 생각을 떨쳐 버리려고 했다. 깨끗하지만 가구가 가득 들어찬 그랜지 경감의 집, 깔끔한 그의 아내, 사내아이들, 아이들과 어울려 메카노 세트를 조립하는 그랜지 경감, 이 모든 것은 모두 레이디 앙카텔의 풍부한 상상력에서 나온 산물일 뿐인 것이다. 그러나 그 추측은 아주 그럴 듯해 보여 포와로는 그랜지 경감을 보자 맨 먼저 그 이야기가 머리에 떠올랐던 것이다.

"포와로 씨, 이쪽으로 앉으시죠." 그랜지 경감이 말했다.

"그렇지 않아도 의논드릴 일이 몇 가지 있었습니다. 여기 일은 거의 끝나가는 중이니까 조금만 기다려 주십시오."

그랜지 경감은 다시 거전에게로 주의를 돌렸다. 거전은 공손하게 다시 자리에 앉아 그랜지 경감을 표정 없는 얼굴로 쳐다보고 있었다.

"그러면 생각나는 건 모두 그것뿐이오?"

"그렇습니다, 경감님. 평상시와 다른 점은 조금도 없었습니다. 여느 때처럼 아주 화기애애한 분위기였습니다."

"풀장 옆의 천막 안에 모피 망토가 있었는데, 그건 누구의 것이오?"

"은백색 여우 망토 말씀입니까? 어제 칵테일 잔을 갖고 갔다가 그 망토가 소파에 걸쳐 있는 것을 저도 보았습니다. 그러나 그것은 이 댁에 계신 분의 것은 아닙니다."

"그렇다면, 누구의 것이라는 말이오?"

"아마도 베로니카 양의 것일 겁니다. 영화배우 베로니카 크레이 말입니다. 그분이 그런 걸 입고 계신 것을 보았거든요."

"그게 언제지요?"

"그저께 밤입니다."

"그저께 온 손님 중에 베로니카 양이 있었다는 얘기는 못 들었는데요."

"그녀는 손님이라고 할 수 없었기 때문이지요. 크레이 양은 도버코트스 별장에 살고 있습니다. 그—저—골목길 끝에 있는 시골집 말입니다. 저녁식사 뒤에 크레이 양이 성냥 좀 빌려 달라며 갑자기 이곳엘 찾아왔었지요."

"그래서, 성냥 여섯 갑을 빌려 갔습니까?"

옆에 있던 포와로가 불쑥 물었다.

거전이 포와로에게로 고개를 돌렸다.

"그렇습니다. 주인마님께서 이왕이면 많이 갖다 드리라고 말씀하셨거든요."

"그렇다면, 천막 안에 있는……." 포와로가 말했다.

"예, 그게 바로 제가 베로니카 양에게 건네 준 성냥들입니다. 전 어제 아침에 그 성냥이 거기 쌓여 있는 것을 보았거든요."

"저 사람은 상당히 꼼꼼하군요."

거전이 공손하게 인사를 하고 나간 뒤 문이 닫히자 포와로가 감탄한 어조로 말했다.

그랜지 경감은 하인들이 너무 자기 속을 썩인다고 투덜거렸다.

"하지만……." 그랜지 경감이 약간 어조를 바꿔 기분 좋게 말했다.

"부엌에서 일하는 식모들은 다르죠. 그들을 잘 구슬리기만 하면 대개는 술술 털어놓는 게 보통이지요. 그러나 우두머리 하인들은 건방져서 좀처럼 입을 열지 않아요."

그랜지 경감이 계속해서 말했다.

"할리가에 사는 존의 주변 인물을 조사하기 위해 이미 사람을 한 명 보냈지요. 그리고 저도 곧 그곳에 가볼 생각입니다. 무엇인가 확실한 증거를 찾아내야 하거든요. 제 생각입니다만, 존 크리스토의 부인은 남편의 바람기 때문에 상당히 속을 썩었을 것 같습니다. 그렇게 매력적으로 생긴 의사와 아름다운 여자 환자들 사이에는 으레 그런 일이 발생하기 마련이거든요. 저─제가 그런 걸 일일이 다 말씀드리면 아마 크게 놀라실 겁니다. 그리고 레이디 앙카텔에게서 들은 얘기도 있습니다. 존 크리스토는 자기가 데리고 있던 간호사들과도 그렇고 그런 관계였던 모양입니다. 물론 레이디 앙카텔이 꼭 그런 식으로 얘기한 건 아니었습니다만……."

"그래요." 포와로가 맞장구를 쳤다.

"레이디 앙카텔이 꼭 꼬집어 말하지는 않았을 겁니다."

의도적으로 짜인 각본……존 크리스토와 병원 간호사들과의 농도 짙은 관계……바람피울 기회가 많은 의사 생활……남편의 바람기를 참다못해 드디어 비극적인 살인으로 막을 내린 저다의 질투심.

맞아, 교묘하게 꾸민 각본이야. 수사의 초점을 할로 저택이 아닌 할리가로 돌리게 한 점, 그 사건이 일어나던 날 헨리에타 세이버네이크가 저다 크리스토의 손에서 권총을 빼앗으려고 한 것으로부터 경찰의 주의를 딴 데로 돌리려고 한 점……존 크리스토가 숨을 거두기 직전에 헨리에타를 불렀던 그 순간을 애써 지우려 한 점. 이 모든 것을 종합해 볼 때 이 사건에는 누군가의 교묘한 계략이 숨겨져 있어.

반쯤 눈을 감고 생각에 잠겨 있던 포와로가 불현듯 눈을 뜨고 그랜지 경감을 쳐다보았다. 그의 마음속에 갑자기 호기심이 발동했던 것이다.

"댁의 자제분들은 메카노를 가지고 놉니까?"

"예? 뭐라고 하셨습니까?"

이맛살을 잔뜩 찌푸리고 생각에 잠겨 있던 그랜지 경감이 그의 말을 못 알아듣고 되물었다.

"도대체 무슨 말씀인지 모르겠군요. 애들이 너무 어리긴 하지만, 이번 크리스마스 선물로 테디에게는 메카노 세트를 사줄 생각입니다만……, 그건 왜 물어보시죠?"

포와로는 아무것도 아니라는 듯이 머리를 저었다.

레이디 앙카텔의 직관적이고도 엉뚱한 추측들이 때론 맞아 들어가는 점이 바로 문제라고 에르큘 포와로는 생각했다. 거침없이 레이디 앙카텔의 입에서 나오는 상상력의 산물 중에서 한 부분이 맞아 들어간다는 것으로 판명이 나면, 사람은 심리적으로 나머지 다른 부분들도 자연히 맞을 거라고 믿어 버리게 되지 않겠는가?

그랜지 경감은 쉬지도 않고 얘기를 하고 있었다.

"포와로 씨에게 물어보고 싶은 게 있습니다. 여배우인 크레이 양 말입니다. 그녀는 성냥을 빌리기 위해 이 집까지 왔다고 했습니다. 정말 성냥이 필요했다면 그녀는 왜 가까운 이웃에 있는 선생님 댁엔 들르지 않았을까요? 왜 반 마일이나 떨어져 있는 이곳까지 걸어 왔을까요?"

에르큘 포와로는 어깨를 으쓱해 보였다.

"아마도 이유가 있겠지요. 속물근성에서 나온 이유라고 할까요? 내 별장은 보기엔 작고 초라한 편이거든요. 또, 난 주말만 거기에서 보낼 뿐이지요. 그러나 헨리 경과 레이디 앙카텔은 그렇지 않거든요. 그분들은 이곳에서 계속 머물러 살고 있고, 게다가 명망 있는 가문의 사람들입니다. 따라서, 베로니카 크레이는 그분들과 친하게 지내고 싶었겠지요. 그래서, 성냥을 빌린다는 핑계가 한 방법이 된 거겠지요."

그랜지 경감이 자리에서 일어나서는 말했다.

"그렇지요. 물론 그럴 가능성이 많습니다. 그러나 확실한 건 조사를 해봐야 알겠지요. 어쨌든 모든 일이 순조롭게 진행되어 나갈 것이라는 데에는 의심할 여지가 없습니다. 헨리 경은 그 권총이 자기 것이라는 것을 확인했습니다. 그날 오후에 그 권총으로 여러 사람이 돌아가며 사격을 한 것 같더군요. 크리스토 부인은 헨리 경의 서재로 몰래 들어가 총과 총알을 꺼내어 온 게 분명합니다. 그거야 아주 쉬운 일이죠."

"그렇겠군요." 포와로가 중얼거렸다.

"아주 간단한 사건인 것 같군요."

저다 크리스토 같은 여자가 범죄를 저지른다면 꼭 그런 식으로밖에 못 할 거라고 그는 생각했다. 교묘한 계략을 쓰거나 치밀하게 계획을 세워 살인을 할 여자는 못 되었다. 순간적인 감정에 사로잡혀 앞뒤도 재어 보지 않고 그냥 일을 저지를 여자인 것이다.

그래, 그것은 위험을 직감한 저다가 본능적으로 자기방어를 위해 우발적으로 일으킨 사건일 거야. 정신이상자가 아니고서야 아무런 이유도 없이 자기 남편을 쏘아 죽일 리는 없지 않은가?

포와로의 눈앞에 어리둥절해하는 저다의 멍한 표정이 떠올랐다.

명백한 해답은 그 어디에도 없었다. 모든 게 의문투성일 뿐이었다.

그러나 에르퀼 포와로는 모든 진상을 명백히 밝혀내야겠다고 마음먹었다.

제16장

저다 크리스토는 머리 위로 검은색 드레스를 잡아당겨 벗었다. 그리고 의자 위에 아무렇게나 그 옷을 걸쳐 놓았다.

그녀의 눈빛은 불안정하게 이리저리 흔들리고 있었다. 그래서, 보는 사람의 가슴에 더 많은 애처로움을 자아내게 하고 있었다. 그녀가 말했다.

"모르겠어, 정말 모르겠어. 문제가 되는 건 아무것도 없는 것 같은데."

"그래, 괜찮아. 문제되는 건 아무것도 없어."

패터슨 부인은 다정하면서도 단호한 어조로 말했다. 그녀는 집안식구의 상을 당한 사람들의 마음을 진정시키고 위로해 주는 법을 잘 알고 있었다. 그래서, 그녀의 가족들은 그런 슬픈 일을 당했을 때 일을 처리하는 엘시의 능력을 높이 평가하고 있었다.

지금 엘시 패터슨은 할리가에 사는 여동생 저다의 집에 와 있었다. 그녀는 키가 크고 마른 편이었으며, 잠시도 쉬지 않고 움직이는 부지런한 여자였다. 엘시 패터슨은 짜증과 연민이 뒤섞인 감정으로 저다를 바라보고 있었다.

가엾은 저다. 그렇게 끔찍한 방법으로 남편을 잃어버리고 졸지에 과부가 되다니 너무 불쌍해. 지금까지의 상황으로 봐서는 저다가 존의 죽음에 관계된 것 같지는 않다.

패터슨 부인은 저다가 무척 둔한 편이었다는 것을 머릿속에 떠올렸다. 그래서, 그녀는 저다가 존을 죽인 주요한 용의자로 혐의를 받고 있다는 사실이 도저히 믿어지지 않을 뿐 아니라, 그런 생각 자체가 놀랍게 여겨지는 것이었다.

패터슨 부인이 쾌활하게 말했다.

"검은색 크레이프 천을 12기니어치 사야겠어."

그것은 저다가 결정해야 할 일이었다.

저다는 눈살을 찌푸린 채 꼼짝도 않고 그대로 서 있었다. 그녀가 약간 머뭇거리면서 말했다.

"존이 상복을 좋아하는지 모르잖아. 전에 그이가 상복은 별로 좋아하지 않는다고 말한 것 같아."

'존―.' 그녀는 생각했다.

'지금 존이 여기 있어서 어떻게 하라고 내게 지시해 준다면 얼마나 좋을까……. 그러나 그것은 한낱 희망에 불과할 뿐이야. 이젠 결코, 결코 존이 여기에 올 수는 없어. 식탁 위에서 식어가는 양고기……진료실 문이 꽝 하고 닫히는 소리……한꺼번에 두 계단씩 뛰어오르는 존의 발걸음 소리……항상 바쁘고 힘이 넘쳐 나는 그의 모습……. 생명력이 넘쳐흐르는 존……. 풀장 옆에 벌렁 뒤로 쓰러져 있던 존……그의 옆구리에서 흘러나와 풀장 속으로 떨어지던 붉은 핏방울……리볼버 권총의 차가운 감촉. 아냐, 이건 모두 악몽이야. 이제 이 기분 나쁜 꿈에서 깨어나게 되면 모든 건 조금도 변함없이 그대로 있을 거야.'

저다의 머릿속에서 이런 생각들이 뒤엉켜 돌아가고 있을 때, 문득 패터슨 부인의 쾌활한 목소리가 들려왔다.

"재판정에 나갈 때 꼭 넌 검은색 옷을 입어야 해. 만일 네가 밝은 푸른색 옷을 입고 나간다면 얼마나 사람들이 수군거리겠니?"

"생각만 해도 끔찍한 재판!"

저다는 눈을 반쯤 감아 버렸다.

"물론, 그럴 거야." 엘시 패터슨이 재빨리 그녀의 말을 받았다.

"하지만, 조금만 참아. 그러면 모든 게 끝나게 될 거야. 그러고 나서는 우리 집에 와서 지내면 돼. 우리가 널 돌봐 줄게."

저다 크리스토는 더 이상 아무것도 생각할 수가 없었다. 마치 머리가 돌처럼 굳어진 느낌이었다. 그녀는 당황하여 어쩔 줄을 몰랐다. 떨리는 그녀의 목소리는 두려움에 가득 차 있었다.

"존이 없는데 내가 어떻게 살아간다는 거지?"

엘시 패터슨은 이미 그런 말에는 익숙해 있었다.

"너에겐 애들이 있잖아. 애들을 위해서라도 힘을 내서 살아야 해."

지나는 침대에 엎드려 아빠가 죽었다며 흑흑 흐느껴 울고 있었다. 테디는 창백한 표정이었지만, 눈물을 흘리지는 않았다. 그의 눈에는 미심쩍어하는 빛이 들어 있었다.

엘시 패터슨은 그 애들에게 리볼버 권총에 의한 사고라고 말했었다.

"아빠가 불행하게도 사고를 당하셨단다."

사려 깊은 베릴 콜리어는 혹시 아이들이 신문에 난 기사를 읽을까 봐 일찌감치 조간신문을 치워 버렸다. 뿐만 아니라 하인들에게도 입조심을 하라고 단단히 주의를 시켰다. 정말 베릴은 상냥하고 생각이 깊은 여자였다.

얼굴이 새파랗게 질린 테렌스가 입술을 꼭 다물고 어둠침침한 응접실에 멍하니 서 있는 저다에게로 걸어왔다.

"엄마, 아빠가 왜 총에 맞아 죽었죠?"

"돌발적인 사고였단다. 내가—내가 뭐라고 얘기할 수가 없구나."

"그건 사고가 아니었어요. 그런데 엄마는 왜 거짓말은 하세요? 아빠는 누군가에 의해 살해되었다고 신문에 났던데요. 그건 살인사건이래요."

"테리! 아니, 너 어떻게 신문을 봤니? 콜리어 양이……."

테렌스는 마치 늙은이 같은 포즈로 고개를 끄덕였다.

"밖에 나가서 신문을 한 장 사봤죠. 신문에는 엄마가 얘기해주지 않은 내용이 실려 있을 것 같아서요. 그렇지 않다면 콜리어 양이 신문을 숨길 이유가 없잖아요."

테렌스에게는 어떤 것도 숨길 수가 없었다. 그의 유별난 호기심은 무엇이든 그냥 지나치는 것이 없었던 것이다.

"아빠가 살해된 이유가 무엇이에요, 엄마?"

그의 말이 떨어지기가 무섭게 저다는 무너지듯 주저앉으면서 히스테리컬하게 외쳤다.

"나한테는 아무것도 묻지 마라. 아무 얘기도 하지 마. 내가 얘기할 수 있는 것은 아무것도 없어……. 생각만 해도 너무 끔찍하고 무서워."

"경찰은 범인을 잡겠지요? 제 말은 꼭 범인을 찾아내야 한다는 거예요. 꼭 그래야죠."

감정이라고는 조금도 들어 있지 않은 냉정한 말이었다.

테리의 그러한 태도를 보자 저다는 가슴이 답답해지면서 미쳐 버릴 것만 같은 심정이었다. 그녀는 생각했다.

'저 앤 아랑곳하지 않는구나. 자기 아빠가 죽었다는데도 아랑곳없이 계속 야멸치게 질문만 퍼부어대는구나. 어쩜 소리 내어 울 줄도 모르는 거지?'

실망과 좌절감이 가득 찬 표정으로 테렌스는 목을 움츠리고 옆에서 엘시 이모가 잔소리하려는 것을 피해 잽싸게 밖으로 나갔다.

테렌스는 항상 자신이 외롭다고 느껴 온 편이었다. 그래도 지금까지는 그것을 심각하게 느껴 본 적이 별로 없었다. 그러나 오늘은 그렇지가 못했다. 내 질문에 명확한 대답을 해 줄 수 있는 사람이 있다면 얼마나 좋을까!

화요일인 내일은 그가 니콜슨 마이너와 함께 니트로글리세린을 만들기로 약속한 날이었다. 그는 며칠 전부터 스릴감을 맛보며 그날이 오기만을 손꼽아 기다렸었다. 그런데 모든 게 틀어져 버렸다. 그래서, 이제 니트로글리세린을 만드는 일에는 흥미가 없어져 버렸다.

아버지의 갑작스러운 죽음은 그에게 충격을 안겨 주었다. 이런 판국에 과학 실험이 문제가 될 수 없지. 만일 친구 녀석의 아버지가 살해되었다면…….

그가 마음속으로 생각했다.

'문제는 우리 아빠가—살해되었다는 거야.'

그러자 그의 마음속에서 무엇인가 꿈틀거리면서 점점 커지기 시작했다. 그것은 알 수 없는 상대에 대한 분노였다.

베릴 콜리어는 침실의 문을 가볍게 노크한 뒤에 안으로 들어갔다. 그녀는 창백해 보이는 얼굴에 착잡한 빛을 띠고 있었다.

"그랜지 경감이 오셨어요."

그 말을 듣자 저다는 숨을 헐떡이며 애처로운 눈빛으로 베릴을 쳐다보았다.

베릴이 재빨리 이야기를 계속했다.

"그 사람의 말이 부인께 특별한 용무는 없다고 하더군요. 단지 시골로 내려 가기 전에 부인을 잠깐 뵙고 몇 마디 물어볼 게 있다고 합니다. 별 얘기는 아니고, 그저 크리스토 선생님의 일상생활에 대한 것이라고 했어요. 웬만한 것은 제가 대신 얘기해 줄 수가 있으니까 너무 걱정하지 마세요."

"정말 고마워요, 콜리."

베릴이 서둘러 방에서 나간 뒤에 저다는 한숨을 내쉬었다.

"콜리가 참 큰 힘이 되고 있어. 얼마나 일을 잘 처리하는지 몰라."

"그래." 패터슨 부인이 말했다.

"저 아가씨는 비서로서는 그만이야. 평범한 얼굴에 보잘것없는 몸매지? 나 좀 봐. 난 항상 그런 식으로만 생각한다니까. 존처럼 유난히 매력적인 남자에 게는 저런 비서가 좋아."

그 말에 저다가 발끈 화를 내며 자기 언니를 쳐다보았다.

"엘시, 무슨 말을 그렇게 해? 존은 그런 사람이 아냐. 맹세코 그렇지 않아. 언니는 존이 예쁜 비서를 데리고 있었다면 바람을 피웠을 것이라고 단정하는 데, 존은 결코 그런 사람이 아냐!"

"물론, 아니겠지." 패터슨 부인이 대답했다.

"하지만, 남자들이란 다 똑같다는 것을 알아야 해."

그랜지 경감은 존 크리스토의 진료실에 베릴 콜리어와 마주 앉아 있었다. 그녀의 얼굴은 도전적이고 쌀쌀맞게 보였다. 그는 특히 그 도전적인 표정을 염두에 두었다. 그녀로서는 그러는 게 자연스럽겠지.

'예쁜 여자라고는 말할 수 없군.' 그가 속으로 생각했다.

'그래도 저 아가씨와 의사 사이에 아무 일도 없다고 속단해서는 안 되지. 의사와 간호사 사이에 그렇고 그런 일이 너무 많은 세상이니까 말이야.'

그러나 그로부터 15분 뒤에 그랜지 경감은 상체를 뒤로 기대면서 이번만은 자기의 예상이 틀렸다고 결론을 내렸다. 베릴 콜리어는 그의 질문에 대해 조금 도 주저하지 않고 거침없이 대답했다. 그가 의사의 일상생활에 관한 이야기를 묻자 그녀는 즉시 명쾌하게 답변을 하였다. 그래서 그랜지 경감은 말꼬리를 은 근슬쩍 돌려 존 크리스토와 그의 부인과의 관계를 조심스럽게 물어보았다.

베릴은 그들 부부가 아주 사이가 좋은 편이었다고 말했다.

"아무리 사이가 좋다고 해도 서로 싸울 때도 있는 법이죠."

그랜지 경감은 이렇게 말하면서 베릴을 한번 떠보았다.

"그분들이 싸움하는 것을 본 적은 한 번도 없어요. 사모님은 남편을 하늘처럼 떠받들었거든요. 정말 노예처럼 남편에게 헌신적이었죠."

그녀의 말 속에는 어딘가 모르게 경멸의 빛이 담겨 있었다.

그랜지 경감은 그런 느낌을 받자 문득 한 생각이 떠올랐다.

'이 아가씨는 여권론자군그래.'

그가 크게 물었다.

"크리스토 부인이 항상 남편에게 순종하는 편이라는 말씀입니까?"

"예, 모든 생활이 크리스토 선생님을 중심으로 해서 이루어졌어요."

"저, 말하자면 폭군같이 그 부인 위에 군림했군요."

베릴은 잠시 생각에 잠겼다가 말했다.

"아니에요, 제가 그런 뜻으로 말씀드린 건 아니에요. 그러나 제 생각에 선생님은 매우 이기적인 분이셨어요. 선생님은 매사에 부인이 순종하며 살아가는 것을 당연하게 여기셨거든요."

"환자들과의 관계는 어땠습니까? 특히 여성 환자들 말입니다. 콜리어 양, 부담 갖지 말고 솔직히 얘기해 주십시오. 의사들이 환자와 그렇고 그렇다는 것은 공공연한 비밀이니까요."

"그렇고 그렇다니요?" 베릴이 경멸하는 투로 되물었다.

"크리스토 선생님은 모든 환자들에게 한결같이 친절한 태도로 대했어요. 환자한테만은 정말 훌륭한 의사였지요." 그녀가 덧붙였다.

"의사로서는 정말 훌륭한 분이셨어요."

그녀의 말은 칭찬이었지만 그 속에는 어딘가 모르게 가시가 들어 있었다.

"특별히 사이가 가까운 여자는 없었습니까? 콜리어 양, 숨기지 말고 얘기해 주십시오. 이건 상당히 중요한 이야기입니다."

"물론, 그러시겠죠. 분명히 말씀드리지만, 제가 아는 바로는 그런 일은 없어요!"

너무 퉁명스러운 답변이라고 그는 생각했다. 알고 있지는 못한다 하더라도 추측 정도는 할 수 있는 일 아닌가?

그가 불쑥 말했다.

"헨리에타 세이버네이크와는 어땠습니까?"

베릴의 입술이 팽팽하게 치켜 올라갔다.

"그녀는 선생님 가족과 친한 친구 분이었어요."

"아니, 내 말은 그게 아니고 그녀 때문에 크리스토 부부 사이에 어떤 트러블이 있었느냐는 뜻입니다."

"분명히 말씀드리지만, 그런 건 없었어요."

그녀의 대답은 매우 단호했다(너무 단호한데?).

그랜지 경감이 말꼬리를 돌렸다.

"그럼, 베로니카 크레이와는 어땠습니까?"

"베로니카 크레이?"

적어도 베릴의 목소리에 과장된 놀라움은 들어 있지 않았다.

"그녀는 크리스토 의사의 친구라고 하던데 맞습니까?"

"그런 얘기를 들은 적은 없는데요. 그런데, 그 이름은 어디서 들어본 것 같은데……."

"영화배우요."

베릴이 찡그렸던 이마를 폈다.

"그렇군요. 그래서, 그 이름이 귀에 익었군요. 하지만, 선생님이 그 여배우를 알고 계셨는지는 전 전혀 모르고 있었는데요."

여자 문제에 관한 한 베릴의 답변이 너무나 명확했기 때문에 그랜지 경감은 더 조사해 볼 생각을 포기해 버렸다. 그 대신 그는 지난 토요일 존 크리스토의 태도가 어땠는지를 집중적으로 물어보기 시작했다. 이 부분에 이르자 베릴은 처음으로 확신에 찬 대답을 하지 못했다.

그녀는 천천히 말했다.

"그날은 평상시와 많이 달랐어요."

"어떤 점들이 그랬습니까?"

"마치 넋이 나간 사람 같았어요. 환자가 마지막으로 한 명 남아 있었는데도 도대체 벨을 누르지 않아서 제가 진찰실로 들어가 환자가 기다린다는 얘기를 해야 할 정도였으니까요. 다른 때 같으면 빨리 환자를 보려고 몹시 서둘렀을 거예요. 멀리 여행할 때는 으레 그랬거든요. 그런데, 그날은 그렇지가 않았어요. 무엇인가를 골똘히 생각하는 눈치였어요."

더 이상 베릴에게서 들을 이야기는 없었다.

그랜지 경감은 자신의 조사 결과에 대해 실망을 금치 못했다. 그는 살인의 동기를 밝히기 위해 이곳까지 왔다. 검찰로 사건이 넘어가기 전에 그 살인 동기를 밝혀내야 하기 때문이었다.

그는 저다 크리스토가 범인이라는 것을 굳게 믿고 있었다. 그리고 그 동기는 질투심이라고 생각했던 것이다. 그러나 아직까지는 그의 이런 생각을 뒷받침해 줄 만한 증거가 하나도 없었다.

쿰브스 경사가 이 집 하인들을 만나 조사했지만 별 소득이 없었다. 크리스토 부인이 자기 남편을 끔찍이도 존경했다는 얘기들뿐이었다.

어떻든 이번 사건은 할로 저택과 연관되어 있는 게 틀림없다고 그랜지 경감은 생각했다. 할로 저택을 생각하자 그랜지 경감은 우울해졌다. 크리스토 부부가 할로 저택에서는 손님이라는 데에 생각이 미쳤기 때문이다.

그때 책상 위의 전화벨이 요란하게 울려서 콜리어 양이 수화기를 들었다.

그녀가 말했다.

"경감님, 전화 받으세요."

그러고는 그랜지 경감에게 수화기를 건네주었다.

"여보세요, 전화 바꿨습니다. 뭐라고요?"

그의 어조가 바뀌자 베릴이 호기심 어린 표정으로 그를 쳐다보았다. 무뚝뚝한 그의 얼굴이 더욱 목석같아 보였다.

그는 수화기를 귀에 대고 툴툴거리는 것 같았다.

"응……응……그건 찾았어. 틀림없는 사실이지? 분명한 사실이야……응…… 그래……맞았어. 응 내려갈게. 여기 일은 거의 다 끝마쳤어. 응. 그러지."

그는 수화기를 내려놓고 잠시 멍한 표정으로 앉아 있었다. 베릴이 그런 그의 모습을 호기심 어린 눈으로 살폈다.

이윽고 그랜지 경감은 마음을 가라앉히고, 아까와는 전혀 다른 어조로 말을 했다.

"콜리어 양, 이번 사건에 대한 아가씨의 견해는 어떤지 아직 모르겠군요."

"무슨 말씀이신지……."

"크리스토 의사를 살해한 범인이 누구라고 생각하십니까?"

베릴이 단호한 어조로 말했다.

"경감님, 전 정말로 아는 바가 없습니다."

그랜지가 느릿느릿 말했다.

"현장을 목격한 사람들에 의하면, 크리스토 부인이 손에 권총을 들고 시체 옆에 서 있었다고 하는데……."

그는 의도적으로 말을 끝맺지 않았다.

베릴이 즉각적으로 그의 말에 반박했다. 놀랄 정도로 차가운 반응이었다.

"경감님이 크리스토 부인을 범인이라고 생각하신다면 분명히 잘못 생각하고 계신 거예요. 오히려 유순하고 순종적인 사람이죠. 더군다나, 그 부인은 남편을 하늘같이 받들던 사람이에요. 모든 상황으로 미루어 보아 그녀가 불리한 입장에 처해 있다고는 하지만, 잠시라도 그 부인을 범인이라고 생각하신다니 참 우습군요."

"그렇다면 범인이 누구라고 생각하시오?" 그가 날카롭게 물었다.

베릴이 천천히 대답했다.

"전 모르겠군요."

그랜지 경감이 문으로 걸어갔다.

베릴이 그 뒤를 따라가며 물었다.

"이곳을 떠나기 전에 크리스토 부인을 만나시겠어요?"

"아니오……, 예, 그러죠. 만나보는 게 좋을 것 같군요."

그의 태도는 전화가 오기 전과 180도로 달라져 있었다. 그 이유가 무엇인지 베릴은 궁금해졌다. 무슨 얘기를 들었기에 저 남자가 저렇게 변했지?

저다가 불안해하는 표정으로 방에 들어왔다. 쩔쩔매며 당황해 하는 모습이 눈에 역력했다. 떨리는 목소리로 저다가 나지막하게 말했다.

"범인이 누군지 알아내셨어요?"

"아직은 뭐 별로……."

"그런 끔찍한 일이 일어나다니 말도 안 되는 소리예요."

"크리스토 부인, 그건 현실입니다."

저다는 계속 고개를 숙인 채 손수건을 공처럼 돌돌 말았다. 그녀의 어깨가 약하게 떨리고 있었다.

그가 조용한 목소리로 말했다.

"크리스토 부인, 남편과 원수진 사람들이 있었나요?"

"존에게요? 오, 아니에요. 그이는 훌륭한 사람이었어요. 모든 사람이 그이를 존경했답니다."

"그런 사람이 없었다는 말씀이군요." 그가 잠시 말을 멈추었다.

"그렇다면, 부인에게 원한을 품은 사람이 있습니까?"

"나한테요?" 그녀는 그의 말에 놀란 표정이었다.

"오, 아니에요."

그랜지 경감은 한숨을 내쉬었다.

"베로니카 크레이에 대해서는 어떻게 생각하십니까?"

"베로니카 크레이? 아, 그날 밤 성냥을 빌리러 온 사람 말이군요."

"그렇습니다. 바로 그 사람입니다. 그녀를 잘 알고 계십니까?"

저다는 머리를 흔들었다.

"전 잘 몰라요. 존은 옛날에 그녀를 알았대요. 그건 그 여자가 얘기한 것 같아요."

"그녀가 남모르는 원한을 가슴속에 지니고 있었던 건 아닐까요? 돌아가신 분한테 말입니다."

저다가 위엄 있는 목소리로 그의 말을 반박했다.

"존한테 원한을 품을 사람은 이 세상 어디에도 없어요. 그이는 환자에게 얼마나 친절하고 헌신적인 사람이었는지 몰라요. 세상에서 그렇게 고귀한 사람은 아마 없을 거예요."

"흠—." 그랜지 경감이 신음소리를 내었다.

"예, 그렇겠지요. 자, 안녕히 계십시오. 크리스토 부인, 검시 재판 날짜는 알고 계시지요? 수요일 오전 11시, 마켓 디플리치에서 열립니다. 너무 걱정하지 않으셔도 될 거예요. 증거를 좀더 수집하기 위해 1주일 정도 연기될 수도 있을 겁니다."

"알겠습니다. 수고하셨어요."

저다는 그의 뒷모습을 바라보며 멍하니 서 있었다.

그랜지 경감은 저다가 아직까지도 자신이 주요한 용의자로 혐의를 받고 있다는 사실을 모르고 있는지 문득 궁금해졌다.

그는 큰소리로 택시를 불러 세웠다. 조금 전에 전화로 들은 내용을 한시라도 빨리 확인해 볼 필요가 있었기 때문이었다. 그것은 앞으로의 수사 방향이 완전히 바뀔 수도 있는 내용이었다. 언뜻 생각하기에 그건 말도 되지 않는 소리였다. 정말 도저히 이해할 수 없는 노릇이었다. 그러나 어떤 면에서는 지금까지 그가 간과해 왔던 점이 실은 사건의 핵심이 될지도 모르는 일이었다.

어떻든 이 사건이 처음 그가 생각했던 것처럼 단순한 살인사건이 아닌 것은 분명했다.

제17장

헨리 경은 의아한 표정으로 그랜지 경감을 바라보았다.

헨리 경이 느릿하게 말했다.

"경감, 무슨 말인지 통 이해가 되지 않소"

"헨리 경, 아주 간단한 일입니다. 헨리 경이 가지고 계신 총들을 다시 한 번 점검해 주시면 됩니다. 총들은 모두 목록이 작성되어 있으리라고 생각하는데요"

"그건 당연한 말이오. 하지만, 그 리볼버 권총이 내 것이라고 이미 확인을 해갔었지 않소?"

"그렇게 간단한 일이 아닙니다."

그랜지 경감은 잠시 말을 멈추었다. 그는 본능에 의해 그 정보를 얘기해야 할지 말아야 할지를 망설이고 있었기 때문이다. 그의 마음속에서 갈등이 심해졌다.

'헨리 경은 저명한 인사야. 내 부탁은 선선히 들어주겠지. 하지만, 그 이유를 분명히 대라고 할 거야.'

그랜지 경감은 모든 사실을 다 털어 놓기로 작정했다. 그가 조용하게 입을 열었다.

"크리스토 의사를 쏜 총이 오늘 아침에 여기서 확인한 그 리볼버 권총이 아니라는 게 밝혀졌습니다."

헨리 경의 눈썹이 위로 치켜졌다.

"참 이상하군!" 그가 말했다.

그랜지 경감은 그 말을 듣자 왠지 마음이 놓였다. 그 자신도 처음엔 그 말을 듣고 이상하다는 생각이 들었기 때문이다. 그는 그렇게 말한 헨리 경이 고

맞다는 생각이 들었다. 그 말은 그들의 심경을 가장 적절하게 표현해 준 말이었다. 그래, 단순히 이치에 맞지 않는다는 말로는 부족해.

헨리 경이 물었다.

"범행에 사용된 총이 내 수집품 중 하나라고 믿는 이유는 뭐요?"

"그런 이유는 없습니다. 단지 확인해 보기 위한 겁니다."

헨리 경이 고개를 끄덕이며 그의 말에 동감을 표시했다.

"그게 좋겠군. 자, 한번 살펴봅시다. 조금 시간이 걸릴 게요."

헨리 경은 책상서랍을 열고 겉장이 가죽으로 된 수첩을 꺼냈다. 그러고는 수첩을 펴면서 같은 말을 되풀이했다.

"다 살펴보려면 시간이 꽤 걸릴 게요……."

헨리 경의 목소리가 의미심장하다고 느낀 그랜지 경감은 그의 모습을 주의 깊게 살폈다. 헨리 경의 어깨가 앞으로 약간 굽어서인지 갑자기 더 나이 들고 지쳐 보였다.

그랜지 경감은 이맛살을 찌푸렸다. 그가 속으로 생각했다.

'제기랄, 이 사람이 이런 시골구석에 처박혀 뭘 생각하고 있는지 알게 뭐람.'

"아하, 여기—."

그 말에 그랜지 경감이 몸을 돌려 벽시계를 쳐다보았다. 헨리 경이 시간이 꽤 걸릴 거라고 말했을 때부터 30분, 아니 20분 정도가 지나 있었다.

그랜지 경감이 재빨리 물었다.

"맞습니까?"

"38구경 스미스 앤드 웨슨 권총이 없어졌소. 갈색 가죽 권총집에 넣어 이 서랍의 맨 안쪽에 놓아두었는데, 지금 보니 없어졌군."

"아하!"

그랜지 경감은 침착하려고 애썼지만 마음대로 되지 않았다.

"헨리 경, 그 총을 이 서랍에서 마지막으로 보신 게 언젠지 기억나십니까?"

헨리 경은 잠시 곰곰이 생각에 잠겼다.

"경감, 확실하게 얘기하기는 어렵소. 이 서랍을 열은 것은 1주일 전이었지. 내 생각에는 만일 총이 그때 없어졌더라면 내가 몰랐을 리가 없을 게요. 그건 거의 확실해요. 하지만, 단정적으로 말하기는 어렵군."

그랜지 경감은 알겠다는 듯이 고개를 끄덕였다.

"협조해 주셔서 감사합니다, 헨리 경. 자, 저는 볼일이 있어서 이만 실례해야겠습니다."

그랜지 경감은 바삐 서둘며 방에서 나가 버렸다.

헨리 경은 그가 떠나 버린 뒤에도 한참 동안 꼼짝하지 않고 그대로 서 있었다. 이윽고 그는 프랑스식 유리문을 통해 테라스로 나갔다. 정원에서는 그의 아내가 원예용 장갑을 끼고 분주하게 돌아다니며 값비싼 정원수들을 손질하고 있었다.

그를 본 레이디 앙카텔이 밝은 미소를 지으며 손을 들어 보였다.

"경감이 무슨 볼일로 왔대요? 경찰이 우리 집 하인들을 그만 괴롭혔으면 좋겠어요. 당신도 알다시피 그들은 경찰이라면 진저리를 치잖아요. 우리는 이번 사건을 흥미진진하게 생각하는데 반해, 그들은 그렇지가 못한가 봐요."

"우리가 그렇게 생각했던가?"

그의 말투가 보통 때와는 다르다고 느낀 레이디 앙카텔이 눈을 들어 그를 쳐다보았다. 그녀가 그에게 달콤한 미소를 지어 보였다.

"헨리, 무척 피곤하신가 봐요. 그 일이 그렇게도 걱정이 되세요?"

"루시, 우리 집에서 살인사건이 일어났는데 왜 걱정이 되지 않겠소?"

레이디 앙카텔은 잠시 그 말을 곰곰이 생각해 보는 눈치였다. 그렇지만, 그녀의 손은 부지런히 쓸데없는 나뭇가지들을 쳐내고 있었다.

갑자기 레이디 앙카텔의 얼굴에 낭패한 기색이 떠올랐다.

"어머, 여보 이것 좀 봐요. 이런 가위가 가장 나빠요. 가윗날이 너무 예리해서 자르지 말아야 할 것까지 마구 자르게 된다니까. 당신이 말한 게 뭐였더라? 아, 살인사건 때문에 걱정이 된다고 하셨죠. 헨리, 그런 것 때문에 걱정할 필요는 없어요. 제 말은, 죽을 운명이라면 어떻게든 죽는다는 거예요. 결핵 요양소에서 폐결핵으로 죽을 수도 있고, 우연히 얼굴을 한 대 얻어맞고 죽을 수도 있잖아요. 아니면, 총에 맞아 죽거나 칼에 찔려 죽을 수도 있으며, 목이 졸려 죽을 수도 있는 거예요. 물론 그렇게 죽는다는 건 끔찍한 일이죠. 하지만, 언제 어떤 방법으로 죽던, 결국은 다 마찬가지예요. 제 말은, 사람으로 태어난 이상 언젠가는 반드시 죽기 마련이라는 뜻이죠. 어떤 사람이 죽게 되면 그 사람의 모든 근심 걱정은 사라지게 될 거예요. 그러나 죽은 사람의 친지들에게는 여러 가지 문제가 남게 되지요. 유산 문제라든지, 검은 옷을 입어야 할지 아닐지. 또는 셀라나 이모의 책상을 누가 가질 것인지 등등 이런 복잡한 문제들 말이에요!"

헨리 경은 각돌(담벽 위에 가로놓는 돌) 위에 걸터앉았다. 그가 말했다.

"루시, 이번 사건은 우리 생각처럼 그렇게 단순한 사건이 아닌 것 같아."

"여보, 그렇다면 사건이 해결될 때까지는 꼼짝도 못하겠군요. 이번 사건이 마무리되는 대로 어디 가서 바람 좀 쐬고 와야겠어요. 현재의 골치 아픈 문제는 접어두고, 우리 미래를 기다려요. 지금으로서는 그게 가장 좋은 방법이죠. 안 그래도 우리가 이번 크리스마스 동안만 에인스윅 저택에서 지낼 것인지, 아니면 내년 부활절까지 거기 머물러 있을 것인지를 곰곰이 생각해보던 중이었다고요. 당신 생각은 어떠세요?"

"크리스마스는 아직 멀었어."

"저도 알고 있어요. 하지만, 전 빨리 결정해 두고 싶어요. 아마도 부활절에는……그럴 거야."

루시가 꿈꾸는 듯한 표정으로 행복한 미소를 지었다.

"그때까지는 그 애도 원상회복될 거예요."

"누가?" 헨리 경이 놀란 눈으로 그녀를 쳐다보았다.

레이디 앙카텔이 차분한 어조로 말했다.

"헨리에타 말이에요. 내년 10월에는 에드워드와 헨리에타가 결혼식을 올릴 수 있게 될 거예요. 우린 그 결혼식에 참석했다가 크리스마스 때까지 계속 거기에 머물러 있어야 되겠어요. 헨리, 전 지금 그것을 미리 생각해 보는 중이에요."

"여보, 너무 그렇게 앞질러 생각하지 말아요. 당신은 상상력이 너무 풍부해서 탈이야."

"여보, 그 헛간 알죠? 그것을 개조하면 멋진 작업실이 될 거예요. 헨리에타가 마음 푹 놓고 조각에 전념할 수 있는 작업실 말이에요. 당신도 알다시피 헨리에타는 천부적인 재능을 지닌 조각가잖아요. 에드워드는 그런 헨리에타를 자랑스럽게 여기겠죠. 음, 아들 둘에 딸 하나면 좋을 거예요. 아니, 아들 둘에 딸 둘도 괜찮겠어."

"아이고! 루시! 루시! 당신은 김칫국부터 마시고 있군."

"여보!"

레이디 앙카텔은 크고 아름다운 눈을 더 커다랗게 뜨고 잠시 깜박거렸다.

"에드워드는 헨리에타가 아니면 그 누구하고도 결혼하지 않을 사람이에요. 그는 굉장히 외곬이에요. 그런 면에선 우리 아버지보다 더 심하다고 할 수 있죠. 그는 한번 마음을 주면 천지가 진동을 해도 흔들리지 않을 사람이에요. 그러니까, 당연히 헨리에타가 그와 결혼을 해야죠! 어느 정도 시간이 흐르면 헨리에타도 존 크리스토를 잊어버리고 마음을 정리하게 될 게 분명해요. 아무리 생각해도 헨리에타가 존을 알게 된 것은 정말 잘못된 일이었어요."

"가엾은 친구!"

"왜요? 아, 당신은 그가 죽은 게 가엾다는 거죠? 하지만, 사람이면 언제든지 한번은 죽기 마련이에요. 그래서 전 누가 죽었다고 해도 그렇게 가엾은 생각은 들지 않아요."

헨리 경이 자기 아내를 의아스러운 표정으로 쳐다보았다.

"루시, 난 당신이 크리스토를 좋아한다고 생각했는데, 그게 아니었나 보지."

"존 크리스토가 재미있고 매력적인 사람임에는 분명해요. 하지만, 그렇다고 해서 그 사람을 꼭 좋아해야 한다는 규정은 없잖아요."

부드러운 미소를 띤 얼굴로 레이디 앙카텔은 가막살나무의 가지를 가차없이 잘라내었다.

제18장

　창문 옆에 서 있던 에르큘 포와로는 헨리에타 세이버네이크가 골목길을 따라 자기 집으로 오고 있는 것을 보았다. 그녀는 그 비극적인 사건이 일어난 날 입고 있었던 녹색 트위드 천의 옷을 그대로 입고 있었다. 그녀의 뒤에는 발바리 한 마리가 쫄랑거리며 따라오고 있었다.

　에르큘 포와로는 서둘러 현관으로 가서 문을 열었다. 헨리에타가 미소를 띤 얼굴로 거기에 서 있었다.

　"집 안 구경 좀 하고 싶은데 괜찮을까요? 그게 제 취미거든요. 강아지를 데리고 산책을 하다가 마침 이곳을 지나게 되어서 집 안 구경 좀 할까 하고요."

　"아, 물론 괜찮고말고요. 개를 데리고 산책을 한다니 아가씨에게서 전형적인 영국인의 모습을 보는 것 같군요."

　"그러세요?" 헨리에타가 말했다.

　"안 그래도 저 역시 그런 생각이 들더군요. 이런 시를 아시는지 모르겠군요. '하루하루가 느릿느릿 지나갔네. 오리들에게 먹이를 주고 마누라에게 잔소리하면서. 피리로 헨델의 '라르고'를 불 때 강아지는 뛰어놀았지. 내 옆에서.'"

　헨리에타가 눈부실 정도로 화려한 미소를 다시 지어 보였다.

　포와로는 거실로 그녀를 안내했다. 헨리에타는 깔끔하게 정돈된 실내를 둘러보면서 고개를 끄덕였다.

　"정말 깔끔하군요." 그녀가 말했다.

　"모든 게 다 대칭을 이루어 균형이 잡혀 보여요. 선생님이 제 작업실을 보신다면 아마 기절하실 거예요."

　"왜, 그럴 이유라도 있습니까?"

　"진흙덩어리가 작업실 곳곳에 묻어 있을 뿐 아니라, 조각품도 어느 것 하나

똑같은 게 없거든요. 제각기 다름 모습을 한 조각들이 이곳저곳에 아무렇게 놓여 있다는 것을 한번 상상해 보세요."

"충분히 이해가 갑니다. 아가씨는 예술가니까 그러는 게 당연하죠."

"선생님도 예술가라고 할 수 있지 않은가요?"

포와로가 고개를 갸웃거렸다.

"글쎄요. 그렇다고 할 수도 있겠죠. 난 대체로 예술적인 분위기를 풍기는 사건들을 많이 알고 있는 편이거든요. 다시 말해, 상상력이 최고로 발휘된 사건을 많이 접해 봤다는 뜻이지요. 그러나 사건을 해결하는 열쇠는 창조력이 아닙니다. 그것에 필요한 것은 진실을 밝히고자 하는 열정이라고 할 수 있지요."

"진실을 밝히고자 하는 열정이라……."

헨리에타가 생각에 잠긴 표정으로 그 말을 되뇌었다.

"무슨 말인지 알 것 같군요. 그렇다면, 진실을 알아내는 것만으로 만족하시나요?"

"무슨 뜻입니까?"

"전 선생님이 진실을 알고 싶어하시는 그 마음을 충분히 이해할 수 있습니다. 제가 궁금한 건 선생님께서 그 진실을 알아낸 뒤에는 그대로 있으실 것인지, 아니면 그것을 구체적인 행동으로 나타내실 것인지 하는 겁니다."

그녀의 말이 포와로에게는 꽤 흥미 있게 들렸다.

"아가씨는 내가 크리스토 의사의 죽음에 대한 진실을 알고 있을지도 모른다고 생각하는군요. 글쎄요, 그 진실을 내 마음속에만 묻어둘 수도 있겠죠. 그런데, 아가씨는 그 진실을 알고 있습니까?"

헨리에타가 어깨를 으쓱해 보였다.

"그 해답의 열쇠는 저다가 쥐고 있는 것 같아요. 어떤 살인사건이 일어났을 때 항상 주요한 용의자로 혐의를 받는 사람이 바로 그 아내나 남편이라는 사실은 너무 시니컬한 면이 있어요."

"그렇다면, 아가씨는 그렇게 생각 안 한다는 뜻입니까?"

"전 확실한 증거 없이 단정을 내리고 싶지는 않아요."

포와로가 조용한 목소리로 말했다.

"세이버네이크 양, 왜 여기 오셨죠? 그 이유가 있을 것 같은데요?"

"전 선생님처럼 진실을 밝히고자 하는 열정이 없다는 것을 시인하겠습니다. 사실 개를 데리고 산책을 하는 중이었다는 것은 한낱 핑계였어요. 할로 저택의 주인이 개를 키우지 않고 있다는 사실을 선생님께서 모르시지는 않으셨을 거예요."

"그건 맞는 말이오."

"그래서, 정원사가 기르는 발바리를 잠깐 빌렸답니다. 선생님은 분명히 제가 거짓말쟁이라고 생각하실 거예요."

다시 한 번 헨리에타의 입가에 그 화려한 미소가 떠올랐다가 사라졌다. 그 미소가 왜 그렇게 매혹적으로 보이는지 포와로는 알 수가 없었다.

포와로가 조용히 입을 열었다.

"천만에요. 아가씨는 고결한 성품을 지니고 있어요."

"선생님은 왜 그런 말씀을 하시죠?"

헨리에타는 놀란 표정이었다. 아니, 당황해 한다는 말이 더 맞을 것 같았다.

"그게 진실이라고 믿기 때문이오."

"고결하다……." 헨리에타는 조심스럽게 그 말을 다시 되뇌어 보았다.

"무슨 뜻으로 하신 말씀인지 궁금하군요."

헨리에타는 아무 말 없이 고개를 숙이고 카펫을 내려다보았다. 이윽고 그녀는 머리를 들고 포와로를 뚫어져라 쳐다보았다.

"제가 왜 선생님 댁에 왔는지 궁금하지 않으세요?"

"아가씨가 그 이유를 말로 표현하기는 힘들 것 같은데요."

"예, 저도 그렇게 생각해요. 검시 재판은 내일 열립니다. 그런데, 어떻게 결심을 해야 할지……."

헨리에타가 도중에 말을 끊었다. 그러고는 자리에서 일어나 벽난로 쪽으로 걸어가서 오락가락하였다. 그러다가, 그녀는 진열되어 있는 장식품을 한두 개 들어 서로 위치를 바꿔 놓았다. 또한, 테이블 가운데에 놓여 있던 갯개미취가 꽂힌 꽃병을 들어 벽난로 선반의 구석자리에 갖다놓았다. 그런 뒤에 헨리에타는 뒤로 한두 걸음 물러서서 고개를 갸우뚱한 채로 자신이 새로 한 그 배치를 살펴보았다.

"선생님이 보시기에 어떠세요?"

"글쎄."

"선생님이 좋아하지 않으실 거라고 생각했었죠."

헨리에타는 웃으면서 재빨리 모든 것을 원위치로 옮겨놓았다.

"저, 말하고 싶은 것만 말해도 된다면 얼마나 좋을까요! 어떻든 선생님께는 모든 걸 다 털어놓고 얘기할 수 있을 것 같아요. 그럼, 말씀 드리겠어요. 제가 존 크리스토의 애인이었다는 것을 꼭 경찰에 알려야 할까요?"

헨리에타의 목소리에는 아무런 감정도 담겨 있지 않았다. 그녀의 시선은 포 와로의 머리 위쪽 벽을 향하고 있었으며, 그녀의 손가락은 꽃병의 굴곡을 따 라 움직이고 있었다. 그 손가락의 동작에 그녀는 자신의 감정을 쏟아붓고 있 다고 에르퀼 포와로는 생각했다.

에르퀼 포와로도 역시 나지막한 목소리로 덤덤하게 말했다.

"아가씨와 존 크리스토가 애인 사이라는 사실은 이미 알고 있는 사실이오."

"애인 사이라는 표현은 정확한 게 못 돼요."

그가 의아한 눈초리로 그녀를 쳐다보았다.

"아가씨가 그렇게 말하지 않았습니까?"

"아니에요."

"그렇다면 뭐라고 표현할까요?"

헨리에타는 어깨를 으쓱했다. 그러고는 소파로 걸어와서 포와로 옆에 앉았 다. 헨리에타가 천천히 말했다.

"가능하다면 그와의 관계를 정확하게 설명드리고 싶어요."

그 말이 더욱 그의 헨리에타에 대한 호기심을 불러일으켰다.

포와로가 말했다.

"아가씨가 크리스토 의사와 그런 연인 사이가 된 건 언제부터입니까?"

"약 6개월 전이에요."

"경찰이 그 사실을 알아내는 것은 시간문제라고 생각되는데요."

헨리에타는 아무 말 없이 잠시 생각에 잠겼다.

"그렇게는 생각하지 않는데요. 우린 흔히 생각하듯이 그런 추잡한 관계가 아니거든요."

"하지만, 경찰이 그 사실을 알아내는 것은 그리 어려운 문제가 아닙니다, 그 것만은 자신 있게 말할 수 있어요."

"저도 그럴 거라고 생각했죠."

헨리에타는 말을 멈추고 손가락을 쫙 펴서 무릎 위에 올려놓고 그것을 내려 다보았다. 이윽고 그녀가 고개를 들고 다정한 눈빛으로 포와로를 바라보았다.

"포와로 씨, 제가 어떻게 해야 좋을까요? 그랜지 경감에게 가서 그 사실을 털어놓아야 할까요? 그런 콧수염이 있는 사람에게 뭐라고 설명을 해야 이해시 킬 수가 있을까요? 그 사람은 콧수염 때문에 너무나 가정적인 사람으로 보이 거든요."

포와로는 손을 들어 자신이 자랑스럽게 여기는 콧수염을 매만졌다.

"내 콧수염은 어떤 것 같습니까?"

"선생님의 콧수염은 예술적이에요. 어떤 것과는 비교할 수 없을 정도로 독 창적인 것 같아요."

"그건 맞는 말이오."

"제가 이렇게 선생님을 만나 뵙고 모든 사실을 털어놓는 것은 바로 그 때 문인지도 모르겠어요. 저와 존과의 관계를 경찰이 알아낸 다음에는 사람들에 게 반드시 공개하게 되나요?"

"경우에 따라 다르죠." 포와로가 말했다.

"그 사실이 살인사건과 직접적인 관련이 없다면 아마 비밀은 지켜 드릴 겁 니다. 아가씨가 걱정하는 문제는 바로 그것이군요?"

헨리에타는 말없이 고개를 끄덕였다.

잠시 동안 고개를 숙이고 자신의 손가락을 내려다보던 헨리에타가 돌연 머 리를 들면서 말했다. 이제 그녀의 목소리는 촉촉하게 젖어 침울한 느낌마저 주었다.

"왜 모든 일이 저다에게 불리하게 돌아가는 거죠? 저다는 존을 숭배했어요. 그런데, 그가 갑자기 죽어 버렸어요. 저다는 자기 남편을 졸지에 잃어버린 불쌍한 여자예요. 그런데다가 저와 존과의 관계를 알게 되면 그 마음의 상처가 얼마나 크겠어요? 그녀에게 무슨 죄가 있나요?"

"그렇다면 아가씨가 걱정하는 건 저라는 말입니까?"

"제가 위선적인 여자 같아 보이세요? 제가 정말 저다를 생각한다면 존과 그런 관계를 갖지 말아야 했을 거라고 생각하시겠죠. 선생님은 이해하시지 못할 거예요. 저희는 사람들이 흔히 생각하는 그런 관계가 아니었다고요. 그의 가정을 파괴하는 그건 관계가 아니었다는 말이에요. 난 단지 그의 삶의 한 부분일 뿐이었어요."

"아하, 그런 관계도 있군요."

헨리에타가 고개를 홱 돌려 그를 쳐다보았다.

"아니에요! 아니라고요! 제발 그렇게 생각하지 마세요! 선생님이 생각하시는 것처럼 그런 게 아니었다고요. 제가 뭘 가장 두려워하는 줄 아세요? 그건 사람들이 존을 그렇고 그런 사람이라고 함부로 입방아를 찧는 거예요. 하지만, 존은 그런 사람이 아니에요. 제가 이렇게 선생님에게 말씀을 드리는 것은 선생님만은 어쩌면 이해하실지도 모른다는 막연한 희망이 있어서예요. 존이 어떠한 사람이었다는 것을 확실하게 말씀드리고 싶어요. 신문에 뭐라고 날지는 보지 않아도 눈에 선해요. 아마도 '의사의 복잡한 애정행각'이라는 머리기사를 큼지막하게 실어 놓고 그 밑에 저다, 나, 그리고 베로니카 크레이에 대해 온갖 상상력을 다 동원해서 써내려가겠지요. 그러나 존은 여자한테 관심이 많은 사람이 아니었어요. 그가 가장 관심을 쏟았던 것은 그의 일이었어요. 그 외의 것은 모두 관심 밖의 일이었지요. 그는 정말 일에 맹렬하게 매달렸어요. 그는 자기의 청춘과 정열을 모두 일에 쏟아 부었다는 말이에요. 그의 마음을 항상 사로잡고 있었던 여자의 이름이 누구였을 거라고 생각하세요? 바로 크랩트리 부인이에요."

"크랩트리 부인?" 포와로가 놀란 눈으로 그녀를 쳐다보았다.

"그 사람이 누군데요?"

말을 계속하는 그녀의 목소리에는 웃음과 울음이 함께 뒤섞여 있어서 듣는 사람에게 기묘한 느낌을 주고 있었다.

"크랩트리 부인은 주름살이 쭈글쭈글한 늙은이예요. 못생긴데다 지저분하기가 이를 데 없는 할머니죠. 하지만, 강인한 정신력 하나만은 알아줄 만하답니다. 그 할머니는 리지웨이 병으로 성 크리스토퍼 병원에 입원해 있지요. 리지웨이 병은 매우 희귀한 병인데, 일단 그 병에 걸리기만 하면 죽을 수밖에 없답니다. 다시 말해, 그 병을 치료할 수 있는 방법이 없다는 거죠. 그러나 존은 어떻게든 그 치료 방법을 찾아내려고 온갖 노력을 다 기울였답니다. 전 전문적인 의학지식이 없기 때문에 그 병에 대해 자세히 말씀드릴 수는 없지만, 그 병은 호르몬 분비의 이상에서 오는 병이라는 얘기를 들었어요. 하여튼 존은 크랩트리 부인에게 가능한 모든 방법을 다 실험해 보았죠.

크랩트리 부인은 참을성이 많았고 또 살고 싶다는 욕망이 강렬한 사람이었거든요. 그래서, 자기를 살리려고 애쓰는 존을 매우 좋아했죠. 존과 크랩트리 부인은 한마음이 되어 병마와 싸운 거예요. 지난 몇 달 동안 존은 밤낮으로 리지웨이 병과 크랩트리 부인만 생각하며 지냈답니다. 그 외의 일은 모두 그의 관심 밖에 있었던 거지요. 그런 면에서 보면 존은 진정한 의미의 의사였어요. 할리가의 쓰레기 같은 환자들, 예를 들면 돈을 쓸 곳이 없어 병원에 돈을 버리러 오는 부유한 사람들, 별로 아프지도 않은데도 병원을 찾아오는 살이 뒤룩뒤룩 찐 여자들, 이런 환자들은 의사로서의 그에게는 부수적인 존재에 불과했어요. 그는 진정으로 불치의 병을 자신의 손으로 정복하고자 하는 성취욕에 불탔던 사람인 동시에, 유별나게 과학적인 호기심이 강한 사람이었다고 할 수 있겠죠. 이 정도의 얘기로 선생님께서 존을 이해하실 수 있겠어요? 제가 표현력이 부족한 게 한탄스럽군요."

헨리에타는 절망스러운 모습으로 손을 앞으로 내밀었다.

에르쿨 포와로는 그 모습이 매우 사랑스러워 보인다고 생각했다.

"아가씨는 그 사람을 완전히 이해하고 있었던 것 같군요."

"예, 그래요. 전 존을 충분히 이해할 수 있었어요. 존은 시간이 나는 대로 제게 달려와서 그런 이야기를 하곤 했죠. 아니, 정확히 말하자면 제게 달려온 게 아니라 자기 자신의 한 부분에게 달려왔다는 표현이 맞을 거예요. 무슨 말인지 이해하시겠어요? 그렇게 한참 얘기를 하고 나서는 늘 어떤 결론에 도달

하곤 했어요. 그는 항상 그런 식으로 문제를 정리했답니다. 어느 날은 아주 절망적인 모습으로 저를 찾아왔었지요. 갑자기 증가한 독성의 수치를 줄일 수 있는 방법을 못 찾아 고민하는 모습이었어요. 그렇게 몇 시간 동안을 고민하던 그가 돌연 밝은 표정이 되어 새로운 치료법을 다시 한 번 시행해 봐야겠다고 외치는 거였어요. 그런 걸 어떻게 설명해야 선생님이 이해하실 수 있을까요? 그의 그런 모습은 마치 전쟁하는 사람 같았다고나 할까요. 보이지 않는 적을 향해 맹렬하게 덤벼드는 미친 사람 같은 모습이었죠. 광기가 어린 얼굴로 고민하며 그 병에 대한 얘기를 한참 열변을 토하다가 자기 나름대로 결론을 내린 뒤에는 갑자기 허탈하고 지친 표정이 되어 그 자리에 쓰러져……."

헨리에타는 기억을 되살리려고 애를 쓰며 아무 말 없이 검은색 눈동자를 빛내고 있었다.

포와로가 의아한 표정으로 말했다.

"그의 그러한 얘기를 이해할 정도면 아가씨도 의학적인 지식이 상당한가 보군요."

헨리에타가 말했다.

"그런 것은 아니에요. 단지 존이 이야기하는 것을 알아들을 수 있을 정도죠. 전 일부러 그 병에 대한 책을 한 권 구해서 읽었거든요."

헨리에타는 가만히 앉아 있었다. 그녀의 입술은 반쯤 벌어져 있었고 눈빛은 마치 꿈꾸는 것 같았다.

포와로는 그녀가 옛 추억에 잠겨 있다고 생각했다.

이윽고 헨리에타가 한숨을 깊이 내쉬었다. 이제 그녀에게서 꿈꾸는 듯한 표정은 사라지고 없었다. 헨리에타는 포와로를 침울한 눈빛으로 쳐다보았다.

"선생님이 그 모든 걸 이해하실 수만 있다면 정말 좋겠어요."

"물론, 이해하고 있습니다."

"정말이세요?"

"그럼요. 아가씨의 얘기를 들으니 그가 어떤 사람이었는지 이해가 됩니다."

"고마워요, 선생님. 하지만, 그랜지 경감은 도저히 이해하지 못할 거예요."

"아마도 그럴 겁니다. 그 사람은 인간관계에 관심이 많은 사람이니까요."

돌연 헨리에타가 격렬한 어조로 말을 했다.

"존과 저와의 관계는 그리 관심을 가질 만한 관계가 아니에요. 이 사건과는 조금도 상관이 없어요."

포와로의 눈썹이 천천히 치켜져 올라갔다.

헨리에타가 그의 말없는 저항을 보고 이내 말을 계속했다.

"정말이에요! 그를 안 지 얼마 되지 않아 전 존과 그의 생각들을 모두 이해할 수 있게 되었어요. 그러자, 제가 그에게 여자로 보인 거지요. 그는 일에 전념하고 싶어도 그럴 수가 없다고 고백해 왔죠. 저 때문이에요. 존은 절 사랑하게 될까 봐 몹시 두려워했어요. 그는 어느 누구도 마음을 바쳐 사랑하고 싶어하지 않았거든요. 그가 제게 사랑을 고백한 이유도 따지고 보면 거기에 있다고 할 수 있었죠. 그는 저 때문에 마음을 졸이고 일할 시간을 빼앗기고 싶지 않았던 거예요. 그는 저와 가볍게 스쳐 지나가는 사랑을 나누기 원했죠."

"그래서 아가씨도……." 포와로가 친근한 어조로 말했다.

"그런 관계로 지내는 것에 만족했군요."

헨리에타가 자리에서 일어났다. 그녀는 본래의 냉정한 목소리로 돌아가 딱딱하게 말했다.

"그렇지가 못했어요. 저도 인간이니까요."

포와로는 잠시 동안 아무 말도 하지 않다가 이윽고 입을 열었다.

"그렇다면 왜?"

"왜라니요?" 헨리에타는 소파 주위를 빙빙 돌기 시작했다.

"전 존이 원하는 대로 해주고 싶었어요. 저 때문에 그의 일을 그르치고 싶지는 않았거든요. 존이 여자 때문에 상처입을 것을 그렇게 두려워하는 이유는 아마도 그 옛날의 상처가 너무나 컸기 때문일 거예요. 그래서 존이 저 때문에 상처입기를 두려워한 것은 그만큼 저를 진정으로 좋아했다는 증거겠죠."

포와로는 손으로 코를 문질렀다.

"조금 전에 아가씨가 베로니카 크레인 이름을 댔는데, 그녀도 존 크리스토의 친구였나요?"

"지난 토요일 저녁, 그들은 15년 만에 처음 만나게 되었죠."

"그럼, 존 크리스토가 15년 전에 그녀를 알았다는 말입니까?"

"그들은 15년 전에 약혼했었답니다."

헨리에타가 자리로 되돌아와서 앉았다.

"거기에 대해서는 제가 조금 더 자세히 말씀을 드릴 수가 있어요. 존은 베로니카를 열렬하게 사랑했었죠. 베로니카는 지금도 그렇지만, 그 당시에는 꽤 촉망받는 배우였나 봐요. 그녀는 극단적인 이기주의자여서, 존이 모든 것을 희생하고 그녀만을 위해 살아 주기를 원했던 모양이에요. 그래서, 존은 과감하게 그녀와 파혼을 하고 말았습니다. 그건 잘한 일이죠. 어떻든 베로니카와의 파혼은 존에게 깊은 상처를 입혔고, 그 일로 인해 그는 어떤 일이 있어도 베로니카와는 정반대의 여자와 결혼하겠다는 결심을 하게 되었어요. 그래서, 그는 속된 말로 바보 천치라고도 할 수 있는 저다와 결혼을 해버렸던 거죠. 그의 결혼생활은 그가 바라던 대로 순탄하게 지속되었죠. 그는 저다에겐 왕이었으니까요. 그렇지만, 어느 정도의 시간이 흐르자 존은 모든 면에서 둔한 저다가 짜증스럽게 느껴졌나 봐요. 그래서, 그는 저다 몰래 여러 번 바람을 피웠었죠. 하지만, 그는 그들을 단순히 즐기기 위한 상대로만 생각했을 뿐, 가정을 파괴할 정도는 아니었어요. 그리고 이건 제 추측입니다만, 15년 동안 존의 마음을 괴롭히던 게 있었던 것 같아요. 그건 베로니카와 관계된 일이라고 생각해요. 존이 그렇게 사랑했던 베로니카를 완전히 잊어버릴 수는 없었겠죠. 그런데, 거짓말처럼 그는 지난 토요일에 베로니카를 만나게 된 거예요."

한참 뒤에 포와로가 생각에 잠긴 표정으로 말했다.

"그 사람은 그날 밤 베로니카 크레이를 집에 바래다주기 위해 함께 나갔다가 그다음 날 새벽 3시에야 할로 저택에 돌아왔습니다."

"그 사실을 어떻게 아시죠?"

"한 하녀가 치통을 앓았거든요."

그 말에 헨리에타가 엉뚱하게 대꾸했다.

"할로 저택에는 하인이 너무 많아서 탈이에요."

"아가씨도 그 사실을 알고 있었나 보군요."

"예."

"어떻게 알았지요?"

다시 두 사람 사이에 침묵이 흘렀다.

이윽고 헨리에타가 느릿느릿하게 말했다.

"창문 밖을 내다보고 있다가 새벽에 존이 돌아오는 것을 보았어요."

"아가씨도 치통?"

헨리에타가 그를 바라보며 미소를 지었다.

"그것과는 아주 다른 통증이었죠."

헨리에타는 일어나서 현관문으로 걸어갔다.

포와로가 같이 따라 나서며 말했다.

"내가 바래다 드리지요."

헨리에타와 포와로는 골목길을 가로질러 밤나무 숲으로 올라가는 길에 들어섰다.

헨리에타가 말했다.

"풀장을 지나가지 않아도 돼요. 왼쪽으로 올라가면 꽃밭이 나오는데, 그 길을 따라가면 곧 집이 나오죠."

경사진 길을 따라 한참 올라가니 밤나무들이 무성하게 숲을 이루고 있었다. 잠시 뒤에 그들은 밤나무 숲 위쪽에 있는 언덕에 이르러 오른쪽으로 나 있는 상당히 넓은 길로 접어들었다. 이윽고 그들은 벤치를 발견하고 그곳에 나란히 앉았다. 그들의 발아래로는 빽빽하게 들어찬 밤나무 숲이 펼쳐져 있었다. 벤치바로 앞쪽에 풀장으로 내려가는 오솔길이 나 있어서, 저 멀리 푸른 물결이 아련하게 보이고 있었다.

포와로는 아무 말 없이 헨리에타를 지켜보았다. 그녀의 얼굴은 유난히 어린 소녀처럼 생기발랄해 보였다. 아까까지만 해도 긴장해 있던 그녀의 표정은 어디론가 사라져 버리고, 완전히 안정된 모습을 되찾고 있었다.

포와로가 부드러운 목소리로 그녀에게 말을 걸었다.

"무슨 생각을 하는 거지요?"

"에인스윅이오."

"에인스윅이 뭔데요?"

"에인스윅? 그건 집이에요."

헨리에타는 마치 꿈꾸는 듯한 표정으로 에인스윅 저택에 대해 그에게 설명을 했다.

우아한 모습으로 서 있는 하얀 집, 키가 크고 잎이 무성한 매그놀리아가 집 앞에 우뚝 서 있는 그 모습, 울창한 숲으로 둘러싸인 언덕의 원형극장······.

"그 집은 아가씨의 집인가 보군요."

"그렇지는 않아요. 제 고향은 아일랜드예요. 옛날에 에드워드와 미지, 그리고 저, 이렇게 세 사람은 휴가를 에인스윅 저택에서 보내곤 했죠. 에인스윅 저택은 본래 루시의 집이에요. 루시의 아버지가 그 주인이었으니까요. 루시의 아버지가 돌아가신 뒤에는 에드워드가 그 집을 상속받았지요."

"헨리 경이 왜 상속받지 않았나요? 재산소유권은 그에게 있을 것 같은데."

"아, 그건 헨리 경이 K. C. B(Knight Commander of the Bath=상급훈작사(上級勳爵士); 훈작사(Knight)는 '나이트작'이라고도 하며 준남작 아래에 해당되고, 당대(當代)에 한한다)이기 때문이에요. 그리고 헨리는 앙카텔 가문의 먼 친척에 불과하거든요." 헨리에타가 자세히 설명했다.

"에드워드 앙카텔이 죽고 나면 그 집은 누구에게 상속이 됩니까?"

"이상한 질문이군요. 전 그것에 대해선 한 번도 생각해 본 적이 없는데요. 만일 에드워드가 결혼을 하지 않는다면······." 헨리에타가 말을 멈추었다.

순간적으로 그녀의 얼굴이 어두워졌다.

그래서, 에르퀼 포와로는 그녀가 무슨 생각을 했는지 그것이 궁금해졌다.

"제 생각에는······." 헨리에타가 잠시 뜸을 들였다.

"데이비드가 그 집을 물려받게 될 것 같아요. 아, 지금 생각하니 그런 이유가 있었구나······."

"그런 이유라니?"

"루시가 데이비드를 이곳에 부른 이유 말이에요······. 데이비드와 에인스윅이라고?"

헨리에타가 고개를 설레설레 저었다.

"그 둘은 어울리는 데가 없어."

포와로는 그들 앞에 나 있는 오솔길을 가리키며 말했다.

"어제 사건이 나던 시각에 아가씨는 저 길을 따라 풀장에 도착했습니까?"

그 말에 헨리에타는 흠칫 몸을 떨었다.

"아니에요. 전 집 가까이 나 있는 길로 거기에 갔어요. 저 길로 온 사람은 에드워드였죠."

헨리에타가 갑자기 고개를 돌려 그를 빤히 쳐다보았다.

"우리가 그것에 대해 더 얘기해야 하나요? 전 풀장은 생각도 하기 싫어요. 이젠 할로 저택에 있기도 싫다고요."

포와로가 중얼거렸다.

"'난 조그만 숲 뒤에 있는 그 끔찍한 할로 저택이 싫답니다.
광활한 들판의 입술은 피로 붉게 물든 황야,
그 붉은 이랑 사이로 피의 고요한 공포가 방울방울 흘러내리고,
허공을 가르는 메아리가 있어 그 외침은 '죽음'이어라.'"

헨리에타가 놀란 표정으로 그를 쳐다보았다.

"테니슨의 시요." 포와로가 자랑스럽게 고개를 끄덕이며 말했다.

"아가씨 집안의 조상인 테니슨 경의 시지요."

헨리에타는 그 시를 되풀이해서 읊고 있었다.

'허공을 가르는 메아리가 있어, 그 외침은…….'

헨리에타는 거의 중얼거리듯이 계속 말을 하고 있었다.

"아, 그게 뭔지 알겠어. 메아리!"

"메아리가 뜻하는 게 무엇인지 알겠소?"

"이곳, 할로 저택 자체를 뜻하는 거예요! 지난 토요일에 에드워드와 제가 산등성이로 올라가다가 깨달은 사실이죠. 할로 저택은 에인스윅 저택의 메아리예요. 또한 현재의 우리 앙카텔 집안사람들 역시 메아리일 뿐이에요. 실체가 없는 메아리일 뿐이죠. 우린 생명감이 없는 사람 아닌 사람들이었어요. 존은 우리와는 달리 생명감이 넘치는 사람이었죠."

헨리에타가 고개를 돌려 포와로를 바라보았다.

"선생님이 존을 만나 봤더라도 그렇게 생각하셨을 거예요. 우린 존에 비하면

모두 그림자에 불과했어요. 존은 정말 생명력이 넘쳐흐르는 사람이었다고요."

"그 사람은 죽어가는 순간에도 그렇게 보이더군요."

"그래요, 저도 그렇게 느꼈어요. 그런데 존은 죽었고, 우리 메아리들만 살아남아 외치고 있어요. 이런 불합리한 일이 또 어디 있을까요?"

생기발랄해 보이던 표정은 다시 그녀의 얼굴에서 사라졌다. 헨리에타는 그 고통을 이기려는 듯 입술을 악물고 있었다.

포와로가 그녀에게 질문을 했지만 헨리에타는 알아듣지 못한 것 같았다.

"죄송해요, 선생님. 지금 무슨 말씀을 하셨어요?"

"아가씨의 고모인 레이디 앙카텔은 크리스토 의사를 좋게 생각했습니까?"

"루시? 엄격하게 말하자면 루시는 고모가 아니에요. 저와는 그냥 사촌간이지요. 그녀가 존을 좋아했냐고요? 예, 존을 아주 좋아했답니다."

"그럼, 아가씨의 또다른 사촌인지 모르겠는데, 에드워드 앙카텔은 크리스토 의사를 좋아했습니까?"

포와로는 그의 말에 대답하는 헨리에타의 목소리가 약간 부자연스럽다는 느낌이 들었다.

"특별히 그런 것 같지는 않았어요. 에드워드는 존을 잘 알지 못했으니까, 아마 그럴 수밖에 없었을 거예요."

"그러면 데이비드 앙카텔은 어땠습니까?"

헨리에타의 얼굴에 미소가 번져 갔다.

"데이비드는 우리 모두를 다 싫어하는 것 같아요. 그 애는 항상 혼자 서재에 틀어박혀 대영백과사전을 읽으며 시간을 보내거든요."

"아하—그건 약간 위험한 성격인데요."

"전 데이비드가 불쌍해요. 그 애는 가정환경이 좋지 못했거든요. 데이비드의 어머니가 몸이 허약해서인지 정신적으로 노이로제 증상을 보였기 때문이죠. 그런 좋지 못한 환경 때문에 열등의식이 생겨서인지는 모르겠지만, 그 애는 유난히 자신이 다른 사람들보다 우월하다고 느끼려는 경향이 있어요. 사실 그렇게 자신이 우월하다고 느끼는 동안은 별 문제가 없어요. 문제는 그것이 꺾여서 데이비드의 마음속에 좌절감이 생길 때이지요."

"데이비드 자신이 크리스토 의사보다 우월하다고 느꼈을까요?"

"그럴지도 모르죠. 그러나 제 생각에는 그렇지 못했을 것 같군요. 존 크리스토가 데이비드가 좋아할 만한 사람이었는지도 장담을 못하겠고요. 결론적으로 말해 그 애는 존을 싫어했어요."

포와로는 조심스럽게 고개를 끄덕였다.

"그렇겠군요. 자신감, 대담함, 정력적인 힘, 매력적인 남성마—그것참 흥미롭군요. 정말 흥미 있어요."

헨리에타는 아무 대꾸도 하지 않았다.

저 멀리 보이는 풀장에서 허리를 구부리고 무엇인가를 찾고 있는 사람의 모습이 조그맣게 에르큘 포와로의 눈에 들어왔다.

에르큘 포와로는 혼자 중얼거렸다.

"무슨 일이지……?"

"뭐라고 하셨나요?"

"저기 저 밑에 보이는 사람은 그랜지 경감의 부하인 것 같은데. 아마 뭘 찾고 있는 모양이오."

"증거를 찾고 있는 게 아닐까요? 담뱃재, 발자국, 타버린 성냥 등등 뭐 그런 것 말이에요."

헨리에타의 목소리에는 경멸하는 빛이 담겨 있었다.

포와로는 진지하게 말했다.

"예, 맞아요. 때로는 그런 것에서 단서를 잡아 범인을 찾게 되지요. 하지만, 이번 사건과 같은 경우에는 그 사건과 관련된 사람들의 개인적인 행동을 조사해 보는 게 더 좋을 겁니다."

"무슨 뜻인지 이해가 잘되지 않는군요."

"아주 사소한 행동들이 그 사건을 풀어가는 단서가 된다는 거죠."

포와로는 머리를 뒤로 젖히고 눈을 반쯤 감으며 말했다.

"담뱃재, 구둣발자국 같은 것은 아닙니다. 대신에 제스처, 표정, 생각지도 않았던 행동—그런 게 도움이 된다는 말입니다."

헨리에타가 고개를 홱 돌려 그를 쳐다보았다. 포와로는 그녀의 시선을 느꼈지만 모른 체해 버렸다.

헨리에타가 말했다.

"지금 특별히 하시고자 하는 얘기가 무엇이죠?"

"난 그냥 아가씨가 크리스토 부인에게 걸어가서 권총을 빼앗으려다가 그 총이 그만 물속에 떨어져 버린 일에 대해 생각하는 중이었습니다."

포와로는 헨리에타가 약간 움찔하는 것을 보았다. 그러나 그녀의 목소리는 여전히 침착했다.

"저다가 총을 잘 다루지 못한다는 사실을 선생님은 모르시는군요. 그녀가 너무 충격을 받아 자기도 모르게 권총의 방아쇠를 잡아당기면 어떻게 되겠어요? 만일 그 총에 총알이라도 들어 있다면 애꿎은 사람이 또 한 명 다치게 되는 불상사가 일어날지도 모르잖아요."

"풀장 속에 총을 떨어뜨린 아가씨는 그 부인보다 더 서툴렀던 게 아닐까요?"

"그건 저도 충격을 받았기 때문이에요." 헨리에타가 갑자기 말을 끊었다.

"선생님은 지금 무슨 생각에서 그런 말을 하시는 거죠?"

포와로는 몸을 똑바로 하고 앉아 헨리에타를 쳐다보며 큰소리로 말했다.

"만일 그 권총에 범인의 지문이 남아 있었다면, 다시 말해 크리스토 부인이 그 총을 만지기 전에 생긴 범인의 지문이 있다면 범인을 찾아내기가 아주 쉬웠을 것이요. 그런데, 그 총을 그만 물에 빠뜨렸으니 지문을 알아볼 방법이 없게 되어 버렸지요."

헨리에타가 조용하면서도 분명한 음성으로 말했다.

"선생님은 그 지문의 주인공이 바로 저라고 생각하시는군요. 제가 존을 쏘아 죽인 뒤에 그 총을 내버려 두었다가 그 바보 같은 저다로 하여금 그 총을 집어들도록 유도했다는 말씀이시지요? 그렇죠? 그러나 만일 제가 범인이라면 전 저다가 그 총을 만지기 전에 미리 그 총의 지문을 지워 버렸을 거예요. 선생님은 제가 그 정도도 생각 못 할 멍청이라고 생각하세요?"

"천만에요. 아가씨라면 절대 그러지 않을 겁니다. 아가씨는 매우 똑똑하니까요. 그럼, 아가씨가 권총의 지문을 모두 없애버린 뒤에 저다가 그것을 잡았다고 칩시다. 그 총에는 저의 지문만 남아 있겠지요. 바로 그 점 때문에 경찰의 의심을 사게 될 겁니다. 그 이유는 그저께 아가씨를 비롯한 여러 사람들이 돌아가며 그 총으로 사격을 했기 때문이죠. 아가씨는 그런 것까지 미리 염두에 두고 행동할 만큼 똑똑한 사람이에요. 저다 크리스토가 그 총을 만지기 전에 이미 그 총에 묻어 있던 지문을 닦아낼 이유는 없을 게 아닙니까?"

헨리에타는 느릿느릿하게 말했다.

"그래서, 선생님은 제가 크리스토를 죽였다고 생각하시는 거예요?"

"크리스토 의사가 숨을 거두기 직전에, '헨리에타!'라고 말했어요."

"그 말이 범인을 가리키는 말이라고 생각하세요? 그렇지 않아요."

"그러면 그 말을 어떻게 해석해야 할까요?"

헨리에타는 발을 쭉 뻗고는 발끝으로 낙서를 했다. 그녀가 낮은 목소리로 말했다.

"선생님은……, 조금 전에 제가 드린 말씀을 벌써 잊어버리셨나요? 우린 각별한 사이였다는 것 말이에요."

"아하, 그 사람은 아가씨의 애인이었다, 그래서 숨을 거두는 순간까지도 사랑하는 사람의 이름을 불렀다―아주 감동적인 장면이군요."

헨리에타는 눈을 반짝거리며 포와로를 쳐다보았다.

"비웃으시는군요?"

"비웃는 게 아닙니다. 난 거짓말하는 사람을 제일 싫어하는 편이지요. 내 느낌에 아가씨는 자꾸만 거짓말을 하려고 애쓰는 것 같은데요."

헨리에타가 조용히 말했다.

"제가 정직하지 못하다는 얘기는 이미 선생님께 말씀드렸을 텐데요. 그렇지만, 이것 하나만은 분명하게 말씀드릴 수가 있어요. 제가 범인이기 때문에 존이 제 이름을 부른 건 결코 아니라는 사실 말이에요. 작품을 창조하는 예술가들은 결코 살인할 수 없다는 것을 이해하지 못하시겠어요? 선생님, 전 사람을 죽일만한 배짱이 있는 사람이 못 돼요. 전 어떤 일이 있어도 사람을 죽이지는 않았어요. 맹세코 말하지만, 그건 명백한 진실이에요. 선생님은 숨을 거두기 직전의 사람이 무심코 제 이름을 불렀다는 것만으로 저를 의심하다니 너무 하시는군요."

"크리스토 의사가 아가씨 이름을 부른 건 무심코 내뱉은 말이 아닙니다. 그는 의도적으로 아가씨 이름을 불렀어요. 그건 마치 수술실에서 대수술을 집도하는 의사가, '간호사! 핀셋!' 하고 명령하는 것처럼 아가씨에게 무언가를 부탁하는 듯한 목소리 같았지요. 그만큼 그의 목소리는 생생하고 의도적인 느낌을 주었단 말입니다."

"하지만……." 헨리에타는 몹시 당황한 표정이었다.

에르큘 포와로는 그녀가 말할 틈을 주지 않고 재빨리 말을 계속했다.

"그리고 내가 아가씨를 의심하는 건 꼭 그 일 때문만은 아니에요. 난 한 순간도 아가씨가 계획적으로 살인을 저질렀다고는 생각하지 않아요. 분명히 말하지만, 그건 아닙니다. 그러나 순간적으로 너무 화가 나서 앞뒤를 잴 겨를도 없이 그만 총을 쏘았을지도 모르는 일이지요. 그리고 만에 하나, 아가씨가 그랬다면 아가씨는 모든 증거를 없애버릴 수 있는 뛰어난 창조력을 십분 발휘했을 거요."

헨리에타는 자리에서 벌떡 일어섰다. 그리고 잠시 동안 창백하게 질린 얼굴로 몸을 떨면서 그 자리에 서 있었다.

그녀의 얼굴에 후회하는 듯한 미소가 스쳐 지나갔다.

"전 선생님이 저를 좋아한다는 착각에 빠졌었죠."

에르큘 포와로는 한숨을 내쉬며 슬픔에 찬 어조로 말했다.

"내가 유감스럽게 느끼는 것도 바로 그 때문이오."

제19장

헨리에타가 떠난 뒤에도 포와로는 아래를 굽어보며 그대로 앉아 있었다. 그랜지 경감이 풀장을 지나 천막 뒤로 난 길을 따라 성큼성큼 걸어가고 있는 것이 내려다보였다.

빨리 걷는 폼으로 보아 누군가를 만나러 가는 게 분명했다. 아마도 레스트헤이븐 별장이나 도버코트스 별장으로 가겠지. 포와로는 그랜지 경감이 어디로 갈 것인지 궁금해졌다.

그래서, 그는 자리에서 일어나 아까 왔던 길로 도로 내려가기 시작했다. 그랜지 경감이 포와로 자신을 만나러 오는 길이라면 여러 가지 이야기를 들을 수 있으리라. 그러나 레스트헤이븐 별장에는 아무 방문객도 없었다.

포와로는 도버코트스 별장 쪽을 유심히 살펴보았다. 그는 베로니카 크레이가 아직도 거기에 머물고 있다는 사실을 알고 있었기 때문이다.

포와로는 베로니카 크레이에 대한 호기심이 생기는 것을 어쩔 수 없었다. 창백하리만큼 은백색으로 반짝이던 여우 망토, 차곡차곡 쌓여져 있던 성냥갑들, 토요일 저녁 할로 저택에 바람처럼 나타났던 베로니카, 어딘가 모르게 부자연스러워 보이는 그녀의 출현, 헨리에타 세이버네이크가 폭로한 존 크리스토와 베로니카와의 관계.

이 모든 것이 한 패턴을 이루고 있다고 그는 생각했다. 그래, 언젠가 이런 패턴으로 이루어진 사건이 있었지. 교묘하게 얽혀 있는 감정들과 독특한 개성을 지닌 인물들의 등장, 미움과 소망이라는 실로 짜인 베일 속의 비밀.

과연 저다가 자기 남편을 쏘아 죽였을까? 아니면, 생각처럼 그렇게 단순한 사건이 아니지 않을까?

포와로는 헨리에타와의 대화를 생각해 내고는 이 사건이 그렇게 단순하지만은 않다는 결론을 내렸다.

헨리에타는 포와로가 자신을 살인자로 의심한다며 성급하게 결론을 내리고는 돌아가 버렸다. 그러나 실제로 포와로는 그렇게 생각하고 있지 않았다. 단지 헨리에타가 그에게 감추고 있는 사실이 있거나, 아니면 그 사건과 관계된 어떤 것을 알고 있는 것은 분명했다. 그게 무엇일까?

포와로는 불만스러운 표정으로 고개를 설레설레 저었다.

풀장에서의 그 장면. 연극 무대와 같았던 그 살인 현장.

누구에 의해 연출된 장면일까? 누구를 위한 장면일까?

그는 두 번째 질문에 대한 대답으로 바로 에르쿨 포와로 자신이라는 느낌이 가슴에 강하게 와 닿는 것을 피할 수가 없었다. 그는 자신의 엉뚱한 생각에 고소를 머금었다. 그러나 엉뚱한 생각이긴 했지만 완전히 배제하기에는 어딘가 모르게 찜찜한 구석이 있었다.

그렇다면, 첫 번째 질문에 대한 답은 무엇일까?

포와로는 머리를 흔들었다. 대답을 알아낸다는 게 무리였기 때문이다. 그는 아무 생각도 머리에 떠오르지 않았다. 그래서, 포와로는 눈을 반쯤 감고 그 살인 장면과, 그 사건과 관련된 사람들을 하나씩 머리에 그려 보기 시작했다.

성품이 고결하고 책임감이 있으며 왕의 두터운 신임을 받는 행정관인 헨리 경. 명랑하다기보다는 우수적인 그늘이 있지만 순간적으로 사람의 마음을 끌어당기는 매력을 지니고 있으며, 다른 사람들의 상상을 초월하는 풍부한 상상력의 소유자인 레이디 앙카텔. 존 크리스토를 자기 자신보다 더 사랑하는 헨리에타 세이버네이크. 예의 바르지만 내성적인 에드워드. 미지 하드캐슬이라고 하는 까무잡잡하고 적극적인 성격의 아가씨. 손에 권총을 꼭 움켜지고 당황해 어쩔 줄 몰라 하던 저다 크리스토. 사춘기에 접어든 반항적인 성격의 데이비드.

그들 모두 그 살인사건과 관련된 사람들이라고 할 수 있었다. 지금 그들은 모두 경찰에게 살인사건의 용의자로 혐의를 받고 있었다.

그들은 각자 독특한 개성을 지니고 있었다. 이 사건의 진실은 그 사람들의 독특한 개성이 함께 얽혀 엮어 내는 베일 속에 들어 있다고 포와로는 믿었다.

에르쿨 포와로가 관심을 갖고 매력을 느끼는 것은 인간에 대한 연구가 아니라 진실에의 추구였다.

그는 존 크리스토의 죽음에 대한 진실을 알아내기로 마음먹었다.

"물론이고말고요, 경감님." 베로니카가 말했다.

"제 힘이 닿는 한도 내에서는 도와드리겠어요."

"고맙습니다, 크레이 양."

그랜지 경감은 베로니카 크레이를 직접 만나보고 내심 그가 상상했던 것과 같은 배우가 아니라는 데 약간 놀랐다.

그는 막연하게 여배우라면 글래머에다 요란스럽도록 화려한 옷차림에 과장된 제스처를 쓰는 사람일 거라고 생각하고 있었던 것이다. 그런데 베로니카는 그렇지가 않았다. 본래 그랜지 경감은 베로니카가 연기를 할지도 모른다고 생각은 했지만, 베로니카의 행동은 그에게 전혀 뜻밖이었던 것이다.

베로니카는 섹시한 몸매를 자랑하는 글래머 스타일의 여배우가 아니었다.

아주 아름다운 여자임에는 틀림없었지만, 그랜지 경감은 마치 부유하고 멋진 여자 실업가를 보는 듯한 기분이었다. 베로니카가 백치미를 지닌 미인이 아닌 것만은 분명했다.

"크레이 양, 우리는 솔직한 진술을 원합니다. 지난 토요일 저녁에 할로 저택을 방문하신 일이 있지요?"

"예, 그런데요. 성냥이 갑자기 다 떨어져서 성냥을 빌리러 갔었죠. 시골에서는 그런 것들이 얼마나 중요한가를 잊어버리지 말아야 하는데, 그만 잊어버렸거든요."

"하필이면 가까운 이웃을 놔두고 멀리 떨어져 있는 할로 저택까지 가신 이유가 무엇입니까? 옆집에는 포와로 씨가 살고 있는데요."

베로니카는 화려한 미소를 지었다. 그것은 마치 카메라를 향해 의도적으로 짓는 미소 같았다.

"바로 옆집에 누가 살고 있는지를 몰랐기 때문이에요. 그렇지 않았더라면 그분에게 성냥을 빌리러 갔겠죠. 전 단지 조그마한 체구의 외국인이 사나 보다 하고 생각했죠. 혹시나 그 사람이 저를 성가시게 할지도 모른다는 생각이 들었기 때문에 일부러 그 집을 피한 거죠."

"흐음—."

그랜지는 생각했다.

'아주 그럴 듯한 핑계로군. 내가 찾아올 경우를 대비해서 미리 핑계 댈 계획을 세워 놓았겠지.'

"당신은 성냥을 빌렸습니다. 그리고 옛 친구인 크리스토 의사를 우연히도 거기서 만났다고 알고 있는데요, 맞습니까?"

베로니카가 고개를 끄덕였다.

"가엾은 존. 예, 맞아요. 우린 거기서 15년 만에 처음 만났죠."

"정말입니까?"

그랜지 경감의 말은 도저히 믿기지 않는다는 투였다.

"정말이에요." 베로니카의 어조는 의외로 강경했다.

"그 사람을 만나서 기뻤겠군요."

"물론이죠. 경감님이 우연히 옛 친구를 만났다고 상상해 보세요. 기쁘지 않겠어요?"

"때에 따라 다르죠."

베로니카 크레이는 그가 질문을 하기도 전에 다가가 먼저 입을 열어 얘기를 했다.

"제 집까지 존이 따라왔었어요. 경위님은 존과 저 사이에 그 비극과 관련된 어떤 이야기가 오갔을지도 모른다고 생각하시겠지요. 그래서, 그날 그와 함께 나누었던 대화를 곰곰이 되새겨 보았지만 별다르게 이상한 점은 없었어요."

"그 사람과 함께 무슨 이야기를 했습니까?"

"옛날이야기를 했지요. '이런저런 것이 생각나느냐'고 물어보았죠."

베로니카는 추억에 잠긴 표정으로 미소를 지었다.

"우리는 프랑스 남부에서 처음 만나 사귀게 되었답니다. 그로부터 15년이란 세월이 흘렀는데도 존은 거의 변하지 않았더군요. 굳이 변한 점을 찾는다면 나이를 그만큼 먹었다는 것과, 옛날에 비해 훨씬 자신감이 있어 보인다고나할까요. 존이 유명한 의사라는 얘기는 얼핏 들은 적이 있어요. 그날 그와 많은 애기를 했지만, 존은 자신의 개인생활에 대해선 한마디도 꺼내지 않았어요. 이건 막연한 추측입니다만, 존의 결혼 생활은 그리 행복하지가 못한 것 같았어요. 전 그의 태도에서 그런 인상을 받았거든요. 제 생각에 그의 부인은 이해력이 좀 모자란데다가 질투심이 많은 여자일 것 같아요. 그래서, 남편이 예쁜 여자 환자들과 바람을 피우는 것이나 아닐까 하고 늘 신경을 곤두세우고 항상 남편한테 바가지를 긁을지도 모르죠."

"아니오—." 그랜지가 말했다.

"그 부인은 그런 식으로 바가지를 긁는 여자는 아닌 것 같더군요."

베로니카가 재빨리 그의 말을 받았다.

"경감님의 말씀은, 그 부인이 그런 걸 내색하지 않고 마음속에 꽁꽁 뭉쳐두는 내성적인 성격의 사람이라는 뜻이군요. 그럴 수도 있겠죠. 사실 그런 성격이 훨씬 위험하답니다. 한번 폭발하게 되면 물불을 가리지 않게 되니까요."

"당신은 존을 죽인 범인이 바로 그 부인이라고 단정하시는군요."

"제가 그런 식으로 말했던가요? 확실한 판결이 내리기 전에는 누구도 범인으로 몰수가 없는데. 제가 너무 경솔했나 봐요. 경감님, 죄송합니다. 저희 집 하녀가 한 말만 듣고 제가 무심코 그런 식으로 애기했나 봐요. 존의 부인이 손에 총을 들고 죽은 남편 옆에 서 있었다나요. 이렇게 조용한 시골에서는 조그만 사건이라도 하녀들이 고무풍선처럼 부풀려서 동네방네 떠들고 다니기 마련이잖아요."

"하지만, 하녀들의 이야기가 도움이 될 때도 있지요."

"물론 그렇겠지요. 경감님은 하인들의 입을 통해서 많은 정보를 얻으시겠죠?"

그랜지는 그 말에 대꾸하지 않고 자기가 할 말만 계속했다.

"문제는 살인의 동기를 지닌 사람이 과연 누구냐 하는 것입니다……."

그랜지는 말을 멈추었다.

베로니카의 얼굴에 얼핏 후회하는 듯한 미소가 스쳐 지나갔다.

"그래서, 가장 유력한 용의자가 그 부인이라는 말씀인가요? 너무 시니컬한 애기군요. 물론 남편이 아내 아닌 '딴 여자'와 놀아났을 경우에는 흔히 그런 일이 있죠. 그럴 경우에는 그 '딴 여자'도 유력한 용의자가 되지 않을까요?"

"크리스토 의사에게 '제2의 여자'가 있었을 거라고 생각하신단 말입니까?"

"글쎄요……, 제 느낌으로는 그런 것 같아요."

"그런 느낌이 중요한 단서가 되는 경우도 매우 많습니다."

"전 존이 그 여류조각가와 매우 친한 친구 사이라는 말에서 그런 느낌을 강하게 받았어요. 하지만, 그건 경감님도 이미 알고 있는 사실이겠지요?"

"우리는 사소한 일이라도 그냥 지나치는 법은 없습니다."

그랜지 경감의 대답은 약간 모호한 편이었는데도, 베로니카의 크고 푸른 눈이 적개심이 가득 찬 만족감으로 반짝이는 것을 그랜지 경감은 얼핏 보았다.

그는 매우 의례적인 질문을 던졌다.

"크리스토 의사와 집에서 만났다고 하셨는데, 몇 시에 헤어졌습니까?"

"시간은 전혀 모르겠어요. 단지 우리가 꽤 오랫동안 이야기를 나누었다는 것은 확실해요. 그래서, 그는 상당히 늦은 시각에 돌아갔을 거예요."

"크리스토 의사는 집 안에 들어왔습니까?"

"물론이죠. 전 그에게 마실 것을 갖다 주었죠."

"알겠습니다. 난 당신들 두 사람이, 어……, 저……, 풀장 옆에 있는 천막에서 이야기를 했을지도 모른다고 생각했습니다."

그는 베로니카가 눈을 깜박거리는 것을 놓치지 않고 지켜보았다.

그녀는 조금도 머뭇거리는 기색이 없었다.

"경감님은 정말 용하시네요. 우리가 천막에서 담배를 피우며 이야기를 한 것은 사실이에요. 그걸 어떻게 아셨어요?"

의외로 베로니카는 어른 몰래 장난을 하다가 들킨 어린이처럼 머쓱해하면서도 재미있어하는 표정이었다.

"당신이 그곳에 여우 망토를 놔두고 갔기 때문이죠."

그리고 그랜지 경감은 아무렇지도 않다는 표정으로 슬쩍 한마디 덧붙였다.

"그리고 성냥도."

"맞아요. 제가 그만 깜박 잊어버렸지 뭐예요."

"크리스토 의사가 할로 저택에 돌아온 시간은 새벽 3시였습니다."

그랜지 경감이 평범한 어조로 말했다.

"그렇게 시간이 늦었었나요?" 베로니카는 아주 놀란 표정으로 말했다.

"그렇습니다, 크레이 양."

"물론 우리가 상당히 많은 이야기를 나누긴 했었죠. 너무나 오랜만에 만났거든요."

"그 말은 틀림없는 사실입니까?"

"우린 15년 동안 한 번도 만난 적이 없다고 금방 말씀드렸잖아요."

"혹시 잘못 생각하신 것은 아닙니까? 나는 당신이 크리스토 의사를 자주 만났을 거라는 느낌을 받았거든요."

"도대체 무슨 근거로 그런 억지 말씀을 하시죠?"

"그렇다면, 이 쪽지를 기억하시겠습니까?"

그랜지 경감은 호주머니에서 편지를 꺼내어 내려다보며 목청을 가다듬었다. 그러고는 그 편지를 읽어 내려갔다.

"오늘 오전 중으로 저희 집에 들러주세요. 꼭 만나 봐야 할 일이 있습니다. 베로니카."

"아, 그거요?" 베로니카는 미소를 지었다.

"그것 때문에 오해를 하셨군요. 할리우드에 있다 보면 자칫 거만해지기 쉽답니다."

"그다음 날 아침 이 쪽지를 받은 크리스토 의사는 즉시 이 집으로 왔습니다. 그리고 두 사람은 대판 싸움을 벌였죠. 크레이 양, 무엇 때문에 두 사람이 싸웠는지 그 이유를 말해 주시겠습니까?"

드디어 그랜지 경감은 그녀를 찾아온 이유를 명백하게 드러내었다. 베로니카는 붉으락푸르락한 얼굴로 입술을 꼭 깨물었다. 그랜지 경감은 그런 그녀의 모습을 슬쩍 훔쳐보며 마음에 새겨 넣었다.

이윽고 베로니카는 마음을 진정하고 태연히 말했다.

"우린 싸우지 않았어요."

"무슨 말씀, 두 사람은 싸웠습니다. 그 증거를 대볼까요? '전 당신을 죽이고 싶을 만큼 지금 당신이 증오스러워요.' 이 말은 그때 당신이 마지막으로 한 말이지요, 틀립니까?"

베로니카는 잠시 아무 말 없이 그대로 앉아 있었다. 그는 그녀가 이 위기를 빠져나갈 수 있는 방법을 궁리한다고 생각했다. 이런 경우 대부분의 여자들은 자기의 결백을 주장하며 일사천리로 얘기를 하는 것이 보통이다. 그러나 그러기에는 베로니카 크레이가 너무 영리한 여자였다.

그녀는 어깨를 으쓱해 보이고 나서 가볍게 입을 열었다.

"알겠어요. 하인들이란 말을 옮기기 좋아하는 존재들이죠. 우리 집의 나이 어린 하녀가 너무 상상력을 발휘했나 봐요. 같은 일이라도 말하는 사람에 따라 그 성격이 달라진다는 것을 모르시지는 않겠죠? 분명히 말씀드리지만 그 말에 어떤 뜻이 있었던 것은 아니었어요. 우린 가볍게 말다툼을 하긴 했지만 그 말은 농담이라는 편이 차라리 맞을 거예요."

"그럼, 심각하게 한 말이 아니라는 겁니까?"

"예, 그래요. 분명히 아니에요. 무엇보다 분명한 사실은 제가 15년 만에 존 크리스토를 만났다는 거예요. 그 사실은 조사해 보시면 금방 확인이 될 텐데요."

베로니카는 조금도 흔들림이 없이 확신에 찬 태도로 말했다.

그랜지는 더 이상 추궁하지 않고 자리에서 일어섰다.

"오늘은 이만하죠. 크레이 양." 그는 유쾌하게 말했다.

그랜지 경감은 도버코트스 별장에서 나와 골목길을 따라 걸었다. 그리고 레스트헤이븐 별장의 대문 쪽으로 걸어갔다.

에르퀼 포와로는 도저히 믿기지 않는다는 표정으로 그랜지 경감을 응시했다. 그가 되풀이해서 말했다.

"저다 크리스토가 그 현장에서 쥐고 있었던 권총이 범행에 사용된 권총이 아니라고요? 그것참 이상한 일이군요."

"그러나 확실한 일입니다. 포와로 씨, 아무리 생각해도 이치에 맞지가 않아요."

"그건 그렇군요. 그렇지만 어……, 결국에는 이치에 맞게 되어버리잖습니까?"

그랜지 경감은 깊은 한숨을 내쉬었다.

"문제는 바로 그겁니다, 포와로 씨. 우린 이치에 맞는 길을 따라왔는데 아무 것도 없다는 겁니다. 우리가 지금 할 수 있는 일이라곤 범행에 사용된 총을 찾는 것뿐입니다. 그 총은 헨리 경이 수집한 총들 중 하나이더군요. 그 총이 없어진 것을 확인하고 오는 길입니다. 어떻든 이번 사건은 할로 저택과 관련 되어 있는 것이 분명합니다."

"그렇겠군요. 할로 저택과 관련된 사건임은 분명합니다."

포와로가 중얼거렸다.

"처음에는 단순한 동기에서 비롯된 간단한 사건이라고 생각했었지요."

그랜지 경감이 말을 계속했다.

"천만에요. 결코 간단한 사건이 아니지요."

"그러나 지금 우리는 이 사건이 교묘하게 계획된 범행이라는 결론에 이르고 있습니다. 다시 말해, 저다 크리스토를 범인으로 몰기 위한 계략이 있다는 거 지요. 그렇다면, 왜 범인은 범행에 사용한 권총을 그곳에 놔두지 않았을까요?"

"그 총이 그곳에 있었는데도 저다가 보지 못했을 수도 있지요."

"그럴 가능성도 있긴 있겠군요. 하지만, 그렇다 해도 그 총에는 아무 지문도 없었을 겁니다. 다시 말해, 범인이 그 총을 사용한 뒤에 지문을 모두 닦아 버 리고 그곳에 던져두었다면 제일 먼저 의심을 받을 사람은 바로 그 현장에 있 던 저다였을 테니까요. 범인이 바라던 바가 바로 그것이겠지요?"

"정말 그럴까요?"

그랜지가 눈을 들어 포와로를 똑바로 쳐다보았다.

"저……, 만일 포와로 씨가 범인이라면 다른 사람에게 그 혐의를 뒤집어씩 우고 싶지 않겠습니까? 대부분의 살인자들이 그러거든요."

"그렇겠지요. 하지만, 이번 사건은 약간 성격이 다른 것 같군요. 이번 사건 을 해결하기 위해서는 전혀 다른 각도에서의 접근이 필요할 것 같습니다."

"그 해결책이 뭡니까?"

포와로는 조심스러운 어조로 말했다.

"이 사건의 범인은 일반적으로 생각하는 그런 타입의 살인자가 아닙니다."

포와로의 말에 그랜지 경감은 의아한 눈빛으로 그를 쳐다보았다.

그랜지 경감이 말했다.

"그렇다면, 살인자의 의도는 무엇이었을까요? 남잔지 여잔지 모르겠지만, 하여튼 그 범인이 계획한 의도는 무엇이었을까요?"

포와로는 한숨을 내쉬며 두 손을 펴 보였다.

"나도 모르겠군요. 도저히 짐작이 안 가는데요. 그러나 내 생각에는……, 막연하긴 하지만……."

"뭔데요?"

"존 크리스토를 죽인 범인은 어떤 일이 있어도 저다 크리스토를 범인으로 몰고 싶어하지 않았다는 겁니다."

"흐음! 처음에 우린 그녀가 범인이라고 단정했었지요."

"아, 물론 그랬었죠. 하지만, 그건 새로운 사실이 밝혀지기 전의 일이었지요. 지금은 범행에 사용되었던 권총의 행방을 찾고 있는 중이지 않습니까? 그 사이에 범인은 시간을 벌었어요……." 포와로는 입을 다물었다.

"무엇 때문에 범인이 시간을 벌어야 했을까요?"

"흄, 나도 모르겠어요. 모른다는 얘기밖에 할 수 없군요."

그랜지 경감은 일어서서 방 안을 오락가락하였다. 이윽고 그는 포와로의 앞에 멈추어 섰다.

"지금 제가 포와로 씨를 찾아온 건 두 가지 이유에서입니다. 하나는 포와로 씨가 이런 유의 사건을 매우 잘 해결하는 풍부한 경험의 소유자이기 때문입니다. 이건 우리 세계에서는 아주 잘 알려져 있는 사실이지요. 이게 첫 번째 이유고, 또다른 이유가 하나 있습니다. 그것은 포와로 씨가 그 사건 현장에 있었던 목격자이기 때문입니다. 어떤 일이 일어났는지를 직접 보셨겠지요?"

포와로는 고개를 끄덕였다.

"그건 맞는 말이오. 내 눈으로 똑똑히 그 현장을 본 것은 틀림없어요. 하지만, 눈을 너무 믿을 건 못 됩니다."

"무슨 뜻입니까, 포와로 씨?"

"때때로 사람의 눈을 의식해서 일부러 만들어 놓은 것도 보게 되니까요."

"그럼, 그 현장이 미리 계획되었다는 뜻입니까?"

"내가 의심스러워하는 부분이 바로 그것이지요. 그 사건 현장이 꼭 무대 같다는 느낌이 들었거든요. 내 눈으로 본 건 너무 그림 같았답니다. 금방 총에 맞아 숨을 거두기 직전의 남자와, 그 남자를 쏜 총을 손에 쥐고 그 옆에 서 있는 여자. 내가 본 건 바로 그것이었고, 그 그림이 잘못되었다는 것은 이미 확인이 되었지 않습니까? 그 여자가 들고 있던 총은 범행에 사용한 권총이 아니었으니까요."

"흠—!"

그랜지 경감은 손을 들어 자신의 콧수염을 쓸어내렸다.

"그래서 그 그림의 다른 부분들도 잘못되었다고 생각하신단 말이군요?"

포와로는 고개를 끄덕이고는 말했다.

"지금 생각해 볼 수 있는 사람이 세 사람 있습니다. 다시 말해, 그 사건 현장에 동시에 도착한 사람들 말입니다. 하지만, 그것도 진실이 아닐 수 있겠지요. 풀장은 빽빽하게 우거진 밤나무 숲으로 둘러싸여 있습니다. 그 풀장에서 나가는 길은 다섯 개가 있지요. 하나는 집으로 곧장 나 있는 길이고, 다른 하나는 숲 속으로 올라가는 길, 또다른 하나는 꽃밭으로 올라가는 길, 나머지 두 길은 농장으로 내려가는 길과 이 집으로 오는 골목길이 나오는 길입니다.

세 사람은 각자 다른 길로 해서 풀장에 도착했지요. 에드워드 앙카텔은 숲 속으로 올라가는 길에서 내려왔고, 레이디 앙카텔은 농장에서, 그리고 헨리에타 세이버네이크는 집 뒤의 꽃밭에서 왔습니다. 이걸로 봐서는 저다가 그 사건 현장에 도착한 뒤에 곧 그들 세 사람이 동시에 그곳에 도착했다고 할 수 있지요.

하지만, 그랜지 경감, 이렇게도 생각해 볼 수 있겠는데요? 그 세 사람 중 한 명이 저다 크리스토가 그곳에 오기 전에 미리 풀장에 와 있다가 존 크리스토를 쏜 뒤에 즉시 그 길 중 하나로 올라가든지 내려가든지 해서 그 길을 빙 돌아 다른 사람들처럼 동시에 그곳에 도착할 가능성도 전혀 배제할 수는 없지 않습니까?"

"그렇군요. 아주 가능성이 있는 얘깁니다."

"또다른 가능성도 있을 수 있지요. 그 현장에 없던 사람이 범인일 수도 있다는 거지요. 누군가가 우리 집과 연결되어 있는 길을 따라 풀장으로 가서 존 크리스토를 쏜 뒤에 다시 그 길로 사라질 수도 있다는 말입니다."

그랜지가 말했다.

"정말 그럴듯하군요. 저마저 이번 사건의 용의자에서 제외시킨다면 다른 두 사람을 생각해 볼 수 있습니다. 하지만, 이번 사건의 동기가 질투라는 것은 의심할 여지가 없겠더군요. 이건 명백한 치정사건이에요. 존 크리스토와 불륜의 관계를 맺은 여자가 두 사람 있거든요."

그랜지 경감은 잠시 말을 멈추었다가 다시 계속했다.

"크리스토 의사는 사건이 나던 날 아침에 베로니카 크레이를 만나러 갔지요. 그리고 그녀의 집에서 두 사람은 크게 싸움을 했어요. 베로니카 크레이는 그의 행동이 너무 괘씸하다면서 그를 죽이고 싶도록 증오한다고 말했다더군요."

"아주 흥미롭게 되어가는군요." 포와로가 중얼거렸다.

"베로니카 크레이는 할리우드에서 곧장 이리로 온 모양입니다. 신문에는 그들 두 사람이 가끔 거기서 정사를 했다고 났더군요. 베로니카는 전날 밤 잊어버리고 그 천막 안에 놔두었던 여우 망토를 가지러 갔겠죠. 그리고 거기서 존 크리스토를 만난 베로니카 크레이는 갑자기 치밀어 오르는 분노를 억누르지 못하고 그를 향해 권총의 방아쇠를 잡아당겼을 겁니다. 그런 뒤에 누군가 다가오는 소리를 듣고 재빨리 아까 자기가 왔던 길로 되돌아갔을 겁니다."

그랜지 경감은 잠시 말을 멈추었다가 흥분한 어조로 말을 계속했다.

"여기서 사람을 미치게 만드는군요. 그 지랄 같은 권총 말입니다! 만일……."

그의 눈빛이 번쩍거렸다.

"베로니카 크레이가 헨리 경의 서재에서 총을 두 자루 훔쳐 한 자루는 범행에 쓰고 나머지 한 자루는 시체 옆에 놓아두었다면, 이는 필시 그 살인의 혐의를 할로 저택에 있는 사람들에게 돌리기 위한 것일 겁니다. 그렇다면, 그녀가 총알이 박힌 자리로 그 총의 종류를 알 수 있다는 사실을 알고 있었던 게 분명합니다."

"그런 전문적인 지식을 가진 사람들이 그렇게 많을까요?"

"안 그래도 제가 헨리 경에게 그 점에 대해 물어보았지요. 헨리 경의 얘기

로는 많은 사람들이 알 거라고 하더군요. 추리소설이 워낙 많이 나오고 있으
니까요. 최근에 나온 소설로는 《샘물의 비밀》을 들 수 있죠. 존 크리스토도
지난 토요일에 그 책을 읽더라고 헨리 경이 강조해서 말하더군요."

"그렇다면, 베로니카 크레이는 어떤 방법을 쓰든 헨리 경의 서재에서 그 총
을 훔쳐야 했겠군요."

"그렇습니다. 그렇기 때문에 계획된 범행이라는 거지요."

그랜지 경감은 자신의 콧수염을 쓰다듬으며 포와로를 쳐다보았다.

"또 하나 생각해 볼만한 사람이 있습니다. 이건 포와로 씨의 얘기에서 힌트
를 얻은 것인데요. 세이버네이크 양 말입니다. 그 사건이 나던 날 그 현장에서
포와로 씨가 본 장면, 아니 귀로 들었던 것 말입니다. 크리스토 의사는 숨을
거두기 직전에 '헨리에타'라는 이름을 불렀어요. 에드워드 앙카텔을 제외한 다
른 사람들은 모두 그 소리를 들었다고 하더군요."

"에드워드 앙카텔은 못 들었다고 하던가요? 그것참 재미있군요."

"그밖의 사람들은 다 들었다고 진술했습니다. 세이버네이크 양도 크리스토
의사가 자기 이름을 불렀다는 사실을 부인하지 않더군요. 오히려 그가 자기에
게 무언가를 말하려는 것 같았다고 덧붙이던데요. 세이버네이크 양은 그 사실
을 별로 중요하게 생각하지 않나 봅니다."

포와로가 미소를 지었다.

"그래요……, 그런 것은 중요하게 생각하지 않을 것이오."

"그렇다면, 포와로 씨 본인의 생각은 어떻습니까? 포와로 씨는 그 현장을
목격한 사람이니까 잘 아실 겁니다. 크리스토 의사가 한 말은 범인을 지칭하
는 것이었습니까? 요컨대 헨리에타가 범인이라는 것을 사람들에게 알리려 한
말이었나 하는 것이지요."

포와로는 천천히 말을 했다.

"그 당시엔 그렇게 생각하지 않았지요."

"그렇다면, 지금은요? 포와로 씨, 지금은 어떻게 생각하십니까?"

포와로는 한숨을 내쉰 뒤에 천천히 입을 열었다.

"그럴 가능성이 있을지도 모른다는 말밖에는 할 말이 없어요. 경감은 내 입

에서 내가 그런 인상을 받았다는 말이 나오기를 바라겠지만, 난 확실하지 않은 것은 얘기할 수가 없어요."

그랜지 경감은 서둘러 말했다.

"물론 지금 하는 얘기는 증거가 안 됩니다. 눈에 보이지 않는 포와로 씨의 생각이 증거가 될 수는 없으니까요. 전 단지 참고가 될까 해서 물어보는 거지요."

"아, 무슨 말인지 잘 알겠어요. 물론 처음 목격했을 때 느낀 인상이 사건을 해결하는 열쇠가 될 때도 있지요. 하지만, 이번 사건의 경우는 전혀 그렇지가 못하다는 데에 문제가 있어요. 나는 처음 크리스토 부인이 남편을 쏘았다는 명백한 증거가 눈앞에 있었기 때문에 크리스토 의사가 눈을 뜨고 '헨리에타'라는 이름을 부르는 것을 대수롭지 않게 여겼지요. 그게 내가 실수한 겁니다. 그래서, 지금 다시 그 장면을 떠올려 봐도 정확하게 그 말의 의미를 설명하기는 힘들어요. 까딱하면 그 의미를 정반대로 생각하기 쉬우니까요."

"무슨 뜻인지 잘 알겠습니다." 그랜지가 말했다.

"하지만, 제 생각에 크리스토 의사가 임종 전에 마지막으로 한 말은 두 가지 의미가 있다고 여겨집니다. 그것은 그녀를 범인으로 고발하는 말이거나, 아니면 저, 음……, 순수한 감정에서 나온 말이 아닐까요? 크리스토 의사가 진정으로 사랑한 여인이 세이버네이크 양이라면 충분히 그럴 수도 있을 겁니다. 자, 포와로 씨, 이 두 가지 중에서 어느 것이 가장 가능성이 있어 보입니까?"

포와로는 한숨을 내쉬고 몸을 움찔하면서 눈을 감았다. 이윽고 다시 눈을 뜬 포와로는 속상한 표정으로 두 손을 앞으로 내밀며 펴보였다. 그가 말했다.

"그 사람의 목소리가 아주 다급했다는 느낌이었어요. 내가 할 수 있는 말은 이것뿐이오. 그저 다급한 목소리였지요. 내가 분명히 말할 수 있는 사실은 그 말을 했을 때의 크리스토 의사는 의식이 있었다는 겁니다. 그는 죽음 직전이었지만, 마치 생명이 위태로운 응급환자를 수술하는 의사 같은 목소리로 말했답니다."

포와로는 어깨를 으쓱해 보였다.

"내 말은 이것이 전부요."

"의학적인 처치를 해주기 바랐다? 저—, 그렇다면 그 말을 해석하는 관점은 세 가지가 되는군요. 크리스토 의사는 총을 맞고 그 자리에 쓰러져서 자기가 죽어간다는 것을 알고 누군가가 응급처치를 해주기 바랐다……그런데 그가 눈을 뜨고 처음 본 사람이 바로 헨리에타 세이버네이크였다. 그래서, 그녀에게 도움을 청하려고 그녀의 이름을 불렀다—이건 레이디 앙카텔의 생각과 같군요. 하지만……, 아무래도 어딘가 어색하군요."

"이 사건 자체가 어색하다고 할 수 있겠지요."

포와로가 약간 씁쓰레한 표정으로 말했다.

살인 현장은 마치 에르큘 포와로의 눈을 속이기 위해 꾸며진 무대 같았다. 그래, 내 눈을 속이기 위한 게 틀림없어! 아냐, 그것만으로는 설명이 안 돼.

그랜지 경감은 창밖을 내다보고 있었다.

"어이!" 그랜지가 손을 번쩍 들어 보이며 소리쳤다.

"저기 클라크 경사가 오고 있군요. 손에 뭘 들고 있는데요. 그는 하녀들을 구슬려서 여러 가지 정보를 얻는답니다. 남자치고는 얼굴이 예쁘장한 편이어서 여자들에게 인기가 좋거든요."

클라크 경사는 약간 숨을 헐떡거리면서 집 안으로 들어왔다. 그는 정중한 태도로 걸어 들어왔지만, 그의 얼굴에는 기쁨에 들뜬 감정을 간신히 억제하고 있는 게 분명히 나타나 있었다.

"경감님께 즉시 보고를 드리는 게 좋을 것 같아서 이렇게 왔습니다."

말을 꺼낸 클라크 경사는 경찰 특유의 본능으로 별로 인상이 좋아 보이지 않는 외국인인 포와로를 흘끗 쳐다보며 머뭇거렸다.

"클라크, 계속하게." 그랜지가 말했다.

"여기 계신 포와로 씨는 얘기해도 괜찮은 분이야. 이 분은 자네가 알고 있는 것보다 훨씬 많은 것을 알고 계시지."

"알겠습니다, 경감님. 제가 부엌 하녀를 구슬려서 얻은 정보가 있습니다—."

그랜지가 손짓으로 클라크 경사의 말을 가로막으며 의기양양한 표정으로 포와로를 돌아보았다.

"제 말이 맞았지요? 부엌 하녀가 있는 곳에 항상 희망이 있답니다. 우두머리 하인들이 너무 고자세일 때는 꼭 식모들이 입을 열게 되죠. 우리로서는 아주 다행스런 일이랍니다. 제일 밑바닥에 있는 하녀들은 자기들의 욕구불만을 해소하기 위해서 입을 사용하기 마련이지요. 그녀들의 기분을 조금만 맞춰주면 온갖 얘기가 다 나오지요. 그렇게 수다를 떠는 것만이 그녀들의 유일한 낙이거든요. 클라크, 계속해 보게."

"경감님, 이건 그 부엌 하녀에게서 들은 얘기인데요. 그날 사건이 일어나던 일요일 오후에 집사인 거전이 리볼버 권총을 손에 쥐고 홀을 가로질러 가는 것을 보았다는 겁니다."

"거전이?"

"예, 경감님." 클라크가 수첩을 꺼내 놓았다.

"여기에 그녀가 얘기한 내용이 기록되어 있습니다. 제가 읽어 드리지요. '어떻게 해야 할지 모르겠지만, 제가 그날 보았던 것을 얘기해야 할 것 같아요. 전 집사님이 리볼버 권총을 손에 들고 홀에 서 있는 것을 보았거든요. 집사님의 표정은 정말 이상했어요.'"

클라크는 잠시 읽어내려 가던 것을 멈추었다. 그러고는 고개를 들고 말했다.

"저는 이상했다는 그 말이 어떤 의미인지 모르겠습니다. 제 생각에는 그 부엌 하녀가 거전의 표정에서 느낀 느낌 같습니다. 제가 알아낸 것은 이상이지만, 경감님이 즉시 이 사실을 아셔야 할 것 같아서 이렇게 쫓아왔습니다."

그랬지 경감은 이제야 자기가 할 일을 찾아내었다는 만족스런 표정을 지으며 자리에서 일어섰다.

"거전이라고?" 그가 말했다.

"당장 거전과 얘기를 해봐야겠군요."

제20장

할로 저택을 다시 방문한 그랜지 경감은 헨리 경의 서재에서 무표정한 얼굴로 자기 앞에 앉아 있는 거전의 얼굴을 노려보고 있었다.

그러나 거전은 여전히 공손하고 정중한 자세를 흐트리지 않고 있었다.

"경감님, 정말 죄송합니다." 거전은 되풀이해서 말했다.

"그 일을 말씀드려야겠다고 생각했었는데, 그만 제가 깜박 잊어버렸습니다."

거전은 송구스럽다는 표정으로 그랜지 경감과 헨리 경을 번갈아 쳐다보았다.

"제 기억으로는 5시 30분경이었을 겁니다. 그때 전 우체국에 부칠 편지가 있는지 알아보기 위해 홀로 나갔습지요. 그런데 홀 테이블 위에 리볼버 권총 한 자루가 놓여 있더군요. 저는 그것이 주인어른의 수집품 중 하나일 거라고 지레짐작하고서 이곳에 갖다놓았지요. 벽난로 선반 옆에 빈자리가 있기에 그 총을 그곳에 갖다 놓았습지요."

"그것을 좀 가리켜 보시오." 그랜지가 말했다.

거전이 일어나서 문제의 그 선반 쪽으로 다가갔다. 그랜지 경감은 그의 뒤를 바짝 따라갔다.

"경감님, 이겁니다."

거전은 손가락으로 선반의 끝 쪽에 놓여 있는 조그만 모저 권총을 가리켰다. 그것은 0.25구경의 아주 조그만 권총이었는데, 범행에 사용된 총인지는 확실치가 않았다.

거전의 얼굴을 빤히 쳐다보며 그랜지 경감이 말했다.

"저것은 리볼버 권총이 아니라 자동권총이군."

거전이 헛기침을 하였다.

"정말 그렇습니까, 경감님? 제가 총에 대한 지식이 별로 없어서 아마도 리볼버 권총과 자동권총을 혼동했나 봅니다."

"그렇다면, 저게 바로 그 총이란 말이오?"

"그렇습니다. 그건 자신 있게 말씀드릴 수 있습니다."

거전이 손을 내밀어 그 총을 집으려 하자 그랜지가 재빨리 그를 막았다.

"손대지 마시오. 지문과 총알이 있는지의 여부를 조사해 봐야 하니까."

"경감님, 총알은 안 들어 있을 겁니다. 헨리 경의 수집품 중 어떤 것도 총알을 장전해 놓지는 않거든요. 그리고 지문에 대해서 말씀하셨는데, 별 소용이 없을 겁니다. 제가 선반 위에 총을 갖다 놓기 전에 헝겊으로 깨끗이 닦았거든요. 아마 제 지문은 있을 겁니다."

"왜 그런 일을 했소?" 그랜지 경감이 날카로운 음성으로 물었다.

그러나 거전은 여전히 미소를 띤 채로 정중하게 대답했다.

"권총에 먼지가 약간 묻은 것 같아서 깨끗이 닦아두려고 그랬습죠, 경감님."

그때 레이디 앙카텔이 문을 열고 안으로 들어왔다. 그녀는 경감에게 미소를 지어 보였다.

"그랜지 경감님. 이렇게 만나서 반갑군요! 리볼버 권총과 거전이 뭘 어떻게 했다고요? 부엌에서는 지금 그 하녀 애가 메드웨이 부인에게 야단을 크게 맞으며 눈물을 바가지로 쏟고 있더군요. 물론 그 식모애가 자신이 본 것을 경찰에게 말해야 한다고 생각했다면, 그 애가 잘못했다고 나무랄 수는 없겠죠. 그 애의 생각에는 그게 옳은 행동이었을 테니까요. 나 자신도 항상 옳고 그른 것을 혼동하는 일이 많죠. 개개인에게 있어 옳고 그른 것을 판단하는 기준은 절대적인 것도 있지만, 아울러 상대적인 것도 있기 마련이거든요. 결국 자신이 옳다고 생각하는 대로 행동할 수밖에 없지 않겠어요? 거전, 그 권총에 대해 어떻게 얘기했어요?"

거전은 매우 공손한 태도로 대답했다.

"마님, 홀에 있는 탁자 위에 그 권총이 놓여 있었습니다. 누가 그 총을 거기에 갖다놓았는지는 모르지만, 전 아무 생각 없이 총을 들고 본래의 자리에 갖다놓았을 뿐입니다. 그래서 경감님께 그 말씀을 드렸습죠."

레이디 앙카텔은 머리를 흔들었다. 그리고 부드러운 어조로 말했다.

"거전, 그렇게 얘기할 필요는 없었는데. 내가 경감님께 얘기할게요."

거전의 얼굴에 약간 동요하는 기색이 나타났다. 그러자, 레이디 앙카텔이 매우 즐거운 목소리로 말했다.

"거전, 난 당신의 마음을 충분히 알아요. 또, 그 일이 우리를 괴롭힐까 봐 걱정하는 것도 잘 알고 있어요."

잠시 말을 멈춘 레이디 앙카텔은 거전에게 나가 보라는 말을 완곡하게 표현했다.

"이제 됐어요."

거전은 헨리 경과 경감을 번갈아 쳐다보며 약간 머뭇거리다가 공손하게 절을 하고 문 쪽으로 걸어갔다. 그랜지 경감은 그것을 제지할 것처럼 손을 들었다가 무슨 생각에선지 아무 말 없이 그대로 손을 내렸다.

문을 열고 나간 거전은 조심스럽게 문을 닫았다.

의자 깊숙이 몸을 묻은 레이디 앙카텔은 두 사람을 쳐다보며 화사한 미소를 지었다. 그녀가 허물없는 태도로 말했다.

"거전은 정말 매력적인 사람이에요. 내 말뜻은 그가 너무나 충성스러운 하인이라는 거지요. 그래요, 충성스러운 사람이라는 표현이 적절하겠어요."

"부인께서는 아마 그 사람이 얘기한 내용에 대해 더 자세한 것을 알고 계신 것 같군요." 그랜지 경감이 딱딱하게 말했다.

"맞아요. 거전이 그 총을 홀에서 보았다는 말은 거짓말이에요. 실제로는 달걀을 꺼내다가 그 총을 보게 되었을 거예요."

"달걀이요?" 그랜지가 레이디 앙카텔을 응시했다.

"바구니에서 달걀을 꺼냈거든요." 레이디 앙카텔이 말했다.

레이디 앙카텔이 무언가를 알고 있는 것은 분명했다.

헨리 경이 부드럽게 말했다.

"여보, 좀 자세히 얘기해 주구려. 그랜지 경감과 난 도대체 무슨 영문인지 모르겠어."

"오, 그래요?" 레이디 앙카텔이 자세한 설명을 덧붙였다.

"그 권총은 달걀 바구니 속에 들어 있었던 거예요."

"레이디 앙카텔, 무슨 달걀 바구니입니까?"

"내가 농장에 가면서 들고 갔던 바구니에요. 그 속에 권총이 들어 있었죠. 농장에서 그 바구니에다 달걀들을 넣었는데 권총이 달걀 밑에 깔리는 바람에 그만 그걸 깜박 잊어버리고 말았어요. 그리고 풀장에서 가엾은 존 크리스토의 시체를 보고 그 충격 때문에 달걀 바구니를 떨어뜨릴 뻔했는데, 마침 옆에 있던 거전이 그 달걀 바구니를 받아 줬지 뭐예요. 거전이 달걀 바구니를 받아든 건 순전히 달걀 때문이에요. 내가 그냥 땅에 달걀 바구니를 떨어뜨렸다면 아마 달걀이 모두 깨졌을 거니까요. 그래서, 거전이 그 달걀 바구니를 집으로 가지고 왔죠. 그날 저녁식사 시간에야 문득 달걀에 날짜 적는 걸 잊어버렸다는 생각이 나서(항상 난 달걀에 날짜를 적어 두죠. 그렇게 하지 않으면 싱싱한 달걀과 오래된 달걀을 혼동해서 싱싱한 달걀부터 먹게 되는 일이 생기기 때문이거든요) 거전에게 얘기를 했더니 벌써 그가 날짜를 적어 놓도록 시켰다고 하더군요. 지금에야 생각나는 일이지만, 그때 거전이 그 말을 유난히 강조한 것 같아요. 그가 충성스러운 사람이라고 말한 까닭이 바로 그거예요. 거전은 달걀을 다 꺼낸 뒤에 바구니 밑바닥에 있던 권총을 보고 이곳에 갖다둔 것이지요. 그 총이 경찰의 눈에 띌까 봐 걱정이 되었던 게지요. 하인들은 경찰이라면 무조건 두려워하기 마련이거든요. 너무나 착하고 충성스러운 하인들이지만 이렇게 어리석은 면도 있답니다. 이게 전부예요. 경감님, 이제 속이 후련하세요?"

말을 마친 레이디 앙카텔은 활짝 미소를 지으며 그랜지를 쳐다보았다.

"제가 알고 싶었던 것은 진실이지요." 경감이 우울한 음성으로 말했다.

레이디 앙카텔은 한숨을 내쉬었다.

"공연히 야단법석을 떠는 게 아닐까요? 제 말은 이렇게 여러 사람들을 뒤쫓아 다니며 조사하는 데 쓸데없이 시간을 낭비하는 것인지도 모른다는 뜻이에요. 존 크리스토를 쏜 사람이 실제로 누구든지 간에 일부러 그를 쏘지는 않았을 거예요. 제 말은, 고의적인 범행이 아니라 실수였기 쉽다는 뜻이죠. 만일 저다가 그랬다면 더더욱 그럴 확률이 높지요. 솔직히 말해 난 저다가 쏜 총알이 빗나가지 않고 명중했다는 게 너무 신기할 정도예요. 어떻게 그 둔한 저다가 똑바로 총을 쏠 수 있었는지 아무리 생각해도 모를 일이에요. 게다가, 저다는 심성이 매우 착한 사람이에요. 만일 경감님이 저다를 감옥으로 보내 교수형에 처하게 된다면 그 애들은 어떻게 되겠어요? 만일 존을 쏜 사람이 저다라면, 지금쯤은 매우 후회하고 있을 거예요. 아버지가 살해되었다는 사실은 그자식들의 마음에 큰 충격을 주겠지요. 하지만, 그 자식들에게 더욱 큰 악영향을 끼치는 것은 그 아버지를 살해한 사람이 바로 그 어머니라는 사실을 알게되는 거예요. 생각해 보세요. 살해된 아버지와 교수형에 처하게 된 어머니를부모로 가진 자식들의 심정을! 경찰은 그런 것을 조금도 고려하지 않을 때가더 많더군요."

"레이디 앙카텔, 지금 누군가를 체포하겠다는 얘기를 한 적이 없는데요."

"그거야 얘기하나마나 뻔한 일이지요. 그랜지 경감님은 매우 현명하신 분이라고 알고 있는데요."

레이디 앙카텔은 다시 그 사람을 뇌쇄시킬 듯한 미소를 지었다.

그랜지 경감은 눈을 껌벅거렸다. 그 매혹적인 미소 앞에서는 무뚝뚝한 경감도 어쩔 수 없었다. 그러나 경감은 눈을 질끈 감고 질문을 계속해 나갔다.

"부인께서는 제가 알고 싶은 것을 자세히 얘기해 주셨습니다. 그럼 여기 있는 총을 가져 가셨다는 말인데, 어느 총이었는지 기억나십니까?"

레이디 앙카텔은 벽난로 옆의 선반을 바라보며 머리를 끄덕였다.

"끝에서 두 번째, 0.25구경 모저 권총이에요."

정확한 용어로 권총의 종류를 집어내는 레이디 앙카텔의 태도가 어딘가 모르게 그랜지 경감의 눈에 거슬렸다. 그는 레이디 앙카텔이 총에 대해 전문적인 지식을 가지고 있으리라고는 꿈에도 생각하지 않았던 것이다.

"저 권총을 달걀 바구니에 넣어두었던 이유는 무엇이었습니까?"

"그런 질문을 할 줄 알았죠." 레이디 앙카텔이 말했다.

의외로 그녀의 어조는 아주 당당하고 의기양양했다.

"당연히 어떤 이유가 있을 거예요. 헨리, 당신도 그렇게 생각하시죠?"

레이디 앙카텔은 말꼬리를 자기 남편에게 돌렸다.

"당신도 제가 그날 아침 저 권총을 달걀 바구니에 넣어 갖고 간 이유가 있을 거라고 생각하시죠?"

"물론, 그렇게 생각하지." 헨리 경이 딱딱하게 굳은 목소리로 말했다.

레이디 앙카텔은 앞을 똑바로 응시하면서 말했다.

"사람이 일을 하게 되면, 한번 한 일은 쉽게 잊어버리지 않지요. 그리고 그 일을 하는 데는 항상 어떤 이유가 있다고 생각해요. 내가 달걀 바구니에 저 권총을 집어넣었다면 분명히 어떤 이유가 있었을 텐데."

그녀는 헨리 경에게 호소하듯이 물었다.

"그게 뭐였겠어요?"

경감은 그녀의 얼굴을 뚫어져라 쳐다보았다. 조금도 당황해 하는 기색은 없었다. 차라리 어린애처럼 기뻐하며 열광하는 듯한 표정이라는 게 맞을 것 같았다. 그는 이제까지 루시 앙카텔 같은 여자를 본 적은 한 번도 없었다. 도대체 어떻게 생각해야 할지를 알 수가 없었다.

"우리 집사람은……." 헨리 경이 말했다.

"정신이 없어서 너무나 잘 잊어버린다오, 경감."

"그런 것 같군요." 그랜지가 말했다.

그러나 별로 만족스러운 말은 아니었다.

"제가 왜 그 권총을 가져갔을 것 같아요?"

레이디 앙카텔이 아주 친밀하게 말했다.

"모르겠습니다, 부인."

"제가 여기에 왔었죠." 레이디 앙카텔은 골똘하게 생각하는 표정이었다.

"시몬스와 베갯잇에 대해서 얘기를 하던 중이었죠……그리고 벽난로 쪽으로 걸어간 것 같은데……부목사를 새로 데려와야 한다고 생각했죠……."

그랜지 경감은 그녀를 똑바로 바라보았다. 정신이 헷갈리는 느낌이었던 것이다.

"모저 권총을 집어든 건 기억이 나요. 그건 예쁘고도 한 손안에 잡히는 조그만 권총이었어요. 그래서 전 항상 그 총을 좋아했죠……그리고 그 총을 바구니 속에 집어넣었어요……그 바구니는 제가 온실에서 꺼내왔죠. 그때 여러 가지를 생각하고 있었던 것 같은데……시몬스, 그리고 갯개미취와 함께 섞여 있던 메꽃, 음, 메드웨이 부인이 셔츠 속의 검둥이를 많이 만들어 주었으면 하고 바랐었고, 음—그다음에는……."

"셔츠 속의 검둥이라니요?" 그랜지 경감은 참다못해 말참견을 했다.

"초콜릿과 계란을 섞은 뒤에 그 위에다 거품이 인 크림을 얹는 걸 우린 그렇게 불러요. 그건 점심식사용으로 그만이지요. 맛이 달콤하기 때문에 외국인도 좋아할 거예요."

그랜지 경감은 자신이 마치 여기저기 쳐놓은 거미줄에 걸린 벌레 같은 기분이 들었다. 그래서, 그는 일부러 더 퉁명스럽게 물었다.

"부인께서는 그 권총에 총알을 장전했습니까?"

그의 말에 레이디 앙카텔이 놀랐으면 하는 게 그의 솔직한 심정이었다. 아니면, 그녀가 그 말에 두려워하는 표정이라도 지었으면 싶었다. 그러나 레이디 앙카텔은 그 말을 곰곰이 생각해 보는 표정일 뿐이었다.

"제가요? 아주 어리석은 질문이군요. 지금 아무리 생각해도 기억이 나지 않는군요. 하지만, 권총에 총알은 들어 있었을 것 같아요. 총알 없는 권총이 무슨 소용 있겠어요? 그때 제가 생각하고 있던 게 뭔지 기억만 나면 될 텐데."

"여보, 오랫동안 당신을 알아온 사람일지라도 당신의 머릿속에 든 것을 알아낼 재주가 있는 사람은 아무도 없어." 헨리 경이 말했다.

레이디 앙카텔은 그를 바라보며 달콤하게 미소를 지었다.

"헨리, 전 지금 어떻게든 생각해 내려고 애쓰고 있는 중이에요. 제가 그런 일은 잘한다니까요. 얼마 전에도 그런 일이 있었더랬죠. 수화기를 들고 있었는데 왜 그 수화기를 들었는지를 몰라 한참 생각을 했었죠. 아무리 생각해도 그 이유를 모르겠더라고요."

"누군가에게 전화를 거실 생각이셨겠죠." 경감이 차가운 목소리로 말했다.

"아니에요. 우습게 들리겠지만 그게 아니었어요. 전 나중에서야 그 이유를 생각해 냈죠. 전 정원사의 아내인 메어스 부인이 아기를 안고 있는 모습이 다른 사람과 아주 달라보여서 그 이유를 물어보려고 수화기를 들었던 거예요. 물론 난 메어스 부인이 왼손잡이여서 아기의 머리를 보통사람들과는 반대로 안고 있었기 때문에 매우 생소해 보인다는 것을 알게 되었죠."

레이디 앙카텔은 신이 난 표정으로 두 사람을 번갈아 쳐다보았다.

'나 참, 이런 사람이 있으리라곤 꿈에도 생각 안 했어.' 경감이 생각했다.

그는 레이디 앙카텔의 말이 아주 신빙성 있게 들리지는 않았다. 오히려 그녀의 이야기가 모두 거짓말투성이일지도 모른다고 생각했다. 한 예로 식모는 거전이 들고 있던 총은 리볼버 권총이라고 명백히 진술했던 것이다. 그러나 그 말을 완전히 믿을 순 없지. 그 식모애가 총의 종류를 알고 있다고 할 수는 없잖아. 사람들 입에 오르내리던 리볼버 권총 애기를 듣고 그렇게 말했을지도 모르지. 그 애에게는 리볼버 권총이나 자동권총이 서로 다를 바 없을 거니까.

거전과 레이디 앙카텔, 두 사람은 모저 권총이라고 분명히 말했다. 하지만, 그들의 진술을 뒷받침해 줄 만한 증거가 없었다. 지금 행방불명된 권총이야말로 실제로 그들이 손을 대었던 총이 아니었을까? 하인들은 모두 하나같이 저 지겨운 여자에게 맹종에 가까울 정도로 충성을 하고 있으니 말이야.

그렇다면, 존 크리스토를 쏜 범인이 바로 저 여자라는 말인가? 왜 그녀가? 그는 그 이유를 생각해 낼 수가 없었다. 하인들이 저 여자를 위해 거짓말을 했단 말인가? 그는 자꾸만 그런 생각이 드는 것을 어쩔 수가 없었다.

생각이 나지 않는다며 횡설수설하고 있는 저 여자. 훨씬 더 많이 생각해 낼 수 있는 것은 확실한 일인데, 일부러 생각이 나지 않는 것처럼 한단 말이야. 무엇보다도 너무나 태연자약한 저 여자의 태도. 도저히 이해하지 못할 일뿐인 것이다. 제기랄, 이 모든 것에도 불구하고 저 여자가 말하는 게 모두 사실이라는 느낌이 드는 것은 무슨 조화지?

"좀더 생각이 나시면 나중에라도 말씀해 주시겠지요."

그는 무미건조하게 말했다. 레이디 앙카텔이 대답했다.

"물론이지요, 경감님. 생각이란 갑자기 떠오르기 마련이니까요."

그랜지는 서재 밖으로 나왔다.

홀에서 그는 손가락을 셔츠칼라에 대고 깊은 한숨을 내쉬었다.

그는 짙은 안개 속을 헤매는 느낌이었다. 지금 그는 자기 손때가 묻은 낡은 파이프, 에일 맥주 1파인트, 맛있는 스테이크, 그리고 얇게 저며 튀긴 감자칩이 그리울 뿐이었다.

제21장

레이디 앙카텔은 희고 나긋나긋한 손가락으로 이것저것을 만지며 서재 안을 돌아다녔다. 헨리 경은 의자에 깊숙이 앉아 그녀를 바라보다가 이윽고 입을 열었다.

"루시, 당신은 왜 그 권총을 꺼냈소?"

레이디 앙카텔은 자리로 돌아와 우아한 모습으로 의자에 몸을 묻었다.

"정말 생각이 확실하게 나질 않아요, 헨리. 우연한 사고에 대해 생각했던 것 같은데."

"사고?"

"그래요. 나무뿌리에 걸리는 것 말이에요."

레이디 앙카텔은 애매모호하게 말했다.

"불쑥 튀어나온 나무뿌리에 걸려 넘어지는 일이 흔하잖아요. 사격을 하다가 보면 총알을 다 쏘지 않고 한 개 정도는 총에 그대로 놔둘 때가 있는 법이에요. 물론 일부러 그러는 게 아니라 부주의해서 그러는 거죠. 그리고 이상스럽게도 하필이면 꼭 그런 때에 사람들이 부주의하게 행동하기 마련이거든요. 그렇게 때문에 사고가 일어난다고 생각해요. 물론 아주 유감스러운 일이고 비난……." 그녀는 말을 끝맺지 않고 입을 다물었다.

헨리 경은 아무 말 없이 그녀만 쳐다보고 앉아 있었다. 이윽고 그가 다시 조용하게 조심스러운 어조로 말했다.

"그 사고를 당한 사람이……, 누구였소?"

루시는 머리를 돌려 약간 놀란 표정으로 그를 바라보았다.

"물론, 존 크리스토죠."

"제발, 루시……." 헨리 경은 말을 끊었다.

레이디 앙카텔은 진지하게 말했다.

"오, 헨리. 전 정말 걱정했었어요. 에인스윅 저택에 대해서요."

"알아. 에인스윅이라는 것. 당신은 지나칠 정도로 에인스윅에 대해서 걱정을 하더군. 당신의 유일한 걱정거리는 에인스윅인 모양이야."

"에드워드와 데이비드가 마지막이에요. 앙카텔 가문을 이어갈 사람은 그들 둘뿐이에요. 헨리, 그런데 데이비드는 자기 엄마 일로 충격을 받았기 때문에 결혼하지 않을 게 뻔해요. 데이비드는 에드워드가 아들이 없이 죽으면 에인스윅 저택을 물려받을 사람이에요. 그런데 데이비드가 결혼을 안 할 건 뻔한 일이고, 당신과 나는 데이비드가 중년도 되기 전에 죽을 거예요. 데이비드가 결혼을 안 하면 자식이 없을 건 당연한 일이고, 그렇게 되면 우리 앙카텔 가문의 직계자손은 데이비드가 죽음으로써 이 세상에서 사라지게 되는 거예요."

"루시, 그게 그렇게 걱정이 된단 말이오?"

"그럼, 되고말고요! 아, 에인스윅!"

"루시, 당신이 남자였더라면 참 좋았을 뻔했어."

그 말을 하고 나서 헨리 경은 미소를 지었다. 여자가 아닌 루시의 모습을 상상해 볼 수가 없었던 것이다.

"우리 앙카텔 가문이 에인스윅에서 계속 그 명맥을 유지할 수 있는 길은 이제 에드워드의 결혼뿐이에요. 문제는 에드워드가 너무 완고하다는 거죠. 우리 아버지처럼 말이에요. 사실 난 에드워드가 헨리에타를 단념하고 다른 멋진 아가씨와 결혼하기를 바랐죠. 하지만, 그건 모두 부질없는 희망이었어요. 헨리에타가 존과 처음 사귈 때만 해도 난 그리 심각하게 생각하지는 않았어요. 그저 한때의 연애일 거라고만 생각했죠. 존은 바람기가 있는 남자였으니까요. 그런데 지난 토요일 저녁에 난 존이 그녀를 정말 사랑하고 있다는 것을 헨리에타를 바라보는 그의 눈빛에서 느낄 수 있었어요. 존이 그들 두 사람 사이에 끼어들지만 않았더라면 지금쯤 헨리에타와 에드워드는 결혼해서 행복하게 살고 있었을 거예요. 헨리에타는 과거의 추억에 연연해하는 여자가 결코 아니에요. 그러다가 결국 그렇게 되어 버렸죠. 다시 말해, 존 크리스토가 죽음을 자초했다는 거죠."

"루시, 설마……, 당신이……?"

레이디 앙카텔은 자리에서 다시 일어났다. 그러고는 꽃병에서 시든 꽃가지 두 개를 뽑아내었다.

"여보, 당신은 내가 존 크리스토를 죽였다고 생각하시는 건 아니겠죠? 물론 난 우연히 그런 사고가 일어날 수도 있다고 생각은 했었어요. 하지만, 존 크리스토를 이곳에 초대한 사람은 우리잖아요. 존 크리스토 스스로 여기에 온 건 아니거든요. 손님으로 청한 사람을 우연히 사고가 나게 해 죽게 할 수는 없는 법이에요. 우리 집의 손님인 이상 그가 누구든 즐겁게 지내도록 해줘야 하잖아요. 그러니까, 그렇게 걱정 안 하셔도 돼요, 헨리."

레이디 앙카텔은 상냥하게 미소를 지으며 남편의 얼굴을 바라보았다.

"루시, 내가 항상 걱정하는 건 바로 당신이야."

"여보, 난 괜찮아요. 걱정 마세요. 또, 일도 제대로 돌아가고 있잖아요. 우린 손끝 하나 까딱하지 않았지만 눈 속의 가시 같던 존은 없어져 버렸잖아요. 그러니까……"

레이디 앙카텔은 옛날을 회상하며 말했다.

"생각이 나는 데 봄베이에 살던 그 남자 말이에요. 나한테 아주 무례하게 굴어 굉장히 기분 나빠했었는데, 그로부터 사흘 후에 전차에 깔려 즉사했었죠."

레이디 앙카텔은 프랑스식 유리문을 열고 정원으로 나가 버렸다.

헨리 경은 그대로 앉아서 그녀의 뒷모습을 지켜보았다. 키가 크고 호리호리한 몸매의 아내의 모습이 점점 그의 시야에서 사라져 갔다. 헨리 경의 얼굴은 유난히 나이 들어 보였고 지친 기색이 완연했다. 어딘가 모르게 그의 표정에는 두려움이 담겨 있었다.

부엌에서는 눈물이 글썽글썽한 도리스 에모트가 거전의 엄한 질책을 받으며 풀이 푹 죽어 앉아 있었다. 거전이 한마디씩 엄하게 도리스를 나무랄 때마다 옆에 서 있는 메드웨이 부인과 시몬스 역시 이구동성으로 맞장구를 쳐가며 그녀를 몰아세웠다.

"네가 잘 알지도 못하면서 네 멋대로 판단하여 경솔하게 행동하는 일은 옳지 못해. 그건 철부지 아가씨들이나 하는 짓이야."

"그럼은요." 메드웨이 부인이 옆에서 맞장구를 쳤다.

"내가 권총을 들고 있는 것을 네가 봤다면 넌 내게 와서, '집사님, 이러이러한데 설명 좀 해주시겠어요?'라고 말했어야 하는 거야."

"아니면 나한테 오든가 했어야지." 메드웨이 부인이 옆에서 끼어들었다.

"난 항상 어린 아가씨에게 세상 물정을 기꺼이 가르쳐 주는 편이거든."

"무엇보다 네가 잘못한 일은—." 거전은 엄한 목소리로 말했다.

"경찰에게 함부로 입을 놀린 것이야. 그것도 겨우 경사 따위에게. 경찰과는 될 수 있는 한 필요한 일 이외에는 접촉을 하지 않는 게 좋아. 집 안에 경찰이 들어와 설치는 것은 정말 기분 좋은 일이 못될뿐더러 아주 고통스럽지."

"말로 표현할 수 없을 정도로 괴롭고말고요." 시몬스가 중얼거렸다.

"전 그런 일을 당한 적이 한 번도 없거든요."

거전이 계속해서 말했다.

"우리 모두는 주인마님이 어떤 분인지 잘 알고 있어. 주인마님이 어떤 일을 해도 난 놀라지 않아. 그러나 경찰은 우리하고 달라서 주인마님에 대해서 잘 모를 거야. 주인마님이 바구니 속에 총을 갖고 다니셨다 해도 조금도 이상하지 않은 건 주인마님은 그런 걸 좋아하시기 때문이야. 그렇지만, 경찰은 그걸 추잡한 살인과 관련시켜서 생각하려는 것 같아. 마님은 파리 한 마리 죽이지 않으려는 고운 마음씨를 갖고 계신 분이야. 그러나 지금으로 봐서는 아주 우습게 일이 꼬여가고 있어. 난 결코—." 거전이 감정을 넣어 말했다.

"마님이 홀에 있는 카드 쟁반에다 살아 있는 왕새우를 넣었던 일을 잊어버릴 수 없을 거야. 난 정말 꿈인 줄 알았지!"

"그건 제가 여기 오기 전의 일이었나 보죠?"

시몬스가 호기심 어린 표정으로 말했다.

메드웨이 부인이 풀죽어 있는 도리스를 흘끗 쳐다보며 말을 가로막았다.

"다음에 내 얘기해 줄게." 메드웨이 부인이 말했다.

"자, 그러면 내 말을 잘 들어, 도리스. 깊이 명심해야 돼. 우린 너를 위해 얘기한 것뿐이야. 경찰이 개입되는 일은 결코 좋은 일이 없어. 그걸 잊으면 안 돼. 이제 채소를 다듬도록 해라. 강낭콩은 어젯밤보다 더 조심해서 씻도록 하고."

도리스는 코를 훌쩍이면서 대답했다.

"예." 그러고는 급히 싱크대로 걸어갔다.

메드웨이 부인이 마치 앞일을 내다보는 사람처럼 말했다.

"오늘 파이는 엉망이 될 것 같은데. 내일이 그 불쾌한 검시 재판 날이거든. 생각만 해도 소름이 끼쳐. 어떻게 그런 일이 우리에게 일어났을까……."

제22장

대문이 딸각거리는 소리에 포와로는 창문 밖을 내다보았다.

뜻밖에 베로니카 크레이가 현관으로 걸어오고 있었다. 베로니카 크레이가 무슨 용무로 그의 집을 찾아오고 있는지 포와로는 자못 궁금해졌다.

포와로가 현관문을 열어 주자 그녀는 안으로 들어왔다. 그러자 온 방 안에 향기로운 향수 냄새가 가득해졌다. 그 향수 냄새는 포와로가 전에 천막에서 맡았던 바로 그 향기였다. 베로니카 역시 헨리에타와 마찬가지로 천으로 된 옷과 단화를 신고 있었지만, 그 분위기는 헨리에타와 전혀 달랐다.

"포와로 씨─."

그녀의 어조는 매우 밝았고 약간 들떠 있는 듯한 목소리였다.

"전 제 이웃에 사시는 분이 누구시라는 것을 조금 전에야 알았답니다. 전부터 당신을 무척 뵙고 싶었어요."

포와로는 그녀가 내민 손등에 허리를 굽혀 입을 가볍게 맞추었다.

"참 아름다우십니다, 부인."

베로니카 크레이는 그의 정중한 환대에 미소로 답했다. 그리고 커피나 칵테일 중 뭣 좀 들지 않겠냐는 그의 제안에 그녀는 괜찮다며 거절했다.

"아니에요. 전 당신에게 드릴 말씀이 있어서 왔어요. 너무 걱정이 되어서 생각다 못해 이렇게 당신을 찾아왔답니다."

"그것참 안됐군요."

베로니카는 자리에 앉아서 한숨을 내쉬었다.

"존 크리스토의 죽음과 관계된 이야기예요. 내일 검시 재판이 있다는 걸 아시죠?"

"아, 그럼요. 알고 있습니다."

"모든 게 너무 이상하게 꼬여 버렸어요……." 그녀는 말을 끊었다.

"대부분의 사람들은 믿으려 하지도 않을 거예요. 그러나 당신은 인간의 본성에 대해 알고 계시기 때문에 제 이야기를 믿어 주실 거라고 생각해요."

"인간의 본성에 대해서라면 어느 정도 알고는 있지요."

포와로가 약간 점잔을 빼며 말했다.

"그랬지 경감이 절 찾아왔었어요. 경감은 제가 존과 싸웠다는 사실을 알고 그걸 꼬치꼬치 캐묻더군요. 물론 제가 존과 싸운 것은 사실이지만, 경감이 생각하는 그런 식은 아니었어요. 저는 토요일 저녁에 존을 만난 건 15년 만의 일이었다고 경감에게 말했어요. 그런데 그 사람은 제 말을 믿지 않더군요. 하지만, 그건 틀림없는 사실이에요."

"그거야 조사를 해보면 쉽게 알 수 있는 일이지요. 그런데 뭐가 걱정이 된다는 겁니까?" 포와로가 말했다.

베로니카 크레이는 아주 다정하게 미소를 지었다.

"사실은 제가 경감에게 토요일 저녁의 일을 얘기하지 않았거든요. 또, 얘기했다손 치더라도 아마 경감은 믿지 않았을 거예요. 너무 허무맹랑한 이야기라고 말이에요. 그렇지만, 저는 누군가에게는 사실을 털어놓아야 한다는 생각이 들어서요. 그래서 당신을 찾아왔답니다."

포와로는 조용하게 말했다.

"그거 아주 영광이군요."

포와로는 그녀가 자기의 반응을 아주 당연하게 여기고 있다는 것을 알아챘었다. 베로니카 크레이는 자신의 말과 행동이 상대방에게 끼치는 효과를 지나치게 과신하는 여자라고 그는 생각했다. 또, 그렇게 너무 자신만만해하는 점 때문에 실수를 할 여자라는 생각이 들었다.

"존과 저는 15년 전에 약혼했었어요. 존은 저를 열렬히 사랑했었죠. 저 자신도 깜짝 놀랄 만큼 그렇게 열렬히 저를 사랑했던 사람이 바로 존이었어요. 그러나 존은 제가 배우로 나서는 것을 못마땅해했죠. 또한, 제 자신의 생활이나 감정을 갖는 것을 포기하라고 강요했죠. 그가 너무 소유욕이 강하고 이기적인 남자였기 때문에, 전 그를 사랑했지만 도저히 그와는 결혼할 수 없다는 결론을 내리고 그에게 파혼해야겠다고 했어요. 그는 저의 파혼 선언에 몹시 충격을 받았던 것 같아요."

포와로는 안됐다는 듯이 혀를 끌끌 찼다.

"지난 토요일 밤에 그를 만난 건 그로부터 15년 뒤의 일인 셈이 되지요. 우리는 함께 집에 걸어가면서 옛날의 추억을 더듬었죠. 이건 경감에게 얘기한 거예요. 하지만, 전부 다 얘기한건 아니었어요."

"그래서요?"

"존은 미쳤어요. 미쳐도 아주 단단히 미쳤더라고요. 자기가 아내와 이혼할 테니 저도 남편과 이혼해서 자기와 결혼해 달라고 애원을 하더군요. 그러니 누가 제정신을 가졌다고 하겠어요? 존은 저를 잊은 적이 한시도 없었다고 했어요. 그런데 정말 우연히도 저를 만나자 시간이 그냥 멈춰 버린 것 같았다고 하는 거예요."

그녀는 감정이 북받치는지 눈을 감고 애써 호흡을 정리하고 있었다. 그녀의 얼굴은 화장을 하고 있었는데도 창백한 기운을 띠고 있었다.

이윽고 베로니카 크레이는 다시 눈을 떠서 포와로를 바라보며 수줍은 미소를 지었다.

"그런 감정을 이해할 수 있으시겠어요?" 그녀가 물었다.

"물론이지요." 포와로가 말했다.

"한 여자를 결코 못 잊어 계속 기다리며 어떻게는 만날 궁리를 하고 만날 희망에 살다가, 마침내는 그 마음의 소원을 이루게 되는 것⋯⋯. 그런 남자들이 있답니다, 포와로 씨."

"그럼요, 그런 여자들도 있지요."

베로니카 크레이가 험악한 눈초리로 포와로를 쳐다보았다.

"전 지금 남자, 특히 존 크리스토에 대해 이야기하고 있는 거예요. 하여튼 일이 그렇게 되었어요. 그래서 저는 먼저 그 말에 반대를 하고 나섰다가 아무래도 안 되어서 웃으며 그 제의를 거절했죠. 전 그에게 미쳤다는 얘기도 했어요. 그러다 보니 꽤 시간이 흘렀나 봐요. 존은 상당히 늦게 집에 돌아갔으니까요. 우리는 계속해서 언쟁을 벌였지만, 그는 막무가내로 자기 고집만 부리더군요."

베로니카는 다시 마음을 가라앉히려 애쓰는 기색이 역력했다.

"그래서, 그다음 날 아침 존에게 쪽지를 보냈어요. 어떻게든 일을 마무리 지어야 했으니까요. 저는 존에게 그의 제안이 너무 실현 불가능한 이야기라는 것을 깨닫도록 해줘야 했어요."

"그래서요?"

"당연히 말도 안 되는 소리라며 존을 설득하려고 애썼죠. 그런데 존은 참 많이 변했더군요. 그는 내가 하는 말은 조금도 귀담아 들으려 하지 않았어요. 그러고는 계속 끈질기게 자기 고집만 피우는 거예요. 제가 아무리 얘기를 해도 그가 요지부동이었기 때문에 저는 그의 가슴에 못 박는 소리까지 해야 했어요. '난 당신을 사랑하지 않을 뿐 아니라 오히려 증오한다'고 모진 소리를 했죠……."

베로니카 크레이는 잠시 말을 멈추고 숨을 거칠게 내쉬었다.

"전 그런 말까지 하고 싶지는 않았지만, 그를 단념시키기 위해서는 그럴 수밖에 없었어요. 결국 우리 두 사람은 화해하지 못하고 화가 난 채로 서로 헤어졌죠……. 그랬는데 지금……, 그는 죽어 버렸어요."

포와로는 깍지를 끼고 있는 그녀의 손을 바라보았다. 그 손가락의 마디가 유난히 두드러져 보였다. 그녀의 긴 손가락에는 어떤 잔인함 같은 것이 배어 있었다. 포와로는 베로니카의 격한 감정을 몸으로 느낄 수 있었다. 그것은 슬픔이나 비탄이라기보다는 차라리 분노에 가까웠다. 자존심이 꺾인 에고이스트가 터뜨리는 분노라는 편이 맞는다고 포와로는 생각했다.

"저, 포와로 씨―."

베로니카의 목소리는 다시 평정을 되찾고 있었다.

"이제 어떻게 해야 하나요? 모든 사실을 털어놓아야 할까요, 아니면 그대로 입을 다물고 있어야 할까요? 정말 일이 우습게 되어 버렸어요―우연의 일치라고나 할까요. 하지만, 사람들은 미심쩍어할 게 뻔해요."

포와로는 한참 동안 베로니카의 얼굴을 쳐다보며 곰곰이 생각에 잠겼다.

그는 베로니카 크레이가 솔직하게 얘기하고 있다고는 생각하지 않았다. 그러나 그녀의 얘기가 전부 다 꾸며낸 거짓말이라고 하기에는 어딘가 석연치 않은 점이 있었다. 존과 그녀 사이에 무슨 일이 있었던 건 틀림없는 사실이야. 하지만, 그녀의 얘기와 똑같지는 않을 거야. 과연 그게 뭘까?

갑자기 어떤 생각이 그의 머릿속을 섬광처럼 지나갔다. 맞아, 바로 그거야. 베로니카의 얘기는 사실을 거꾸로 얘기한 거야. 존 크리스토를 잊어버릴 수 없었던 사람은 바로 베로니카일 거야. 존이 베로니카에게 애원한 게 아니라, 결혼하자고 애원한 사람은 바로 베로니카였어. 그런데, 존이 그 제의를 거절하자 그녀의 자존심이 상처를 입었던 게야.

베로니카는 마치 자신의 먹이라고 당연히 여기고 있던 것을 빼앗기게 된 암호랑이가 으르렁거리며 포효하는 것처럼, 마음에 앙심을 품고 자신의 자존심을 무참하게 짓밟아 버린 남자에 대한 앙심으로 이를 갈고 있었던 것이 틀림없지. 그녀의 자존심은 자기가 갖고 싶은 것을 손에 넣지 못한다는 사실을 인정할 수가 없었던 것이다. 그래서, 사실과 정반대의 스토리를 꾸며 포와로에게 얘기함으로써 상처받은 자존심을 달래고자 한 게 확실했다.

포와로는 한숨을 깊이 내쉬고 말했다.

"그게 존 크리스토의 죽음과 관련되어 있다면, 사실을 다 얘기해야 하겠지요. 그러나 그렇지 않다면 굳이 그럴 필요는 없을 겁니다. 내 생각에는 존의 죽음과 당신의 얘기는 아무 상관이 없는 것 같군요."

포와로는 그 말에 베로니카가 실망했을지도 모른다고 생각했다. 베로니카의 지금 심정으로선 자기의 얘기를 신문에 기사화하고 싶어 할 지도 모르는 일이었기 때문이다.

베로니카가 포와로 자신을 찾아온 진정한 이유는 무엇일까? 그녀의 얘기가 먹혀 들어가는가를 시험해 보기 위해? 그녀의 이야기에 대한 내 반응을 살피기 위해? 아니면 나를 이용할 목적에서?

그의 모호한 태도에 베로니카가 과연 실망을 느꼈는지의 여부는 알 수가 없었다. 베로니카는 자리에서 일어섰다. 그리고 매니큐어를 칠한 손을 그에게 내밀었다.

"감사합니다, 포와로 씨. 당신 말씀이 아주 일리가 있군요. 당신을 알게 되어서 기뻐요. 저는……, 전 누군가에겐가 사실을 얘기하고 싶었거든요."

"부인, 당신의 용기를 존경합니다."

베로니카 크레이가 떠난 뒤에 포와로는 창문을 약간 열어놓았다. 향수 냄새가 진동을 하고 있었기 때문이었다. 포와로는 베로니카가 사용하는 향수를 별로 좋아하지 않았다. 매우 값비싼 향수임에는 틀림없겠지만, 은은한 멋이 없었고 그녀의 성격처럼 너무 향기가 짙었기 때문이다.

포와로는 커튼을 닫으면서 문득 존 크리스토를 죽인 범인은 베로니카 크레이가 아닐까 하는 생각을 했다. 그녀의 태도로 보아 그녀가 존 크리스토를 죽이고 싶을 만큼 증오하고 있는 것은 틀림없었다. 총에 맞아 비틀거리며 쓰러지는 존 크리스토의 모습을 눈 하나 깜빡하지 않고 지켜보며 마음에 쾌감을 느낄 여자가 바로 베로니카 크레이라고 포와로는 생각했다.

하지만, 베로니카 크레이가 자기감정을 만족시키기 위해 그런 모험을 감행하기에는 너무나 계산적이고 약삭빠른 면이 많은 여자라는 생각이 들었다. 그녀를 자신의 위험부담도 고려치 않고 감정에 휩쓸려 행동하는 어리석은 여자라고 단정할 수는 없었다.

결국 베로니카 크레이가 아무리 존 크리스토를 죽이고 싶어 했더라도, 과연 그녀가 위험부담을 안고서까지 그런 모험을 감행했을 것 같지는 않았다.

제23장

이번 사건에 대한 검시 재판이 한 번 더 있을 것이지만, 그것은 단지 한 형식에 불과하다는 것을 사람들은 알고 있었다. 그래서, 거의 대부분의 사람들은 이제 끝났다는 안도감으로 마음의 긴장이 풀어지고 있었다. 다음 검시 재판은 경찰의 특별한 요청 때문에 2주일 뒤에나 열리게 될 것이다.

저다는 런던에서 다임러 차를 세내어 패터슨 부인과 함께 내려왔다. 저다가 입고 있는 검은색 드레스와 모자가 서루 어울리지 않아서인지 저다는 신경질적으로 보였다.

자동차에 올라타려던 저다는 레이디 앙카텔이 자기에게 다가오는 것을 보고 자동차 옆에 서 있었다.

"저다, 기분이 어때요? 잠을 푹 자기 바라요. 우리가 바란 대로 일이 되어가는 것 같은데요. 우린 저다와 저다 언니가 우리 집에서 묵기를 바랐어요. 하지만, 저다에게 너무 고통스러운 일이 될까 봐 억지로 붙잡을 수가 없군요. 저다의 마음을 충분히 이해해요."

저다 옆에 서 있던 패터슨 부인이 레이디 앙카텔에게 자신을 소개시켜 주지 않은 자기의 여동생을 나무라는 듯한 눈초리로 흘끗 쳐다보고 나서 밝은 목소리로 말했다.

"자동차로 당일치기를 하자는 생각은 콜리어 양의 머리에서 나온 아이디어랍니다. 물론 자동차를 세내야 하기 때문에 돈이 많이 들지만, 그래도 그게 나을 거라는 생각이 들더군요."

"아, 그거 좋은 생각이군요."

패터슨 부인이 목소리를 낮춰 말했다.

"저는 저다와 그 애들을 백스힐로 데려갈 작정이에요. 지금 이 애에게 필요한 건 휴식과 안정이거든요. 아이고, 말도 마세요. 할리가에서는 기자들 등쌀에 못 배겨 나요. 시도 때도 없이 찾아오더라고요."

한 젊은 남자가 저다에게 카메라를 들이대자, 패터슨 부인은 서둘러 저다를 차 속에 밀어 넣고 떠나 버렸다. 그래서, 사람들은 차가 휙 하고 스쳐 지나갈 때 그 우스꽝스러운 모자 테 밑에 가리어져 있는 멍하니 얼빠진 듯한 저다의 표정을 얼핏 보았을 뿐이었다. 마치 넋이 나간 어린애 같은 표정이었다.

미지 하드캐슬은 한숨을 쉰 뒤에 작은 소리로 중얼거렸다.

"불쌍한 여자!"

그러자 에드워드가 성급하게 말을 받았다.

"도대체 크리스토는 어떤 사람이었지? 저 불쌍한 여자는 정말 상처를 입은 것 같군."

"저 여자의 울타리가 바로 그 남편이었으니 그럴 수밖에요."

미지가 말했다.

"어떻게 그럴 수가? 존 크리스토는 어떤 면에선 재미있는 사람이긴 하지만, 굉장히 이기적인 사람인 것 같았는데……."

그가 말을 잠시 끊었다가 다시 계속했다.

"미지, 넌 그 사람을 어떻게 생각했니?"

"저요?" 미지가 되물었다.

이윽고 미지는 자신의 말에 스스로 놀라고 있었다.

"전 그 사람을 존경했던 것 같아요."

"그를 존경했다고? 왜?"

"글쎄요, 그 사람이 전문직업인으로서 성공했기 때문일 거예요."

"의사로서 말이지?"

"예, 그래요."

더 이상 이야기를 나눌 시간은 없었다.

헨리에타가 런던까지 미지를 자동차로 데려다 주기로 했기 때문이다.

에드워드는 이제 할로 저택으로 돌아가 점심식사를 한 뒤에 데이비드와 함께 기차역으로 가서는 각자의 집으로 돌아가게 될 것이다.

에드워드가 미지에게 어딘가 애매모호한 말을 했다.

"언제 나와서 함께 점심이라도 먹자."

그 말에 미지는 자기도 그러고 싶지만 보통 때 한 시간 이상 시간을 내기는 어렵다고 말했다.

그러자, 에드워드는 미지가 좋아하는 그 미소를 지으며 말했다.

"오, 그건 특별한 경우지. 아마 주인도 이해해 줄 거야."

그 말을 남긴 뒤에 에드워드는 헨리에타에게로 걸어갔다.

"헨리에타, 전화할게."

"그러세요, 에드워드. 하지만, 전 거의 집에 없을 거예요."

"집에 없다니?"

그 순간 헨리에타는 조소하는 듯한 미소를 입가에 흘렸다.

"슬픔의 강에서 익사하지 않기 위해서요. 제가 집 안에 틀어박혀 우울하게 보내기를 바라시는 건 아니겠죠?"

에드워드는 천천히 입을 열었다.

"헨리에타, 요즘 들어서 난 당신을 도저히 이해할 수가 없군. 옛날과 너무 달라졌어."

헨리에타의 얼굴이 부드러워졌다. 그러더니 그녀는 뚱딴지같은 말을 했다.

"에드워드는 정말 좋은 사람이야."

그러고는 그를 가볍게 포옹한 뒤에 재빨리 몸을 돌려 레이디 앙카텔에게로 걸어갔다.

"언제든지 와도 되죠, 루시?"

"당연한 소리지. 그리고 2주일 뒤에 검시 재판이 있다는 것을 잊으면 안 돼."

레이디 앙카텔이 말했다.

헨리에타는 광장 한 구석에 세워둔 차 쪽으로 걸어갔다. 헨리에타와 미지의 가방은 이미 차 뒤에 실어 놓았었다.

그들 두 사람은 차를 타고 달리기 시작했다. 차는 길게 뻗어 있는 언덕길을 따라 올라가 산등성이를 타고 달리고 있었다. 그 길 밑으로 울긋불긋한 단풍잎들이 찌뿌듯하게 흐린 가을 하늘을 배경으로 싸늘한 가을바그들 한 번씩 스쳐갈 때마다 가볍게 몸을 떨었다.

조용히 앉아 있던 미지가 불쑥 입을 열었다.

"할로 저택을 떠나게 되어서 기뻐. 루시에게서 떠난 것조차도 기쁘다는 생각이 들어. 루시가 사랑스러운 사람이긴 하지만, 때때로 섬뜩하게 느껴질 때가 있거든."

헨리에타는 아무 말 없이 백미러만 들여다보고 있었다.

헨리에타가 무뚝뚝하게 말했다.

"루시는 살인사건조차도 콜로라투라(화려한 기교적인 장식)를 가미하지 않으면 성에 차지 않나 봐."

"난 살인에 대해 생각해 본 적은 한 번도 없었어."

"생각해 볼 필요가 없는 거잖아. 살인이라는 단어는 낱말 맞추기 퀴즈에서나 나오는 것만으로도 족하거든. 아니면, 오락용 놀이로서만 말이야. 하지만, 살인 그 자체는……."

헨리에타가 말을 멈추었다. 미지가 그 말을 받았다.

"현실적인거야, 충격적인 사건이니까."

"넌 충격을 받을 이유가 없잖아. 너와는 아무 관계도 없으니까 말이야. 우리 중에서 그 살인사건과 아무 관계도 없는 사람은 바로 너 하나뿐이야."

"이제는 우리 모두 사건과는 관계가 없어. 우린 할로 저택을 떠나왔으니까."

헨리에타가 중얼거렸다.

"과연 그럴까?"

헨리에타는 다시금 백미러를 열심히 들여다보고 있었다.

갑자기 그녀는 액셀러레이터를 세게 밟았다. 그러자 차가 속력을 내어 달리기 시작했다. 속도계의 바늘은 50을 넘어서 거의 60에 도달하고 있었다.

미지는 의아한 눈초리로 헨리에타의 옆모습을 훔쳐보았다. 헨리에타가 신나게 속력을 내어 달리는 것을 좋아하는 줄은 알고 있었지만, 이렇게 꼬불꼬불한 길에서 무모할 정도로 속력을 내어 달리는 것은 평소의 헨리에타답지 않은 행동이었기 때문이다. 헨리에타의 입가에는 기분 나쁜 미소가 감돌고 있었다.

미지의 의아한 눈빛을 느꼈는지 헨리에타가 말했다.

"미지, 뒤를 좀 봐. 저기 뒤에 오는 차 보이지?"

"응, 그런데?"

"그 차는 벤트너 텐이야."

"그래서?" 미지는 차에 대해서는 특별히 관심이 없는 편이었다.

"벤트너 텐은 상당히 경제적인 소형차라고 할 수 있어. 휘발유 소비량이 적어서 오래 달릴 수 있거든 반면에 단점이라면 빨리 속력을 낼 수 없다는 거지."

"그래?"

헨리에타가 왜 항상 그렇게 차와 그 성능에 대해 매력을 느끼는지 미지로서는 그것이 이해가 되지 않았다.

"내가 지금 말한 대로 벤트너 텐은 빨리 속력을 낼 수 없는 차야. 미지, 그런데 저 차는 우리가 거의 60 이상으로 달리고 있는데도 우리 차와의 간격을 일정하게 유지하고 있다고."

미지가 고개를 돌려 놀란 눈으로 헨리에타를 쳐다보았다.

"그렇다면 네 말은……."

헨리에타가 고개를 끄덕였다.

"경찰은 평범해 보이는 차에 특수 엔진을 달고 있지."

"네 말은 경찰이 우리 뒤를 미행한다는 거니?"

"거의 분명한 것 같아."

미지가 몸을 가볍게 부르르 떨었다.

"헨리에타, 넌 두 번째 총에 대해 어떻게 생각하니?"

"그건 저다가 결백하다는 것을 보여 주는 거야. 그 이상의 뜻은 없어."

"하지만, 두 번째 총이 만일 헨리가 가진 총들 중에서 하나라면……."

"확실히는 모르잖아. 아직까지 그 총은 발견되지 않았거든."

"아냐, 그건 헨리의 총이 맞을 거야. 범인은 외부 사람일 수도 있어. 헨리에타, 넌 그 외부 사람이 누구일 거라고 생각하니? 난 그 여자 같아."

"베로니카 크레이 말이야?"

"응."

헨리에타는 아무 말 없이 정면만 응시한 채 차를 몰았다.

"넌 그런 것 같지 않니?" 미지가 그녀를 추궁했다.

"그럴지도 모르지……." 헨리에타는 천천히 말했다.

"그런데 넌 그렇게 생각하지 않는—."

"네가 그렇게 생각하고 싶으면 내가 딴 얘기를 한다 해도 소용이 없어. 넌 네 방식대로 생각하면 돼. 그게 가장 좋은 해결책이지. 우리 모두를 자유롭게 해주는 방법이거든."

"우리? 하지만……."

"우리는 그 사건에 다 함께 얽혀 있어. 미지, 너까지도 말이야. 네가 존을 죽일 이유라곤 눈곱만큼도 없음에도 불구하고 말이야. 나도 베로니카를 범인으로 생각하고 싶어. 피고석에 앉아 있는 베로니카의 얼굴이 어떤지를 보고 싶은 마음은 굴뚝같아. 그렇게 되면 정말 내 기분이 좋을 거야."

미지는 재빨리 헨리에타의 얼굴을 훔쳐보았다.

"헨리에타, 말해 봐. 넌 지금 그 여자한테 복수하고 싶은 기분이니?"

"네 말은……." 헨리에타가 잠시 입을 다물었다.

"내가 존을 사랑했기 때문이라는 거니?"

"그래."

헨리에타의 입에서 처음으로 그런 말을 들은 미지는 묘한 기분에 사로잡혔다. 헨리에타가 존을 사랑한다는 사실은 루시와 헨리, 미지, 심지어는 에드워드까지도 공공연하게 알고 있는 비밀이라고 할 수 있었다. 그러나 그 어느 누구도 그것을 입 밖에 내어 말한 적은 한 번도 없었던 것이다.

두 사람 사이에 잠시 침묵이 흘렀다. 무언가를 깊이 생각하고 있던 헨리에타가 조심스럽게 말했다.

"난 내 기분이 어떤지를 너한테 설명할 수가 없어. 나도 잘 모르겠으니까 말이야."

그들은 지금 앨버트 다리 위를 달려가는 중이었다.

헨리에타가 말했다.

"미지, 내 스튜디오에 잠깐 들렀다 가. 차 한 잔 마시고 나서 네 하숙집까지 데려다 줄게."

그들이 런던의 변두리에 위치하고 있는 헨리에타의 스튜디오에 이르렀을 때는 짧은 가을 해가 이미 서쪽으로 뉘엿뉘엿 지고 있었다.

헨리에타는 스튜디오의 문 앞에 차를 세웠다. 그리고 차에서 내려 열쇠로 문을 열고 안으로 들어갔다. 헨리에타가 불을 켰다.

"추운데." 그녀가 말했다.

"가스난로를 피워야겠어. 아이, 속상해, 아까 오는 길에 성냥 몇 갑을 사갖고 온다는 걸 깜박 잊어버렸네."

"라이터로 하면 안 돼?"

"내 라이터는 말을 잘 안 들어. 그리고 라이터 하나로 가스난로에 불을 피우기도 힘들고 편하게 쉬고 있어. 잠깐 나가서 성냥을 하나 사올게. 난 보통 집 모퉁이에 서 있는 늙은 장님 아저씨한테서 성냥을 사거든. 금방 돌아올게."

헨리에타가 성냥을 사러 밖으로 나간 뒤에, 미지는 혼자 남아 스튜디오 안에 놓여 있는 헨리에타의 작품들을 둘러보았다.

목재와 청동으로 된 여러 조각물들과 함께 빈 스튜디오에 남아 있자니 미지는 괜히 으스스한 느낌이 들었다.

철모를 쓰고 높은 광대뼈가 유난히 두드러져 보이는 청동 두상이 있었는데, 그것은 마치 소련의 붉은 군대의 병사 같은 모습이었다. 그리고 알루미늄을 비틀어 리본처럼 만든 조각물도 있었는데, 미지는 그 조각품이 상당히 마음에 들었다. 또, 연분홍색 화강암을 쪼아 만든 거대한 개구리의 형상도 있었다. 스튜디오의 맨 구석에는 실물 크기의 나무 조각품이 서 있었다.

미지가 호기심 어린 눈길로 그것을 쳐다보고 있을 때, 문이 열리면서 헨리에타가 약간 숨을 헐떡거리며 들어왔다.

미지는 고개를 돌려 헨리에타를 쳐다보며 물었다.

"헨리에타, 이건 제목이 뭐야? 꽤 무시무시해 보이는데."

"그거? '숭배자'야 국제 그룹전에 출품할 작품이지."

미지는 그 나무 조각품을 유심히 살펴보며 되풀이해서 말했다.

"꽤 무시무시해 보이는데."

무릎을 꿇고 가스난로에 불을 피우던 헨리에타가 어깨너머로 그 말을 받았다.

"네가 그런 말을 하니까 재미있는데. 넌 왜 그 작품을 무시무시하게 느끼니?"

"글쎄, 내 생각에는 얼굴에 아무 표정도 없어서 그런 것 같아."

"미지, 네가 잘 봤어."

"헨리에타, 아주 훌륭해."

그러자 헨리에타가 가볍게 응수했다.

"재료가 좋은 탓이겠지. 고급 배나무거든."

헨리에타는 무릎을 펴고 일어섰다. 그러고는 커다란 손가방과 털목도리를 소파 위에 던져 놓은 뒤에 테이블 뒤에 성냥 두 갑을 내려놓았다.

그때 무심코 헨리에타의 얼굴을 쳐다보던 미지는 깜짝 놀랐다. 아까까지만 해도 침울해 보이던 헨리에타의 얼굴에 급작스레 환한 기쁨이 흘러넘치고 있었기 때문이다.

"이제, 차를 끓여야지."

그녀의 목소리 역시 그 표정과 마찬가지로 밝고 명랑했다.

미지는 참 이상한 일이라고 생각했지만, 테이블 위에 놓여있는 성냥 두 갑을 본 순간 갑자기 떠오른 생각 때문에 그것을 무심하게 지나쳐 버렸다.

"너, 베로니카 크레이가 가져갔던 성냥들 생각나니?"

"루시가 주라고 한 성냥? 그럼, 생각나지."

"그 여자 집에 항상 성냥이 떨어지지 않고 있다는 것은 누가 알아냈니?"

"경찰이겠지 뭐. 그런 것은 철저하게 찾아내잖아."

헨리에타의 입가에는 승리의 미소가 어렴풋이 감돌고 있었다. 미지는 뭐가 뭔지 알 수는 없었지만 약간 반발감이 생기는 것은 어쩔 수 없었다.

그녀는 속으로 생각했다.

'헨리에타는 진정으로 존을 사랑했을까? 정말 그랬을까? 확실히는 아니야.'

그 순간 한 줄기 싸늘한 바람이 그녀의 마음을 스치고 지나갔다.

'이제 에드워드는 그리 오래 기다리지 않아도 되겠구나……'

그러나 미지는 곧 그렇게 옹졸한 생각을 하는 자신이 내심 부끄러워졌다. 난 에드워드가 행복해지기를 바랄 뿐이야. 내가 에드워드를 소유하겠다는 마음을 가진 적은 정말 추호도 없어. 에드워드에게 난 항상 '귀여운 미지'로 있게 될 거야. 그 이상의 존재는 결코 될 수 없잖아. 내가 죽었다 깨어나도 그의 사랑을 받는 여인이 될 수는 없을 거야. 에드워드는 오직 한 사람밖에 모르거든. 하지만, 그 집념 때문에 결국은 자기가 원하는 것을 얻게 되겠지. 에드워드와 헨리에타가 결혼해서 에인스윅 저택에 보금자리를 꾸미는 것—그거야말로 에드워드가 애타게 바라는 바가 아닌가! 그들 두 사람은 그렇게 평생을 행복하게 에인스윅 저택에서 보내게 되겠지.

미지는 그것을 보지 않아도 명백하게 확신할 수 있었다.

"미지, 기운 좀 내." 헨리에타가 말했다.

"살인이 일어났다고 해서 네가 의기소침해 할 필요가 어디 있니? 우리 나가서 저녁이나 먹을까?"

그러나 미지는 빨리 하숙집에 돌아가야 한다고 서둘러 말했다. 편지를 쓸데가 있었기 때문이다. 사실 그녀는 차를 다 마신 뒤에 즉시 일어나고 싶은 심정이었다.

"좋아. 그럼, 내가 하숙집까지 데려다 줄게."

"괜찮아. 택시를 타면 되지 뭐."

"무슨 소리 하는 거니! 저기 차가 있는데."

그들은 눅눅한 저녁 공기를 마시며 밖으로 나왔다. 그들이 뮤즈가(街)를 막 빠지려는 찰나에 헨리에타가 자기의 차 옆으로 미끄러져 들어오는 차를 손가락으로 가리켰다.

"벤트너 텐이야. 우리 그림자야. 우릴 미행하나 봐."

"아휴 지긋지긋해!"

"넌 그렇니? 난 아무렇지도 않은데."

헨리에타는 미지를 그녀의 하숙집까지 데려다 준 뒤에 뮤즈가로 되돌아와 차고 속에 차를 집어넣었다. 그러고는 즉시 스튜디오 안으로 들어갔다.

헨리에타는 벽난로 옆에 서서 손가락으로 벽난로 위를 똑똑 두드리며 한참 동안 멍한 표정으로 서 있었다.

이윽고 그녀가 한숨을 쉰 뒤에 중얼거렸다.

"자, 일하는 거야. 시간을 낭비하지 않는 게 좋겠지."

헨리에타는 외출복을 벗고 작업복으로 갈아입었다.

그로부터 한 시간 30여 분 정도가 지난 뒤에 헨리에타는 몇 발걸음 뒤로 물러서서 지금까지 자기가 작업한 것을 이리저리 살펴보았다. 그녀의 뺨과 머리카락에는 진흙덩어리가 여기저기 묻어 있었다. 그러나 헨리에타는 금방 만든 스탠드 위의 조각물을 보며 스스로 만족하여 고개를 끄덕였다.

그것은 대강 윤곽만 잡은 말의 형상이었다. 아주 울퉁불퉁했던 흙덩어리가 전혀 새로운 모습으로 변해 있었다. 그것은 우리가 일반적으로 생각하는 말의 모습이 아니었다. 아마도 기병대 대장이 이 말을 보면 기절초풍하리라. 또한, 말타기를 그렇게 좋아하던 우리 아일랜드 조상들도 이런 말은 한 번도 보지 못했으리라. 그럼에도 불구하고 그것은 말이었다. 헨리에타의 머릿속에서 창조된 말의 형상이었던 것이다.

그랜지 경감이 이것을 본다면 어떻게 생각할까?

헨리에타는 그랜지 경감의 얼굴을 그려 보자 자기도 모르게 피식 웃음이 터져 나왔다.

제24장

에드워드 앙카텔은 샤프츠베리가(街)의 번화가에 머뭇거리며 서 있었다. 수 많은 사람들이 그를 스쳐 지나갔다. 지금 그는 '마담 앨프리지'라는 금색 간판 이 붙은 가게 안으로 용기를 내어 들어갈까 말까 망설이고 있는 중이었다.

미지에게 전화를 걸어 밖으로 나오라고 해도 될 일이었지만, 에드워드는 왠 지 그러면 안 될 것 같다는 느낌이 들어서 이렇게 직접 가게로 찾아가기로 마 음먹었던 것이다.

에드워드는 할로 저택에서 우연히 미지가 통화하는 소리를 듣고 상당히 충 격을 받았었다. 그때 그가 언뜻 듣기에 미지는 다른 사람이 불쌍하게 여길 정 도로 쩔쩔매며 얘기를 하고 있었던 것이다.

그녀의 목소리는 비겁할 정도로 순종적이었다. 에드워드는 그렇게 귀엽고 발랄하며 솔직담백한 미지가 그 상대방이 누구이건 간에 그렇게 오만방자한 태도를 아무 말 없이 감수해야 된다는 건 뭔가 잘못되어 있다고 생각했다.

그래, 그건 뭔가 잘못되었어! 게다가 에드워드가 그 일에 관심을 보이자 미 지는 발칵 화를 내며 직업을 얻고 또 계속 그 직장에 있는 일이 그렇게 쉬운 게 아니라고 말했었다. 또, 돈을 벌기 위해서는 어떤 치사한 일도 참아내야 하 는 법이라고 말했었다.

사실 그때까지 에드워드는 많은 여자들이 '직업'을 갖는다는 사실에 대해 그저 막연하게 알고 있었을 뿐이었다. 다시 말해, 그는 많은 여자들이 직업을 갖는 이유가 그 직업에 매력을 느끼기 때문이겠지 라고 생각했으며, 독립심을 키우고 자아실현을 위해 직업을 갖겠거니 라고 생각해 왔던 것이다. 그는 돈 을 벌기 위해 직업을 가진다는 생각은 조금도 해보지 않았던 것이다.

아침 9시부터 저녁 6시까지 일을 해야 되고 점심시간으로 겨우 한 시간을 준다는 것은 그의 머리로는 도저히 상상이 되지 않는 일이었다. 어떻게 한창 꽃다운 나이의 처녀가 인생을 마음껏 즐기지도 못하고 그렇게 살아갈 수가 있단 말인가? 점심시간이 아니면 화랑에 들러 그림이나 조각을 감상할 수도 없고, 또 오후의 음악회에 들를 수도 없다니 얼마나 비참한 일이란 말인가? 날씨가 화창하더라도 교외로 드라이브 나갈 수도 없으며, 조용하고 근사한 레스토랑에서 분위기 있게 점심식사를 할 수도 없겠지. 기껏해야 토요일 오후나 일요일이 되어서야 여행할 수 있는 것으로 만족해야 하고, 거의 매일 사람들이 북적거리는 라이언스나 스낵바에서 간단한 음식으로 허겁지겁 점심요기를 하게 되겠지. 에드워드로서는 난생 처음 알게 된 달갑지 않은 사실이었다.

에드워드는 미지를 매우 귀여워했다. 귀여운 미지. 그의 머릿속에는 미지가 어른이 된 지금에도 항상 귀여운 미지라는 생각만 들어 있었다.

그가 미지를 처음으로 보게 된 것은 몇 년 전 에인스윅 저택에서였다. 눈이 큰 미지는 수줍음이 많아서 처음에는 얘기를 잘하지 않았지만, 나중에는 그들과 함께 어울려 얘기도 잘하고 웃기도 잘하며 즐겁게 지냈었다.

그렇게 명랑하고 귀여웠던 미지가 이제는 돈을 버는 어른이 되었다는 사실을 에드워드는 믿기가 어려웠다. 유난히 과거지향적인 에드워드로서는 현실을 직시한다는 것 자체가 어려운 일인지도 몰랐다.

에드워드가 미지를 귀여운 소녀가 아닌 한 여자로서 처음 느끼게 된 것은 할로 저택에서였다. 그러니까, 그가 헨리에타와 다시 생각하기에도 괴로운 언쟁을 한 날 밤이었다. 헨리에타와 괴로운 심정으로 헤어져 그가 창백하게 질린 모습으로 추워 떨면서 방 안으로 들어오자 미지는 무릎을 꿇고 벽난로 불을 지폈었다. 그 모습에서 그는 어린 소녀가 아닌 한 여자의 모습을 보았던 것이다.

어떻게 생각하면 에드워드에게 그것은 가슴 아픈 일이었다. 왜냐하면, 에드워드가 그것을 느낀 순간 에인스윅 저택은 커다란 장벽이었다. '귀여운 미지' 역시 헨리에타처럼 에인스윅 저택의 한 부분이었다. 그런데, 그 미지 또한 그가 모르는 사이에 전혀 낯선 여인이 되어 있었던 것이다.

그날 이후로 에드워드는 계속 마음에 갈등을 느끼고 있었다. 그리고 미지의 행복에 대해서 조금도 생각해 보지 않았던 자신의 무관심을 깊이 반성하고 있었다. 더욱이, 옷가게의 점원이라는 직업은 미지에게 너무 어울리지 않는다는 생각에 그는 마음이 괴로웠다. 그렇게 며칠 동안 생각에 생각을 거듭하던 끝에 에드워드는 자신이 직접 그 가게를 찾아가 보기로 마음먹었다. 자신의 눈으로 그 가게가 어떠한 곳인지를 확인하고, 또 보고 싶었기 때문이다.

에드워드는 좁은 금 벨트가 달린 검은색 드레스, 날씬해 보이는 점퍼가 몇 벌, 조금 야한 색깔의 레이스가 달린 이브닝 가운이 진열되어 있는 유리창 안을 신기한 눈초리로 유심히 들여다보았다.

에드워드는 여자의 옷에 관해 알고 있는 것이 별로 없었으나, 그가 보기에도 이 가게는 격조 높은 곳이 못 된다는 것을 알 수 있었다.

안 돼. 이렇게 저속한 곳에 미지가 있어서는 안 돼. 에드워드는 속으로 부르짖었다. 우리 중 누구 한 사람이 어떻게 조치를 해줘야 돼. 아마 레이디 앙카텔이 제일 적격자일 거야.

에드워드는 부끄러움을 무릅쓰고 가게 안으로 약간 구부정한 어깨를 쭉 펴고서 들어갔다.

용기를 내어 가게 안으로 들어가긴 했지만, 에드워드는 어떻게 해야 할지를 몰라 그 자리에 우두커니 서 있었다. 금발의 두 말괄량이가 흑인 점원에게 째지는 목소리로 무언가를 얘기하며 유리 진열장에 진열된 옷들을 이것저것 살펴보고 있었다. 가게의 안쪽에서는 뭉툭한 코와 헤나 물감으로 염색한 빨간색 머리카락을 지닌 조그만 여자가 이브닝 가운을 펴보이며 허스키한 목소리로 손님인 듯싶은 몸집이 좋은 중옷들여자에게 뭐라고 열심히 말하고 있었다.

그때 에드워드가 서 있는 곳에서 아주 가까운 곳에서 퉁명스럽게 투덜거리는 목소리가 들려왔다. 아마도 칸막이로 된 조그만 방에서 나오는 소리인 듯싶었다.

"보기 흉해. 너무 보기 흉해. 내게 어울리는 옷 좀 가져올 수는 없나?"

그 소리에 이어 부드럽게 대답하는 미지의 목소리가 들려왔다. 아주 공손하면서도 점원답게 능란한 말솜씨였다.

"이 포도주색 옷은 정말 멋쟁이가 입는 옷이랍니다. 손님에게는 아주 잘 맞을 것 같은데요. 한번 걸쳐 보기나 하세요. 그런 다음에—"

"입어 보나 마나야. 시간만 허비할 뿐이지. 다른 걸 가져와 봐. 난 분명히 빨간색을 싫어한다고 했을 텐데 내 말은 뭘 들었어?"

이 말을 듣고 있던 에드워드의 목 언저리가 붉게 물들었다. 그는 미지가 그 밉살스러운 여자의 얼굴에 그 드레스를 집어던졌으면 좋겠다고 생각했다. 그러나 미지는 그 모욕을 당하면서도 용케 견뎌내고 있었다.

미지는 부드럽게 말하고 있었다.

"그러시다면 다른 옷을 보여 드릴게요. 초록색은 좋아하시지 않을 것 같고, 그러면 이 복숭아색은 어떠세요?"

"아이고, 말도 안 돼. 그런 걸 옷이라고 보여 주다니! 다 그만둬. 시간만 낭비하겠어."

그때 앨프리지 부인이 에드워드 쪽으로 걸어왔다. 그녀는 의아한 눈초리로 에드워드의 아래위를 훑어보았다.

에드워드는 마음을 진정시키고 입을 열었다.

"하드캐슬 양을 만나러 왔는데요."

그러자 앨프리지 부인은 눈썹을 찡그렸다. 그러나 에드워드가 입고 있는 옷이 세빌 로(런던의 고급 양복점들이 있는 거리)에서 맞춘 것임을 알고 그녀는 징그럽고 음험한 미소를 지었다. 그녀는 미소를 짓는 것보다 차라리 성질을 내는 편이 더 어울릴 것 같다는 느낌이 에드워드의 머릿속을 불현듯 스쳐갔다.

미지가 들어 있는 방에서는 계속 그 퉁명스러운 여자의 목소리가 들려오고 있었다.

"조심해! 넌 어째 그 모양이니. 내 헤어네트를 찢어 놨잖아."

그러자 당황해 하는 미지의 목소리가 들려왔다.

"손님 정말 죄송합니다."

"바보 같은 것(이 소리는 입속에서 웅얼거리는 것 같았다), 그냥 둬. 내가 할 거야. 내 밸트나 내놔."

"조금만 기다리세요. 곧 나올 거예요."

앨프리지 부인이 에드워드에게 말했다. 미소를 짓는 그녀의 얼굴은 음흉스러워 보였다.

엷은 고동색 머리카락을 지닌 심술궂게 생긴 여자가 커튼을 들치며 몇 개의 보따리를 손에 들고 그 조그만 방에서 나와 가게 밖으로 나가 버렸다. 수수한 검은색 드레스를 입은 미지는 문까지 따라나가 그 심술궂은 여자를 위해 문을 열어 주고 에드워드에게로 걸어왔다. 그녀는 지치고 창백한 모습으로 에드워드를 바라보았다.

"너하고 점심식사나 하려고 왔어."

에드워드는 다짜고짜로 용건부터 말했다.

미지는 괴로운 시선으로 시계를 흘긋 쳐다보았다.

"지금은 안 돼요. 1시 15분이 되어야 해요." 미지가 말했다.

시계는 1시 10분을 가리키고 있었다.

그때 옆에 서 있던 앨프리지 부인이 우아한 표정을 지으려고 애쓰며 말했다.

"하드캐슬 양, 친구가 모처럼 찾아오셨는데 그냥 나가 봐요."

미지가 중얼거리듯이 말했다.

"감사합니다, 부인." 그러고는 에드워드에게 몸을 돌리고 말했다.

"잠깐만 기다리세요. 나갈 준비를 하고 올게요." 그 말과 동시에 미지는 가게 안쪽의 문으로 사라져 버렸다.

앨프리지 부인이 유난히 강조한 '친구'라는 말 때문에 머쓱해진 에드워드는 그냥 우두커니 그 자리에 서 있었다.

앨프리지 부인이 에드워드에게 뭔가를 말하려고 입을 여는 순간에 가게의 문이 열리면서 부티가 나는 중년 여자가 발바리를 데리고 안으로 들어섰다. 그러자, 앨프리지 부인은 즉각 그 여자를 상대하여 장사꾼의 수완을 발휘하기 시작했다.

이윽고 미지가 코트를 걸치고 안에서 나왔다. 에드워드는 그녀의 팔꿈치를 가볍게 잡고 그 가게를 나섰다.

"아이고, 기가 막혀." 에드워드가 말했다.

"네가 하는 일이 그런 일이었다니, 정말 상상도 못한 일이야. 난 너와 그 괘씸한 여자가 주고받는 얘기를 들었단다. 미지, 그런 걸 어떻게 참고 견디니?

그 밉살스러운 여자에게 옷이라도 집어던지지 왜 가만있었니?"

"그러면 전 즉시 쫓겨날 텐데요"

"그렇지만, 너도 그러고 싶은 기분이었겠지?"

미지는 한숨을 깊게 내쉬었다.

"그럼요. 말하나마나죠. 특히 여름이 거의 끝나갈 무렵에 바겐세일을 하는데, 그때는 정말 그러고 싶은 생각이 하루에 열두 번도 더 들죠. 언젠가는 나도 될 대로 되라는 식으로 행동할 것 같아 두려워요. '예, 손님.' 하고 말하는 대신에, '다른 게 있으면 찾아봐요.'라고 무례하게 말할지도 모르죠"

"미지, 그 모든 것은 우리 귀여운 미지가 감당하기에는 너무 벅찬 일이야!"

미지는 약간 몸을 흔들며 큰소리로 웃었다.

"에드워드, 걱정 마세요. 왜 그곳까지 직접 찾아오셨어요? 전화를 해도 될 텐데."

"난 내 눈으로 네가 어떤 곳에서 일하는지 직접 보고 싶었어. 네가 걱정이 되어서 견딜 수가 있어야지."

잠시 말을 멈춘 에드워드는 한숨을 내쉬었다. 그러고는 갑자기 화를 벌컥 내며 소리를 높였다.

"아무리 그래도 그렇지, 그럴 수가 있니? 루시는 네가 부엌데기 하녀라도 그런 식으로 말하지는 않을 거야. 그 여자가 어떻게 너한테 그런 식으로 대할 수 있는 거지? 네가 답답한 게 뭐가 있다고 그런 건방진 여자의 비위를 맞춰야 한다는 거니? 그건 네가 잘못한 거야. 미지, 제발 아무 소리 말고 당장 에인스윅 저택으로 내려와. 지금 당장이라도 택시를 타고 에인스윅행 2시 15분발 열차를 타러가고 싶어."

갑자기 미지가 발걸음을 멈췄다. 지금까지 태연한 듯하던 그녀의 태도가 조금씩 무너져 내리고 있었다. 오전 내내 그녀는 손님들에게 옷을 하나라도 더 팔기 위해 쓸개를 내던지고 손님들의 비위를 맞추느라 지금은 지칠 대로 지쳐있는 상태였다. 게다가, 주인 여자까지 거만하게 굴면서 그녀에게 사사건건 잔소리를 했었다. 미지의 마음속에 쌓이고 쌓여 있던 설움과 분노가 에드워드의 근심 어린 말을 도화선으로 하여 그만 폭발해버린 것이다.

"그러지 못할 이유가 어디 있나요? 택시는 많은데요."

에드워드는 미지가 갑자기 화를 내자 깜짝 놀란 표정으로 그녀를 바라보았다. 그러자 미지는 화가 더욱 솟구치는 것을 느꼈다.

"왜 여기까지 찾아온 거죠? 그런 말을 하려고 왔나요? 당신과는 아무 상관도 없는 일이에요. 그 지옥 같은 아침을 보낸 나에게 에인스윅 저택 같은 곳도 있다는 위로라도 해주러 왔나요? 당장이라도 저를 에인스윅 저택으로 데려가고 싶다고요? 그런 말을 한다고 해서 제가 고맙다고 절이라도 할 줄 알았나요? 그 말이 당신의 진심이라고 생각하세요? 천만에요. 단지 입에 발린 말일 뿐이에요. 제가 지금 에인스윅행 2시 15분발 열차를 타기 위해서는 제 영혼을 팔아야 한다는 사실은 아시나요? 에인스윅 저택을 생각만 해도 제 자신이 더욱 비참해지는 이 기분을 당신이 어떻게 알겠어요? 에드워드, 당신의 마음은 잘 알아요. 그러나 너무 잔인하군요. 꼭 그렇게 입으로 꼬집어 말해야 되겠어요? 그런 말을 하느니……."

에드워드와 미지는 사람들이 한참 붐비는 점심시간에 길 가운데에 서로의 얼굴을 마주보고 서 있었다. 그들은 다른 사람들의 통행에 방해가 된다는 사실도 잊어버린 채, 그곳이 길 한가운데라는 사실도 잊어버린 채 그저 서로의 눈만 똑바로 쳐다보고 있었다. 에드워드는 마치 잠에서 금방 깬 사람 같은 표정으로 미지를 쳐다보고 있었다.

에드워드가 말했다.

"그렇다면 좋아. 젠장, 그렇게 하면 될 거 아냐. 지금 2시 15분발 기차로 에인스윅에 내려가자."

그리고 그는 지팡이를 들어 올리면서 지나가는 택시를 큰소리로 불러 세웠다. 택시가 그들 앞에 와서 서자 에드워드가 문을 열어 미지보고 타라는 시늉을 했다. 미지는 당황하여 어쩔 줄 몰라 하다가 그냥 차에 올라탔다.

에드워드는 운전사에게, "패딩턴 역(런던 시내 서쪽에 있는 역)으로 갑시다."라는 말을 한 뒤에 미지의 옆자리에 올라탔다.

두 사람은 침묵을 지키고 앞만 바라보고 앉아 있었다. 미지는 입술을 꼭 깨물고 있었으며 그녀의 눈에는 도전적인 빛이 흐르고 있었다. 에드워드는 정면만 똑바로 응시하고 있었다.

옥스퍼드가(街)에서 신호등에 걸려 차가 잠깐 정지해 있는 사이에 미지가 기분 나쁘다는 투로 말했다.

"괜히 허세를 부리시는 것 같군요."

그 말에 에드워드는 짧게 대꾸할 뿐이었다.

"허세가 아냐."

택시가 갑자기 덜컹거리더니 앞으로 달려가기 시작했다. 이제 택시는 에지웨어로(路)에서 케임브리지 테라스로 가기 위해 왼쪽으로 꺾어 들고 있었다. 그때서야 에드워드는 비로소 평소의 침착한 태도로 돌아왔다.

그가 말했다.

"지금 2시 15분발 기차를 타기에는 무리야."

그러고는 유리창을 두드려 운전사에게 말했다.

"버클리로 갑시다."

그러자 미지가 차가운 어조로 말했다.

"뭐가 무리예요? 지금 겨우 1시 25분인데요."

에드워드가 그녀를 보고 미소를 지었다.

"귀여운 미지, 넌 아무 짐도 가지고 오질 않았잖아. 하다못해 나이트가운이나 칫솔, 아니면 시골에서 신을 단화라도 챙겨 가야지. 기차는 또 있어. 4시 15분발 기차가 있으니까 걱정 마. 먼저 점심부터 먹고 얘기 좀 하자."

미지는 한숨을 내쉬었다.

"에드워드, 아주 당신다운 말씀이에요. 이제야 현실로 돌아왔군요. 충동이란 것은 일시적인 기분에 불과한 거예요. 그렇죠? 하여튼 그 꿈은 끝났고 아주 멋졌어요."

미지는 다정하게 그의 팔짱을 끼며 본래의 그녀다운 밝은 미소를 지어 보이며 말했다.

"아까 제가 당신에게 마구 퍼부어댔던 것 정말 죄송해요. 하지만, 아까는 당신의 말에 얼마나 화가 나던지 참을 수가 없었거든요."

"그래. 내가 네 화를 돋웠나 보구나."

에드워드와 미지는 다정하게 버클리로 들어갔다. 창문 옆자리를 차지한 두 사람은 특별요리를 주문했다.

닭고기 요리를 다 먹고 나자 미지가 한숨을 쉬며 말했다.

"이제 빨리 가게로 돌아가야 해요. 벌써 점심시간이 다 끝나 가요."

"내가 그 가게의 옷을 다 사버리는 한이 있더라도 오늘 오후는 너와 함께 보내야겠어."

"어머, 에드워드! 정말 당신은 멋진 사람이에요."

그들은 디저트롤 팬케이크를 먹었다. 그것을 먹고 나자 웨이터가 그들에게 커피를 갖다 주었다. 에드워드는 커피에 설탕을 넣고 스푼으로 휘저었다.

그가 부드럽게 말했다.

"넌 정말 에인스윅 저택을 사랑하지?"

"꼭 에인스윅에 대해서 얘기를 해야 해요? 아까 2시 15분발 기차를 타지 않았기에 망정이지, 정말 그랬더라면 큰일 날 뻔했어요. 4시 15분발 기차를 타자는 말은 입으로만 하는 말이 아니라는 것 잘 알고 있어요. 하지만, 이젠 그만해둬요."

에드워드가 미소를 지었다.

"아니야. 지금 4시 15분발 기차를 타자는 얘기는 아냐. 내말은 네가 에인스윅으로 오면 좋겠다는 뜻이야. 그래서 영원히 에인스윅에서 사는 게 어떠니? 다시 말하면, 저……, 네가 내 옆에 있어 주면 좋을 것 같아."

커피 잔을 들고 있던 미지가 깜짝 놀란 눈으로 에드워드의 얼굴을 뚫어져라 쳐다보았다.

이윽고 그녀는 커피 잔을 내려놓으며 가까스로 마음의 안정을 되찾았다.

"에드워드, 무슨 뜻으로 그런 말씀을 하시는 거예요?"

"미지, 네가 나와 결혼해 달라는 말이야. 이렇게 프러포즈를 하는 게 멋없다는 것은 알아. 또, 난 별로 재미있는 사람도 못될 뿐더러 뭐 특별나게 잘하는 것도 없어. 하는 일이라곤 고작 책을 읽고 빈둥거리는 것뿐이지. 난 정열적인 사람도 아냐. 하지만, 미지와 나는 오래전부터 알아온 사이이고, 또 저……, 에인스윅 저택 그 자체만으로도 결혼에 대한 보상이 되지 않을까 싶어. 난 너라면 에인스웍 저택에서 행복하게 지낼 것 같아. 미지, 그렇게 할래?"

미지는 마른 침을 꿀꺽 삼켰다. 겨우 그녀가 입을 열었다.

"하지만……, 저……, 헨리에타가……." 그녀는 말을 채 끝맺지 못했다.

에드워드가 차분한 음성으로 말했다.

"그래, 물론 난 헨리에타에게 세 번이나 결혼해 달라고 청혼했었지. 하지만, 그때마다 헨리에타는 거절하더군. 헨리에타는 나와 결혼할 마음이 없어."

잠시 두 사람 사이에 침묵이 흘렀다.

이윽고 에드워드가 먼저 말문을 열었다.

"그건 상관이 없어. 미지, 네 생각은 어떠니?"

미지는 에드워드를 똑바로 쳐다보았다. 그녀의 목소리는 그의 청혼을 기쁘게 받아들이고 있었다. 그녀가 말했다.

"너무 기분이 이상해요. 제가 버클리에서 접시 위의 천국으로 초대받으리라고는 꿈에도 생각 못 했거든요."

그녀의 말을 듣던 에드워드의 얼굴이 환하게 밝아졌다. 그는 두 손으로 탁자 위에 놓은 미지의 손을 따뜻하게 감쌌다.

"접시 위의 천국이라……." 그가 말했다.

"에인스웍 저택을 그렇게 표현해줘서 고마워. 오, 미지! 정말 기뻐."

미지와 에드워드는 행복을 맛보며 오랫동안 그 자리에 앉아 있었다. 이윽고 에드워드는 음식값 계산을 하고 자기들의 시중을 들던 웨이터에게는 상당한 팁까지 집어주었다. 조금 전까지만 해도 사람들로 붐비던 레스토랑 안은 어느새 사람들이 드문드문하게 앉아 있을 뿐 한산해져 있었다.

미지가 겨우 입을 열었다.

"이제 돌아가야 해요. 주인아줌마에게 가서 얘기를 해야죠. 아마도 지금쯤 단단히 벼르고 있을 거예요. 어떻든 아무 말도 없이 떠날 수는 없잖아요."

"그럼, 돌아가서 얘기를 하고 사표를 내야지. 거기서 이젠 일할 필요가 없어. 물론 그렇게 하게 내버려 두지도 않을 거고. 우리 먼저 본드가(런던의 고급 상점가)로 가서 반지부터 하나 사는 게 어때?"

"반지요?"

"당연히 그래야 하는 것 아냐?"

그 말에 미지는 웃음을 터뜨렸다.

미지와 에드워드는 한 귀금속 가게에 들러 이것저것을 구경하였다. 환한 조명 밑에서 여러 가지 보석들은 휘황찬란하게 빛나고 있었다. 듬직하게 생긴 보석상 주인이 그들 앞에 여러 종류의 반지를 내놓았다. 그들은 허리를 구부리고 그것들을 자세히 살펴보았다.

에드워드가 벨벳 천이 깔려 있는 쟁반을 옆으로 밀쳐놓았다.

"에메랄드는 안 돼."

초록색 트위드 옷을 입었던 헨리에타. 중국 산 비취와 같은 색깔의 이브닝 드레스를 입었던 헨리에타의 모습 때문이리라.

······안 돼. 에메랄드는 안 돼.

에드워드의 그 말이 미지의 가슴을 아프게 찔렀지만, 미지는 애써 그런 생각을 떨쳐 버리려고 애썼다.

"저에게 어울리는 걸 골라 줘 보세요." 그녀가 에드워드에게 말했다.

에드워드는 다시 허리를 굽히고 그들 앞에 놓인 쟁반 위의 반지들을 살펴보기 시작했다. 이윽고 그는 다이아몬드가 한 개 박혀 있는 반지를 집어들었다. 그렇게 크지는 않았지만 아주 아름답게 반짝이는 반지였다.

"이게 마음에 드는데."

미지는 고개를 끄덕였다. 깔끔하면서도 단순한 것을 좋아하는 에드워드의 성격이 미지는 너무나 좋았다. 미지가 그 다이아몬드 반지를 손가락에 끼자, 에드워드는 옆으로 가서 계산을 하였다.

에드워드는 주인에게 342파운드를 끊어 준 뒤에 미소를 지으며 미지에게로 걸어왔다. 그가 말했다.

"우리 그 옷가게에 가서 주인 여자의 코 좀 납작하게 해주자."

제25장

"정말 너무 기쁘구나."

레이디 앙카텔은 에드워드와 미지를 한꺼번에 가볍게 포옹하며 말했다.

"에드워드, 미지를 이렇게 데려온 건 정말 잘했다. 결혼식은 여기서 올리는 게 당연하지. 세인트 조지 성당은 큰길로 가면 3마일가량 가야 되지만, 숲 속의 지름길로 가면 1마일 정도밖에 안 돼. 하지만, 결혼식을 하러 가는 데 아무리 지름길이라지만 숲 속으로 갈 수는 없는 법이지. 주례를 할 교구목사가 있어야 하는데, 그 사람은 지금 불쌍하게도 코감기에 걸려 있단다. 매년 가을만 되면 꼭 지독한 코감기에 걸리곤 하니 참 안됐어. 그래서, 부목사가 주례를 해야 될 거야. 그 사람은 철저한 국교도(성공회) 신봉자 중 한 사람이지. 그래서, 결혼식 예배도 상당히 엄숙하게 진행할 거야. 장엄하고 화려한 결혼식이 되겠지. 암, 코맹맹이 하는 사람이 결혼 예배를 집전하게 되면 분명히 엄숙하고 경건한 맛이 없어지고말고."

참으로 루시다운 인사라고 미지는 생각했다. 미지는 웃음과 울음이 동시에 터져 나오려는 것을 애써 참았다.

"루시, 정말 이곳에서 결혼식을 올리고 싶어요." 미지가 말했다.

"그래, 그건 이미 결정된 거야. 회색빛이 도는 하얀색 공단드레스에 아이보리색 기도서가 좋겠지. 부케는 그런 색으로 하면 안 돼. 참, 들러리 서는 아가씨들은?"

"오, 아니에요. 난 요란하게 결혼식을 올리고 싶지 않아요. 그냥 검소하고 조용한 결혼식이 되었으면 좋겠어요."

"네 뜻이 어떻다는 것은 알아. 네 생각이 맞을지도 모르지. 가을에 결혼식을 올리게 되면 항상 국화꽃으로 장식을 하게 된단다. 국화가 제일 무난한 꽃이

거든. 그런데 문제는 신부 들러리들이 항상 신부와 색의 조화를 이루지 못한다는 데 있어. 그들 때문에 전체적인 분위기가 엉망진창이 되는 경우가 얼마나 많은지 몰라. 신부 들러리는 보통 신랑의 여동생이 서는 것이기 때문에 꼭 필요해. 물론……." 레이디 앙카텔이 활짝 웃었다.

"에드워드에게는 여동생이 없지만 말이야."

"그것 다행이네요." 에드워드가 웃으며 말했다.

"애들이 들러리를 서는 것도 문제가 있어. 애들은 너무 성가시거든."

레이디 앙카텔 이제 마음껏 상상력을 발휘하고 있었다. 행복해 보이는 표정으로 그녀는 계속 이야기를 해나갔다.

"사람들은, '아유 귀여워.'라고 저마다 한마디씩 다 할 거야. 하지만, 얼마나 걱정이 되는 줄 아니? 웨딩드레스의 길게 늘어진 베일을 짓밟던가, 아니면 유모를 찾으며 큰소리로 울던가 야단법석을 피울지도 몰라. 하긴, 그 나이의 어린 계집아이가 무슨 일인지 잘 알지도 못하면서 꽃바구니를 손에 든 채로 신부의 뒤를 따라 교회의 제단 앞까지 무사히 걸어간다는 게 신기한 일일지도 몰라."

"난 아무것도 필요 없어요." 미지가 웃으며 말했다.

"화려한 웨딩드레스가 아니면 어때요? 난 평상복만 입고 결혼해도 좋아요."

"어머, 그건 안 돼, 미지. 네가 과부니? 말도 안 되는 소리야. 꼭 회색빛이 도는 하얀색 공단 드레스여야 해. 그리고 참, '마담 앨프리지'네 드레스는 절대 안 돼."

"그건 나도 동감입니다." 에드워드가 말했다.

"미레일리에게 가서 드레스를 맞춰야겠어."

"루시, 말씀은 고맙지만 난 그렇게 비싼 드레스를 맞출 만큼 여유가 없어요."

"미지, 무슨 소리야? 헨리와 나는 결혼식에 필요한 것을 다 해줄 생각이야. 그날 헨리가 너를 신랑에게 인계해 줄 거야. 참, 그날 입을 헨리의 바지 허리가 맞을는지 모르겠어. 그이가 마지막으로 결혼식에 참석한 게 거의 2년 전이니까 말이야. 내가 그날 입을 드레스는……."

레이디 앙카텔은 잠시 말을 멈추고 눈을 살며시 감았다.

"어떤 색인데요, 루시?"

"수국색 블루야." 레이디 앙카텔이 황홀한 표정으로 대답했다.

"에드워드, 신랑 들러리로는 네 친구 중 한 명이 서야 할 거야. 아니면, 데이비드가 신랑 들러리로 서도 되지. 참, 그래, 그게 데이비드를 위해 좋겠구나. 그래야 데이비드도 우리 가족의 한 사람이라는 게 새삼 마음에 느껴질 것이고, 그 자신이 우리에게서 사랑받고 있다는 느낌을 갖게 되지 않겠니? 데이비드에게는 그런 느낌을 심어 주는 게 중요하다고 난 생각하거든. 그 애는 상당히 똑똑하고 지적인 수준도 높다고 할 수 있지만, 우리가 그 애의 바로 그런 점 때문에 별로 달갑지 않게 생각한다는 잘못된 생각을 데이비드가 하고 있을지도 몰라. 만일 그렇다면 그 애는 마음속으로 아주 의기소침해 있을 거야! 물론 데이비드를 들러리로 세운다는 건 좀 모험일지도 몰라. 신부에게 줄 반지를 들고 가다가 떨어뜨리거나 잃어버리는 불상사를 일으킬지도 모르거든. 그렇게 되면 에드워드가 어쩔 줄 몰라 안절부절못해 할 거야. 하여튼 살인 현장에 있었던 사람들이 다시 함께 모여 너희 두 사람의 결혼을 축하해 준다는 건 어떤 면에서는 멋지다는 생각도 드는구나."

레이디 앙카텔은 특별히 누구에게랄 것도 없이 마지막 몇 마디를 입속에서 중얼거렸다.

"올 가을에 루시가 여러 사람들을 할로 저택으로 초대한 건 순전히 살인 잔치를 위해서였나 봐요."

기어코 미지가 비꼬듯이 한마디 던지고야 말았다.

"그래―." 루시가 생각에 잠긴 표정으로 말했다.

"네 말이 의미심장하게 들리는구나. 살인 잔치라……. 하긴 네가 그렇게 생각한다는 데 누가 말리겠니!"

미지는 몸을 흠칫하면서 말했다.

"어쨌든 이젠 다 끝난 일이에요."

"아냐, 완전히 끝났다고는 할 수 없지. 배심원들의 판결이 내려진 게 아니라 연기되었을 뿐이잖니? 그 멋진 그랜지 경감이 곳곳에 그의 부하들을 풀어 밤나무 숲을 샅샅이 뒤지고 있는 통에 꿩들이 놀라서 푸드득거리며 도망가느라고 야단이었지."

"도대체 그 사람들이 찾고 있는 게 뭔데요?" 에드워드가 물었다.

"크리스토를 쏜 리볼버 권총 말인가요?"

"틀림없이 그것 때문이겠지. 그뿐인 줄 아니? 그들은 가택 수색영장을 가지고 나와 집 안을 구석구석 뒤졌단다. 물론 경감은 죄송하다는 말을 우리에게 몇 번이고 했지. 그래서, 난 정말 괜찮다고 말해 주었단다. 사실 난 그 일이 재미있게 느껴졌거든. 그래서, 난 경찰이 집 안 구석구석을 살펴볼 때 일부러 같이 따라다니며 그들이 생각조차 못 했던 장소를 한두 군데 말해 주기도 했단다. 하지만, 아무 소득이 없었어. 그래서 얼마나 실망스러웠는지 몰라. 가엾은 그런지 경감은 아주 풀이 푹 죽어서 애꿎은 콧수염만 자꾸 만지작거리고 있지 않겠니! 경감이 너무 신경을 써서인지 얼굴이 아주 수척해 보이더구나. 그의 아내가 특별히 신경을 써서 영양보충을 해줘야 할 것 같았어. 하지만, 내 생각에 경감의 아내는 그 남편에게 맛있는 음식을 해서 주는 일보다는 집 안을 치장하는 데에 더 관심이 많은 여자일 것 같아. 참, 음식 얘기를 하니까 생각이 나는데, 메드웨이 부인을 좀 만나봐야겠구나. 하인들이 경찰만 보면 그만 주눅이 들어 쩔쩔매는 것을 보면 참 우스워. 어젯밤에 메드웨이 부인이 만든 치즈 수플레는 정말 너무 형편없었어. 수플레나 만두를 보면 메드웨이 부인의 마음이 안정되어 있는지 아닌지를 금방 알 수가 있지. 아마 거전이 없었더라면 하인들의 반은 이 집을 떠났을 거야. 너희 두 사람은 이제 산책을 하든지 리볼버 권총을 찾는 경찰을 도와주든지 너희 좋은 대로 하렴."

에르퀼 포와로는 벤치에 앉아서 밤나무 숲 아래로 내려다보이는 풀장을 굽어보고 있었다. 전에 레이디 앙카텔은 그에게 언제든지 그의 마음대로 할로 저택에 딸린 숲과 언덕을 산책하라고 아주 상냥하게 얘기했었다. 그 이후 에르퀼 포와로는 틈나는 대로 이곳에서 시간을 즐겁게 보냈었다.

지금 에르퀼 포와로는 레이디 앙카텔의 그 상냥하고 매력적인 태도에 대해 생각하고 있는 중이었다. 이따금씩 바람이 스쳐갈 때마다 나뭇가지들이 부딪치는 소리만 들려올 뿐 주위는 고요했다.

그로부터 어느 정도 시간이 흘렀을 무렵 에르큘 포와로는 그 아래 밤나무 숲 속에서 언뜻 움직이고 있는 사람의 모습을 보았다.

이윽고 포와로의 집 쪽으로 이어져 있는 오솔길에서 헨리에타가 그 모습을 나타내었다. 헨리에타는 포와로를 보자 잠시 흠칫하는 듯했으나, 곧 태연히 벤치 쪽으로 걸어와서 그의 옆자리에 앉았다.

"안녕하세요, 선생님? 전 지금 선생님 댁에 갔다가 오는 길이에요. 선생님이 안 계시기에 곧바로 돌아오는 길이죠. 선생님이 이곳에 그렇게 앉아계시니 마치 이 숲을 다스리는 제왕 같으시네요. 그랜지 경감은 뭘 열심히 찾고 있던데 그게 뭔가요? 권총이요?"

"그래요, 세이버네이크 양."

"경찰이 그 총을 찾아내리라고 생각하세요?"

"물론이오. 아주 금방 찾게 될 것 같군요."

헨리에타는 미심쩍은 표정으로 포와로를 쳐다보았다.

"그러시다면, 선생님은 지금 그 총이 어디 있는지 아신다는 말씀이군요?"

"그렇지는 않아요. 하지만, 그 총이 금방 발견되리라는 건 의심할 여지가 없소. 이젠 시간문제일 뿐이지."

"선생님은 아주 이상한 말씀을 하시는군요!"

"이상한 일은 여기도 있지. 아가씨는 런던에서 너무 빨리 돌아왔거든."

헨리에타의 표정이 일순간 딱딱하게 굳어졌다. 그러나 그녀는 킥 하고 웃었다.

"살인자는 범죄현장에 반드시 돌아온다? 그건 옛날 미신이잖아요? 그렇다면, 선생님은 여전히 제가……, 제가 범인이라고 생각한다는 말씀이군요? 전 범인이 아니라고 분명히 말씀드렸는데도 선생님은 제 말을 믿지 않으시는군요."

포와로는 잠시 아무 대답도 하지 않았다. 이윽고 그는 생각에 잠긴 표정으로 말했다.

"처음부터 이 사건은 너무 단순한 사건이어서 오히려 그 단순함을 믿기가 어려웠다오(단순하다는 게 사건을 풀어가는데 방해가 될 수도 있답니다). 아니면, 너무나 교묘하게 계획된 사건인 것처럼 느껴질 수도 있지. 만일 그렇다면 우리가 찾고 있는 범인은 두뇌가 매우 우수하고 창의력이 매우 뛰어난 사람임이 틀림없습니다. 왜냐하면 지금까지 우리가 진실이라고 생각했던 것이 결국은 아무것도 아닌 것으로 판명되기 때문이지요. 범인은 우리를 혼란에 빠뜨리려고 의도적으로 여기저기에 그물을 쳐놓았습니다. 문제는 그 교활한 음모가 지금까지도 계속 진행되고 있고, 또 성공하고 있다는 사실이지요."

"그런데요?" 헨리에타가 말했다.

"그게 저와 무슨 상관이 있다는 거죠?"

"우리를 교묘하게 진실이 아닌 이곳저곳으로 이끌고 가는 사람은 창의력이 매우 뛰어난 사람이라는 게요."

"알겠어요, 무슨 말씀이신지. 그래서 제게 혐의를 두고 있으시군요?"

헨리에타는 입술을 굳게 다물고 조용히 앉아 있었다.

이맛살을 잔뜩 찌푸리고 앉아 있던 그녀가 재킷 주머니에서 연필을 꺼낸 것은 잠시 뒤의 일이었다. 그녀는 하얀색 페인트칠이 된 나무 벤치 위에 이상스럽게 생긴 나무를 대강대강 그리고 있었다.

포와로는 옆에서 그런 헨리에타의 모습을 유심히 살펴보았다.

갑자기 어떤 생각이 그의 머리에 떠올랐기 때문이다. 그 사건이 났던 날 오후에 레이디 앙카텔의 응접실에서 그가 보았던 브리지 점수판 위의 낙서 같은 그림. 그리고 그다음 날 아침 풀장 옆의 천막에서 본 페인트칠이 된 철제 테이블 위의 낙서 같은 그림. 그래서, 거전에게 물어봤었지.

포와로가 말했다.

"그것은 아가씨가 브리지 점수판에 그려 놓은 바로 그 나무로군요"

"예, 맞아요."

헨리에타의 얼굴은 갑자기 자신이 무엇을 하고 있는지를 깨달은 사람 같은 표정이었다.

"우주수예요." 헨리에타가 웃음을 터뜨리며 말했다.

"왜 우주수라고 합니까?"

헨리에타는 우주수의 내력에 대해 포와로에게 자세히 설명해 주었다.

"그렇다면 아가씨가 항상 '낙서'하는 것(맞는 말인가요?), 아가씨가 그리는 것은 그 우주수입니까?"

"예. 낙서하는 재미도 정말 괜찮아요. 그렇게 생각 안 하세요?"

"이곳저곳에 낙서하는 게 아가씨의 취미인가 보군요. 여기 벤치 위에서, 토요일 저녁 브리지 점수판 위에, 일요일 아침 천막 안에서⋯⋯."

연필을 잡고 있던 헨리에타의 손이 갑자기 딱딱하게 굳은 것처럼 움직이지 않고 있었다.

헨리에타가 상당히 놀란 음성으로 말했다.

"천막에서요?"

"그래요. 그 안에 있는 둥근 철제 테이블 위에 그 우주수가 그려져 있더군요."

"아, 그건⋯⋯, 토요일 오후에 그렸나 본데요."

"토요일 오후는 아니오. 거전이 일요일 아침 12시경에 유리잔들을 천막으로 가져갔지요. 그 사실은 내가 거전에게 물어 분명히 확인한 내용이지요."

"그렇다면, 그것은 음⋯⋯." 헨리에타는 잠시 머뭇거렸다.

"일요일 오후에 그린 것일 거예요."

그러나 에르퀼 포와로는 유쾌한 미소를 지으며 고개를 흔들었다.

"난 그렇게 생각지 않아요. 그날 오후에는 계속 사람들이 풀장에 있었거든. 경감의 부하들이 피살자의 사진을 찍고 물속에서 리볼버 권총을 건져 올리느라 해질 무렵까지 그곳에 있었답니다. 오후에 누군가 그 천막에 들어가는 사람이 있었다면, 그들이 보지 못했을 리가 없지요."

헨리에타가 느릿느릿하게 말했다.

"지금 생각나는데요. 제가 저녁식사 후에 느지막하게 그 천막엘 갔었어요."

포와로가 예리한 음성으로 그녀의 말을 되받았다.

"세이버네이크 양, 캄캄해서 아무것도 보이지 않는데서 낙서를 하는 사람은 없어요. 그런데 아가씨가 캄캄한 밤중에 천막엘 가서 그 그림을 그렸다고 말할 생각인가요?"

헨리에타가 냉랭한 음성으로 말했다.

"전 사실만 말씀드릴 뿐이에요. 선생님이 제 말을 믿지 않으시는 게 당연하겠죠. 그렇다면 선생님의 생각은 도대체 어떤 거지요?"

"난 아가씨가 거전이 유리잔을 그 천막에 갖다놓은 시각인 오전 12시경 이후에 그 천막에 있었다고 가정을 해보는 겁니다. 다시 말해, 아가씨가 그 테이블 옆에 서서 누군가를 지켜보았거나, 아니면 누군가를 기다리다가 자기도 모르게 평소의 습관이 되살아나 그 철제 테이블 위에 그 우주수를 그려 놓지는 않았을까 하는 게 한 가지 추측이지요."

"전 일요일 아침에는 천막에 간 적이 없어요. 전 그날 아침 잠시 동안 테라스에 나와 앉아 있다가 정원용 바구니를 들고 꽃밭으로 올라가서 시든 달리아 꽃들을 잘라서 바구니에 넣고, 흐트러져 있던 갯개미취들을 한데 묶어 깨끗하게 해놓았어요. 제가 풀장으로 갔을 때는 정각 1시였어요. 전 1시 이전에는 풀장 근처에 얼씬도 한 적이 없어요."

"그건……, 아가씨의 이야기일 뿐이지요. 마드모아젤, 불행히도 우주수는 아가씨의 이야기를 입증해 주지 못하고 있군요."

"그렇다면, 제가 천막 안에 숨어 있다가 존을 쏘았다는 말씀인가요?"

"그렇지 않다면 아가씨는 그 천막 안에서 누군가 크리스토 의사를 쏜 사람을 보았겠죠. 만일 그것도 아니라면, 아가씨가 습관적으로 우주수를 잘 그려 놓는다는 사실을 아는 누군가가 그 천막에 있다가, 아가씨에게 그 혐의를 뒤집어씌우기 위해 테이블에다 그 우주수를 일부러 그려놓을 수도 있겠지요."

헨리에타가 자리에서 일어섰다. 그러고는 턱을 치켜들고 포와로를 향해 몸을 돌렸다.

"선생님은 여전히 제가 범인이라고 생각하시는군요. 좋아요. 마음대로 생각하세요. 하지만, 이것 하나는 분명히 말씀드리죠. 선생님은 제가 범인이라는 것을 결코 증명하시지 못할 거예요! 어떤 일이 있어도 말이에요!"

"아가씨는 자신이 나보다 더 한 수 위라고 생각한다는 거군요."

"선생님은 어떤 일이 있어도 그것을 증명하시지 못할 거예요."

그 말을 마지막으로 남긴 뒤에 헨리에타는 몸을 돌려 풀장으로 이어진 꼬불꼬불한 오솔길을 따라 내려가 버렸다.

그랜지 경감은 에르퀼 포와로와 함께 차 한잔이나 할 생각으로 레스트헤이븐 별장에 들렀다. 포와로가 마시라고 내놓은 차는 그랜지 경감이 염려했던 것처럼 너무 연한데다가 중국차였다.

'이 외국인은 차를 끓일 줄 몰라. 그렇다고 내가 가르쳐 줄 수야 없는 일이지.' 그랜지는 생각했다.

하지만 차 맛은 그런대로 괜찮았다. 사실 지금 그랜지의 기분은 차 맛을 따질 게재가 못 되었다. 그가 우울하게 입을 열었다.

"심리는 내일 모레 열리는데 우리는 아무것도 찾은 게 없어요. 아무리 찾아봐도 눈에 보이지가 않는 겁니다. 제기랄, 그 총이 틀림없이 어딘가에 있긴 있을 텐데 말입니다. 분명 이 마을 안 어디에 있거나 숲 속에 있을 겁니다. 사람들을 풀어 놓아 그 권총을 찾고 있지만, 이건 마치 건초더미에서 바늘 찾기예요. 어딘가에는 있겠죠. 하지만, 솔직히 말하면 그 총을 영원히 찾아내지 못할지도 모른다는 생각이 자꾸 드는군요."

"총은 찾게 될 겁니다." 포와로가 자신 있게 말했다.

"글쎄요, 지금 온갖 노력을 다하고 있긴 합니다만……."

"곧 그 총을 발견하게 된다니까요. 그건 자신 있게 말할 수 있소. 차 한 잔 더하시겠소?"

"예, 한잔 더 주시지요. 아, 물은 필요 없습니다."

"그러면 너무 진할 것 같은데."

"아, 괜찮습니다." 그랜지 경감은 의식적으로 말을 삼가고 있었다.

그는 우울한 표정으로 창백하게 연한 노란색의 차를 한 모금 마셨다.

"포와로 씨, 이번 사건은 절 아주 우스갯거리로 만들어 버렸답니다. 절 조롱

하고 있단 말입니다. 전 도대체 그 사람들의 속셈을 알 수가 없어요. 겉으로 보아서는 우리의 일에 아주 협조적인 것 같지요. 하지만 그들의 이야기를 함께 종합해 보면 모두 허공에 뜬 구름을 잡는 이야기일 뿐입니다. 그들이 사실과는 까마득하게 먼 곳으로 우리를 이끌고 가는 듯한 느낌이 들 때가 한두 번이 아니에요."

"먼 곳으로?" 포와로가 말했다.

그의 눈빛에는 놀란 표정이 역력했다.

"예, 사실과는 아주 동떨어진 곳으로요……."

경감은 계속해서 마음속의 불만을 포와로에게 털어놓고 있었다.

"지금 권총을 찾고 있는 중입니다. 시체 부검 결과에 의하면 크리스토는 포와로 씨가 풀장에 도착하기 1~2분 전에 총을 맞았답니다. 그 사건 당시 레이디 앙카텔은 달걀 바구니를 들고 있었죠. 세이버네이크 양은 시들어 버린 꽃송이들이 들어 있는 바구니를 들고 있었으며, 에드워드 앙카텔은 총알이 가득 찬 큰 주머니가 달린 헐렁한 사격복을 입고 있었지요. 분명히 그들 중 한 사람이 그 리볼버 권총을 갖고 있었습니다. 제 부하들이 풀장 가까이에 있는 숲 속을 이 잡듯이 샅샅이 뒤져 보았지만, 그 총의 그림자도 없었거든요. 그러니까, 그 권총을 누군가가 가지고 있었던 게 분명하지요."

포와로가 고개를 끄덕였다. 그랜지는 말을 계속했다.

"저다 크리스토는 범인이 파놓은 함정에 빠졌습니다. 그렇다면, 그 사람은 과연 누구일까요? 제가 사건을 해결하는 열쇠라고 생각한 것은 물거품이 되어 그만 사라져 버렸지요."

"그 사람들이 진술한 그날 아침의 일은 틀림이 없던가요?"

"예, 그 얘기들은 모두 사실인 것 같습니다. 세이버네이크 양은 정원에서 시든 꽃을 잘라 정리하고 있었고, 레이디 앙카텔은 바구니에 달걀을 주워 담고 있었답니다. 에드워드 앙카텔과 헨리 경은 함께 사격을 하다가 거의 정오가 다 되어서 헤어졌고요. 그리고 헨리 경은 곧장 집으로 돌아갔고, 에드워드 앙카텔은 숲길을 따라 풀장으로 온 거지요. 그 밖의 사람으로 데이비드 앙카텔이 있는데, 그 젊은 친구는 2층 침실에서 책을 읽고 있었습니다(날씨가 그렇게 화창한 대낮에 방에 틀어박혀 책을 읽는다는 게 좀 이상스러웠지만, 모두들 그 애가 내성적이고 책벌레라고들 하더군요). 하드캐슬 양은 책을 들고 과수원 으로 내려갔다는군요. 그들의 말을 들어보면 모두 그럴 듯한 것 같습니다. 하 지만, 그 알리바이를 입증해 줄 만한 증거가 없다는데 문제가 있습니다. 거전 은 12시경에 유리잔들을 천막으로 가져갔습니다. 그렇기 때문에, 그는 그 사람 들의 이야기를 뒷받침해 줄 만한 사람이 못 됩니다. 누가 어디에서 무엇을 하 고 있었는지 그의 몸이 여러 개가 아닌 이상 알 리가 없지요. 이렇게 생각하 면 그들 중에서 혐의가 없는 사람은 아무도 없습니다."

"정말입니까?"

"물론 우리가 가장 유력한 용의자로 꼽고 있는 사람은 베로니카 크레이입니 다. 그 여자는 그날 아침 존 크리스토와 대판 싸움을 벌였기 때문에 이성을 잃고 일을 저지를 수도 있는 법이거든요. 그러나 그녀가 범인이라는 확정적인 증거는 어디에도 없습니다. 베로니카 크레이가 범인이라면 최소한도 헨리 경 의 서재에서 그녀가 그 권총을 훔칠 기회가 있었다는 것을 명백하게 입증해 줄 증거가 있어야겠는데, 지금의 우리로선 속수무책인 상태입니다. 사건이 일 어나던 시각에 풀장 근처에서 그녀를 본 사람이라도 있으면 좋으련만, 그런 목격자도 지금까지는 전혀 나타나지 않고 있습니다. 게다가, 그녀는 지금 우리 가 찾고 있는 총을 분명히 갖고 있지 않다는 게 우리의 생각입니다."

"아하, 그래요? 확인은 해보셨겠죠?"

"포와로 씨의 생각은 어떠십니까? 우리는 가택 수색영장을 발부받아 그녀의 집을 샅샅이 뒤졌지만, 아무것도 찾아낼 수 없었지요. 우리가 그 보잘것없는 방갈로를 불시에 찾아가 가택 수색을 했는데도 불구하고, 의외로 베로니카 크 레이는 아주 상냥하게 우리를 대하더군요. 사실은 1차 검시 재판이 끝난 뒤에 우리는 크레이 양과 세이버네이크 양을 자유롭게 감시할 사람을 그들 몰래 딸 려 보냈지요. 영화촬영소까지 가서 베로니카 크레이를 감시했으니 얼마나 철 저히 감시했나를 알 만하시겠지요? 하지만, 베로니카 크레이가 그 총을 버리 려 했다는 증거는 그 어디에도 없었습니다."

"그렇다면, 헨리에타 세이버네이크는 어땠습니까?"

"그 아가씨도 마찬가지였습니다. 그 아가씨는 곧장 첼시(런던 남서부의 자치구로, 예술가와 작가들이 많이 모여 살았었다)로 돌아갔어요. 그녀를 미행한 사람이 있었음은 물론이지요. 그녀의 스튜디오와 소지품을 샅샅이 조사했지만, 그 리볼버 권총은 없었습니다. 우리가 가택 수색을 하러 가자 그 아가씨는 아주 재미있어하더군요. 아니, 즐기는 듯했다는 표현이 더 맞겠군요. 제 부하는 그 아가씨가 만들어 놓은 추상적인 작품 몇 개를 보고는 아주 질겁을 하더군요. 그는 왜 그렇게 괴상망측한 것을 만들어 자기를 괴롭게 하는지 모르겠다고 투덜대었지요. 하긴 울퉁불퉁하게 짓이겨진 진흙덩어리들, 환상적인 형태로 비틀려진 청동과 알루미늄 덩어리들, 말(馬) 같지도 않게 생긴 진흙 말—뭐 그런 것을 보았으니 그의 입에서 그런 말이 나오는 것도 당연하지요."

포와로가 약간 몸을 흠칫 떨었다.

"'말'이라고 했나요?"

"예, '말'이요. 그것도 '말'이라고 할 수 있는지는 모르겠지만 '말'이라고 해두죠. '말'을 직접 보고 나서 만든다면 그런 식으로 만들지는 않을 텐데, 왜 그냥 그렇게 만들었는지 모르겠어요!"

"'말'이라……." 포와로는 머리를 갸웃거리며 그 말을 되풀이했다.

그랜지가 고개를 돌려 포와로를 의아한 눈빛으로 바라보았다.

"그 얘기에 무슨 중요한 단서라도 들어 있습니까? 전 영문을 모르겠는데요."

"심리학에서 쓰이는 용어로 '연상'이라는 단어가 있지요."

"연상이라고요? 마차를 끄는 말? 흔들 목마? 옷을 넣어 말리는 틀? 아이고, 전 모르겠습니다. 어쨌든 세이버네이크 양은 내일이나 모레 다시 이곳으로 내려옵니다. 그 사실은 알고 계시지요?"

"예, 안 그래도 난 그 아가씨와 이미 몇 마디 얘기를 나누었고 또 그 아가씨가 숲 속으로 걸어가는 것도 보았지요."

"불안해하는 게 틀림없군요. 하긴 그 아가씨는 그 의사와 정을 통하고 있었고, 그 의사가 숨을 거두기 직전에 '헨리에타'라고 한 말은 그녀가 범인이라는 것을 뜻하는 말이니 불안해할 수밖에요. 포와로 씨, 그러나 그것만으로는 그 아가씨가 범인이라는 증거가 될 수 없지요."

"그래요. 그것만으로는 충분치가 못합니다." 포와로가 조심스럽게 말했다.

그랜지가 무거운 어조로 말했다.

"이번 사건은 이상스러운 면이 여러 가지 있습니다. 조사를 해가면 해갈수록 점점 뒤죽박죽으로 엉킨 것 같다는 느낌만 들거든요. 분명히 그 사람들은 모두 무언가를 알고 있습니다. 우선 레이디 앙카텔만 보더라도 그래요. 그 부인은 왜 그날 총을 가지고 나갔는지에 대한 이유를 분명하게 대지 못하고 있거든요. 그녀가 하는 행동은 꼭 정신 나간 사람 같습니다. 솔직히 말해 그녀가 미쳤다는 생각이 들 때도 있었습니다."

포와로는 머리를 설레설레 내저었다.

"아니오. 절대로 그렇지는 않아요."

"다음으로 에드워드 앙카텔을 생각해 볼 수도 있습니다. 전 그의 마음속에 그가 오랫동안 세이버네이크 양을 사랑해 왔다는 말을 내비쳤거든요. 다시 말해, 그들 두 사람은 오래전에 애인 사이였다는 거지요. 그렇다면, 존을 죽일 만한 동기를 가진 사람이 에드워드가 아니고 누구겠습니까? 그런데 그와 결혼하기로 한 아가씨가 하드캐슬 양이라고 하더군요. 기가 막혀서, 제가 무슨 말을 더 하겠습니까? 이러니 에드워드 앙카텔도 존 크리스토를 죽인 범인이 아닐 수밖에요."

포와로는 그를 동정한다는 듯이 그의 말에 맞장구를 쳐주었다.

"그다음에 젊은 친구가 있지요." 경감이 계속해서 말했다.

"레이디 앙카텔이 무의식중에 그 애의 신상에 관한 얘기를 했지요. 그 애의 어머니는, 모든 사람이 자기를 죽이려 한다는 피해망상증에 걸려 정신병원에서 죽었다는군요. 그렇다면, 그 애에 대해서도 충분히 의심을 해볼 만하지요. 만일 그 소년이 자기 어머니의 정신이상을 물려받았다면 크리스토 의사에 대해 어떤 적대감을 느꼈을지도 모를 일이거든요. 그 소년은 크리스토 의사가 자신을 정신이상자로 몰아 정신병원으로 보내려 한다고 상상을 했을지도 모르기 때문입니다. 물론 크리스토 의사는 신경정신과 의사가 아니라 내과의사입니다만, 그 애가 약간 미쳐 있는 상태라면 그런 걸 생각할 수가 없을 테니까요. 하여튼 그 젊은 친구는 신경질적이고 아주 내성적이더군요."

잠시 동안 그랜지는 몹시 풀이 죽어 앉아 있었다.

"제 말뜻 아시겠습니까? 심증은 있지만 물증이 없어요. 그 사람들 모두 막연하게 용의자라는 느낌만 들 뿐이지 뭐 뚜렷하게 잡히는 게 없단 말입니다."

포와로가 다시 몸을 움직거렸다. 그가 부드럽게 중얼거리듯이 말했다.

"그쪽과는 될 수 있는 대로 멀리……. 흐음, 어딘가가 아니라 아무 곳에도 없게 만들어……, 그래, 맞아, 분명히 그거야."

그랜지가 그를 똑바로 쳐다보면서 말했다.

"앙카텔 가문의 사람들은 모두 이해할 수가 없어요. 그들 모두 사건의 진상을 알고 있다는 생각이 불끈불끈 들 때가 많습니다."

"사실 그래요." 포와로가 조용히 말했다.

"포와로 씨의 말은 그 사람들이 누가 범인인지를 알고 있다는 것입니까?"

경감이 미심쩍은 표정으로 말했다.

포와로는 고개를 끄덕였다.

"예, 그래요. 난 오래전부터 그들이 알고 있으리라고 생각해 왔었지요. 그들이 범인을 알고 있는 것은 확실해요."

"알겠습니다." 경감의 얼굴빛이 흐려졌다.

"그 사람들이 저에게 입을 다물고 있다는 말이군요. 그렇다면, 제가 어떤 수를 써서라도 그 권총을 찾아내고야 말겠습니다. 두고 보세요!

포와로는 경감이 그 말을 열 번도 더 한다고 생각했다.

그랜지가 약이 잔뜩 오른 음성으로 말했다.

"어떤 수를 써서라도 그 사람들에게 복수를 해야 되겠어요."

"두고 보십시오. 그들 모두에게 저를 이렇게 골탕먹인 데 대해 가만있지 않을 겁니다. 그들이 꼼짝 못할 구체적인 사실을 어떻게든 찾아내고 말겠습니다."

에르큘 포와로는 그의 말에 아무 대꾸도 하지 않고 창문 밖만 내다보고 있었다. 그의 시선이 대문 옆 울타리에 가 멈추어 있었다.

포와로가 말했다.

"구체적인 사실을 찾으시겠다고요? 내가 잘못 본 게 아니라면, 저 대문 옆 울타리에 그 구체적인 사실이 있을 것 같은데요."

포와로와 그랜지는 함께 정원으로 나갔다. 정원 한 구석의 울타리에 이르러 그랜지는 무릎을 꿇고 수북이 쌓여 있는 나뭇가지들을 조심스레 헤쳐 냈다. 그러자 바닥에 검은색 리볼버 권총이 그 자태를 자랑하며 누워 있었다.

그랜지가 깊은 한숨을 내쉰 뒤에 말했다.

"우리가 찾고 있는 그 권총이 분명하군요."

그랜지가 의심스러운 눈초리로 포와로의 얼굴을 흘끗 쳐다보았다.

"오, 경감, 그런 눈으로 보지 말아요. 난 크리스토 의사를 쏜 범인도 아닌 동시에, 그 리볼버 권총을 우리 집 울타리에 숨겨 놓지도 않았다오."

"아, 물론 그러시겠지요. 죄송합니다. 이제 범행에 사용된 권총은 찾았습니다. 분명 헨리 경의 서재에서 행방불명된 그 총일 겁니다. 번호를 조사해 보면 그거야 당장이라도 알 수 있지요."

그랜지는 아주 조심스럽게 실크 손수건을 꺼내서 그 권총을 집어 올렸다.

"사건을 해결하는 데는 지문이 필수불가결한 요소이지요. 이제 행운의 여신이 우리에게 미소를 짓나 봅니다."

"그 지문의 감식 결과를 나한테 알려 주시겠습니까?"

"물론입니다, 포와로 씨. 제가 전화를 드리지요."

그로부터 포와로는 그랜지 경감에게서 전화를 두 번 받았다. 포와로가 첫 번째 전화를 받은 것은 그날 저녁때의 일이었다.

수화기를 통해서 들려오는 경감의 음성은 기쁨으로 들떠 있었다.

"포와로 씨입니까? 저, 확실하게 알아낸 사실이 있습니다. 그 권총 있지 않습니까? 그 리볼버 권총은 헨리 경의 서재에서 행방불명된 바로 그 권총이며, 동시에 존 크리스토에게 치명상을 가한 총임이 명백하게 밝혀졌습니다. 게다가, 그 권총에는 범인의 것으로 보이는 지문이 생생하게 남아 있단 말입니다. 엄지손가락과 가운뎃손가락의 지문이지요. 제가 뭐라고 그랬습니까? 행운의 여신이 이제 우리 편이라고 말씀드리지 않았습니까?"

"그 지문의 주인공이 누구인지는 밝혀졌습니까?"

"아직은……, 그러나 그 지문의 주인이 크리스토 부인이 아니라는 것만은 확실한 듯합니다. 우리가 갖고 있는 크리스토 부인의 지문은 그 권총의 지문에 비해 훨씬 작거든요. 그 권총의 지문은 크기로 보아 여자의 것이라기보다는 남자의 것 같습니다. 내일 할로 저택으로 가서 거기 있는 사람들의 지문을 모두 떠서 이 권총의 지문과 대조해 볼 생각입니다. 이제 범인을 잡는 것은 시간문제일 것 같습니다, 포와로 씨."

"그렇게만 된다면 좋겠지요." 포와로가 점잖게 말했다.

두 번째 전화는 그다음 날 걸려 왔고, 그랜지 경감의 목소리는 풀이 푹 죽어 있었다. 경감이 침울한 음성으로 말했다.

"그 지문의 감식 결과를 듣고 싶으십니까? 그 지문은 이번 사건과는 전혀 관계가 없는 사람의 것인가 봅니다. 그 집 사람들 중에는 그 지문의 주인이 없었단 말입니다! 그 지문은 에드워드 앙카텔의 것도, 데이비드의 것도, 헨리 경의 것도 아니었습니다. 심지어는 저다 크리스토, 세이버네이크, 베로니카, 그리고 레이디 앙카텔과 그 조그맣고 가무잡잡한 아가씨의 지문까지 샅샅이 뒤져보았지만 허사였어요. 그 집 하인들을 모두 조사해 보았음은 물론입니다. 하지만, 아무도 아니더라고요!"

포와로는 몇 마디 위로의 말을 해주었다.

그랜지 경감은 우울한 음성으로 계속해서 말했다.

"결국 이 사건의 범인은 외부인인 것 같습니다. 우리로선 전혀 알 수 없는 제3의 인물이 존 크리스토를 살해한 게 분명합니다. 범인은 헨리 경의 서재에 몰래 들어가 그 권총을 훔쳐서 존 크리스토를 쏘아 죽였습니다. 그런 뒤에 범인은 즉시 포와로 씨의 집으로 이어져 있는 오솔길을 따라 가서 댁의 울타리에 범행에 사용된 그 권총을 숨겨놓은 뒤에 어디론가 사라져 버린 거지요."

"내 지문도 조사해 보고 싶소?"

"그럴 이유만 있다면 분명히 조사해야지요! 아, 그러니까 생각이 나는데, 포와로 씨는 사건이 난 그 시각에 그 현장에 있었던 사람들 중 하나였지요. 그런데, 포와로 씨만은 가장 혐의가 없는 사람이라고 조사 대상에서 제외되었단 말입니다!"

제27장

　검시관이 목청을 가다듬은 뒤에 배심원 대표의 입에서 어떤 판결이 나오나를 궁금해하는 눈빛으로 그 사람을 바라보았다.

　배심원 대표는 손에 들고 있는 종이를 내려다보고 있었다. 약간 흥분한 상태인지 그의 목젖이 오르락내리락하였다.

　이윽고 그는 판결문을 조심스럽게 낭독하였다.

　"고(故) 존 크리스토는 제3의 인물, 또는 인물들에 의해 피살되었다고 추정하는 바입니다."

　재판정의 한 구석에 앉아 있던 포와로는 아무 말 없이 고개를 끄덕였다. 다른 판결이 내려질 수가 없지.

　재판정 밖으로 나온 앙카텔 가문 사람들은 저다와 그녀의 언니에게 몇 마디 말을 걸었다.

　저다는 지난번 검시 재판 때 입고 왔었던 바로 그 검은색 옷을 입고 있었다. 또한, 그녀의 표정 역시 지난번 검시 재판 때와 마찬가지로 창백하고 얼빠진 모습이었다. 그때와 달라진 점이 있다면 이번에는 다임러 차를 타고 오지 않았다는 것뿐이었다.

　기차여행이 아주 좋았다고 엘시 패터슨이 말했다. 지금 워털루(런던 시내 남동쪽의 역)행 급행열차를 타면 1시 20분발 벡스힐행 기차로 갈아탈 수 있을 것이라고 그녀는 말했다.

　레이디 앙카텔은 두 손으로 저다의 손을 꼭 잡고서 다정하게 말했다.

　"저다, 우리 앞으로 계속 연락이라도 하며 지내요. 언제 런던에 올라올 일이 있으면 꼭 연락해서 같이 점심식사라도 합시다. 가끔씩 쇼핑하러 런던에 올라갈 때가 있을 거니까."

"그, 글쎄요. 잘 모르겠어요." 저다가 말했다.

"얘, 기차를 타려면 지금 빨리 출발해야겠다." 엘시 패터슨이 말했다.

그러자, 저다는 비로소 마음이 놓이는 듯한 표정으로 그들에게 작별인사를 하고 떠나가 버렸다.

미지가 말했다.

"가엾게스리! 쯧쯧. 가엾은 저다가 존의 죽음으로 인해 오직 하나 덕본 게 있다면 이제 루시와 얼굴을 대하지 않아도 된다는 걸 거예요. 루시가 친절하게 해주려고 하면 할수록 저다는 더욱 당황해서 어쩔 줄 몰라 했거든요."

"미지, 너 너무하구나. 나도 노력할 만큼은 했어."

"아주머니가 노력하면 할수록 저다를 더 당황하게 만들었다니까요."

"하여튼 이제 모두 끝났다고 생각하니 기분이 좋지?"

레이디 앙카텔이 눈을 빛내며 사람들에게 물었다.

"물론 가엾은 그랜지 경감은 제외하고 말이다. 그 사람이 참 안됐다는 생각이 드는구나. 우리가 그 사람을 점심식사에 초대하면 그의 기분이 조금이라도 나아질까? 물론 우리의 친구로서 초대하는 거지."

"루시, 내 생각엔 그러지 않는 게 좋을 것 같소." 헨리 경이 말했다.

"음, 당신 말대로 하는 게 좋을 것 같기도 하군요."

레이디 앙카텔이 생각에 잠긴 표정으로 말했다.

"그래요, 오늘은 그를 점심식사에 초대하지 말아야겠어요. 오늘의 점심 메뉴는 그의 입맛에 맞지 않을 것이거든요. 자고새 요리와 메드웨이 부인의 솜씨가 특히 뛰어난 맛있는 수플레 요리가 오늘 점심식사의 메뉴랍니다. 그랜지 경감이 이런 음식을 맛있게 먹을 리가 없어요. 그를 초대한다면 약간 덜 익은 스테이크, 달콤한 사과 파이 같은 것을 준비해야 할 거예요. 아니면, 사과를 넣고 찐 만두도 괜찮을 거고"

"음식에 대해서만은 루시를 따를 사람이 없지. 이제 집에 돌아가서 자고새 요리나 먹읍시다. 아주 맛있을 것 같소"

"그건 그렇고요, 우리가 축배를 들어야 할 일이 여러 가지 있네요. 모든 일이 다 가장 좋은 방향으로 술술 풀려나가는 것 같아 기분이 매우 좋아요. 당신도 그렇죠?"

"그럼."

"헨리, 전 당신이 무슨 생각을 하는지 잘 알아요. 하지만, 걱정하지 마세요. 오늘 오후만 지나면 모든 일이 다 마무리될 테니까요."

"루시, 도대체 무엇을 할 생각이오?"

레이디 앙카텔이 그를 바라보며 미소를 지었다.

"여보, 신경 쓰시지 않아도 돼요. 끝마무리를 하겠다는 것뿐이에요."

헨리 경은 의아한 눈빛으로 그녀를 바라보았다.

그들이 할로 저택에 도착하자 거전이 나와서 자동차의 문을 열어 주었다.

"거전, 일이 다 잘 되었어." 레이디 앙카텔이 말했다.

"메드웨이 부인과 다른 사람들에게도 그렇게 말해줘요. 그동안 이번 일로 여러 사람들이 너무 마음고생이 심했다는 것 잘 알고 있어요. 또 그런 일이 있음에도 불구하고 모두 충실하게 각자 맡은 일을 해주어 얼마나 고마운지 모르겠어요."

"저희는 마님께 무슨 일이 있을까 봐 걱정을 많이 했습니다."

거전이 말했다.

"정말 거전은 믿음직스러운 사람이야." 루시가 응접실로 걸어가며 말했다.

"불쌍하게도 거전의 얼굴이 너무 수척해 보이는데, 무척 걱정을 했었나 봐. 난 이번 일이 너무 재미있어서 마치 게임이라도 하는 것 같은 기분이었는데 말이야. 이번 사건은 아주 색다른 경험이었어. 데이비드, 넌 이런 경험이 세상을 보는 눈을 넓게 해준다고 생각지 않니? 케임브리지에 다닌다고 하지만 이런 걸 경험할 수는 없을 거야."

"전 옥스퍼드 학생이에요." 데이비드가 차갑게 말했다.

레이디 앙카텔은 그 말에는 아무 대꾸도 없이 엉뚱한 얘기를 불쑥 꺼냈다.

"보트 경기는 너무 영국적인 것 같지 않니?"

그 한마디를 던진 뒤에 레이디 앙카텔은 전화기 앞으로 걸어갔다.

그녀는 전화기를 손에 들고 데이비드를 보며 얘기를 계속했다.

"데이비드, 난 네가 다시 여기 와서 우리와 함께 지냈으면 참 좋겠다. 살인 사건의 와중에서 사람들과 친하게 되기란 어려운 일이지. 더욱이, 사람들과 지적인 대화를 나눌 분위기도 못 되었고 말이야. 다음에 우리 더 잘 해보지 않을래?"

"고맙습니다." 데이비드가 말했다.

"하지만, 다음에는 아테네로 갈 생각이에요."

그 말을 듣자 레이디 앙카텔은 몸을 돌려 자기 남편을 바라보았다.

"지금 아테네에 대사로 가 있는 사람이 누구죠? 아 참, 그렇지. 호프 레밍턴이군요. 안 되겠어요. 데이비드가 그 집 식구들을 좋아하지 않을 것은 뻔한 일이거든요. 그 집의 딸들은 너무 말괄량이에요. 그 아가씨들은 하키와 크리켓을 즐겨 하고 몸을 많이 움직이는 운동을 좋아하는 편이지요."

레이디 앙카텔은 말을 끊고 손에 들고 있는 수화기를 내려다보았다.

"내가 뭘 하려고 이걸 들었더라?"

"누구에게 전화하시려던 게 아니었나요?" 에드워드가 말했다.

"그건 아닌 것 같은데."

레이디 앙카텔은 수화기를 제자리에 내려놓았다.

"데이비드, 넌 전화에 대해서 어떻게 생각하니?"

꼭 레이디 앙카텔다운 유치한 질문이라고 데이비드는 짜증스럽게 생각했다. 지적인 대답을 할 수 있는 질문을 해야 말이지. 데이비드는 전화가 인간의 생활에 유용하다고 생각한다며 차갑게 대답했다.

"네 말은……." 레이디 앙카텔이 말했다.

"다른 모든 문명 기기들이나 고무 밴드처럼 전화가 인간에게 필요하기는 하지만 네가 좋아한다는 뜻은 아닌 것 같구나. 사람이란 항상 그런 법이야……."

거전이 점심식사가 다 준비되어 있다는 사실을 사람들에게 알려 주려 응접실로 들어오는 바람에 레이디 앙카텔의 말이 중간에서 뚝 끊어졌다.

"하지만, 넌 자고새들을 좋아하잖아."

레이디 앙카텔은 근심스러운 표정으로 데이비드에게 말했다.

데이비드는 그 말에는 순순히 그렇다고 시인했다.

"전 어떤 땐 루시의 얘기를 듣다 보면 도대체 무슨 이야기를 하고 있는 건지 감이 잡히지 않을 때가 많아요."

집 뒤의 숲길을 에드워드와 함께 올라가면서 미지가 말했다.

그 자고새 요리와 수플레 서플라이즈는 정말 맛이 일품이었다. 아마도 이젠 모두 끝났다는 안도감이 심리적 부담을 없애주어서 더욱더 점심이 맛있게 느껴졌는지도 모를 일이었다.

에드워드가 조심스럽게 말했다.

"낱말 맞추기 게임에서 알 수 있듯이 루시는 상당히 표현력이 뛰어나다고 할 수 있지. 거 뭐랄까, 줄줄이 늘어서 있는 못대가리를 한 치도 어긋나지 않고 정확하게 내리치는 망치 같다고나 할까."

"똑같은 이야기예요." 미지가 진지한 표정으로 말했다.

"전 때때로 루시가 두렵게 느껴져요."

약간 몸을 떨면서 미지가 한마디 더 덧붙였다.

"요즈음에는 이 집조차도 음산하게 느껴지곤 해요."

"할로 저택이?"

에드워드가 놀란 표정으로 고개를 돌려 미지를 바라보며 말했다.

"난 이곳에 있으면 마치 에인스윅에 있는 것 같은 느낌이 들 때가 있는데……. 물론 할로 저택이 진짜 에인스윅은 아니지만—."

미지가 그의 말을 중간에서 가로막았다.

"바로 그거예요, 에드워드. 전 진짜가 아니란 게 두려운 거예요. 진짜가 아니기 때문에 그 뒤에는 분명히 우리가 알 수 없는 그 어떤 것이 도사리고 있을 것이라고요. 그건……, 가면이나 다를 바 없어요."

"우리 귀여운 미지, 그런 쓸데없는 공상을 왜 하지?"

에드워드의 말투는 몇 년 전과 마찬가지로 여전히 부드럽고 관대했다. 그 당시에는 그가 그렇게 말하는 걸 얼마나 기쁘게 받아들였었던가!

그러나 지금의 미지에게는 그 말이 그렇게 귀에 거슬릴 수가 없었다. 미지는 자기가 말하고자 하는 의도를 에드워드에게 알리려고 그녀 나름대로 무진

애를 썼다. 미지는 어떡해서든지 에드워드로 하여금 그가 환상이라고 생각하고 있는 현실의 모습을 파악하게 해주고 싶었다.

"제가 런던에 있을 동안은 아무것도 느끼지 못했었죠. 하지만 지금은 달라요. 여기에 다시 내려온 그 시간부터 무언지 알 수 없는 검은 그림자가 제 마음속을 짓누르고 있다고요. 여기 있는 사람들은 모두 존 크리스토를 죽인 범인이 누군지를 알고 있는 것 같아요. 단 한 사람만 제외하고 말이에요. 그 사람은……, 바로 저예요"

에드워드가 짜증스럽게 말했다.

"우리가 지금 꼭 존 크리스토에 대해서 얘기를 해야만 하는 건가? 그 사람은 죽어서 이미 이 세상에는 없는 사람이야"

미지가 그 말에는 아무 대꾸도 하지 않고 입속으로 중얼거렸다.

"그는 죽어서 이 세상에 없는 사람이에요, 아가씨,

그는 죽어서 이 세상에 없는 사람이에요.

그의 머리는 푸른 잔디 위에

그의 발뒤꿈치는 돌에 걸려 있었어요"

미지가 에드워드의 팔짱을 꼈다.

"에드워드, 도대체 누가 범인일까요? 처음엔 저다라고 생각했었지만 지금은 그렇지 않다는 게 밝혀졌어요. 그렇다면, 도대체 누가 그런 짓을 했을까요? 에드워드는 어떻게 생각하는지 알고 싶어요. 그 범인은 정말 우리가 모르는 제3의 인물일까요?"

에드워드가 화가 난 듯이 말했다.

"지금 우리는 쓸데없는 이야기로 시간을 낭비하는 것 같군. 경찰에서 밝혀내지 못하는 이상 그대로 내버려 두는 게 상책이야. 시간이 모든 걸 해결해 주겠지. 우린 이젠 더 이상 신경을 쓸 필요가 없는 거야"

"물론 그렇죠. 하지만, 그렇다고 범인이 누구란 게 밝혀지는 것은 아니잖아요"

"우리가 꼭 범인을 알아야 할 필요가 있나? 존 크리스토와 우리가 무슨 관계가 있다고"

'우리라면 에드워드와 나?' 미지가 속으로 생각했다.

아니야. 에드워드와 나를 하나로 묶어 생각하기에는 아직 일러. 존 크리스토는 이미 한줌의 흙으로 돌아가 버렸지만, 모든 사람들의 마음속에서 완전히 사라지려면 아직 멀었어. '그는 죽어서 이 세상에 없는 사람이에요, 아가씨.' 이것은 시(詩)일 뿐이야. 존 크리스토는 이 세상에서 완전히 사라져 버린 게 아냐. 에드워드는 애서 그렇게 생각하려는 눈치지만, 천만에! 존 크리스토는 여전히 할로 저택의 사람들 마음속에 남아 있다고.

"우리 어디로 갈까?" 에드워드가 말했다.

그의 목소리가 어딘가 이상해서 미지는 깜짝 놀라 그를 쳐다보았다.

"언덕 꼭대기까지 올라가는 게 어떻겠어요?"

"당신이 좋다면."

말은 그렇게 했지만 에드워드는 그리 달갑지 않은 표정이었다.

미지는 왜 그럴까 하고 그 이유를 잠시 곰곰이 생각해 보았다. 언덕 꼭대기까지 이어져 있는 오솔길은 평소 에드워드가 좋아하는 산책로였기 때문이다. 그와 헨리에타는 항상……

미지는 숨이 컥 막혀 왔다. 에드워드와 헨리에타!

"올 가을에 이 언덕길을 산책한 적이 있으세요?" 미지가 말했다.

에드워드가 딱딱하게 굳은 음성으로 대답했다.

"여기 오던 첫날 오후에 헨리에타와 함께 이 길로 산책을 했었지."

그 이후로 두 사람은 서로 한마디도 하지 않은 채 걸어가기만 했다. 두 사람 사이에 어색한 침묵이 흐르고 있었다. 이윽고 그들은 언덕 꼭대기에 이르러 옆으로 길게 쓰러져 있는 나무줄기에 나란히 앉았다.

'지난번에도 헨리에타와 이렇게 나란히 앉았겠지.' 미지는 생각했다.

미지는 손가락에 끼고 있는 반지를 계속 만지작거렸다. 다이아몬드가 오후의 햇살을 받아 차갑게 느껴질 정도로 반짝이고 있었다.

"에메랄드는 안 돼."라는 에드워드의 목소리가 계속 그녀의 귀를 울리고 있었다.

미지는 가까스로 마음을 진정하고 입을 열었다.

"크리스마스를 다시 에인스윅 저택에서 지낼 수 있게 되어 얼마나 기쁜지 모르겠어요."

그러나 에드워드에게서는 아무런 반응도 없었다. 그는 그녀의 말을 듣고 있지 않은 것 같았다. 그의 표정으로 보아 그의 마음은 멀리 딴 곳에 가 있음이 분명했다.

'헨리에타와 존 크리스토에 대해 생각하고 있나 봐.' 미지는 생각했다.

헨리에타와 에드워드는 여기 이렇게 앉아서 서로 이야기를 주고받았을 거야. 헨리에타가 그와 결혼할 의사가 없다는 것을 에드워드에게 얘기했다고 해도 에드워드의 마음속에는 여전히 헨리에타밖에 없다는 사실이 미지에게 뼈아프게 느껴졌다. 앞으로도 영원히 에드워드는 헨리에타만 생각하며 살아가리라.

이런 생각을 하자 가슴이 찢어지는 듯한 고통이 미지를 엄습해 왔다. 지난 1주일 동안 그렇게 행복했던 세상이 일순간 뒤흔들리더니 산산조각이 나고 있었다.

'난 그렇게 살아갈 수는 없어. 마음은 헨리에타에게 가 있는 에드워드와 어떻게 결혼생활을 할 수 있단 말인가! 난 에드워드의 껍데기와 살아갈 자신은 없어!' 미지는 생각했다.

한 줄기 써늘한 바람이 불어 왔다. 그러자 앙상하게 매달려 있던 나뭇잎들이 우수수 떨어져 내렸다. 짙은 갈색 낙엽들이 이리저리 뒹굴며 신음소리를 내고 있었다.

"에드워드!" 미지가 말했다.

심상찮은 그녀의 목소리에 그는 깜짝 놀란 것 같았다.

에드워드가 고개를 돌려 미지를 쳐다보았다.

"응?"

"미안해요, 에드워드."

미지는 바르르 떨리는 입술을 꼭 깨물고 될 수 있는 대로 침착하게 얘기를 하려고 노력했다.

"드릴 얘기가 있어요. 소용없는 일이란 걸 깨달았어요. 전 당신과 결혼할 수가 없어요. 에드워드, 아무래도 결혼은 하지 않는 게 서로에게 좋을 것 같군요."

"하지만, 미지. 에인스윅 저택은 분명히—"

미지가 그의 말을 가로막았다.

"단지 에인스웍 저택 때문에 제가 당신과 결혼할 수는 없는 법이에요. 에드워드, 당신은 그걸 아셔야 해요."

그러자 에드워드는 '휴' 하고 한숨을 길게 내쉬었다. 그 소리는 마치 우수수 떨어져 내리는 나뭇잎들이 서로 부딪치는 소리 같았다.

"무슨 말인지 잘 알겠어." 그가 말했다.

"그래, 네 말이 옳아."

"당신이 저에게 청혼을 해주셔서 얼마나 기뻤는지 몰라요. 정말 소중하고 아름다운 추억으로 간직하고 있겠어요. 에드워드, 하지만 결혼을 해서는 안 될 것 같아요. 서로가 불행해지면 안 되잖아요."

말은 그렇게 했지만 미지는 내심 에드워드가 그렇게는 절대로 안 된다고 강하게 나오기를 은근히 바라고 있었다. 어쩌면 그것은 그녀의 가냘픈 희망인지도 몰랐다.

그러나 에드워드는 아주 간단하게 그녀의 의견에 동의해 버렸다.

그 역시 미지와 똑같은 생각인 것 같았다. 그의 마음을 사로잡고 있는 헨리에타의 망령이 있는데도 미지와 결혼을 한다는 것은 불행을 자초하는 일이라는 것을 에드워드 역시 모를 리 없었다.

"그래—." 에드워드는 미지가 한 말을 되풀이하고 있었다.

"결혼은 하지 않는 게 서로에게 좋겠지."

미지는 손가락에서 반지를 빼어 에드워드에게 건네주었다.

그래도 난 영원히 에드워드를 사랑할 것이고, 에드워드는 영원히 헨리에타를 사랑할 거야. 그래, 그게 지옥이 아니고 뭐겠어? 인생이 이런 것일 줄은 미처 몰랐지.

미지가 약간 미련이 남은 음성으로 말했다.

"에드워드, 정말 아름다운 반지예요."

"미지, 이 반지는 네가 계속 끼었으면 좋겠다. 내가 진정으로 바라는 바야."

미지가 고개를 저었다.

"제가 그럴 수는 없어요."

에드워드가 입술을 이상스럽게 비틀며 말했다.

"앞으로 난 그 반지를 줄 일도, 줄 사람도 없다는 걸 너도 알 거야."

그의 말은 아주 다정하게 들렸다.

에드워드는 지금 미지의 심정이 어떠한지를 결코 알지 못할 것이다.

접시 위의 천국. 그런데 이제 접시는 깨지고 그 천국은 그녀의 손가락 사이로 빠져나가 허공 속으로 한 방울의 물거품이 되어 사라져 버렸다.

그날 오후에 에르큘 포와로는 세 번째 방문객을 맞이하고 있었다.

헨리에타 세이버네이크와 베로니카 크레이의 뒤를 이은 방문객은 바로 레이디 앙카텔이었다. 레이디 앙카텔은 평시와 조금도 다름없이 요정 같은 자태로 사뿐사뿐하게 걸어 포와로의 집앞에 이르렀다.

포와로가 현관문을 열자 레이디 앙카텔이 미소를 지으며 서 있었다.

"포와로 씨를 만나러 왔답니다."

그녀가 말했다. 마치 요정이 죽어가는 인간에게 희망을 불어넣어 주러 온 것 같다고나 할까.

"부인, 매우 매력적이십니다."

포와로는 그녀를 거실로 안내했다. 레이디 앙카텔은 소파에 우아하게 앉아 다시 한 번 그를 쳐다보며 미소를 지었다.

에르큘 포와로는 생각했다.

'이 부인은 나이도 많고 머리칼도 회색빛이야. 그뿐인가, 얼굴에는 주름살도 있어. 그럼에도 불구하고 저 매력적인 자태는 도대체 어디에서 연유하는 것일까? 아마도 이 신비한 그녀만의 매력은 아무리 나이가 들어도 없어지지 않을 거야……'

레이디 앙카텔이 부드러운 목소리로 말했다.

"저 좀 도와주세요."

"무슨 일인데요, 부인?"

"먼저 포와로 씨에게 크리스토 의사에 대해 얘기를 해야겠군요."

"크리스토 의사에 대해서라고요?"

"예, 그래요. 완전히 끝마무리를 지어야 할 것 같아요. 무슨 말인지 아시겠지요?"

"전 도무지 무슨 말인지 이해가 안 되는데요."

그러자, 레이디 앙카텔은 그 황홀하도록 매력적인 미소를 지으며 길고 하얀 손을 포와로의 어깨에 올려놓았다.

"무슨 말씀을. 포와로 씨가 모르고 있는 것은 하나도 없어요. 지금 경찰은 그 지문의 주인공을 찾느라고 혈안이 되어 있지만, 아마 그렇게는 되지 않을 거예요. 결국 그렇게 되면 이번 사건은 영구 미제로 남겨지게 되겠죠. 문제는 바로 포와로 씨 당신이에요. 전 당신이 이 사건을 내버려 두지 않을까 봐 걱정하는 중이거든요."

"예, 부인 말씀대로 전 이 사건을 내버려 두지는 않습니다."

에르큘 포와로가 말했다.

"안 그래도 그런 것 같아 이렇게 당신을 찾아왔답니다. 포와로 씨가 원하는 것은 진실이지요?"

"그렇습니다."

"제 설명이 충분치 못하더라도 이해하고 들어주세요. 전 지금 왜 당신이 이번 사건을 이대로 내버려 두지 않는지 그 이유를 생각해 보는 중이에요. 포와로 씨가 자신의 체면을 세우기 위해서, 아니면 살인자를 교수형에 처하고 싶어서 그러지는 않을 것 같아요(교수형은 중세시대에나 어울리는 불유쾌한 제도라고 생각해요). 포와로 씨가 모든 걸 명백하게 밝히고자 하는 이유는 진실을 알고 싶어 하는 마음 때문일 것 같은데요. 제 말 이해하시겠죠? 만일 당신이 진실을 알게 된다면 그것으로 만족하실 것 같은데요. 본인의 생각은 어떠세요?"

"레이디 앙카텔, 저에게 진실을 말해 주실 생각이십니까?"

레이디 앙카텔은 머리를 끄덕였다.

"그렇다면, 부인께서는 진실을 알고 계신다는 말씀이군요."

그녀는 눈을 크게 뜨고 그를 바라보았다.

"아, 물론이에요. 전 처음부터 알고 있었어요. 당신에게 그 얘기를 해주고 싶어요. 그리고 그것으로 모든 것을 마무리 지었으면 하는데요."

레이디 앙카텔이 포와로를 보고 미소를 지었다.

"포와로 씨, 이것으로 거래가 이루어질 수 있을까요?"

에르큘 포와로는 그녀의 눈을 피한 채로 겨우 말했다.

"아니오, 부인. 거래가 이루어질 수는 없습니다."

말은 그렇게 했지만 포와로의 속마음은 레이디 앙카텔의 말대로 해주고 싶은 생각이 간절했다. 그것은 순전히 레이디 앙카텔의 부탁을 무조건 들어주고 싶기 때문이었다.

레이디 앙카텔은 잠시 아무 말도 하지 않고 그대로 앉아 있었다. 이윽고 그녀가 눈썹을 추켜세우며 말했다.

"전 당신이 하고 있는 일이 어떤 것인지를 당신 스스로 알고나 있는지 궁금하군요."

제28장

밤이 깊도록 잠을 이루지 못하고 있던 미지는 몸을 뒤척여 베개에 부숭부숭한 눈을 묻었다. 그때 딸깍하는 소리와 함께 문을 여는 기척이 밖에서 들려왔다. 그리고 곧 복도를 따라 걷는 발걸음 소리가 가까워졌다가 점차 멀어져 갔다. 발걸음 소리로 미루어 보아 그것은 에드워드임이 분명했다.

미지는 침대 옆의 스탠드 불을 켜고 그 옆에 있는 시계를 쳐다보았다.

새벽 3시 10분 전이었다. 지금 이 시간에 에드워드가 무슨 일로 아래층으로 내려간단 말인가! 참 이상하다고 하지 않을 수 없었다.

사람들이 모두 잠자리에 든 시간은 10시 30분이었었다.

그러나 미지만은 가슴이 아프고 괴로워 잠을 이루지 못하고 이 생각 저 생각에 몸을 뒤척이며 누워 있었다.

아래층에서 벽시계가 3시를 알리는 것을 미지는 들었다. 벽시계의 올빼미가 부엉부엉 하고 세 번을 울었다. 비참하고 참담한 심정으로 미지는 그 소리를 헤아리고 있었다.

"아, 못 참겠어. 내일이 온다는 건 생각만 해도 괴로워. 하루하루를 어떻게 견뎌낸단 말인가."

난 내 손으로 에인스워 저택을 쫓아 버렸어. 영원히 나의 집이 될 수도 있었던 그 아름다운 에인스워 저택을 내 발로 걷어차 버렸다고.

하지만, 에드워드에게 헨리에타의 망령이 달라붙어 있는 한, 혼자 사는 게 더 낫지 껍데기 같은 생활을 할 수야 없지. 천하 없는 에인스워 저택이라도 에드워드의 사랑이 없는 한은 오아시스 없는 사막과 다를 게 뭔가! 차라리 고독하게 살아가는 한이 있더라도 그 편이 훨씬 나아.

오늘 오후에 그 일이 있기 전까지만 해도, 미지는 자신이 그렇게 심하게 헨리에타에 대해 질투심을 느끼리라고는 생각조차도 못했었다.

본래 에드워드가 미지를 사랑한다고 말한 적은 한 번도 없었다. 에드워드는 항상 따뜻하고 친절하게 그녀를 대해 주었지만, 그것은 사랑이라고 할 수 없었다. 그러나 미지는 아무 생각 없이 사랑이 아닌 그의 호의를 받아들였었다. 결국 그 한계를 인정하고 받아들인 셈이 되었던 것이다. 그래서, 마음속에 헨리에타를 영원한 여인으로 간직하고 있는 에드워드와 이제부터 살을 맞대고 살아야 한다는 현실에 부딪쳐서야, 미지는 비로소 사랑이 없는 호의만으로는 결혼생활을 할 수 없다는 것을 깨닫게 되었던 것이다.

에드워드는 아래층으로 내려가 버렸는지 이제는 아무 소리도 들리지 않았다. 정말 이상한 일이었다. 지금 이 시간에 에드워드가 어디로 간단 말인가?

미지는 점점 불안한 생각이 들었다. 그것은 요즈음 들어 그녀가 할로 저택에서 느끼고 있는 그런 불안감이었다. 새벽 이 시간에 아래층에서 무엇을 한단 말인가? 아니면, 밖으로 나갔단 말인가?

미지는 너무 마음이 우울하고 불안하여 그대로 계속 누워 있을 수가 없었다. 그래서, 자리를 털고 일어나 화장복은 걸친 뒤에 손전등을 찾아 손에 들고 방문을 열었다.

복도는 매우 캄캄했으며 쥐 죽은 듯이 고요했다. 미지는 복도를 따라 왼쪽으로 돌아가서 계단을 따라 내려갔다. 아래층 역시 캄캄해서 아무것도 보이지 않았다. 먼저 미지는 홀의 전등 스위치를 올렸다. 아무 소리도 들리지 않았다. 정문은 잠겨 있었다. 미지는 혹시나 해서 옆의 쪽문을 밀어 보았지만, 그것 역시 굳게 잠겨 있었다.

그렇다면 에드워드가 밖으로 나가지 않은 것은 확실했다. 에드워드는 어디에 있는 거지?

그 순간 미지는 약간 치켜들고 코를 킁킁거리며 냄새를 맡았다.

어디선가 가스 냄새가 나는 것 같았기 때문이다.

미지는 사방을 조심스럽게 둘러보았다. 부엌으로 통하는 커튼용 나사가 쳐진 문이 조금 열려 있는 게 보였다.

미지는 재빨리 그쪽으로 걸어갔다. 열린 부엌문 사이로 약한 불빛이 새어나

오고 있었다. 가스 냄새는 점점 진해지고 있었다.

미지는 부리나케 부엌으로 달려 들어갔다. 에드워드가 가스 오븐 속에 머리를 집어넣은 채로 마룻바닥에 뻗어 있었다. 가스 냄새가 온 부엌 안을 진동시키고 있어서 미지는 숨조차 쉬기가 어려웠다.

미지는 너무 놀라 당황했지만 재빨리 정신을 차리고 공기를 바꾸기 위해 부엌 유리 창문을 열려고 달려갔다. 그러나 유리 창문은 굳게 잠겨 있었다.

미지는 위기에 대처하는 능력이 있는 아가씨였다. 그녀는 유리 닦는 걸레를 돌돌 말아 유리창을 향해 힘껏 던졌다. 유리가 쨍그랑 하고 깨졌다. 그러고 나서 그녀는 잠시 호흡을 멈추고 허리를 구부려 에드워드의 머리를 오븐 속에서 세게 잡아당겨 마룻바닥에 내려놓았다. 그러고는 가스 오븐의 꼭지를 잠갔다.

에드워드는 의식을 잃고 있었으며, 거칠게 숨을 내쉬고 있었다. 그러나 미지는 크게 걱정을 하지는 않았다. 단지 정신만 잃었기 때문에 곧 회복되리라는 것을 알았기 때문이다.

깨어진 유리창으로부터 차가운 새벽바람이 휘몰아쳐 들어오고 있었다. 이제 가스 냄새는 거의 나지 않고 있었다. 미지는 신선한 공기가 들어오는 창문 쪽으로 에드워드를 질질 끌고 갔다. 그리고 미지는 마룻바닥에 앉아 탄력 있고 건강한 두 팔로 에드워드를 따뜻하게 감싸 안았다. 처음에는 부드럽게 에드워드의 이름을 부르던 미지가 필사적으로 에드워드의 이름을 불러 대었다.

"에드워드! 에드워드! 에드워드……!"

이윽고 에드워드가 몸을 움찔하며 신음소리를 내었다. 그러고는 눈을 떠서 그녀를 올려다보았다.

에드워드가 다 꺼져 가는 목소리로 말했다.

"가스 오븐." 그리고 고개를 돌려 가스 오븐 쪽을 쳐다보았다.

"알아요, 에드워드. 그런데 왜? 왜?"

에드워드는 몸을 사시나무 떨듯이 하고 있었다. 미지가 그의 손을 만져 보니 얼음장처럼 차가웠다.

"미지?" 에드워드가 말했다.

그의 목소리는 뜻밖에 놀라움과 기쁨을 담고 있었다.

미지가 말했다.

"당신이 내 방문 앞을 지나가는 소릴 듣고 내려와 봤더니……, 저도 잘 모르겠어요."

에드워드는 깊은 동굴 속에서 울려나오는 것 같은 한숨을 내쉬었다.

"아주 좋은 기삿거리가 되겠지."

미지는 무슨 말인지 몰라 어리둥절한 표정으로 그를 내려다보았다. 그러다가 그 살인사건이 나던 날 밤에 루시가 '세계의 뉴스' 지에 대해 얘기한 게 생각나자 미지는 고개를 끄덕였다.

"에드워드, 도대체 왜 이런 일을? 무엇 때문에?"

에드워드가 그녀를 올려다보았다. 그의 멍한 눈빛을 내려다보는 미지의 마음은 무거웠다.

"난 아무 쓸모가 없는 놈이기 때문이야. 항상 실패만 해왔지. 한 번도 멋지게 일을 처리한 적이 없는 놈이야. 난 무기력한 건달일 뿐이야. 크리스토 같은 사람들처럼 성공한 일이 한 번이나 있어야지. 그러니까 나 같은 놈은 아무 여자도 거들떠보지도 않아. 게다가, 난 성격도 활발한 편이 못 돼. 다행히 에인스웍 저택을 상속받아 먹고 살기에는 별 문제가 없지만, 만일 그렇지 않았더라면 난 인생의 낙오자가 되었을 수밖에 없었을 거야. 난 출세도 못 했고 작가로서도 별 볼일 없는 사람이야. 헨리에타만 나를 원하지 않은 게 아니었어. 어느 누구도 나 같은 놈은 필요 없다고 생각하나 봐. 그날 버클리 식당에서도 그렇게 생각은 했지만, 네가 내 청혼을 받아들였기 때문에 난 기뻤어. 그런데 미지, 너도 결국은 나 같은 놈이 지겨워졌나 봐. 에인스웍 저택이 있다 해도 나 같은 놈하고는 살 수가 없었나 보지. 그래서, 생각다 못해 자살해 버리는 편이 나을 것 같아. 가스 오븐을 택한 거야."

미지는 북받치는 울음을 삼키며 모든 말을 한꺼번에 토해 놓았다.

"오, 아니에요. 그건 당신이 오해하신 거예요. 제가 당신에게 그렇게 말한 것은 헨리에타 때문이었어요. 전 여전히 당신이 헨리에타를 사랑한다고 믿었기 때문에 그만……."

"헨리에타?" 에드워드는 누구에게랄 것도 없이 혼자 중얼거렸다.

"그래, 난 그녀를 매우 사랑했었지."

깊은 동굴에서 울려 나오는 듯한 목소리로 에드워드가 중얼거렸다.

"너무 추워."

"내 사랑, 에드워드"

미지는 그를 꼭 끌어안았다.

에드워드가 미지를 보고 미소를 지으며 중얼거렸다.

"미지, 넌 참 따뜻해. 정말 따뜻하구나."

그래, 절망은 얼음처럼 차가운 거야. 너무나 외롭고 고독한 느낌은 바로 절망감에서 비롯되는 거야.

미지는 지금까지 절망이 차가운 것이라고는 생각지 않았었다. 피가 끓는 듯한 느낌이 절망이라고 생각해 왔었던 것이다. 그런데, 이제 보니 절망은 뜨거운 것이 아니라 춥고 외로운 것이었다. 차갑고 고독한 방을 둘러싸고 있는 시커먼 어둠의 그림자. 그래, 바로 그것이 절망의 정체야. 목사가 얘기한 절망의 죄가 별다른 게 아니었다. 모든 사람들로부터 철저하게 소외되었다는 느낌. 여기에서 죄가 시작되는 것이었다.

에드워드가 되풀이해서 말했다.

"미지, 넌 참 따뜻하구나."

그 말을 듣자 미지는 가슴 깊은 곳에서 기쁨과 자신감이 솟구쳐 오르는 것을 느꼈다.

'그래, 맞아. 에드워드가 원하는 것은, 이 따뜻함이야. 이 사람한테 필요한 건 바로 이거야. 그러니까 이 사람 옆에 내가 있어야만 해!'

앙카텔 가문의 사람들은 어딘가 성격적으로 차가운 면을 지니고 있었다. 다른 사람들은 말할 것도 없고, 마음씨가 좋고 항상 명랑해 보이는 헨리에타조차도 앙카텔 가문 특유의 쌀쌀맞은 성격을 지니고 있었다. 그들 모두 현실세계와는 동떨어져서 자기도취에 빠져 사는 사람들이라고나 할까! 에드워드가 그 마음속에 영원한 여인상으로 헨리에타를 생각하고 있겠다면 그렇게 하도록 내버려 두자. 인간이란 누구든지 이룰 수 없는 꿈에 대한 애착을 그렇게 쉬이 벗어던질 수는 없는 법 아닌가!

지금은 에드워드가 필요로 하는 것이 중요할 뿐이다. 에인스웍 저택에서의 평화롭고 안정된 생활, 따뜻함과 사랑이 깃든 가정, 서로의 체온을 덥혀 주고 서로의 숨소리를 확인하며 이 세상에 등을 맞대고 살 사람이 있다는 가슴 뿌듯함과 희열을 맛볼 수 있는 생활. 바로 이것이야말로 에드워드가 원하고 필요로 하는 삶이 아니겠는가!

'에드워드의 가슴에 불을 피워 줄 사람이 필요해. 그럴 사람은 나밖에 없어.' 미지는 생각했다.

에드워드는 그윽한 눈길로 미지를 올려다보았다.

발그스름하게 물든 두 뺨, 도톰하게 붉은 입술, 침착하면서도 따뜻한 눈빛, 가운데로 가르마를 타서 뒤로 넘긴 검은색 머리카락을 지닌 미지가 그를 내려다보고 있었다.

에드워드는 얼마 전까지만 해도 헨리에타가 열일곱 살짜리 소녀가 아니라 다 자란 여인이라는 사실을 인정하려 하지 않았다. 그러나 그날 밤 이후 에드워드는 헨리에타가 옛날 그가 그렇게 사랑했던 그 열일곱 살짜리 소녀가 아니라는 사실을 잘 알고 있었다.

그런데, 미지는 달랐다. 그가 옛날에 알고 있던 그 미지의 모습을 지금 자기를 내려다보고 있는 미지에게서 그대로 찾을 수가 있었던 것이다. 참 이상한 일이라고 그는 생각했다.

그의 눈앞에 가운데로 가르마를 타서 뒤로 넘긴 머리를 두 가닥으로 길게 땋아 내린 여학생의 모습과, 지금 가르마를 타서 뒤쪽으로 넘겨 웨이브를 준 검은색 머리카락이 드리워져 있는 미지의 모습이 동시에 오버랩되어 나타났다. 그리고 그 검은색 머리카락이 회색으로 변했을 때의 모습까지 그의 눈앞에 생생하게 떠올랐다.

'미지야말로 변함이 없어. 진실 그 자체가 바로 미지야.' 그가 생각했다.

에드워드는 미지의 따뜻한 마음, 적극적이며 명랑한 성격, 성실한 삶의 태도가 새삼 그의 가슴에 와 닿았다.

'내 인생을 세울 수 있는 바위가 바로 미지였어!'

에드워드가 말했다.

"내 사랑 미지, 난 너를 사랑해. 제발 내 곁에 있어 줘."

미지는 허리를 구부리고 그의 입술에 키스를 했다. 그녀의 따뜻한 입술이 그의 입술에 닿자 에드워드는 미지의 한없는 사랑이 자기 몸 구석구석으로 퍼져 가는 것을 느꼈다. 그의 가슴 깊은 곳에서 사랑의 불길이 활활 타오르고 있었다. 그가 그렇게 오랫동안 고독하게 살아 왔던 메마르고 황량한 사막에서 이제야 비로소 따뜻한 행복이 있는 오아시스를 찾은 기분이었다.

갑자기 미지가 키득거리며 웃기 시작했다.

"에드워드, 저기 좀 봐요. 진딧물 한 마리가 우리를 쳐다보고 있어요. 멋진 진딧물이죠? 진딧물이 멋져 보이리라고는 꿈에도 생각 못 했어요."

미지가 꿈꾸는 듯한 표정으로 덧붙여 얘기했다.

"인생이란 참 이상한 거예요. 생각하기에 따라 이 세상이 천국으로 보일 수도 있고, 지옥으로 보일 수도 있으니 말이에요. 우린 가스 냄새가 채 빠지지도 않은 부엌 바닥에 앉아서도, 진딧물이 여기저기 기어다녀도 이곳이 천국이라고 생각하잖아요."

에드워드 역시 꿈에 젖은 표정으로 말했다.

"여기서 영원히 살았으면 좋겠다."

"이제 방으로 올라가서 잠을 더 자는 게 낫겠어요. 이제 겨우 새벽 4시거든요. 저 깨어진 유리창에 대해서는 루시에게 뭐라고 설명을 해야 되죠?"

그러나 미지는 루시에 대해서는 별로 걱정이 되지 않았다. 루시의 사고방식은 보통 사람과는 다르기 때문에 이번 일도 대범하게 생각할 것이 분명했기 때문이다.

루시의 행동을 본떠 미지는 아침 6시에 불쑥 그녀의 방으로 쳐들어갔다. 그리고 지난밤에 일어났던 사건의 전말을 그녀에게 모두 털어 놓았다.

"어젯밤에 에드워드가 가스 오븐을 틀어 놓고 자살을 기도했었어요."

미지는 군더더기 없이 요점만 얘기했다.

"다행히 제가 깨어 있다가 그의 뒤를 따라가는 바람에 별일은 없었죠. 단지 부엌 창문만 깨졌을 뿐이에요. 꼭꼭 잠근 창문을 빨리 열 수가 있어야죠."

루시가 정말 대단한 사람이라는 것을 미지는 다시금 인정해야만 했다.

루시는 조금도 놀라는 기색이 없었다. 놀라기는커녕 오히려 미지를 보고 달콤하게 미소를 짓는 것이었다. 그녀가 말했다.

"미지, 넌 항상 일을 잘 처리하는구나. 너만큼 에드워드를 편안하게 해줄 수 있는 사람은 이 세상에 없을 거야."

미지가 자기 방으로 가버린 뒤에도 레이디 앙카텔은 잠시 그대로 누워 생각을 굴리고 있었다. 이윽고 레이디 앙카텔은 자리에서 일어나 자기 남편의 방으로 들어갔다. 어젯밤에는 헨리 경이 방문을 잠그는 것을 잊어버린 모양이었다.

"헨리."

"오, 여보. 아직 동이 안 텄잖아."

"그래요. 하지만, 꼭 얘기할 게 있어서 들어왔어요. 헨리, 이건 중요한 얘긴데요. 우린 가스 오븐을 없애고 전기 오븐을 설치해야겠어요."

"아니, 왜? 그건 상당히 성능이 좋은 거잖아."

"물론, 성능은 좋아요. 하지만, 가스 오븐은 사람들에게 자살의 유혹을 불러일으키기가 쉬워요. 모든 사람들이 다 미지처럼 꿈과 현실을 구별한다고는 장담할 수 없거든요."

그 말을 남긴 뒤에 레이디 앙카텔은 마치 바람처럼 소리없이 사라져 갔다. 헨리 경은 뭐라고 툴툴거리며 돌아누웠다.

"내가 꿈을 꾸었나?" 그가 중얼거렸다.

"아니면, 정말 루시가 들어와서 가스 오븐에 대해 얘기를 했나?"

레이디 앙카텔은 복도를 따라 목욕탕으로 가서 가스난로 위에 물주전자를 올려놓았다. 그녀는 사람들이 아침 일찍부터 차를 마시고 싶어할 때가 있다는 것을 생각해 냈던 것이다. 그런 생각을 해낸 자신을 은근히 흐뭇하게 여기면서, 레이디 앙카텔은 침실로 돌아가 베개를 베고 누워 머릿속을 회전시키기 시작했다.

이제 검시 재판이 끝났으니까 에드워드와 미지는 에인스윅 저택으로 돌아가겠지. 포와로 씨를 다시 한 번 찾아가 얘기를 나누어야겠어. 키는 작지만 참 멋있는 사람이야.

그때 갑자기 어떤 생각이 그녀의 머리를 휙 스쳐 지나갔다. 그녀는 침대에서 일어나 앉았다.

"그 애가 그걸 생각했는지 모르겠는데."

루시 앙카텔은 깊이 생각에 잠겼다.

이윽고 그녀는 침대에서 빠져나와 복도를 따라 헨리에타의 방으로 불쑥 들어갔다. 그러고는 여느 때처럼 헨리에타가 뭐라고 말도 하기 전에 자기가 하고 싶은 얘기를 줄줄 늘어놓기 시작했다.

"……그래서 갑자기 생각이 났는데 말이야. 네가 그것을 무심코 지나쳐 버렸는지도 모를 일이잖아."

헨리에타는 잠에 취한 목소리로 구시렁거렸다.

"제발, 루시, 아직 닭도 안 울었잖아요!"

"오, 그래. 일어나기에는 너무 이른 시각이라는 걸 알고 있어. 하지만, 지난밤에 소동이 일어났었나 봐. 에드워드와 가스 오븐, 그리고 미지와 부엌 유리창이 그래. 그리고 나서 포와로 씨를 만나 무슨 얘기를 할까 하고 생각하는 참인데 글쎄 갑자기 그 생각이……."

"미안해요, 루시, 무슨 말을 하고 계시는 건지 도저히 알아들을 수가 없군요. 차근차근히 얘기하시면 안 돼요?"

"헨리에타, 남은 건 권총 케이스뿐이었어. 그런데, 네가 그것에 대해서는 생각을 하고 있지 않은 것 같아서 말이야."

"권총 케이스?"

헨리에타는 침대에서 벌떡 일어나 앉았다. 잠이 순식간에 달아나 버렸다.

"권총 케이스라니요? 무슨 말씀이세요?"

"그 범행에 사용된 리볼버 권총은 가죽 케이스가 있었거든. 그 권총은 나타났지만, 그 케이스는 지금 어디 있는지 몰라. 물론 경찰이 그 케이스에 대해서는 꿈에도 생각지 못할 수도 있지. 그러나 만에 하나 누군가가 그 가죽 케이스가 있었다는 것을 생각해 낸다면……."

헨리에타는 재빨리 침대 밖으로 빠져나오며 말했다.

"사람이란 항상 그렇다니까요. 그걸 빠뜨리다니! 경찰이 말한 것이 바로 그

거군요! 꼼짝달싹할 수 없는 증거물이에요, 그건!"

레이디 앙카텔은 자기 방으로 돌아가 침대 속으로 들어갔다. 그리고 그녀는
곧 깊이 잠들어 버렸다.

가스난로 위에서 주전자의 물은 부글부글 끓고 있었다. 계속 그렇게 끓고
있었다.

저다는 침대에서 빠져나와 안락의자에 깊숙이 내려앉았다.

지끈지끈하게 쑤시던 머리가 한결 나아졌다. 다른 사람들과 어울려 소풍을 가지 않은 게 얼마나 다행스러운 일인지 몰랐다. 잠시 동안이지만 혼자만 집에 있다는 것이 그렇게 편하고 좋을 수가 없었다.

물론 엘시는 매우 친절하게 저다를 돌보아 주었다. 처음 이 집에 왔을 때는 정말 송구스러울 정도로 그녀를 친절히 돌보아 주었었다. 항상 아침식사를 저다의 침대까지 날라다 주어 굳이 식당까지 내려가지 않아도 되었고, 아무 일도 하지 말고 그냥 편하게 있기만 하라고 하였으며, 가장 안락한 의자는 항상 그녀의 차지가 되었던 것이다. 사람들은 모두 저다를 가엾게 여기고 동정해 주었다. 그런 동정과 위로를 받으며 저다는 몽롱한 의식 속에서 하루하루를 보냈었다.

그녀는 아무것도 생각하고 싶지도 않았고, 느끼고 싶지도 않았으며, 기억하고 싶지도 않았다. 그러나 그런 생활도 하루 이틀이지 날이 갈수록 저다는 살아가야 할 일이 점점 다가오고 있음을 느끼고 있었다. 이제는 그녀 스스로 어디에서 어떻게 살아가야 할지를 결정해야만 되었던 것이다.

저다는 그것이 두려웠다. 앞으로 어떻게 살아가야 할지 막막한 느낌이었다. 그렇게 친절하던 엘시도 얼마 전부터는 저다에 대해 짜증을 내고 있었다.

"오, 저다, 좀 빨리 해!"

이런 말이 여러 번 엘시의 입에서 나오고 있었다. 저다가 존한테 시집가기 전의 상황과 조금도 달라진 게 없었다.

사람들은 모두 저다를 둔하고 어리석은 여자로 생각하고 있었다. 이제 존처럼, "내가 당신을 돌보아 줄 거야."라고 말하는 사람은 하나도 없었다.

또다시 골치가 지끈거리기 시작했다. 그래서 저다는 생각했다.

'차라도 끓여 마셔야지.'

그녀는 부엌으로 내려가서 물주전자를 불에 올려놓았다. 물이 끓기 시작할 무렵에 현관의 초인종 소리가 들려왔다. 하인들이 외출하고 집에는 아무도 없었기 때문에, 저다는 현관으로 가서 문을 열었다.

놀랍게도 방문객은 헨리에타였다. 집 앞에 그녀의 자동차가 세워져 있는 것이 보였다.

"아니, 헨리에타가 웬일로……?"

저다가 놀란 표정으로 한두 발걸음 뒷걸음질치며 말했다.

"들어오세요. 언니와 애들은 소풍을 갔는데 이렇게—."

헨리에타가 그녀의 말을 가로막았다.

"잘 됐군요. 당신이 혼자 있어서 참 다행이에요. 저다, 그 권총 케이스를 어디다 두었지요?"

저다는 그 말에 멈칫했다. 멍한 얼굴에 당황해 하는 표정이 역력히 나타났다. 저다가 말했다.

"권총 케이스?" 그러면서 홀의 오른쪽에 붙어 있는 문을 열었다.

"이리로 들어오세요. 여긴 먼지가 너무 많거든요. 오늘 아침에 청소할 시간이 없어서요."

헨리에타는 다시 다급하게 그녀의 말을 가로막았다.

"저다, 내 말을 잘 들어야 해요. 그 권총 케이스가 어디 있는지 나한테만은 얘기를 해줘야 해요. 그 권총 케이스 문제만 해결되면 아무 문제도 없어요. 그것만 완벽하게 처리해 버리면 저다는 마음을 푹 놓아도 돼요. 난 저다가 풀장 옆의 덤불 속에 버린 권총을 찾아서 그 누구도 상상하지 못할 곳에 갖다놓았죠. 게다가, 그 권총의 지문 역시 우리와는 상관없는 사람의 것이기 때문에 아마 경찰이 그 지문의 주인을 찾아낼 수는 없을 거예요. 그러니까, 문제는 권총 케이스밖에 없어요. 난 저다가 그것을 어떻게 했는지 지금 빨리 알아야 해요."

헨리에타는 말을 마치고 저다를 쳐다보았다.

한시가 급한 상황인데 저다는 왜 빨리 대답을 안 하는지 헨리에타는 가슴이 바짝바짝 타 들어가는 느낌이었다.

제발, 빨리 대답 좀 해, 저다. 헨리에타는 본능적으로 위험이 다가오고 있음을 느끼고 있었다.

물론 여기까지 오는 동안 그녀의 차를 미행하는 차는 없었다. 그것은 그녀가 틀림없이 확인한 사실이었다. 헨리에타는 일부러 런던으로 가는 도로를 따라 달리다가 중간에 주유소에서 기름을 가득 채우며 넌지시 거기서 일하는 사람에게 자신이 런던으로 가는 중이라는 것을 암시했었다. 그러고 나서 얼마 정도 런던을 향해 달리다가 방향을 바꾸어 들판을 가로질러 남쪽으로 남쪽으로 달렸었다.

저다는 여전히 헨리에타를 빤히 쳐다만 보고 있었다. 저다는 너무 말과 행동이 느려서 탈이라고 헨리에타는 생각했다.

"저다, 만일 그것을 지금 갖고 있다면 날 줘요. 어떤 수를 써서라도 감쪽같이 없애버릴 테니까. 그걸 지금 저다가 갖고 있다는 건 자살행위나 다를 바 없어요. 그걸 가지고 있죠?"

잠시 침묵이 흘렀다. 이윽고 저다가 느릿느릿 고개를 끄덕였다.

"그게 얼마나 위험한 일인지 몰랐단 말이에요?"

헨리에타는 더 이상 참을 수 없어 소리를 질렀다.

"그건 그만 잊어버렸어요. 2층 내 방에 있어요." 저다가 덧붙였다.

"경찰이 할리가의 집을 수색할 때를 대비해 그것을 산산조각 내어 다른 가죽 조각이 들어 있는 반짇고리 속에 함께 넣어 두었답니다."

"아주 머리가 좋은데요."

"난 다른 사람들이 생각하는 것처럼 그렇게 바보는 아니에요."

저다는 두 손으로 얼굴을 감쌌다.

그녀가 외치듯이 말했다.

"존—존!" 그녀의 목소리가 떨리고 있었다.

"저다의 마음을 이해해요. 그럼 알고말고요." 헨리에타가 말했다.

"당신이 뭘 알아요!……하지만, 존은……, 존은……."

저다는 목이 메는지 말을 더 이상 잇지 못하고 가련한 모습으로 떨고 서 있었다.

갑자기 저다가 고개를 똑바로 들고 헨리에타를 쳐다보았다.

"모든 게 거짓말이었어요. 존은 날 감쪽같이 속였어요. 난 그런 줄은 꿈에도 모르고 존을 하늘같이 받들었다고요! 그날 저녁 그 여자의 뒤를 따라나가는 그의 비열한 얼굴을 난 내 두 눈으로 똑똑히 보았어요. 베로니카 크레이, 그 여자 말이에요. 물론 존이 나와 결혼하기 전에 그 여자를 사귀었다는 것은 나도 알고 있었어요. 하지만, 난 그건 옛날에 끝난 일이라고 생각했었죠"

헨리에타가 부드럽게 말했다.

"그래요. 그건 다 끝난 얘기였어요."

저다가 머리를 세게 흔들었다.

"아니에요, 그렇지 않아요. 그때 그 여자는 아주 오랜만에 존을 만난 것처럼 연기를 하더군요. 하지만, 난 존의 얼굴을 보고 그 여자가 거짓말한다는 것을 알아차렸죠. 그는 그 여자와 함께 나가더군요. 그래서, 난 침실로 가서 그가 돌아올 때까지 책이나 읽을 생각이었어요. 마침 존이 읽고 있던 탐정소설이 있었거든요. 그런데 한참 시간이 흘렀는데도 존이 돌아오지 않더라고요. 얼마를 더 기다리다가 난 더 이상 못 참고 밖으로 나갔죠⋯⋯."

저다는 그때의 장면을 눈앞에 다시 떠올리고 있는 것 같았다. 그녀는 헨리에타가 그 자리에 있다는 것을 전혀 의식하지 못하고 있는 듯한 표정으로 말을 이어가고 있었다.

"달빛이 환하게 비치고 있었어요. 발길 닿는 대로 걷다 보니 풀장이 나오더군요. 난 풀장 옆의 천막에서 불빛이 새어나오는 것을 보고 그리로 걸어갔어요. 거기에 존과 그 여자가 있더라고요! 글쎄! 두 사람이 있더라고요!"

헨리에타가 약한 신음소리를 내었다.

저다의 표정이 놀랍도록 무섭게 변해 있었기 때문이다. 보통 때 약간 멍청한 듯하면서도 순해 보이는 저다의 표정과는 영 딴판이었다. 그녀의 눈은 적개심과 분노로 활활 타오르고 있었다. 금방 살인이라도 저지를 것 같은 표정이었다.

"난 존을 하늘같이 믿었더랬어요. 이 세상에 그럴 수 없을 정도로 그를 떠받들었어요. 난 존이야말로 이 세상에서 가장 고귀하고 거룩한 사람이라고 믿었어요. 존이야말로 고귀하고 숭고함 그 자체라고 믿었단 말이에요. 그런데 알고 보니 그게 아니더라고요. 존은 위선자일 뿐이었어요. 그렇게 비열하고, 더러운 인간을 하늘처럼 떠받들었던 난 도대체 뭐죠? 난 아무것도 아닌 채로 내팽개쳐졌다는 기분이 들었어요. 그 배신감……!"

마치 신들린 듯이 울부짖는 저다의 얼굴을 헨리에타는 정신없이 바라보고 있었다. 저다의 이야기는 귀에 들어오지도 않았다. 저다의 표정이 전에 헨리에타가 머릿속에서 창조해 낸 작품인 '숭배자'와 너무나 흡사했기 때문이었다.

저다가 말했다.

"난 도저히 참을 수가 없었어요! 그를 죽여버릴 수밖에 없었다고요! 그를 죽여야 했어요. 헨리에타, 그렇게 할 수밖에 없었던 내 심정이 어땠는지 이해할 수 있겠어요?"

잠시 말을 끊은 저다가 의외로 아주 사근사근하게 말을 계속해 갔다.

"난 존을 감쪽같이 죽이기 위해선 치밀한 계획을 세워야 한다는 것을 알았어요. 귀신같이 냄새를 잘 맡는 경찰을 속여 넘기기란 결코 쉬운 일이 아니거든요. 난 사람들이 생각하는 것처럼 그렇게 바보가 아니에요! 겉으로 보기에 행동이 둔하고 어수룩하다고 해서 무조건 바보로 취급한다면 그건 큰 잘못이에요. 솔직히 말해 난 나를 바보라고 취급하는 사람들을 속으로 비웃고 있었어요! 난 그 전날 밤 읽은 탐정소설에서 힌트를 얻어 존을 감쪽같이 처치할 수 있는 방법을 생각해 냈죠. 총알이 박힌 자국으로 그 총의 종류를 알 수 있다는 것을 그 소설에서 알게 되었거든요. 게다가, 내가 탐정소설을 읽었다는 것을 알 사람은 아무도 없었어요. 마침 그 전날 오후에 헨리 경이 나에게 총알을 권총에 장전하는 법과 총 쏘는 법을 가르쳐 주었었죠. 난 아무도 모르게 헨리 경의 서재에 들어가서 리볼버 권총을 두 자루 들고 밖으로 나갔어요. 그리고 그중 하나로 존을 쏜 뒤에 그 총을 숨겨 놓았지요. 그런 다음에 재빨리 나머지 한 자루의 권총을 손에 들고 사람들이 와서 그 장면을 볼 때까지 그대로 서 있었던 거예요. 그래서, 사람들은 처음에 내가 범인이라고 생각했었죠. 내가 바랐던 것은 바로 그것이었어요. 시간이 지나게 되면 자연히 내가 들고 있던 총이 존을 쏜 그 총이 아니라는 것이 밝혀지게 될 것이고, 그렇게 되면 내가 결백하다는 게 자연스럽게 입증될 거니까요."

저다는 의기양양한 모습으로 고개를 끄덕였다.

"그런데 그 가죽 물건에 대해서는 그만 잊어버리고 침실의 서랍장에 넣어 두었지 뭐예요! 그걸 권총 케이스라고 하나요? 지금 와서 경찰이 그걸 갖고 귀찮게 굴지는 않을 거예요!"

"그렇지 않아요." 헨리에타가 말했다.

"그걸 나한테 주는 게 좋을 것 같아요. 어떤 수를 써서라도 내가 그걸 없애 버릴게요. 그 권총 케이스만 없어지면 문제 될 것은 하나도 없어요."

헨리에타는 자리에 앉았다. 그녀는 갑자기 온몸의 기운이 다 빠져나가며 맥이 풀리는 것을 느꼈다.

저다가 말했다.

"안색이 아주 좋지 않군요. 지금 차를 끓이고 있는 중이니까 잠깐만 기다리세요."

저다가 밖으로 나가더니 곧 쟁반을 들고 들어왔다. 쟁반 위에는 찻주전자와 우유 주전자, 그리고 두 개의 컵이 놓여 있었다. 우유 주전자 언저리에는 우유가 흘러 넘쳐 흥건히 괴어 있었다. 저다는 쟁반을 테이블에 내려놓은 뒤에 차를 컵 하나에 따라 헨리에타에게 건네주었다.

"어머나—." 저다가 당황한 표정으로 말했다.

"주전자의 물이 이렇게 식어 버린 줄은 몰랐어요."

"괜찮아요. 권총 케이스나 갖다 주세요." 헨리에타가 말했다.

저다는 약간 머뭇거리다가 방에서 나가 버렸다.

헨리에타는 몸을 앞으로 구부려 테이블에 두 팔꿈치를 올려놓고 턱을 괴었다. 헨리에타는 피곤했다. 정말 무지무지하게 피곤했다. 그러나 이제 거의 일이 다 끝났다는 생각이 들어서인지 몸과는 달리 마음은 매우 홀가분하였다.

존이 원했던 대로 이제 저다에게 위험한 일은 없을 거야. 헨리에타는 팔을 내리고 허리를 쭉 펴서 뒤로 기대어 앉았다. 그러고 나서 한 손으로는 이마 위로 내려온 머리카락을 뒤로 쓸어 넘기며, 다른 한 손으로는 찻잔을 앞으로 끌어당겼다.

바로 그때 현관에서 인기척이 났다. 어쩐 일로 그 느린 저다가 이렇게 빨리 돌아왔담. 그렇게 생각하면서 헨리에타는 고개를 들고 현관 쪽을 쳐다보았다.

그러나 헨리에타의 예상과는 달리 거기에는 뜻밖의 인물이 우뚝 서 있었다. 바로 에르퀼 포와로였다.

"현관문이 열려 있더군요."

테이블 가까이로 걸어오면서 포와로가 말했다. 그는 유난히 '열려 있다'는 말을 강조했다.

"그래서 자유롭게 들어올 수 있었죠."

"아니, 선생님!" 헨리에타가 놀라서 입을 벌렸다.

"어떻게 여기까지 오셨나요?"

"아가씨가 부리나케 할로 저택을 떠나기에 직감적으로 이리로 온다는 것을 알아차렸지요. 그래서, 자동차를 세내어 쏜살같이 이리로 달려온 거랍니다."

"알겠어요." 헨리에타가 한숨을 내쉬었다.

"선생님다운 행동이세요."

"그 차를 마시면 안 됩니다."

포와로는 헨리에타가 들고 있는 찻잔을 빼앗아 쟁반 위에 다시 내려놓았다.

"뜨겁게 끓이지 않은 차는 차 맛이 제대로 안 나는 법이지요."

"그렇게 사소한 것도 문제가 되나요?"

포와로가 부드럽게 말했다.

"그럼요. 모든 게 다 문제가 되지요."

포와로의 뒤쪽에 있는 문에서 인기척이 나며 저다가 안으로 들어왔다.

그녀의 손에는 반짇고리가 들려 있었다. 저다가 놀란 얼굴로 포와로와 헨리에타를 번갈아 가며 쳐다보았다.

헨리에타가 재빨리 입을 열었다.

"저다, 포와로 씨는 내가 존을 죽였다고 생각하시나 봐요. 그러니까 이렇게 내 뒤를 미행했죠. 하지만, 내가 존을 죽였다는 증거를 찾을 수는 없을 거예요."

헨리에타는 침착한 목소리로 천천히 말했다. 저다가 당황하여 사실을 다 털어놓을까 봐 걱정이 되었던 것이다.

저다가 막연하게 말했다.

"정말 죄송해요, 포와로 씨. 차 한잔하시겠어요?"

"괜찮습니다, 부인."

저다는 쟁반이 놓인 테이블을 사이에 두고 자리에 앉았다. 그러고는 친근한 어조로 사과의 말을 늘어놓기 시작했다.

"모두 외출 중이어서 죄송합니다. 언니와 아이들은 소풍을 갔지요. 전 몸이 좋지 않아서 이렇게 혼자 남아 있게 되었답니다."

"미안합니다, 부인."

저다는 앞에 놓인 찻잔을 들고 입으로 가져갔다. 그러고는 한 모금 마셨다.

"모든 게 걱정투성이랍니다. 너무 걱정이 되어서 견딜 수가 없을 정도예요. 지금까지는 존이 모든 걸 다 알아서 했는데……, 존이 없거든요."

저다의 목소리가 잠시 끊겼다.

"존은 이 세상에 없어요."

허공을 멍하니 바라보고 있는 저다의 눈빛은 아주 애처로워 보였다.

"전 존이 옆에 없으면 살아갈 수가 없답니다. 그이는 하나부터 열까지 모든 일을 도맡아서 해주었어요. 저를 철저하게 보살펴 주었거든요. 그러던 존이 이 제는 이 세상에서 사라져 버렸어요. 그리고 제 인생도 끝장이에요. 이제는 애들이 뭘 물어도 어떻게 대답해야 할지 몰라 쩔쩔매는 저예요. 존이 있을 때는 그렇지 않았어요. 특히 테리가 계속해서, '왜 아빠가 살해되었어요?'라고 묻는 통에 어찌할 바를 모르겠어요. 물론 언젠가는 그 애가 그 이유를 알게 될 거예요. 그 애는 궁금한 것은 그냥 넘어가는 법이 없거든요. 제가 더욱 당황스러워하는 이유는 그 애가 항상 '누구'가 아니라 '왜'라고 묻기 때문이에요."

저다는 몸을 의자 깊숙이 기대었다. 그녀의 입술이 새파랗게 변해 있었다.

저다의 목소리 역시 딱딱하게 굳어 있었다.

"아이……기분이 좋지……않군요. 만일 존이……존이……."

포와로가 그녀의 옆으로 다가가 저다를 소파에 비스듬하게 눕혀 편하게 숨을 쉬도록 해주었다. 저다의 머리가 앞으로 툭 처졌다.

포와로는 몸을 구부리고 그녀의 눈을 뒤집어 보았다. 이윽고 포와로는 허리를 펴고 일어섰다.

"비교적 고통 없이 세상을 떠난 셈이 되었군요."

헨리에타가 그를 빤히 쳐다보았다.

"심장? 이미 틀렸어요." 헨리에타의 가슴이 뛰기 시작했다.

"차 속에 뭔가가 들어 있었군요. 저다가 독약을 넣었나 봐요. 왜 그런 방법을 택했을까요?"

포와로가 고개를 저었다.

"그게 아닙니다. 저다가 마신 차는 아가씨에게 주려던 것이었어요. 다시 말해, 아가씨의 찻잔에 독약을 탔던 겁니다."

"저를요?"

헨리에타가 도저히 믿지 못하겠다는 표정으로 포와로를 쳐다보았다.

"전 저다를 도와주려고 했는데요."

"저다에게 그건 문제가 되지 않았지요. 덫에 걸린 강아지를 본 적이 없습니까? 덫에 걸린 강아지에게 손을 대는 사람은 그 강아지에게 물어뜯기기 십상이지요. 그와 마찬가지로 저다는 자신의 비밀을 아는 사람은 아가씨밖에 없다고 생각하고, 아가씨를 없애려고 마음을 먹은 겁니다."

헨리에타가 천천히 말했다.

"그래서, 선생님은 제게 그 찻잔의 차를 마시지 말라고 막으셨군요. 그렇다면, 선생님은 그녀를 죽⋯⋯."

포와로가 조용히 그녀의 말을 가로막았다.

"오, 아닙니다, 마드모아젤. 내가 아가씨의 찻잔 속에 꼭 독약이 들어 있었다고 생각한 건 아닙니다. 단지 그럴 수도 있을 거라고 추측했을 따름이지요. 쟁반 위에 놓인 두 찻잔 중 하나를 선택하는 것은 저다의 자유였어요. 독약이 들은 찻잔과 그렇지 않은 찻잔 중 어느 것을 선택하던 그것은 순전히 저다의 운이라고 할 수 있겠지요. 살인자의 종말치고 이런 죽음은 운이 좋다고 할 수 있답니다. 저다 자신과 두 죄 없는 어린애들을 위해서도 차라리 잘되었다고 생각하는 바입니다."

포와로가 헨리에타에게 부드러운 어조로 말했다.

"매우 피곤한가 보군요?"

헨리에타가 고개를 끄덕였다. 그러고 나서 포와로에게 물었다.

"언제부터 눈치를 채신 거예요?"

"확실히는 몰랐지요. 처음부터 그 장면이 인위적인 것이란 것만은 확실하게 알았지만. 누가 그 각본을 꾸민 장본인인지는 오랫동안 몰랐다는 게 솔직한 얘기요. 저다 크리스토가 그 연출자라는 것은 정말 뜻밖이었지요. 그녀 역시 그 장면에서 한 역할을 맡고 있었기 때문에 그녀의 태도가 과장되어 있다는 것은 간과해 버렸거든요. 내가 특히 골머리를 앓았던 것은 사건이 단순해 보이면서도 복잡해 보이는 양면성을 지니고 있었다는 겁니다. 내가 사건의 전말을 어렴풋이나마 깨닫게 된 것은 나와 싸우고 있는 상대가 바로 아가씨의 뛰어난 창조력이라는 것을 알고 나서였지요. 그리고 아가씨의 친척들 역시 아가씨를 도와 사건의 초점을 흐리는 데 한몫을 하고 있다는 것을 알게 되었지요."

포와로가 잠시 말을 멈추었다가 헨리에타에게 질문을 던졌다.

"아가씨는 왜 그랬지요?"

"존이 저한테 부탁했기 때문이에요. 존이 임종 직전에 '헨리에타'라고 제 이름을 부른 것은 바로 그것 때문이었거든요. 그 한마디에 모든 게 담겨 있었답니다. 존은 저에게 저다를 지켜달라고 부탁한 거죠. 존은 저다를 사랑했답니다. 존은 자신도 모르는 사이에 저다를 깊이 사랑하고 있었나 봐요. 베로니카 크레이나 저보다 훨씬 더 저다를 사랑했나 봐요. 저다는 그의 것이었고, 존은 자기에게 속한 것은 끔찍하게도 아끼는 사람이었죠. 그는 저다의 손에 죽어가면서도 저다가 다칠 것을 염려했어요. 그래서, 저보고 저다를 보호해 달라고 부탁한 거지요. 특히, 저에게 부탁을 한 이유는 제가 그의 말대로 해주리라는 것을 존이 알고 있었기 때문이죠. 저는 존을 사랑했거든요."

"그래서 아가씨가 즉각 행동을 개시했었군요." 포와로가 우울하게 말했다.

"예, 제가 가장 먼저 생각한 것은 그녀에게서 권총을 빼앗아 풀장에 떨어뜨려 지문을 없애버려야겠다는 것이었지요. 그 뒤 존을 쏜 총이 따로 있다는 사실을 안 저는 즉시 밖으로 나가 저다가 숨겨둔 총을 찾아내었답니다. 저다 같은 여자가 권총을 숨겨둘 만한 장소는 뻔한 거니까요. 그랜지 경감의 부하들보다 제가 한 발 빨랐던 거죠."

헨리에타가 잠시 말을 멈추었다가 계속해서 말했다.

"전 런던에 가기 전까지는 그 총을 제 손가방에 넣어두었답니다. 그리고 런던에서는 제 스튜디오 안에 그 총을 숨겨 놓았지요. 경찰이 도저히 찾아내지 못할 그런 방법으로 말이에요."

"진흙 말이지요." 포와로가 중얼거렸다.

"그걸 어떻게 아셨어요? 그래요, 전 그 총을 스펀지 백에 넣어 철사로 그 백을 둘둘 감은 뒤 그 둘레에 진흙을 잔뜩 발랐답니다. 아무리 경찰이라지만 예술가의 작품을 함부로 깨뜨려 볼 수는 없는 노릇 아니겠어요? 그건 그렇고, 선생님은 어떻게 그 사실을 아셨어요?"

"아가씨가 말(馬)을 만들었다는 경감의 이야기에서 힌트를 얻었지요. 아가씨는 무의식적으로 '트로이의 목마'를 생각해 냈을 겁니다. 그런데 궁금한 게 하나 있어요. 그 지문 말입니다. 그 지문을 어떻게 만들었지요?"

"길거리에서 성냥을 파는 늙은 장님 남자가 있어요. 제가 성냥을 한 갑 사면서 돈을 꺼내는 동안 잠시 그것을 들고 있으라고 그 노인에게 부탁을 했답니다. 물론 그 사람이야 그게 총인 줄 몰랐겠지요."

포와로는 잠시 동안 헨리에타를 바라보았다.

"대단한데요!" 포와로가 불어로 중얼거렸다.

"마드모아젤, 지금까지 만난 사람들 중에서 내 호적수가 되는 사람은 바로 아가씨뿐이오."

"사실 선생님의 눈앞에서 일을 진행시키기는 정말 어려웠어요!"

"알아요. 내가 진실을 파악하게 된 동기는 바로 사건을 풀어가는 과정에서 저다 크리스토만을 제외시키려는 인상을 받은 데에 있다고 할 수 있지요. 어떻게 해서든지 경찰의 관심을 저다에게서 돌리려는 여러 사람들의 노력이 곳곳에 보였던 거지요. 아가씨는 내 주의를 끌기 위해 일부러 우주수까지 그려 놓아 내 판단을 흐리게 하려고 했지요. 또, 레이디 앙카텔은 아가씨의 의도를 분명히 알아차리고 가엾은 그랜지 경감의 정신을 혼란스럽게 만들었어요. 다시 말해 데이비드, 에드워드, 그리고 그녀까지 경찰이 자기들을 의심하도록 일부러 말을 흘리고 다니며 그 놀이를 즐겼다고나 할까요. 하여튼 아가씨가 취한 방법은 정말 대단했어요. 범인임이 분명한 사람을 감싸 주기 위해서는 나라도 그럴 수밖에 없었을 거요. 아가씨의 연출에서 굳이 미흡한 점을 찾아낸다면 모든 사람들을 용의자로 생각하게 만드는 과정에서 저다 크리스토를 제외시키려는 의도가 너무 강하게 부각된 점이라고나 할까."

헨리에타는 소파에 축 늘어져 있는 저다의 모습을 불쌍한 눈초리로 내려다보았다. 그녀가 말했다.

"가엾은 저다!"

"아가씨는 줄곧 그런 감정을 지니고 있었소?"

"그럴 거예요. 저다는 존을 무척 사랑했었죠. 그러나 그녀는 인간으로서의 존을 이해하려고는 하지 않았어요. 그녀는 존을 하나의 인격체로 보기보다는 신격화했다는 게 맞을 거예요. 존은 그녀에게 경배의 대상이었지요. 그러다가 존에게서 인간의 모습을 보게 된 저다는 실망감과 배신감을 동시에 느끼게 된 거지요. 그녀가 갖고 있던 우상의 성이 와르르 무너져 내렸다고나 할까요."

헨리에타는 잠시 말을 멈추었다가 곧 계속해서 말을 이어갔다.

"하지만, 존은 저다의 우상으로서만 만족하기에는 너무 뜨거운 피를 가진 진짜 인간이었어요. 그는 관대하고 생명력이 넘치는 인간이었지요. 동시에 위대한 의사였어요. 그래요. 그는 정말 훌륭한 의사였지요. 그런데 그가 죽어 버렸어요. 세상 사람들로서는 정말 아까운 의사 하나를 잃어버린 셈이었고, 저로서는 사랑하는 연인을 영원히 잃어버리게 된 거예요."

포와로는 헨리에타의 어깨를 다정하게 토닥거려 주면서 말했다.

"그래도 아가씨는 슬픔을 이기고 꿋꿋이 살아갈 수 있을 거요. 아가씨는 마음속에 칼을 품고 살아갈 수 있는 사람들 중 한 명이니까."

헨리에타는 포와로를 올려다보았다. 일그러진 그녀의 입술에는 쓰디쓴 미소가 감돌고 있었다.

"표현이 멜로드라마에 나오는 말 같군요."

"그건 내가 외국인이고, 게다가 난 멋진 문장으로 말하기를 좋아하기 때문이지요."

헨리에타가 불쑥 말을 꺼냈다.

"선생님은 항상 제게 친절히 대해 주셨어요."

"그건 내가 아가씨의 뛰어난 창의력에 탄복했기 때문이라오."

"포와로 씨, 이제 어떻게 해야 되죠? 저다 말이에요."

포와로는 야자수로 만든 반짇고리를 앞으로 잡아당겼다. 그리고 그것을 들어 속에 든 내용물을 모두 테이블에 쏟아 놓았다. 밤색을 비롯하여 여러 가지 색깔의 스웨이드 가죽 조각들과 윤이 나는 짙은 밤색 가죽 쪼가리들이 서로 섞여 있었다.

포와로는 짙은 밤색 쪼가리들만을 골라내어 하나하나씩 이어 맞추기 시작했다.

"권총 케이스로군요. 이건 내가 가지고 갑니다. 그리고 가엾은 크리스토 부인은 남편의 죽음에 충격을 받아 정신이상을 일으켜 자살을 해버렸습니다. 그러면 되겠지요?"

헨리에타가 느릿느릿하게 말했다.

"그것으로 이 사건의 진실이 영원히 묻히게 될까요?"

"내 생각에 한 사람만은 언젠가 이 진실을 알게 될 것 같습니다. 크리스토 의사의 아들 말이지요. 언젠가는 그 애가 날 찾아와서 진실을 알려 달라고 할 것 같거든요."

"그 애에게 얘기를 하셔서는 안 돼요." 헨리에타가 외쳤다.

"아니오, 난 그 애에게 모든 얘기를 해줄 생각인데요."

"오, 제발!"

"이해하지 못하는군요. 아가씨는 그 애가 상처 입을 것을 두려워하지만, 그 애의 성격상 진실을 알고서 마음에 상처를 입는 편이 진실을 알지 못한다는 데서 오는 마음의 고통을 겪는 것보다 훨씬 더 나을 겁니다. 저, 가엾은 부인이 아까 한 말을 들었지요? 테리는 궁금하게 여기는 것은 뭐든지 꼭 알아야 직성이 풀린다는 말 말입니다. 탐구심이 강한 사람은 무슨 수를 써서라도 진실을 찾아냅니다. 그런 사람은 비록 그 진실이 잔혹한 것이라고 할지라도 그 진실 자체를 받아들여 내일의 삶을 위한 발판으로 삼을 수 있는 능력이 충분히 있지요.”

헨리에타는 자리에서 일어섰다.

“제가 여기에 있는 게 좋을까요, 아니면 떠나는 것이 좋을까요?”

“떠나는 게 좋을 것 같습니다.”

헨리에타가 고개를 끄덕였다. 그런 뒤에 그녀는 포와로에게 말한다기보다는 차라리 자신에게 말하듯이 중얼거렸다.

“난 어디로 가야 하죠? 뭘 해야 하죠? 존이 없는데……”

“아가씨도 꼭 크리스토 부인처럼 말하고 있군요. 그러나 아가씨는 어디로 가서 뭘 해야 될지를 곧 알게 될 겁니다.”

“제가요? 포와로 씨, 전 너무 피곤해요. 이젠 지쳐 버렸는데요.”

포와로가 부드럽게 말했다.

“자, 이제 출발하도록 해요. 아가씨의 삶이 있는 곳으로. 난 여기 시체와 함께 있겠소.”

제30장

런던으로 차를 몰아가는 헨리에타의 마음속에는 계속 두 개의 문장이 메아리쳐 울려오고 있었다.

"내가 무얼 해야 하지? 어디로 가야 하지?"

지난 몇 주 동안 헨리에타는 한시도 마음 편하게 쉬어 본 적이 없었다. 늘 긴장된 순간의 연속이었다. 존이 그녀에게 부탁한 일을 해내기 위해 동분서주했었다.

그러나 이제는 모든 게 끝났다. 난 실패한 건가? 아니면, 성공한 건가? 아니면, 실패도 성공도 모두 아니었을까? 어떻든 이제 그 일은 끝난 게 분명해.

모든 게 끝났다는 생각이 들자마자 그녀는 갑자기 힘이 빠지며 피로감이 엄습해 오는 것을 느꼈던 것이다.

그녀의 머릿속에 불현듯 존이 죽은 날 밤의 일이 떠올랐다.

난 그 테라스에서 에드워드와 몇 마디를 나눈 뒤에 곧장 풀장으로 가서 캄캄한 천막에 들어가 일부러 성냥을 켜가며 철제 테이블 위에 야자수를 그려 놓았지. 에드워드에게 존을 위해 슬퍼할 수 있으면 좋겠다고 야멸치게 내뱉었었지.

정말 그 때에는 쉴 수도 없었어. 갑작스레 닥쳐온 존의 죽음을 슬퍼할 여유도 없었어. 하지만, 이제는 슬퍼할 수가 있게 되었어. 울고 싶은 대로 마음껏 울 수도 있어.

헨리에타는 한숨을 내쉬며 말했다.

"존……존……."

쓰라린 아픔과 암담한 절망감이 홍수처럼 밀어닥쳤다. 그런 감정을 주체할 수 없어 하며 헨리에타는 생각했다.

'차라리 내가 그 차를 마셔 버렸더라면 이런 고통은 맛보지 않을 텐데.'

헨리에타는 액셀러레이터를 세게 밟았다. 아무 생각도 하지 않고 오직 운전하는 데만 열중하자 그녀는 마음이 진정되는 것을 느꼈다. 하지만, 곧 런던에 도착하게 되겠지. 그러고는 차고에 차를 넣고 텅 빈 작업실로 걸어 들어가야겠지. 이제는 결코 그 작업실에 존이 나타나 때로는 내게 화를 내기도 하고 때로는 리지웨이 병에 대해 크랩트리 노파와 성 크리스토퍼 병원에 대해, 그의 승리와 절망에 대해 열변을 토하는 일이 없겠지. 말할 수 없을 정도로 나를 사랑했던 존이 없는 작업실은 얼마나 공허하고 삭막할까!

헨리에타는 그 텅 빈 작업실로 들어가고 싶지가 않았다. 불현듯 그녀의 눈앞에 검은색 관이 떠오르자 그녀는 무릎을 탁 쳤다.

"옳지, 거기가 내가 갈 곳이야. 성 크리스토퍼 병원으로 가야지."

좁은 병실 침대에 누워 있던 크랩트리 노파가 눈물이 괴어 번쩍이는 눈빛으로 이 갑작스런 방문객을 찬찬히 훑어보고 있었다.

크랩트리 노파의 모습은 존이 설명한 그대로였다. 그래서인지 헨리에타는 차갑게 얼어붙어 있던 마음이 따뜻해지는 것을 느꼈다.

헨리에타는 그 좁은 병실에 누워 있는 노파에게서 존의 모습을 찾아볼 수 있었던 것이다.

"불쌍한 의사 양반! 그런 끔찍한 일을 당하다니!"

크랩트리 노파가 심한 사투리로 말했다.

말은 그렇게 하고 있지만 그 노파의 목소리에는 숨길 수 없는 호기심이 들어 있었다. 그만큼 노파는 삶에 대한 애착이 강하다고 할 수 있었다. 예기치 않았던 죽음, 특히 살인이나 아기를 낳다가 죽는 그런 경우는 인생이란 게 어떠한 것인가를 암시해 주는 삶의 한 단면인 것이다.

"그렇게 가버리다니 참! 그 소식을 듣자 내 위가 온통 뒤틀리는 것 같았다우. 신문마다 그 얘기가 떠들썩하게 났었지. 여동생이 신문이란 신문은 모두 갖다 주었다우. 정말 그것만은 기막히게 잘한 일이여. 신문에는 사진도 나왔고, 얘기도 자세하게 씌어 있어서 아주 실감나더라고. 풀장 사진도 있었지. 그 의사 부인이 불쌍도 하지. 재판은 끝났다죠? 풀장 주인인 레이디 앙카텔의 사진도 떡하니 신문에 나왔더라고요. 그뿐이 아니지. 사진들이 얼마나 많이 나왔는지 몰라요. 진짜 미스터리 영화를 보는 것 같았다라니까."

노파의 말 속에는 내심 재미있어하는 것 같은 느낌이 들어 있었으나, 이상하게도 헨리에타는 그것이 조금도 불쾌하지 않았다. 존이 노파의 그런 짓궂고 진득진득한 면을 좋아했다는 것을 그녀는 너무나 잘 알고 있었던 것이다. 그래서, 그녀도 노파의 그런 태도에서 오히려 재미있다는 느낌을 받았다.

저승에 있는 존도 노파가 눈물을 찔찔 흘리며 존의 죽음을 애도하는 것보다는 오히려 이렇게 킬킬거리며 재미있어하는 것을 더 좋아할 게 분명했다.

"무슨 수를 써서라도 그 살인자를 찾아 목을 매달아야 하는데."

크랩트리 노파가 복수심에 찬 목소리로 이를 갈며 말했다.

"요새도 옛날처럼 목을 매달아 죽여야 해. 사람들이 많이 모인 곳에서 말이에요. 그렇게 하는 걸 내 눈으로 한번 봤으면 소원이 없겠는데. 만일 그 의사 양반을 죽인 놈을 찾아 목매달아 죽인다면 난 당장이라도 일어나 달려갈 거구만. 가서는 그놈의 상판을 봐야 속이 풀릴 게요. 그 의사 양반이 죽었다니 정말 속상하구먼. 그 사람은 살아 있어야 하는데. 그 사람은 천 명에 하나 나올까말까 하는 의사였구먼. 그 의사 양반은 참 유식하고 멋진 신사였지. 또, 사람을 기분 좋게 만들어 주는 데 도사였고 말여. 그 의사 양반은 내가 자기를 위해 뭔가를 하고 있다고 말했었다오. 암, 그랬고말고!"

"아주머니 말씀이 맞아요." 헨리에타가 말했다.

"그분은 매우 유능하고 훌륭한 의사였어요."

"그 의사 양반의 병원을 머릿속에서 상상했다오. 간호사들하고 환자들! 난 그 의사 양반이 왔다 가면 항상 나을 것 같은 기분이 들곤 했었구먼."

"그럼요. 이제 곧 건강을 회복하시게 될 거에요." 헨리에타가 말했다.

그러자 그 가늘고 심술궂어 보이는 노파의 눈가에 잠시 그늘이 졌다.

"글쎄, 그렇게만 되면 참 좋겠구먼. 지금은 안경을 낀 젊은 친구가 내 담당 의사인데, 아주 말주변이 좋아. 하지만, 크리스토 선생과는 영 반대여. 사람을 웃길 줄 몰라. 크리스토 선생님은 항상 농담을 해가며 치료를 했기 때문에 치료받는 시간이 얼마나 재미있는지 몰랐다오. '의사 선생님, 아파 죽겠어요.'라고 내가 말하면 그 양반은, '조금만 더 참으세요. 크랩트리 부인. 아주머니는 아주 강인한 정신력을 갖고 계십니다. 다른 사람은 할 수 없는 것이라도 아주머니라면 충분히 할 수 있습니다. 지금 아주머니와 저는 의학 역사에 길이 남길 작업을 하고 있는 중이지요. 우리 두 사람이 처음으로 성공하는 거예요.'라고 말해 주었다오. 아주 날 기분 좋게 해주는 말만 했었지. 그 의사가 시키는 대로 난 뭐든지 할 생각이었다우. 내 말뜻을 이해한다면 그 의사 양반이 얼마나 훌륭한 사람이었는지를 알 거구먼."

"예, 알고말고요." 헨리에타가 말했다.

옆으로 가늘게 찢어진 노파의 눈이 헨리에타를 샅샅이 훑어보고 있었다.

"혹시, 그 의사 양반의 부인되시우?"

"아니에요. 전 그분의 친구일 뿐이에요."

"알겠구먼." 크랩트리 노파가 말했다.

헨리에타는 그 노파가 무엇을 알겠다는 건지 그것이 궁금해졌다.

"이런 말을 해도 되는지 모르겠지만서두 댁은 왜 나를 찾아왔수?"

"그 의사 선생님이 아주머니에 대해 얘기를 많이 해주었기 때문에 아주머니를 직접 만나 뵙고 싶었어요. 새로운 치료법을 연구하는 중이라는 얘기도 들었고요."

"난 지금 상태가 점점 나빠지고 있다우. 아주 안 좋지."

헨리에타가 갑자기 외쳤다.

"아주머니, 그러시면 안 돼요. 뒤로 물러서시면 안 돼요. 어떡해서든지 그 병을 이기셔야 해요."

크랩트리 노파는 이를 드러내고 킬킬거렸다.

"난 눈곱만큼도 죽고 싶은 마음은 없다우!"

"그럼요, 그러셔야 해요. 그 병과 싸워 이기셔야 해요. 크리스토 의사는 아주머니가 용감한 투사라고 칭찬했었어요."

"그 의사 양반이 정말 그렇게 말했수?"

크랩트리 노파는 잠시 말없이 침묵을 지키고 있다가 이윽고 느릿느릿하게 말했다.

"그 의사 양반을 쏜 놈이 누군지는 모르겠지만서도 지독히 부끄러운 짓을 한 거유. 그 의사 양반 같은 사람이 얼마나 귀한 줄을 모른다우."

이 세상에 존은 없어.

헨리에타는 뼈저리게 그 말을 되풀이 생각하고 있었다.

크랩트리 노파가 그런 그녀의 얼굴을 유심히 쳐다보고 있었다.

"힘을 내야겠구먼." 크랩트리 노파가 말했다.

"그분의 장례식이 멋있었는지 궁금해요."

"그분의 장례식은 참으로 아름다웠어요." 헨리에타가 정중하게 말했다.

"휴ㅡ, 내가 거기에 얼마나 참석하고 싶었는지!"

크랩트리 노파가 한숨을 길게 내쉬었다.

"이젠 내 장례식 때나 참석하게 되겠구먼."

"오, 안 돼요!" 헨리에타가 큰소리로 외쳤다.

"그렇게 자신 없는 말씀을 하시면 안 돼요. 아주머니가 금방 말씀하셨던 것처럼, 이제 아주머니 혼자서라도 크리스토 의사 선생님과 함께 하려던 일을 해내셔야 해요. 지금까지 잘 견디어 내셨잖아요. 치료는 누가 하든 다 똑같아요. 아주머니는 아주머니 자신과 그분을 위해서 기운을 내셔야 해요. 남들이 이루지 못했던 일을 이제 아주머니 혼자 해내시는 거예요. 그분을 위해서 말이에요."

크랩트리 노파가 잠시 그녀의 눈을 똑바로 올려다보았다.

"아주 근사한 말인데, 아가씨, 고마워요. 최선을 다해 본다는 말 이외에는 할 말이 없구먼."

헨리에타가 일어나서 노파의 손을 굳게 잡았다.

"안녕히 계세요. 언제 시간을 봐서 다시 찾아올게요."

"그렇게 해주면 고맙겠구먼. 그 의사 양반에 대한 얘기만 해도 힘이 날 테니까."

노파의 눈빛이 다시금 음흉스럽게 번쩍였다.

"크리스토 선생님은 아주 친절하고 유능한 사람이었던 게 확실해요."

"그래요. 아주머니 말씀 그대로예요."

노파가 말했다.

"아가씨, 너무 애태우지 말우. 한번 간 사람은 안 돌아오는 법이라우. 죽은 사람이 다시 살아올 수는 없는 일이지."

크랩트리 노파 역시 표현만 달랐지 에르퀼 포와로와 똑같은 얘기를 하고 있다고 헨리에타는 생각했다. 첼시로 돌아온 헨리에타는 차를 차고에 넣고 자신의 작업실로 천천히 걸어갔다.

헨리에타는 속으로 생각했다.

"이제 내가 그토록 두려워하던 순간이 닥쳐왔어. 나 혼자 있어야 하는 그 순간이 말이야. 이젠 더 이상 피할 방도가 없구나. 비로소 마음껏 슬퍼해도 좋을 시간이 되었어."

내가 에드워드에게 뭐라고 말했더라? 존을 위해 슬퍼나 할 수 있다면 좋겠다고 했던가?

헨리에타는 의자에 깊숙이 몸을 묻고 앉아 한 손으로 머리를 이마 뒤로 쓸어넘겼다.

고독, 적막감, 텅 빈 공허함. 엄습해 오는 외로움…….

헨리에타의 눈에서 눈물이 뺨으로 흘러내렸다.

존을 잃어버린 슬픔의 눈물이겠지.

오, 존! 존! 존……!

분노에 찬 그의 목소리가 그녀의 귓가에서 맴돌고 있었다.

"만일 지금 내가 죽는다면 당신이 맨 먼저 무엇을 할 것인지는 안 봐도 알 수 있지. 당신은 눈물을 흘리면서도 '흐느끼는 여자', 아니면, '슬픔의 형상', 아니면 그 비슷한 종류의 제목이 붙은 작품인지 뭔지를 시작할 거요."

헨리에타는 몸을 부르르 떨었다.

왜 유독 그 말이 갑자기 머릿속에 떠올랐을까?

슬픔, 가면 뒤에 숨겨진 슬픔! 고깔을 단 머리. 희고 보드라운 석고(石膏)!

헨리에타의 머릿속에 슬픔의 형상이 자리 잡기 시작했다. 키가 크고 긴 주름의 선으로 표시하는 슬픔. 희고 투명한 석고로 창조되는 슬픔.

"만일 내가 죽는다면……."

존의 외침이 다시금 그녀의 머리에 떠오른 순간, 헨리에타의 가슴속에 쓰라린 고통의 물결이 밀려들기 시작했다.

헨리에타는 생각했다.

'그게 바로 나야! 존의 말이 옳았어. 난 사랑할 수도, 슬퍼할 수도 없는 여자야. 내 몸뚱이로 할 수 있는 건 아무것도 없어. 이 세상에 정말 필요한 소금 같은 사람은 바로 미지였어! 그래, 미지야!"

미지와 에드워드는 지금 에인스윅 저택에 함께 있겠구나. 바로 그런 게 삶이고 인생이 아니라면 뭐겠어!

"그런데, 난 뭐지!"

헨리에타가 속으로 중얼거렸다.

"난 사람이라고 할 수 없어. 난 죽은 사람을 위해서 슬퍼할 수도 없는 사람이야. 난 내 자신도 컨트롤하지 못하는 인간이야. 그런 내가 어떻게 참된 사람이라고 할 수 있겠어? 난 내 슬픔도 석고로만 나타낼 수 있는 괴물이야."

전시작품; 58번.

제목; '슬픔.'

석고상 작가; 헨리에타 세이버네이크

헨리에타가 한숨을 길게 내쉬며 말했다.

"존, 절 용서해 주세요. 제발 용서해 주세요, 이렇게밖에 할 수 없는 저를 이해해 주세요."

<끝>

■ 작품 해설 ■

여기 소개하는 《할로 저택의 비극(The Hollow, 1946)》은 애거서 크리스티 (Agatha Christie, 1890~1976, 영국) 여사의 46번째 추리소설이며 37번째 장편 소설 이다. 이 소설은 사실 크리스티 여사의 지위를 확고하게 해준 작품 중 하나이 다. 1946년 이 책이 나오고 나서 5년 뒤인 1951년에 희곡으로 만들어져 런던 의 포튠 극장에서 인기리에 376회나 공연되었던 것이다.

이 연극은 그 이후에 만들어진 《쥐덫(The Mousetrap, 1952)》, 《검찰 측의 증인(Witness For the Prosecution, 1953)》, 《거미줄(Spider's Web, 1954)》 등과 함께 당시 런던의 연극계를 석권할 정도로 인기를 모았었다.

이렇듯 이 작품이 성공한 것에는 여러 가지 이유가 있겠으나 그중 하나는 아마도 로맨틱 미스터리 풍이 특히 강했기 때문이 아니었나 생각된다. 더군다 나 당시 문학계를 휩쓸던 버지니아 울프나 제임스 조이스 등의 '의식의 흐름' 기법이 꽤 많이 도입되어 시대의 요구에 부응한 결과이기도 했으리라. 아무튼 《할로 저택의 비극》은 크리스티 여사의 추리소설 중 가장 '보통소설'에 가 까운 구성과 내용을 담고 있다.

여기서 또 한 가지 주목할 만한 점은 다른 작품에서처럼 에르큘 포와로가 주역을 맡지 않고 조역에 지나지 않는다는 것이다. 이것은 나중에 크리스티 여사가 런던 선데이 타임스지와의 인터뷰에서도 밝혔듯이 포와로 같은 사립탐 정이 오늘의 현실과는 걸맞지 않다고 판단했기 때문이다. 즉, 포와로는 귀족적 인 탐정 스타일이어서 숨 가쁘게 변화해 가는 현실에 적응하기 어렵다고 느꼈 다는 것이다. 그러나 이 점은 오늘날까지도 포와로가 많은 독자들에게 사랑받 는 것을 보면 다소 성급한 생각이 아니었나 여겨진다.